바보,
산을 옮기다

바보, 산을 옮기다

노무현재단 기획 | 윤태영 지음

문학동네

바다로 간 강물

그는 낙관주의자였다. '역사는 진보한다'는 철학이 있었고, '인간과 사회는 공존을 지향한다'는 믿음이 있었다. '역류逆流'라는 개념은 그의 머릿속에 없었다. 일시적으로 되돌아갈지언정, 모든 것은 결국 옳은 방향의 역사로, 더불어 사는 사회로, 서로를 인정하는 통합의 세상으로 나아간다고 믿어 의심치 않았다. '강물이 바다를 포기하지 않는' 것처럼……

스스로의 삶에서도 그는 낙관주의자였다. 언제나 불가능에 도전했다. 도전의 이면에는 낙관의 힘이 버티고 있었다. 실패는 그의 머릿속에서 일시적인 것에 불과했다. 결국은 성공으로 이어지는 도정이 될 것임을 믿었다. 믿음이 그를 도전하게 했고, 도전할수록 그는 강해졌다. 굳어진 믿음과 강해진 자신감이 그에게 바위와도 같은 낙관을 선물했다. 그러나 낙관은 역설을 불러왔다. 역사에 대한 철저한 낙관 탓이었을까? 그의 마지막은 참담한 비극이었다.

그는 '주류'는 아니었다. 한때는 잘나가는 변호사였고, 국회의원에 두 번 당선된 청문회 스타였고, 마침내 최고 권력의 자리에도 올랐다. 그러나 그는 이 세상을 떠날 때까지도 '비주류'의 세계에 남아 있었다. 그는 '비주류' 세계로부터의 탈출을 꿈꾸지 않았다. 그 경계를 없애기 위해 부단히 노력할 뿐이었다.

그는 말했다.

"왕이 누리던 것을 서민들이 누리게 되는 것, 그것이 진보다."

'비주류' 출신 대통령의 존재는 어떤 사람들에게는 희망이고 용기였다. 그러나 그의 존재 자체가 불편함인 사람들도 있었다. 그는 그들에게 손을 내밀었다. 대화와 타협을 위한 손이었고, 국정의 동반자가 되어달라는 손이었고, 공존의 사회를 함께 만들어가자는 손이었다. 그는 '공존'과 '통합'을 지향하는 정치인이었다.

그의 정치는 '국민통합'에서 시작되었다. 마지막까지 그가 추구했던 가치와 목표도 '국민통합'이었다. 이렇듯 '국민통합'은 그의 정치역정을 관통하는 키워드였다. 따라서 그의 정치역정을 이야기한다면 우선 '국민통합'이라는 명제를 중심에 놓고 풀어가야 한다는 생각이었다. 그는 대통령 재임중에도 정치의 지역구도 청산을 위해 걸어온 자신의 역정을 밀도 있게 정리해줄 것을 기회가 있을 때마다 주문했다. 안타깝게도 그동안 출간된 자서전과 미완의 회고록에서는 이 명제에 대한 조명이 충분히 이루어지지 못했다. 그런 아쉬움 때문에 이 글을 쓰기 시작했고 완성했다.

글의 주요 내용은 정치인 노무현과 대통령 노무현이 걸었던 '국민통합'을 향한 여정이다. 그 도전과 좌절의 기록이다. 형식은 다큐멘터리를 택했다. 건조한 느낌이지만 사실이 갖는 무게를 중시했다. 다양한 각도에서 상황을 설명하여 입체적으로 그려내야 했지만 역부족이었다. 보고 들은 사실을 최대한 전달하고 싶었지만, 사안의 경중도 있고 흐름을 방해하는 내용도 있어 일부는 생략했다.

인간 노무현의 캐릭터를 접할 수 있는 일화들도 가급적 담으려고 노력했다. 재임중의 이야기는 대변인으로서, 또 제1부속실장으로서 지근거리에서 보고 기록한 자료를 토대로 했다. 재임 전 정치인 시절의 이야기는 직접 접한 장면도 있지만, 상당부분은 2001년에 그가 직접 구술한 자료가 바탕이 되었다. 이미 많이 알려진 이야기나 '국민통합'이라는 주제와 큰 관련이 없는 대목들은 과감히 생략했다. 반면 재임중 다양한 일화 가운데 '국민통합'과 조금이라도 관련된 대목은 가급적 폭넓게 다루려고 했다. 다만 참여정부의 구체적인 정책과 인사人事 관련 이야기는 다음 기회에 정리하는 것으로 남겨두었다.

2001년의 구술 가운데 그가 스스로 정치철학을 토로한 대목은 부록으로 처리했으며, 육성 그대로 옮겨놓았다. 이는 이 책을 통해 처음 공개되는 것으로 현실 문제에 대한 그의 안목과 해법이 담겨 있다. 대통령이 되고자 하는 정치인의 깊은 고뇌와 진지한 성찰도 엿볼 수 있다. 참여정부 시절 필자가 '국정일기'라는 형식으로 대통령의 동정을 묘사했던 글들이 있다. 그 가운데 '국민통합'이라는 주제와 관련 있다고 생각되는 몇 편을 추려 역시 부록으로 붙여놓았다. 재임중 이야기에는 시간의 흐름을 기준으로 볼 때 단절적인 대목이 간혹 있다. 필자의 전작 『기록』(책담, 2014)의 2부를 참고하면 연속성이 담보될 것이다.

가급적 거품을 넣지 않으려 노력했다. 그가 말한 그대로, 행동한 그대로의 모습을 전달하려고 애썼다. 일종의 사료라는 생각이었다. 더러 객관적 사실과 다른 대목이 있을지도 모른다는 걱정이 앞서기도 한다. 부실한 기록과 부족한 기억력 탓일 수밖에 없다. 대통령의 곁에서 그의 시각에 준하여 보고 적은 기록이라 한계가 있을 것이다. 지적해주시면 기꺼이 수정해나가려고 한다. 등장하는 분들의 명예에 본의 아니게 누를 끼치는 것은 아닌지 하는 우려도 있다. 그것 또한 한 시대를 살았던 큰 인물에 대한 충실한 기록에서 비롯된 부작용으로 받아들이고 널리 양해해주실 것을 청한다.

책이 출간되기까지 많은 분들의 도움을 받았다. 노무현재단의 이해찬 이사장님께 먼저 감사인사를 드린다. 원고를 직접 읽어보시고 출간에 큰 도움을 주셨다. 꼼꼼한 검토를 바탕으로 많은 의견을 주신 오상호 사무처장과 김상철 본부장, 사진 선정 작업을 위해 애쓴 성수현씨에게도 각별한 감사의 인사를 전한다. 집필 과정에 지원을 아끼지 않은 에이케이스의 유민영 대표, 한형민씨, 깊은 관심으로 원고를 검토해준 양정철 전 비서관, 안영배 전 비서관에게도 감사의 뜻을 전한다. 책의 출간에 선뜻 응해주시고 좋은 책으로 만들어주신 문학동네 식구들께 깊이 감사드린다. 특히 강훈 기획위원의 노고에 머리 숙여 고마움을 표하고 싶다.

2015년 5월
고양시 행신동에서

○ 프롤로그 ○

세상의 이치

"법 떨어진 세상이다. 천벌받을 놈들."

자유당 시절, 선거일이 코앞에 다가온 무렵이었다. 시장에
다녀오신 어머니가 노무현과 그의 형들에게 말했다.

"자유당 나쁜 놈들, 장에 갔더니 무소속 후보가 선거유세 차
를 빼앗겨서 지게를 짊어지고 다니며 연설하는데, 깡패 같은
놈들이 와서 발길로 차버리더라. 지게가 뒤로 넘어지고 나발통
이 데굴데굴 굴러가는데, 순사라는 놈은 물끄러미 쳐다보기만
하더라."

그가 초등학교에 다닐 때의 일이었다. 또래들 사이에서도 비
슷한 이야기들이 돌았다.

"○○○는 자유당, △△△는 무소속인데, 자유당은 나쁜 놈들
이다."

어머니는 정치에 관심이 많았다. 소신도 뚜렷했다. 초등학생

13

인 막내아들 앞에서도 이야기를 가리지 않았다. 선비 같은 품성의 아버지와는 정반대였다. 세상 돌아가는 모습에 감정을 섞어 이야기를 엮었다. 억센 기질도 있었다. 어머니에 관한 여러 일화와 면면이 그에게 오래도록 선명한 기억으로 남을 수밖에 없었던 이유다.

선거 개표를 하던 날도 그의 어머니는 속내를 고스란히 드러냈다. 어머니는 술을 한잔 걸치고는 춤을 추면서 집으로 돌아왔다. 무소속 후보의 승리에 기분은 하늘로 날아오르고 있었다. 이날은 "자유당 나쁜 놈"이라는 단골 추임새에 특별히 한마디를 덧붙였다. "민심이 천심"이라는 말이었다. 사실 그의 어머니는 무소속 후보의 인물 됨됨이에 대해 자세히 모르는 듯싶었다. 막걸리 한잔 얻어 마신 적도 없다고 했다. 무소속 후보가 당선되었다는 사실보다는 자유당 후보가 낙선했다는 사실이 기쁨이었다. 그만큼 어머니는 자유당을 싫어했다.

다시 몇 달 후, 그의 어머니가 저녁 밥상을 앞에 놓고 갑자기 욕을 해댔다. 혼잣말처럼 되뇌는 욕은 세상을 향한 것이었다. 더 구체적으로 말하자면 얼마 전 무소속으로 당선된 국회의원에 대한 욕이었다.

"나쁜 놈, 쓸개 빠진 놈. 그렇게 똘똘 뭉쳐서 밀어줬더니, 세상에 그런 법이……"

어머니는 흥분을 삭이지 못했다. 무소속으로 당선된 의원이 끝내 자유당에 입당한 것이다.

다음 선거에서 △△△는 ○○○와 다시 맞붙어 승리했다. 그때는 특별히 욕하는 사람도 없었다. 대중은 체념이라도 한 것처럼 보였다.

이야기는 4·19혁명 이후로 이어졌다. 마산의 소식이 들려왔다. 시위 군중이 어느 정치인의 집에 불을 질렀다는 소문이었다. 이를 들은 마을 사람들이 △△△의 집에 몰려가 장독을 다 깨부수는 일이 벌어졌다. 전후 사정을 다 알 수는 없었지만 그는 고소하다는 생각을 지울 수 없었다.

그후 7·29총선이 치러졌다. 원래 자유당 소속이었던 ○○○가 그의 마을로 찾아와 어르신들과 이야기를 나누었다. 중학생이 된 그도 호기심에 귀를 기울였다. 지난번 선거 개표 때 개표장 불이 꺼졌다는 이야기였다. 그래서 "야! 이 도둑놈들아. 내 표 내놔라!" 하고 고함을 쳤다는 것이다. ○○○는 그때 생각만 하면 피를 토하는 심정이 된다고 했다. 진지한 이야기였지만 그는 공감할 수 없었다. 그 사람 역시 자유당 시절에 무소속 후보의 유세를 방해하기 위해 차를 빼앗던 사람이기 때문이다. 그의 어머니가 목격한 장면이었다.

그의 어머니는 정치적 입장이 명확했던 만큼이나 처세도 분명했다. 어머니는 그와 형제들에게 자주 이렇게 이야기하곤 했다.

"모난 돌이 정 맞는 법이다."

이 말과 함께 등장하는 단골 레퍼토리도 있었다.

"다 계란으로 바위 치기다."

이야기의 끝은 언제나 똑같았다.

"나서려고 하지 말고 갈대처럼 살아야 한다. 바람이 불면 엎어져야 해."

세상에 대한 비판에 있어서는 그 누구보다 적극적인 공세를 폈지만, 세상에 대한 대응은 늘 적극적 방어의 기조를 택했다. 어머니는 그렇게 그를 가르쳤다. 선비 같은 아버지는 다른 사람 일에 끼어들었다가 몇 차례 낭패를 당하기도 했다. 그런 일을 몇 차례 겪은 뒤로 어머니는 '갈대'와 같은 처세술을 더욱 확고하게 움켜쥐었다.

아버지는 꽤나 입바른 소리를 하고 다니는 편이었다. 어머니는 그런 아버지를 무척 걱정하며 못마땅하게 생각했다. 좌우 대립이 심각하던 시절이었다. 이곳저곳에서 사람들이 죽었다는 소식이 들려왔다. 보도연맹과 전혀 무관한데도 한밤중에 암살당한 여선생도 있었다. 어머니의 걱정은 이만저만이 아니었다. 어머니는 그에게 자주 이야기하곤 했다.

"나 아니었으면 너희 아버지는 진즉 죽었다. 너는 아버지 얼굴도 기억 못할 뻔했다."

정치적 견해와는 상반된 처세술 때문에 그의 어머니는 결국 '우익 여편네'로 소문이 났다. 논리는 간단했다. '법 쥔 사람, 총 쥔 사람한테 어떻게 이길 수 있나? 대창 들고 나가도 총 한 방이면 다 죽는다'는 것이었다. 틀린 말도 아니었다. 귀에 못이 박인 그 이야기는 가난한 집 막내아들이 성장하는 과정에 큰 영향을 미쳤다.

그가 중학교 1학년이던 시절 이승만 대통령을 주제로 한 글 짓기 과제에 백지답안을 제출하자고 선동해 소란을 빚은 일이 있었다. 일이 벌어지자 큰형은 그에게 다른 학교로 전학시켜줄 테니 절대로 고개를 숙이지 말라고 당부했다. 어머니는 달랐 다. 어서 그만 학교에 용서를 빌 것을 주문했다. 어머니의 일관 된 처세술이었다.

읍내의 남산병원장이 직접 집에 와서 출산을 도왔을 만큼 그 는 난산 끝에 태어났다. 어머니는 그가 봉화산 정기를 받고 태 어났다고 말하곤 했다. 굉장한 태몽을 꿨다고 하면서도 부정 탈까봐 이야기하지는 않겠다고 입버릇처럼 말했다. 언젠가는 그 꿈이 이루어지는 모습을 볼 것이라는 말도 덧붙였다. 형의 전언에 따르면 백마가 말뚝에 매여 있었는데 어느 할아버지가 고삐를 쥐여주며 "타고 가라!"고 했다는 꿈이었다. 그가 태어난 집안은 가난했다. 마을 앞에는 큰 벌판이 펼쳐져 있었지만, 그 의 부모가 가진 땅은 별로 없었다. 어머니의 처세 교훈 못지않 게 집안의 가난도 그의 성장 과정에 큰 영향을 미쳤다. 공부 잘 하는 막내아들이긴 했어도 모든 것이 항상 부족한 집안이었다. 그는 아이들과 어울려 봉화산에 올랐다. 부엉이바위에 올라 작 은 마을을 내려다보면 우울이 그를 휩싸고 돌았다. 까마귀가 와도 먹을 것이 없어 울고 돌아가는 마을이라고 했다. 가난한

초등학교 4학년 봄소풍 때 급우들과 봉화산에 오른 노무현(뒷줄 왼쪽에서 두번째)

마을의 가난한 집, 그래서 어쩔 수 없이 가난한 소년이었다. 동급생의 좋은 가방을 보면 괜히 심통이 났고, 값비싼 학용품을 보면 어떻게 해서든 갖고 싶었다. 그런 욕심은 몇 가지 사건으로 이어졌다. 남의 멀쩡한 가방을 면도칼로 그어 찢어버리는가 하면, 짝을 꼬드겨 헌 필통을 새 필통과 맞바꾸기도 했다. 기억하고 싶지 않지만, 그의 뇌리에서 사라지지 않는 일들이었다. 가난이 지긋지긋할 때마다 그는 사자바위에 올랐다. 그곳은 그에게 부엉이바위와는 다른 느낌을 가져다주었다. 사자바위에 오르면 멀리 화포천에 이르는 드넓은 평야가 보였다. 벌판을 가로질러 달리는 기차도 보였다. 부산으로 가는 기차였다. 기차를 타고 가는 학생들도 보였다. 그들의 모습을 보면서 그는 꿈을 키웠다. 반드시 성공하겠다는 꿈이었다. 성공하여 보란듯이 잘살아보겠다는 꿈이었다. 그래서 자신에게 운명처럼 드리운 가난의 굴레를 벗어던지겠다는 각오였다.

전혀 무모한 꿈은 아니었다. 그는 확실히 남다른 아이였다. 공부도 잘했지만 자존심 또한 무척 강했다. 어린 나이에 천자문을 뗐다는 이야기는 인근 마을에 상당히 널리 퍼져 있었다. 마을에서는 '노천재'로 불리기도 했다. '돌콩'이라는 별명도 있었다. 별명답게 체구도 다부졌고 의지도 단단했다. 할 수만 있다면 그 작은 몸집 안에 우주를 담고 싶을 만큼 욕심도 컸다. 그는 친구들과 마을 뒤편의 자왕골에서 뛰어놀았다. 물장구를 치고 미끄럼을 타기도 했다. 진달래를 따고 칡도 캤다. 때로는 봉화산에 올라 옆으로 뉘어 있는 마애불을 보며 무언가 골똘히 생각하기도 했다. 하지만 그는 여전히 가난한 아이였다. 비주류의 운명을 벗어날 수 없는 소년이었다.

그가 사법고시에 합격하던 1975년에 아버지는 "이제 고생 끝"이라고 말한 뒤 얼마 지나지 않아 유명을 달리했다. 동네 까막눈들에게 글을 읽어주던 선비였다. 어머니는 환갑이 넘도록 고구마순과 딸기를 이고 30~40리 떨어진 마산에 내다팔았다.

아버지의 모습은 언제나 기억에 새로웠다. 일제강점기에 마름 노릇을 하던 사람이 해방이 되자 농장을 접수해 지주가 된 일이 있었다. 그후 농지개혁이 실시될 때 그 토지가 개혁 대상인지 여부를 놓고 많은 다툼이 있었다. 소작인들과도 시비가 잦았는데 그 지주는 진영 지역에서 막강한 세도를 부리는 사람이었다. 큰 정미소도 운영했고 자식들은 주먹을 쓰고 다녔다. 당시 그의 아버지는 지주와 아무 이해관계도 없는 자작농이었는데도 소작인 편을 들어 청원을 하러 다녔다. 법원에 증언도 하러 다녔다. 자주 불려간 편이었는데, 부산의 법정에 한 번 가는 것도 촌사람에겐 간단한 일이 아니었다. 두루마기를 다려 입는 등 의관을 정제해야 했다. 그것도 하필 바쁜 농사철이어서 어머니는 매일 잔소리를 하며 바가지를 긁었다. 그러던 어느 날이었다. 그는 하굣길에 소송 당사자들이 깡패들에게 두들겨맞아 유혈이 낭자한 모습으로 마을로 돌아오는 광경을 목격했다. 형이 나섰다가 싸움이 붙고, 아버지가 봉변을 당하기까지 했다. 그렇게 소송은 계속되었다. 그런데 막판에는 그 당사자가 소송이 불리해진 탓인지 지주와 화해하면서 아버지를 따돌려버렸다. 결국 아버지는 혼자 원수가 되었고 분하다는 하소연을 했다. 이때도 어머니는 "사람을 믿지 마라. 남을 위해 나서지 마라"고 이야기했다.

많은 사건이 있었던 어린 시절이었다. 가난에서 비롯된 열등감이 그 시절을 지배했다. 열등감의 이면에는 강한 자존감이 있었다. 자존감에 생채기가 날 때면 그는 반항하는 모습도 보였다. 반항의 대상은 주로 기존의 질서였다. 어른들이 만들어놓은 질서이기도 했고, 힘있는 사람들이 만든 질서이기도 했다. 동네를 휘젓고 다니는 깡패들의 모습은 오래도록 그의 뇌리에 남았다. 하지만 사람들이 작은 힘이라도 모아서 맞설 때, 힘센 자들도 결국 움츠러든다는 사실 또한 그의 머릿속에 각인되었다. 걸어서 학교 가는 길에 몇몇 상급생이 하급생들에게 자기 가방을 맡기고 걸었다. 끝없이 계속될 것 같은 그런 악행도 하급생 몇이 힘을 모아 저항하면 하루아침에 끝나고 만다는 사실을 목격하기도 했던 것이다. 훗날 인권변호사가 된 뒤로 특히 자주 떠올린 어린 시절의 교훈이었다. 어머니의 '모난 돌' 주장과 함께.

1부

바보의

탄생

1987년 6월항쟁, 그는 현장에 있었다. 민주헌법쟁취국민운동 부산본부의 상임집행위원장이었다. 점퍼 차림으로 매일 아스팔트 위를 뛰어다녔다. 최루탄 가스를 마시며 독재 타도를 외쳤고, 경찰에 쫓기면서 직선제 쟁취를 부르짖었다. 불의와의 싸움이었다. 그런 싸움이라 더욱 주저함이 없었다. 물러섬도 없었다. 천성과도 같은 투지가 그에게 있었다. 젊은 학생들 못지않은 전투적 자세로 그는 항쟁의 한가운데에 있었다. 마이크를 잡으면 웅변을 토해냈다. 구호를 외칠 때마다 다듬지 않은 더벅머리가 출렁거렸다. 청중을 응시하는 눈빛에는 분노가 녹아 있었고, 내뻗는 팔뚝에는 강한 긴장이 서려 있었다. 돈 잘 버는 변호사 일을 마다하고 나선 길이었다. 학생과 노동자를 고문하는 세력을 단죄하겠다는 분노로 마주선 싸움이었다. 딸과 아들이 사는 시대만큼은 '사람 사는 세상'으로 만들겠다는 치열함으로 달려간 투쟁이었다. 독재정권에 대한 적의를 표할 때마다 이마의 주름이 유난히 깊은 골을 만들었다. 15년 후 대선을 앞두고 그는 당시를 이렇게 술회하기도 했다.

"길거리에 나섰을 때도 맨 앞에 섰고, 그러다가 대충 최루탄 몇 번 '빠바방' 하고 터지면 도망가는 그런 식으로는 하지 않았습니다. 제가 가진 것을 다 내놓고 했습니다."

그는 확실히 항쟁의 중심에 서 있었다. 하지만 그곳은 부산이었고, 서울에 비하면 변방이었다.

6월항쟁은 승리 아닌 승리로 끝났다. 직선제를 쟁취했다는 점에서는 분명히 승리였다. 다만 그것이 6·29선언이라는 외형으로 나타났다는 점에서 불완전한 승리일 수밖에 없었다. 승리 여부와 상관없이 갈 길은 분명했다. 그는 노동운동의 현장으로 달려가 노동자대투쟁의 물결 속에 몸을 실었다. 같은 해 9월 대우조선 고 이석규씨의 유족을 돕다가 '제3자 개입' 혐의로 구속되기도 했다. 23일이라는 제법 긴 시간이었다. 변호사 업무도 정지당했다. 노동자대투쟁이 소강상태에 접어들면서 사람들의 관심은 김대중 김영삼 두 야당 후보의 단일화 문제로 집중되었다.

단일화가 대선 승패의 관건이었다. 부산의 재야운동 세력은 두 파로 갈렸다. '당연히 김영삼'을 주장하는 쪽과 '그래도 김대중'을 이야기하는 쪽이었다. 모두 자기중심의 단일화가 선善이었다. 재야는 김대중 후보와 관계가 밀접한 편이었다. 그런

1987년 6월 10일, 부산 충무동 로터리에서 플래카드를 펼쳐들고 가두행진중인 노무현과 시민들

데 몇 달 사이에 사정이 바뀌었다. 김영삼 후보와 가까운 사람들이 시민단체에 많이 가입하면서 세력이 엇비슷해졌다. 논의가 제대로 될 수 없었다. 모이면 갈등만 증폭되었다. 그는 중립을 지켰다.

모든 것은 서울이 중심이었다. 돈이나 경제가 그렇듯이 정치 역시 그랬다. 단일화에 관한 부산의 논란도 사실은 무의미했다. 그저 부산 내부의 논란일 뿐이었다. 그는 무력감을 느꼈다. 관련해서 한마디해야 할 경우에도 그는 최대한 조심했다. 자칫 내부 갈등으로 이어지지 않을까 우려했던 것이다. 어디를 가나 주장이 강한 사람이 있기 마련이었다. 따라서 다툼이 있긴 했지만 심각한 수준은 아니었다. 많은 사람들은 중립을 유지하고 있었다. '노변'(당시 노무현 변호사의 별칭)은 중립 그룹에 속해 있었다.

다른 지역과 다를 것이 없었다. 부산의 재야도 다양한 그룹으로 구성되어 있었다. 마흔을 갓 넘은 '노변'. 그의 나이는 위와 아래를 잇는 중간 지대에 있었다. '단일화' 이야기를 하자면서 그를 찾아오는 사람들이 있었다. 그는 말을 아꼈다. 논의가 심각해지지 않도록 하기 위해서였다. 단일화 논의에 미온적이라는 느낌을 줄 정도였지만, 이런 그의 신중한 자세도 결국 n분의 1에 불과한 것이었다. 양극단의 입장을 견지하는 사람들이 적지 않았다. 그들은 날 선 언어로 상대를 공격했다. '노변'은 무력감을 느꼈다. 모략도 있었다. 그는 우울함을 떨쳐낼 수 없었다.

"부산대 학생들 가운데 몇몇이 김대중 후보로부터 자금을 받아 운동을 하고 있다."

어느 날 김영삼 후보 지지자들이 그를 찾아와 털어놓은 이야기였다. 그는 상식에 비추어 생각했다. 쉽게 있을 수 있는 일은 아니었다. 그는 반문했다.

"근거가 있습니까? 근거를 이야기해주시지요."

근거다운 근거는 없었다. 결국 얼마 되지 않아 유언비어로 확인되었다. 시간이 갈수록 고심도 깊어지고 상심도 커져갔다. 손에 잡히는 방법은 없었다.

결국 재야는 단일화 논의 자체를 닫아버렸다. 부산의 재야운동 세력 안에서도 단일화와 통합 문제는 수면 아래로 잠복했다. 이를 계기로 양극단의 지지자들은 각기 사실상의 선거운동을 시작했다. 재야 일부도 양 진영에 가담해 선거운동을 했다. 그래도 부산 본류는 중립을 유지했고 공식적인 활동을 하지 않았다. 6월항쟁을 전후해 고양되었던 부산 재야의 분위기는 이즈음 완전히 가라앉아 있었다. 승리에 대한 벅찬 기대는 패배에 대한 우려와 불안으로 바뀌고 있었다. 그 와중에도 시간은 속절없이 흘렀다. 하루하루 지나는 만큼 대통령선거일은 다가왔다. 초조할 수밖에 없었다. 그에게도 일이 떨어졌다. 공정선거감시운동 부산본부장이었다. 거절할 수 없는 일이었다. 그것도 열심히 해야 하는 일이었다. 어느 편도 들 수 없는 자리였다. 그는 묵묵히 일했다. 부산은 사실상 선거운동을 할 필요조차 없는 곳이었다. 대선이 끝나고 난 뒤 그의 생각이었다.

공정선거 감시활동을 하는 데 돈이 필요했다. 모금을 했지만 생각만큼 쉽지 않았다. 그는 사비를 털었다. 개인적으로 아는 선배들이나 친구들을 찾아가 모금을 하기도 했다. 선거 기간에는 주로 청년들과 같이 일을 했는데, 선거 당일에 청년들이 폭력배의 각목에 맞기도 했다. 치료비를 구하러 백방으로 다녔지만 허사였다. 그리고 선거는 패배로 끝났다. 그의 입은 굳게 닫혔다. 패배감보다 더한 낭패감이었다. 아쉬움보다 더한 우울이었다. '노변' 노무현은 실의와 좌절에 빠졌다. 그는 그때 심정을 두고두고 '고통'이라고 표현했다. 참담한 것이었다. 이 참담함이 훗날 그의 운명을 좌우하는 결정적 계기가 되었다.

선거부정 시비가 뒤를 이었다. '노변'은 다시 거리로 나섰다. '부정선거이니 선거를 다시 해야 한다'는 주장이었다. 시민들이 냉소적인 반응을 보였다.

"미친 녀석들, 저희끼리 싸우다 깨먹어놓고서는 무슨 부정선거 타령이냐?"

이런 식이었다. 거리에 나섰다가 욕만 먹고 돌아와야 했다. 그런 말을 들을 때마다 그는 속으로 생각했다.

'단일화에 성공했는데도 선거에서 패했다면 엄청난 폭동이 일어났겠군.'

선거 패배의 충격은 쉽게 회복되지 않았다. 6월항쟁 당시에는 목숨까지 건다는 생각으로 함께 싸운 동지들이었다. 그때는 밤이 늦도록 회의하고 작전을 짜기도 했다. 새로운 날들에 대한 열망으로 하나가 된 동지들이었다. 어떤 고난도, 회유도, 세상의 변화도 갈라놓을 수 없을 만큼 단단해 보였던 유대이자 결속이었다. 그것이 단 한 번의 선거로 끝장나버리고 말았다. 선거 과정에서의 갈등은 돌이킬 수 없는 것이었다. 그후로도 오랫동안 관계는 회복되지 못했다. '노변'의 가슴속에도 큰 생채기가 남았다.

통합

1987년 13대 대통령선거가 끝나자 야권을 통합하자는 움직임이 가시화되었다. 그는 관심을 갖고 지켜보면서 통합운동에 가담했다. 패배의 고통에 함몰되기보다는 아픔을 근본적으로 치유하는 일에 나서야 한다는 생각이었다. 대우조선 이석규씨 사건 때문에 변호사 직무도 정지되어 있는 상황이었다. 노동이나 인권 상담을 주로 하면서 서울에서 들려오는 통합운동 소식에 귀를 기울였다. 기대와 달리 야권통합 시도는 결렬되고 말았다.

1988년 초, 통일민주당 김영삼 총재 진영에서 국회의원 출마 제의를 해왔다. 한겨레민주당과 민중의당으로부터도 제안이 있었다. 성향으로 따지면 그는 후자에 훨씬 가까웠다. 기회가 있을 때마다 한겨레민주당이나 민중의당 노선이 옳다며 지지 입장을 표명하고 있었다. 그러나 최종적으로는 통일민주당을 선택했다. '현실적인 판단'이었다. 여러 가지 고려가 판단의 근거가 되었는데, 무엇보다 대선에서 야권이 패배한 탓에 변호사 직무정지가 언제 풀릴지 기약할 수 없었다. 민권활동을 할 수 있는 공간이 필요했다.

노동자의 벗으로 남고 싶은 마음도 있었다. 대선의 쓰라린 패배가 그의 생각에 변화를 가져왔다. 국회에 들어가 노동자들의 문제를 대변하고 해결해야겠다는 생각이 들었다. 그 길만 있는 것은 아니었지만, 국회의원이라는 자리도 문제를 풀어가는 데 큰 도움이 된다는 생각이 들었다. 동고동락해온 젊은 친구들은 쉽게 동의해주지 않았다. 그는 그들을 직접 만나 눈물로 설득했다. 제도권 정치에 대한 생각의 차이가 컸다.

"제도권 정치가 한계도 있지만 합법적인 신분으로 그 속에서 싸우며 할 수 있는 일도 굉장히 많아요. 누군가는 그런 일을 해야 합니다."

젊은 사람들은 한겨레민주당으로 출마하기를 권하기도 했다. 그는 현실적이지 않다는 의견으로 답했다. 그의 설득에 결국 젊은 사람들 상당수가 선거운동에 합류했다.

국회의원선거가 본격화되었다. 부산의 모든 후보들은 당선되면 야권통합을 하겠다고 공약했다. 부산뿐만이 아니었다. 전국의 모든 후보가 똑같이 '야권통합'과 '군정 종식'을 공약으로 내걸었다. 부산 동구에서 허삼수 후보와 맞붙은 그는 압승을 거두며 13대 국회에 입성했다. 이로써 정치인답지 않은 정치인의 보기 드문 정치가 시작되었다. 가족과 함께 서울로 올라와 여의도에 거처를 마련했다.

서울로 올라온 그는 여러 사람을 만났다. 만나는 사람들마다 통합을 이야기했다. '통합'과 '새 정치'가 당면한 화두였다. 『시사저널』이 마침 야권통합과 관련한 국회의원 설문조사를 했다. 신민주공화당 소속 의원 한 사람을 제외하곤 모두 다 통합을 찬성했다. 하지만 각 당의 당수들은 통합 이야기가 나오는 것을 꺼렸다. 통합 이야기는 그냥 쑥덕거리는 수준으로 여의도를 맴돌 뿐이었다.

할 일은 많아 보였다. 할 수 있는 일도 많았다. KBS가 소유한 아파트 몇 채를 빌려 국회의원회관으로 사용하던 시절이었다. 비교적 넓은 평수의 한 동棟은 젊은 초선 의원들에게 집중적으로 배정되었는데, 방 하나를 나눠 두 의원의 사무실로 사용했다. 재야에서 활동하던 투사들 가운데 적지 않은 수가 국회에 입성했다. 노무현의 사무실도 그곳에 둥지를 틀었다. 왕성한 의욕을 가진 의원에게는 비교적 작은 사무실이었다. 그는 그곳에서 젊은 비서들과 낮밤으로 대화하고 토론하면서 자료를 뒤졌으며, 사회 분야 대정부질문을 다소 파격적인 톤으로 했다. 이어서 5공비리특위(제5공화국에있어서의정치권력형비리조사특별위원회) 청문회에서 두각을 나타내면서 '노변'은 하루아침에 스타 국회의원이 되었다.

정치를 오래하겠다는 생각을 굳힌 것은 아니었다. 하지만 정

1988년 11월, 5공비리특위 청문회장에서 항의하고 있는 노무현 의원

치권에 몸담고 있는 동안만큼은 야권통합에 힘을 쏟겠다는 다짐이 있었다. 노동 현장을 다니며 조사하고 노동자를 상대로 강연하는 틈틈이 통합운동에도 발 벗고 나섰다. 청문회 활동으로 주가가 높아진 터라 그의 행보는 정치권과 언론으로부터 많은 관심을 받았다. 이듬해인 1989년 4월에 동해시 보궐선거가 치러졌다. 그가 소속된 통일민주당에 유리한 선거구였다. 여당인 민주정의당은 물론, 평화민주당과 통일민주당이 각각 후보를 냈다. 선거전이 전개되면서 야당끼리 서로를 헐뜯는 장면이 연출되었다. '청문회 스타'라는 이유로 그도 지원유세에 집중 투입되었다. 사람들이 모인 곳을 찾아가 인사를 건넬 때마다 유권자들은 대뜸 통합을 주문했다.

"야당이 갈라져 싸우는데 이길 수 있습니까?"

이런 타박도 있었다.

"합치면 이길 게 뻔한데 왜 둘이 나와서 싸웁니까?"

도무지 이해할 수 없다는 표정이었다. 그의 당 후보가 선전하고 있었지만, 마음속은 편한 구석이 하나 없었다. 죽을 맛이었다. 선거 승리보다는 누가 야당으로서 주도권을 쥐게 될 것인가에만 집중하고 있었다. 그런 분위기가 과열되면서 결국 후보를 매수하는 사건이 벌어졌다. 공화당 후보를 돈으로 주저앉힌 것이다. 정치권에 발을 들인 이래 처음으로 그는 환멸을 느꼈다. 짧은 언어로 표현할 수 없는 깊은 상처였다. 모든 것이 싫어졌다.

동해시 보궐선거에서 후보 매수 사건이 발생한 뒤, 평화민주당은 통일민주당에 대해 비난의 목소리를 높였다. 그러면서 속으로는 희희낙락하는 모습이 역력했다. 그전까지만 해도 어떤 사안이 생기면 적어도 야당 간에는 공조하려는 분위기가 있었지만, 그런 분위기는 온데간데없이 사라졌다. 후보 매수 사건을 놓고 서로 치고받기를 거듭하다보니 틈새가 크게 벌어진 것이다. 공조를 하기에는 감정의 골이 너무 깊어졌다. 그런 와중에 노태우 대통령의 공약이었던 중간평가도 흐지부지되고 말았다.

　통일민주당의 아침 회의에도 변화가 생겼다. 아침이 되면 마포 당사 총재실에서는 티타임 같은 간담회가 열렸다. 이전에는 언제나 노태우 대통령을 비난하는 이야기로 간담회가 시작됐는데, 후보 매수 사건 이후에는 공격의 방향이 바뀌었다. 평화민주당 김대중 총재가 거의 매일 비난 대상이 되었다. 그렇게 한두 달이 가는가 싶었는데 이번에는 문익환 목사가 북한을 방문하면서 파문이 일었다. 상대적으로 재야와 가까운 평화민주당이 곤경에 처할 수밖에 없었다. 희희낙락은 통일민주당의 몫으로 바뀌었다. 그렇게 야당끼리 티격태격하다보니 이득을 보는 것은 노태우정권이었다. 여소야대 상황이었음에도 노태우정권은 국정을 운영하는 데 큰 어려움을 겪지 않았다. 평민당이 궁지에 몰려 있는데다, 야야 갈등까지 있어 사람들이 도무지 희망을 가질 수 없는 분위기였다. 8월에는 다시 서울 영등

포을에서 보궐선거가 치러졌다. 두 야당은 각기 후보를 냈다. 시민 후보도 한 명 출마했다. 출마 명분도 그럴듯했다. "야당이 갈라져 있으니 나온다"는 것이었다.

통일민주당은 당 전체에 동원령을 내렸다. 세몰이와 세과시가 선거운동의 대세이던 시절이었다. 그는 동원령에 불응했다. 선거가 끝날 때까지 그야말로 코빼기도 내밀지 않았다. 훗날 그는 이런 자신의 모습에 대해 이렇게 술회하곤 했다.

"그다지 좋은 정치인은 아니었던 것 같아요. 자기 마음에 들지 않으면 움직이지 않는 정치인이었으니까요."

그는 여전히 비타협적으로 기존 정치권을 대하는 정치인이었다. 재야의 생각과 기준으로 정치권의 관행과 문화를 바라보았다. 그래서 타협보다는 거절을 선택했다. 그즈음 통일민주당 김영삼 총재가 소련을 방문하는데, 그에게 같이 가자고 제안해왔다. 어떻게든 그를 달래보려는 노력이었다. 그는 주저 없이 거절했다. 총재는 일본사회당의 도이 다카코 당수를 만나러 갈 때에도 함께 가자고 제안해왔다. 그것도 딱 잘라 거절했다. 그는 총재로부터 제공되는 일체의 특혜를 거절하기 시작했다. 야권통합운동을 해야 하는 입장에서 부담스러운 일이라는 판단이었다. 김총재는 한두 달에 한 번꼴로 그에게 200만 원 정도 지원금을 주고 있었다. 보좌팀을 운용하고 사무실을 유지하려면 경비가 부족한 현실이라 유용하게 쓰곤 했다. 그는 단단히 마음을 먹은 후 이 돈도 거절했다. 분열된 야당에서 총재로 모신다는 게 아무래도 불편했다. 총재가 베푸는 특혜를 받다보면 통합운동에 쏟는 치열함이 약해질 수밖에 없었다. 불편하게 살 수는 있어도 부담을 안은 채 살 수는 없었다.

통합운동은 한때 탄력을 받으며 활발해지기 시작했다. 계기는 당직 개편이었다. 영등포을 보궐선거 결과 때문에 당직이 개편됐는데 이때 김정수 사무총장이 물러나게 되었고, 최형우 원내총무가 이에 반발하면서 야권통합운동에 뛰어든 것이다. 재야 출신 초재선 의원이 중심이었는데 당내 중진이 가세하자 통합운동은 크게 활기를 띠었다. 그의 마음도 은근히 들떴다. 답답함과 실망감을 안고 살았던 정치권 생활에 한줄기 빛이 다가온 느낌이었다. 그는 더욱 적극적으로 사람들을 만나며 통합의 필요성을 역설했다. 하지만 논의만 무성할 뿐 진척은 더뎠다. 운동이 공식적인 틀을 갖추고 출범해야 하는데 뜻대로 되지 않았다. 신문에는 연일 통합파 의원들의 이름이 오르내렸지만 언론의 관심은 명단까지였다. 그러다 평민당 사람들도 일부 참여하기 시작하면서 운동이 조금 더 탄력을 받는다 싶던 때에, 뜻밖의 일이 벌어졌다. 3당합당이었다. 여당인 민주정의당이 야당인 통일민주당, 신민주공화당과의 통합을 선언했다. 황당하고 어이없는 일이었다. 야권통합을 위한 그의 노력이 첫번째 좌절을 겪은 순간이었다.

현역 의원들과 당직자들이 김영삼 총재와 함께 썰물처럼 당을 떠났다. 남은 사람은 손가락으로 꼽을 수 있을 정도였다. 초라하기도 했고 처참하기도 했다. 지역 맹주의 한마디에, 함께 민주주의를 외치던 동지들이 하루아침에 상대 진영으로 넘어 가버렸다. 왜 정치를 시작했던 것일까? 이런 배반의 모습을 보려고 그가 판에 뛰어든 것은 아니었다. 이런 폭거를 무기력하게 지켜보기 위해서 재야를 떠나는 결단을 내렸던 게 아니었다. 정치인이 되면, 국회의원이 되면, 합법적인 신분으로 폭넓은 권한을 갖고 노동자의 벗으로 뛸 수 있으리라 생각했다. 더욱 많은 일을 할 수 있을 것으로 기대했다. 자신이 몸을 던진 야당이 어느 날 아침 일어나보니 여당이 되어 있을 것이라곤 상상도 할 수 없었다. 엄청난 좌절감을 느꼈다. 아프도록 참담한 기분이었다. 아픈 마음이 결국 그의 인생행로를 바꾸었다.

그의 인생행로는 몇 차례에 걸쳐 바뀌어왔다. 첫번째가 사법고시 합격이었다면, 두번째는 부림사건 변론과 인권변호사로의 변신이었다. 그리고 세번째 큰 변화가 바로 1990년 1월의 3당합당이었다. 그는 정치인의 길을 걷기로 다짐했다. 3당합당을 계기로 그는 투사의 길을 포기하고 정치를 선택했다. 노동자와 서민을 대변하는 일도 중요하지만, 무엇보다 먼저 분열의 정치를 바로잡아야 했다. 지역으로 나뉘어 싸우는 정치구도를 바꿔야 했다. 이 문제를 해결하는 데 그는 자신의 인생을 걸기로 결심했다.

당연히 그는 3당합당을 거부했다. 함께 잔류한 통일민주당 의원들과 무소속 의원들이 손을 잡고 민주당을 창당했다. 새로운 여당인 민주자유당에 합류한 민주계 의원들, 즉 통일민주당 출신들이 민주당을 견제하기 시작했다. 자신들과 지지기반이 겹치기 때문이었다. 그들은 지역에 다니면서 "저 사람들은 곧 평민당으로 가버릴 사람들"이라는 소문을 퍼뜨렸다. 그렇다고 평민당측에서 민주당 사람들을 우호적으로 대해준 것도 아니었다. 평민당에서는 "우리가 유일 야당"이라면서 덩치가 작은 민주당을 몰아붙였다. 그런 상황에서 통합운동을 한다는 것은 사실상 불가능했다.

현역 의원이 8명밖에 되지 않는 당이었지만 내부 갈등은 의원이 70명 있는 당보다 더 많았다. 창당할 때부터 큰 갈등이 야기되었다. 야권통합 문제였다. '곧바로 야권통합에 나서야 한다'는 것이 한 축이었다. 다른 한 축은 '동쪽 지역(영남권)에서 야당을 복원하고 나서 평민당과 합쳐야 한다. 그러니 통합의 깃발은 당분간 내려놓자'고 했다.

이런 갈등 속에서 또하나의 새로운 흐름이 생겨났다. 창당을 위해 지구당 위원장이 되려는 사람들의 신청을 받기 시작할 무렵이었다. 창당을 결의할 때부터 확정해놓았던 원칙이 있었다. 평민당이 현역 의원으로 있는 지역에는 지구당을 창당하지 않는다는 원칙이었다. 그래서 처음부터 그런 지역에는 조직책도 선임하지 않았다. 그런데 어느 시점부터 이 원칙이 무너질 조짐을 보이자 그가 나섰다. 김정길 의원, 이철 의원, 장기욱 전 의원 등과 함께 끝까지 원칙을 지킬 것을 주장했다. 결국 원칙은 관철됐는데 이 과정에서 그는 모난 사람이라는 평을 듣게 되었다.

창당 작업이 어느 정도 진행된 후, 통합교섭이 시작되었다. 교섭은 그가 생각하는 만큼 진전되지 않았다. 그럴 수밖에 없는 이유가 있었다. 평민당은 의석수가 70석이었다. 민주당은 8석에 불과했다. 정치권에서는 의석수로 모든 것을 평가하는 게 상식이긴 했다. 그런 시각에 따르면 당 대 당의 대등한 통합은 불가능했다. 흡수되는 것 말고는 도리가 없었다. 그렇게 되면 그의 당은 영남권에서 다음 선거를 치르는 데 매우 불리할 수밖에 없었다. 그렇게 되어서는 지역구를 지켜낼 수 없다는 절박함이 있었다. 통합된 당에서 영남권 세력이 대등한 정치적 지분을 가질 필요가 있었다. 딜레마였다. 많은 논란이 있었다. 결국 몸값을 비싸게 부르게 되었다.

3당합당 선언이 있고 나서 반년이 지났을 무렵인 1990년 7월의 일이었다. 당시 노무현 의원은 이해찬, 김정길, 이철, 이상수 의원 등과 '정치발전연구회'라는 모임을 만들어 활동하고 있었다. 모임은 야권통합을 지향하면서 당의 경계를 넘어 교류했다. 그때 3당합당으로 거대해진 민주자유당이 병역법과 방송법 등을 날치기 통과시켰다. 야당이 반대하던 법안이었다. 이 사태를 접한 노무현은 이해찬, 김정길, 이철 의원과 함께 의원직 사퇴서를 던졌다. 이 기사는 기자회견 사진과 함께 모든 신문의 1면을 장식했다. 세간을 충격으로 몰아넣은 사건이었으나, 다른 야당 의원들의 시선은 곱지 않았다. 실제로 엄청난 욕을 들어야 했다. 돌출행동이라는 이유였다. 그러나 야당 의원들은 그렇게 욕하면서도 결국은 총사퇴 결의에 동참해주었다.

상황이 이렇게 전개되자 통합협상이 다시 탄력을 받으며 재개되었다. 결국 야권통합 선언대회를 갖기로 합의가 이루어졌다. 장소는 보라매공원으로 정해졌다. 통합에 대한 기대가 최고조에 달했다. 그의 희망도 커졌다. 불가능해 보이기만 하던 통합이 눈앞의 현실로 다가오고 있었다. 그 시점에서 김대중 총재가 정치력을 발휘했다. 평민당과 민주당 국회의원 전원이 의원직 사퇴서를 제출한 상황이었는데, 한편에서는 통합협상을 추진하도록 하여 그 선언대회를 열게 한 후 본인은 별도로 단식투쟁에 돌입한 것이다.

정국이 얼어붙었다. 여당이 어려운 지경에 몰렸다. 10월 8일 단식에 돌입하면서 김대중 총재는 '새로운 정치'를 요구했다. 관건은 지방자치제였다. 김총재는 13일간의 단식투쟁을 통해 끝내 이를 관철시켰다. 이즈음 보라매공원에서 '보안사 불법사찰 범국민 규탄대회'가 열렸다. 평민당 지지자들이 많이 참석했다. 대회를 마치고 관계자들이 퇴장하는데 그들이 민주당 지도부를 향해 돌을 던졌다. 집회에서 연설한 내용이 마음에 들지 않는다는 게 이유였다. 노무현 의원은 마침 지도부의 차에 동승하지 않았다. 그런 차에 올라 군중을 향해 손을 흔드는 게 여전히 익숙지 않았기 때문이다. 그런 그의 체질이 오히려 화를 면하게 해준 셈이었다. 언론은 집회보다 이 사건에 더욱 주목해 대서특필했다. 이로써 야권통합은 물건너가고 말았다. 그는 다시 절망했다.

언론들은 그가 몸담고 있는 작은 민주당을 비난했다. 통합당의 지분에 대해 과도하게 욕심을 낸다는 것이었다. 그렇게 비칠 수 있다는 점을 모르는 것은 아니었다. 욕심낸 건 사실이었다. 당내 지분에서 그럴듯한 명분을 얻어내야 이기택 총재도, 노무현 김정길도 부산에서 입지를 확보할 수 있는 게 현실이었다. 서울이나 수도권 사람들은 대체로 통합에 적극적이었다. 반면 부산·경남 사람들은 통합에 소극적이었다. 그럼에도 김정길 의원과 그는 적극적으로 통합을 주장했다. 어찌 보면 비정상적인 정치였다.

지방의회선거가 1991년에 치러졌다. 기초와 광역으로 분리하여 각각 3월과 6월에 실시되었다. 그는 영남 지역을 헤매고 다녔다. 후보를 발굴해서 출마시켜야 했다. 말처럼 쉬운 일이 아니었다. 정당이란 이념을 중심으로 모이는 결사체인데, '이념'은 없고 한 '사람'만 있었다. 어렵사리 섭외해서 출마를 권유하면 사람들이 손사래를 쳤다. 거절하는 이유가 비슷했다. 김영삼 총재와 개인적 인연이 있다는 것이었다. 혹은 김영삼 총재를 개인적으로 존경한다는 것이었다. 그들에게는 '김영삼 총재'가 곧 '민주주의'였다. 한때 당 생활을 같이했던 동료들은 김영삼 총재를 '변절자'라고 비난하기만 할 뿐, 실제로는 움직이지 않았다. 그런 상황에서 영남권 야당을 재건한다는 것은 사실상 지난한 일이었다. 겨우겨우 구색을 갖춰 선거를 치렀다. 결과는 전멸, 참혹한 패배였다. 지역구도 정치의 넘지 못할 벽을 처음으로 느껴야 했다. 평민당은 4월에 재야인사를 영입하며 '신민주연합당'이라는 이름으로 재출범했지만, 역시 두 차례 선거 모두 서울과 수도권에서 만족스러운 성과를 올리지 못했다. 결국 통합논의가 재개되었다. 민주당에서는 통합이 이루어지지 않으면 탈당하겠다는 의원까지 생겨났다. 벼랑에 몰린 야권은 결국 통합을 이루어냈다. 1991년 9월 10일의 일이었다. 통합협상 과정에서 신민주연합당이 엄청난 양보를 했다. 조직강화특위의 지분도 5 대 5, 당내 지분도 5 대 5였다. 당명 역시 그가 속한 민주당의 이름을 그대로 쓰기로 했다.

지역구도 해소를 위한 여정의 첫 시작이자 성과였다. 그는 작은 기쁨을 느꼈다. 이런 방식의 통합을 지켜나간다면, 아니 거듭해나간다면 더이상의 분열은 없으리라 생각했다. 영호남으로 갈라져 서로를 적대하는 정치는 없을 것이었다. 상대 지역에 대한 험구로 표를 구하고, 또 그런 사람에게 표를 던지는 선거 또한 더는 없을 것이었다.

°낙
　선 　거
　　　 듭
　　　 되
　　　 는
　　　 시
　　　 련
　　　　 °

　야권통합의 상대였던 신민주연합당이 엄청난 양보를 해준
것은 김대중 총재의 결단에 따른 것이었다. 7개 의석에 불과한
민주당을 대등하게 대접해주었다. 통합으로 탄생한 당은 김대
중 이기택 공동대표 체제로 운영되었다. 작은 민주당으로서는
최대한을 얻은 것이었다. 통합 선언을 하고 나니 1992년 14대
총선이 6개월 앞으로 다가와 있었다. 그는 당장 선거를 준비해
야 했다.

　"부산에서 출마할 생각일랑 아예 하지도 마소!"

　부산 사람들은 이구동성으로 오지 말라고 했다. 김대중 총재
와 같은 당을 하면 부산 바닥에선 당선될 수 없다는 이야기였
다. 서울로 지역구를 옮기든지, 전국구로 진출하든지 하라는
것이었다. 그의 대답은 한결같았다.

　"공동대표 체제의 당 대 당 통합을 한 것도 영남권에 출마하

는 사람들을 배려한 것입니다. 그래놓고는 이제 와서 이곳에서
도망가는 것은 말이 안 됩니다."

다른 선택을 할 명분이 전혀 없었다. 그 점을 설명했지만 사
람들은 여전히 고개를 가로저었다. 어떻게든 뭉개면서 있어보
라는 것이었다.

지역구를 옮기라는 권유가 사실 처음은 아니었다. 통일민주
당 시절에도 있었다. 당시 사무총장이던 서석재 의원이 그에게
인천 쪽 출마를 권하기도 했다. 그는 한 귀로 흘려들었다. 지역
구 출마를 다시 생각하기보다 어떻게 하면 노동자의 이해를 대
변할 것인가에 관심이 더 있었던 때였다. 노동 관련 사건만 뒤
쫓아다니던 그에게 지역구 문제는 큰 관심사가 아니었다. 3당
합당 이후 본격적인 정치를 하기로 마음먹은 후에도 창당과 통
합에만 몰두했을 뿐이었다. 지역구를 바꿀 이유는 전혀 없었
다. 오히려 부산이라는 김영삼 총재의 아성에 도전해야 할 상
황이었다. 사람들의 손사래를 외면하고 그는 결국 부산 동구로
내려갔다. 선거 결과는 노무현 후보의 참패였다. 5만 9894표
대 3만 397표.

그는 납득할 수 없었다. 쉽지 않은 선거임은 잘 알고 있었다.
그래도 그에게 승리의 희망을 건 사람들이 적지 않았다. 스스
로도 일말의 기대를 가지고 있었다. 지난 4년을 돌이켜보면 전
반기 2년 동안에는 '청문회 스타'라는 별칭을 얻을 만큼 남다
른 의정활동을 했다. 후반기 2년 동안은 공동화된 영남권 야당

을 복원하기 위해 동분서주했고 야권통합이라는 대의에 헌신했다. 특별한 과오도 없었고 손가락질 받아야 할 잘못도 없었다. 달라진 것이라곤 부산 출신 김영삼 총재의 당적뿐이었다. 생각보다 큰 표차에 그는 절망했다.

'이런 게 정치인가?'

그는 한숨을 내쉬었다. 3당합당을 계기로 본격적인 '정치'의 길을 걷겠다고 맹세한 굳은 다짐이 흔들렸다. 곧 현실로 다가올 것 같던 지역구도 정치의 청산이 아득히 먼 과제로 느껴졌다. '국민통합'으로 가는 길이 무척이나 멀고 험할 것임을 깨닫기 시작했다. 그는 불운한 자신의 운명을 예감했다. 통합을 위한 노력은 이제 그에게 벗어날 수 없는 족쇄가 되고 있었다. 끝없이 부산을 떠나려 해도, 끝내 다시 부산으로 돌아올 수밖에 없는 운명이었다. 좌절과 고뇌를 안겨주며 그의 한평생을 관통할 '통합'이라는 화두가 구체적으로 모습을 드러내고 있었다. 패배의 아픔에 침잠해 있을 만한 시간적 여유는 없었다. 다시 12월 대통령선거가 임박해 있었다.

1992년 8월 초순, 지리산 쇠점터에서 열린 민주당 전국 청년 당원 연수회. 2000여 명의 청년 당원이 계곡에 텐트를 치고 모였다. 그가 강연을 시작했다. 사람들의 뇌리에 오래도록 남을 명연설이었다.

"여기는 전라도와 경상도가 만나는 지점입니다. 여기서 우리가 역사를 만듭시다. 경상도 사람으로서 김대중 후보를 지지하는 것은 이 나라를 하나로 만들기 위한 일입니다."

대선 국면이 본격화되면서 그는 청년특위 위원장을 맡았다. 곧바로 '물결유세단'을 꾸려서 부산에 내려가 선거운동을 했다. 열심히 동분서주했고, 부지런히 남북을 오르내렸다. 왜 부산 출신 정치인인 자신이 김대중 후보를 대통령으로 만들려고 하는지 설명했다. 호남의 분위기는 뜨거웠지만 영남의 분위기는 냉담했다. 부산은 더욱 그랬다. 부산이 키운 김영삼이라는 정치 거목이 여당의 대선후보였다. 총선에 이어 대통령선거운동을 하는 동안 그는 부산의 정서와 점점 더 멀어지고 있는 자신을 발견했다. 대선은 또다시 패배로 끝났고, 김대중 후보는 정계 은퇴를 선언했다. 아픔이 있긴 했지만 주저앉을 일은 아니었다. 그 정도에서 물러날 각오로 정치인의 길을 선택한 것은 아니었다.

그는 1994년에 에세이집 『여보, 나 좀 도와줘』를 출간했다. 낙선했지만 '청문회 스타'라는 이름값을 기대했다. 책을 팔면 어려운 여건에 도움이 될 것으로 생각했지만 기대만큼은 되지 않았다. 정치인으로서는 보기 드물게 솔직담백한 자기고백이라고 주위에서 평가해주었다. 책 제목도 그가 직접 지었다. 정치활동을 내조하는 데 소극적인 아내에 대한 아쉬움의 표현이기도 했다. 그런 가운데 1995년 지방선거가 임박했다. 그는 여러 가지 방식으로 정치적 활로를 모색했다.

1992년 14대 총선에서 낙선한 후 몇몇 사람들이나 일부 언론이 그에게 질문을 던지곤 했다. "부산시장에 출마할 생각이 있는가?" 딱 잘라 대답하지는 않았지만 그는 출마할 생각이 없었다. 정치적 진로에 대해 다양한 방향으로 모색하던 시기였다. 시장 출마 여부와 상관없이 부산에 정치적 기반을 마련하기 위한 노력은 계속했다. 그런 일환으로 '부산지역정책연구소'를 설립하기도 했다. '지방자치실무연구소'의 분소 같은 개념이었다. 그러면서도 시장 출마는 염두에 두지 않았다. 안 될 것이 너무나 분명하다는 판단이었다.

지방선거가 예정된 1995년. 지난 대선에서 패한 후 정계 은퇴를 했던 김대중 아시아태평양평화재단 이사장이 이해 초에 정치적 사안에 대해 한두 차례 언급했다. 정계의 전면에 다시 등장하는 수순이었다. 시작은 1994년 말이었다. 당시 이기택 민주당 대표는 12·12 관련자들의 처벌 문제를 놓고 등원거부 투쟁을 주도하며 김영삼 대통령을 압박하고 있었다. 김대중 이사장은 "적절한 판단이 아니다"라며 반대 의사를 분명히 밝혔다. 동교동과 이기택 대표의 갈등이 수면 위로 떠올랐다. 노무현은 등원거부에 반대하는 입장을 취했다. 동교동 편을 들어준 셈이었다.

부산은 그렇지 않아도 시장으로 당선되기가 어려운 곳이었는데, 여기에 여러 가지 사정이 더 겹쳐버렸다. 김대중 이사장의 정계 복귀가 그 첫번째였다. 민주당을 대하는 부산의 민심이 악화될 수밖에 없었다. '노무현이 동교동과 가깝다'는 입소문도 무시할 수 없는 것이었다. 그렇지 않아도 나설 생각이 없는 선거였다. 이런저런 상황까지 겹치다보니 그는 시장 출마에 대해서는 엄두도 낼 수 없었다. 아이로니컬한 일은 지지도 여론조사를 하면 그가 1위로 나온다는 것이었다. 19%의 지지율이었다. 그가 나서야 한다는 근거 자료로 당 안팎에서 활용되기도 했다. 그러나 좀더 냉정하게 분석해야 할 조사 결과였다. 2위인 박관용씨는 17%, 3위 서석재씨가 14%, 4위 문정수씨가 9%의 지지율을 보이고 있었다. 세 사람 모두 민주자유당 소속이었다. 민자당 후보 전체에 대한 지지율을 따지면 그에 대한 지지율의 두 배가 넘었다. 이를 토대로 그는 사람들에게 출마 생각이 없다고 분명히 말했다.

단호하게 거부 의사를 표명하고 다녔지만, 그의 마음 한구석은 불편했다. 불편함 수준을 넘어서는 걱정도 있었다. 공당, 그것도 제1야당이 부산에서 시장후보를 내지 못할 상황이었다. 체면이 말이 아니었다. 모른 체하고 있을 수도 없는 처지였다.

사람들은 "대안이 없으면 당신이 나서라!"고 요구했다. 선뜻 나설 수도 그렇다고 딱 잘라 거절할 수도 없는 상황이었다. 몇 가지 갈등이 마음속에서 똬리를 틀고 있었다. 명분과 실리가 뒤엉켜 판단을 어지럽히고 있었다. 저울질은 아니었다. 그는 이해를 따지는 사람이 아니었다.

하나는 경기도지사였다. 몇 차례 여론조사에서 그가 1위로 나온 것이다. 여당 후보는 이인제씨였다. 여론조사 결과를 놓고 보면 그를 이길 수 있는 후보는 노무현이 유일했다. 기분이 나쁘지 않았다. 부산과 달리 누군가 출마하라고 권유해주었으면 하는 욕심이 생겼다. 하지만 아무도 그런 이야기를 꺼내지 않았다. 경기도지사후보를 놓고 계파 간 갈등이 심각해, 그에게 출마를 권할 당내 분위기가 전혀 아니었다. 그렇다고 자천으로 나서자니 명분도 없었다. 한편으로는 부산시장후보 문제를 놓고 개입하던 중이었다. 이래저래 나설 수 없는 상황이었다.

다른 하나는 서울시장후보의 러닝메이트였다. 민주당 후보로는 조순씨가 뛰고 있었다. 선거 초반에 지지세가 높지는 않았다. 후보로 등록하는 날까지도 무소속 박찬종씨가 오히려 우위를 점할 정도였다. 이해찬 의원이 조순 후보의 러닝메이트 자리를 그에게 제안했다. 당선되면 정무부시장 역할을 하게 되는 것이었다. 역시 욕심이 생겼다. 정무부시장이 되면 3년 후 차기 서울시장을 노려볼 수도 있었다. "침이 꿀꺽 넘어가는 제안"이라고 표현할 정도였다. 이 제안에도 그는 쉽게 답변하지 못했다. 망설임 속에 후보경선 등록일이 다가왔다. 그는 결국 부산시장 후보경선에 등록하고 말았다. 뿌리칠 수 없는 그 무엇이었다. 운명이라는 생각도 들었다.

어쩌면 이번 지방선거가 눈 딱 감고 부산과의 인연을 끊을 수 있는 계기였다. 낙선의 사슬에서 풀려날 수 있는 기회이기도 했다. 그의 최종 선택은, 흔쾌하지는 않았지만 부산에 남는

1995년 6월 지방선거 기간, 부산의 한 초등학교를 방문한 노무현 부산시장후보

것이었다. 떠나고 싶었지만 떠나겠다고 말할 수 없었다. 발목이 잡히는 것이라 생각하면서도 그대로 발목을 잡히고 말았다. 어쩔 수 없는 선택, 피할 수 없는 운명의 고리가 이어지면서 그에게 '동서통합의 적임자'라는 별칭이 주어졌다.

그의 머릿속에는 언제나 부산에도 야당을 만들어야 한다는 생각이 자리잡고 있었다. 단 한순간도 마음에서 떠나지 않은 생각이었다. 김영삼 이후의 야당을 만들어야 했다. 민주당을 전국정당으로 만들어야 했다. 최소한 양김이 손을 잡고 야당을 이끌던 시대를 복원해야 했다. 그것이 당면과제이자 지상과제였다. 어떤 희생을 치르더라도 이루어내야 할 숙명이었다. 그에게는 정치의 동서분할 구도를 극복해야 한다는 명분 이상의 것이 없었다. 결코 뿌리칠 수 없는 명분이었다.

여론은 좋았다. 대부분의 여론조사에서 민자당 문정수 후보에 앞서 있었다. 다만 "누가 당선될 것 같은가?"로 물으면 나른 결과가 나왔다. 그런 때문인지 일부 언론들은 '당선 가능성'에 대한 응답을 제목으로 뽑기도 했다. 어쨌든 각종 여론조사에서 그는 계속 우위를 유지했다. 그러던 중 선거판을 크게 뒤흔드는 변수가 생겼다. 김대중 이사장이 전라북도에서 지원유세를 시작하면서 '지역등권론'을 내세운 것이었다. 논란이 불붙었다.

'어느 한 지역이 권력을 독점해서도 안 되고, 어느 한 지역만이 소외되어서도 안 된다.' 이것이 지역등권론의 주요 내용이었다. 각 지역이 권리를 균등하게 나눠 갖고 각자의 권리를 바탕으로 수평적인 협력관계를 유지해야 한다는 것이었다. 김대중 이사장은 지역패권주의와 지역차별주의, 망국적 병폐인 지역감정을 극복할 수 있는 방법으로 지역등권론을 제시했다. 현실에서는 문자 그대로 해석되지 않았다. '또다른 지역감정의 표현'이라는 주장도 있었다. '지역등권론에 의한 지역분할 구도가 오히려 지역할거주의를 더욱 부채질하고 국민 분열을 가속화할 우려가 있다'는 비판도 제기되었다. 부산에서는 논란이 더욱 심각했다. '지역등권론' 자체가 곧바로 지역주의로 이해되었다. 그는 속으로 생각했다.

'전라북도에서 지더라도 부산에서 이기면 더 큰 도움이 될 텐데……'

김대중 이사장이 선거 보도의 첫 화면을 장식하기 시작했다. 정계 복귀는 이미 기정사실화되었다. 부산에서의 방송은 중앙 소식이 끝나야 부산시장선거 보도로 이어졌다. 첫머리 뉴스에 김대중 이사장이 등장하면서 '민주당은 김대중 당'이라는 이미지가 굳어졌다. 그는 지지도가 하락하고 있음을 피부로 느꼈다. 마침내 지지도는 역전되었다. 선거일을 닷새 앞두고 실시된 여론조사에서였다.

선거를 한창 치르는 와중이라 '지역등권론'의 정확한 내용을 파악하기도 어려웠다. 조목조목 이해할 겨를이 없었다. 판세는 살얼음판이었다. 모든 게 조심스러웠다. 어렵게 승리를 거둔다면 '지역구도 정치'를 깨는 계기가 될 수도 있었다. 그런 만큼 지역주의를 자극하는 변수를 꺼릴 수밖에 없었다. '지역' 이야기는 그의 선거에 불리하게 작용했다. 그는 지역등권론에 대해 반대 입장을 분명히 했다.

그는 패배했다. 문정수 51%, 노무현 37%였다. 부산에서의 두번째 패배였다. 사실 조직도 역부족이었다. 초반에 그의 우세가 계속되자 민자당은 조직을 총동원해서 그에 대한 흑색선전에 나서기도 했다. 어쨌든 그는 선거 이후 각종 여론조사에서 부산·경남을 대표하는 정치인으로 올라섰다. 패배가 그의 정치적 명성을 더욱 높여준 것이다. 훗날 그는 부산시장선거의 패배담을 이렇게 이야기했다.

"부산 사람들이 비난을 받곤 하는데 막상 부산에서는 이야기가 다르다. 호남에서는 거의 100%를 찍어주고 있는데, 다른 지역에 기반을 둔 당에 37%의 표를 찍어주는 곳이 어디 있느냐는 반론이다. 당선시키지는 못했지만 37%의 표를 찍어줄 여유가 있는 곳이 부산 아니냐는 것이다. 어쩌면 그런 점 때문에 내가 다시 일어설 수 있었던 것 아닌가 싶다. 그것이 부산을 포기할 수 없게 만든 배경이 되었다. 부산은 매력이 있는 곳이다."

1995년 7월 김대중 이사장은 새로운 정당을 창당할 것임을
밝혔다. 지방선거를 치르는 과정에서 당은 이미 심각한 분열의
길을 걸었다. 특히 경기도지사후보와 관련한 갈등은 돌이킬 수
없는 것이었다. 이기택 총재는 장경우씨를 고집했고, 동교동
쪽은 이종찬씨를 내세웠다. 양보 없는 갈등이 큰 싸움으로 번
졌다. 결국 후보 선출을 위한 도지부대회는 폭력 사태가 발생
하면서 파행으로 치달았다. 최종적으로는 장경우씨가 후보로
확정되었다. 김대중 이사장은 이 시점에 분당을 결심한 것으로
보였다.

어떤 일이 있어도 분열만은 막아야 했다. 그의 간절한 생각
이었다. 정치인이 된 후 이미 절반의 역정을 통합의 길로 걸어
온 사람이었다. 가만히 앉아서 분열을 맞을 수는 없었다. 그는
다양한 방향으로 노력했다. 여러 가지 신호를 동교동으로 보냈

다. 우선 '7월 전당대회를 하면 이기택 총재가 당선되기 어려울 것'임을 이야기했다. 그는 이면에서 김원기 부총재를 밀고 있었다. 김부총재를 대표로 내세우기 위해 이런 메시지도 보냈다.

"결국 마땅한 사람이 없으면 김대중 이사장을 추대하는 움직임이 생기지 않겠습니까? 지금 당장 정계 복귀를 하지 말고, 일단 전당대회를 치른 후 다음 대선을 기다리는 게 어떻습니까?"

온갖 노력에도 불구하고 분열을 돌이킬 수는 없었다. 결국 분당이 선언되었다. 사람들 대부분이 새정치국민회의로 옮겨 갔다. 남은 사람들은 두 부류로 나뉘었다. 이기택 총재 계열이 그 한쪽이었다. 다른 한쪽은 이기택 총재를 지지하지 않으면서 2선 후퇴를 요구하는 그룹으로 '구당救黨모임(구당과 개혁을 위한 모임)'을 형성했다. 이철, 제정구, 김정길, 김원기, 조세형, 김근태 등이 그 면면이었다.

구당모임 내에서도 이견은 있었다. 분당을 기정사실화하며 김대중 이사장을 비판하자는 입장이 있었다. 다른 쪽은 비판을 유보하면서 같이 당을 해나가야 한다는 입장이었다. 잔류한 사람들 간에 주도권 다툼이 시작되었다. 이기택 총재는 '구당모임'을 'DJ 2중대'로 규정하고 비판했다. 민주당은 12월에 재야 출신으로 구성된 개혁신당과 통합하면서 '통합민주당'으로 이름을 바꿨다. 홍성우 변호사, 장을병 교수 등이 합류했다. 이기택, 김원기, 장을병 3인 공동대표 체제였다. 내부 갈등이 봉합된 채로 1996년 4·11총선을 치르게 되었다.

세 명의 공동대표는 각자 정치생명을 걸고 사지死地로 출전했다. 이기택 대표는 부산 해운대에, 장을병 대표는 강원도 삼척에, 김원기 대표는 전북 정읍에 출마했다. 장을병 대표만이 당선되어 돌아왔고 이기택 대표와 김원기 대표는 낙선하고 말았다. 노무현은 1990년 3당합당 당시의 잔상을 떠올렸다. 그때도 그랬었다. 합당을 단호히 거부한 후 부산에 내려가보면 시민들의 반응은 좋았다. 적극적으로 호응해주는 사람들이 꽤 많았다. 시간이 흐르면 사람들은 하나둘씩 멀어졌다. 나중에 보면 거의 대부분이 대세를 따라가고 있었다.

노무현은 부산을 떠나 종로에서 출마했다. '정치 1번지'로 불리는 곳이었다. 막상 부산을 떠나려고 하자 이유를 묻는 사람들이 있었다. 원래 그의 선거구는 부산 동구였다. 김정길 의원은 원래 지역구인 영도를 떠나 중구 출마를 준비중이었다. 선거를 앞두고 중구와 동구가 하나의 선거구로 합쳐졌다. 누군가 한 명은 다른 지역구로 가야 하는 상황이었다. 마침 서울 종로에는 나서는 후보가 없었다. 통합민주당은 '3김청산'을 메인슬로건으로 내걸었는데, 상징적인 지역에 후보가 없는 상황이었다. 여론조사 결과도 좋은 편이어서 선뜻 종로 출마를 결심했다. 분당에 대해 반대하는 분위기도 꽤 있어서 통합민주당을 지지하는 분위기를 많이 접한 터였다. 당선 가능성이 높다는 판단도 작용했다. 그는 지역주의 청산을 내걸고 선거운동을 했다. 민자당이 이름을 바꾼 신한국당에서는 이명박씨, 새정치국민회의에서는 이종찬씨가 각각 후보로 나섰다.

선거 초반 여론조사 결과를 보니 팽팽한 국면이었다. 그는 첫 유세에 나섰다. 사람들이 제법 모였다. 당을 함께해온 호남 사람들도 보였다. 선거가 중반을 넘어 막바지로 치닫자 분위기가 달라졌다. 피부로 느낄 수 있었다. 골목 안으로 들어서면 사람들을 만나기 어려웠다.

"이번에는 미안합니다. 어쩔 수 없습니다."

마주치는 호남 사람들의 이야기였다.

그래도 큰길에서 유세하면 사람들이 많이 모였다. 종로에서 유세를 한 뒤, 차에서 내려 사람들과 악수를 나누었다. 그중 한 사람이 말했다.

"열심히 하소! 내 부산 출신입니다."

그가 반색하며 손을 잡고 물었다.

"고맙습니다. 종로 어디 사십니까?"

그 사람은 멋쩍은 웃음을 지으며 대답했다.

"내는 송파 삽니다."

속에서 '아하, 틀렸구나' 하는 탄성이 나왔다. 그는 어렵겠다는 판단을 했다. 선거 결과는 참담했다. 1위는 4만, 2위는 3만, 그는 1만 7000표에 그쳤다.

종로 선거의 패배는 그에게 많은 것을 남겨놓았다. 우선 '3김청산'이라는 구호를 접게 되었다. 지역주의를 '청산'한다거나 '타파'하자는 말도 하지 않았다. 논리로 설득될 문제가 아니라는 판단이었다. 언젠가 쌍방이 합쳐지는 계기가 필요하다는, 그래야 해결될 문제라는 생각이 들었다. 지역정서는 누가 설득한다고 하루아침에 변할 문제가 아니었다. 역사적 경험까지 녹아서 똘똘 뭉치고 응어리진 것이 지역정서였다. 영호남 양쪽으로부터 신뢰받는 정당, 또는 정치인이 나온다면 그 첫걸음이 될 것이라는 판단이 들었다. 그는 생각을 이렇게 정리했다.

'정당의 지도자는 상징성이 강하다. 보스 중심으로 운영되는 우리의 정당 체제를 감안할 때 영남과 호남 지역 모두에서 지지를 받는 사람이 나온다면 비로소 지역구도가 해소될 수 있지 않을까?'

이런 고민의 연장선상에서 그는 이후 새정치국민회의 입당을 결심하게 된다.

그런 인물이 나오기 위해서는 제도도 바뀔 필요가 있었다. 그는 국회의원선거가 중대선거구제로 바뀌어야 한다고 생각했다. 그의 지론이었다. 종로 선거의 패배를 계기로 그는 제3당으로는 지역당 타파가 불가능하다고 확신하게 되었다.

통합민주당의 총선은 실패로 끝났다. 당은 다시 전당대회를 열고 체제를 정비했다. '구당모임'은 홍성우 변호사를 앞세워 이기택 대표와 경쟁했지만 역부족이었다. 패배한 사람들이 모여서 '통추(개혁과 통합을 위한 국민통합추진회의)'를 결성했다. 그는 이 조직을 결성하는 데 반대했다. 그의 생각은 이랬다.

'정치조직을 만든다는 것은 1997년 대선에 가담한다는 의미다. 그것 자체는 문제가 아니다. 통추 내에는 크게 두 부류가 있다. 한쪽은 김대중 총재와 함께 결코 정치를 할 수 없는 사람들이다. 다른 한쪽은 신한국당에는 절대로 갈 수 없는 사람들이다. 대선 국면이 되면 난감한 상황이 될 수밖에 없다. 현실적으로 김대중 총재의 승리는 불가능해 보이는 상황이다. 이철, 제정구 의원처럼 정서적으로 김대중 총재와 함께할 수 없는 사람들도 있다. 결국 신한국당으로 가자는 주장이 나올 것이다. 그러면 '절대 못 간다' 하는 사람들도 나올 것이다. 결국 또다시 갈라질 수밖에 없다. 그런 모습이 국민들 보기에 과연 좋겠는가?'

의견이 분분했다. 정치를 하려면 정치조직을 만들어야 한다는 주장도 있었다. 통추를 만들어 몸값을 올려놓아야 한다는 이야기도 있었다. 혼자 참여하지 않으면 '독불장군'이라는 별명을 듣게 될 처지였다. '나중에 갈라질 텐데……' 하는 생각을 하면서도 그는 결국 통추에 참여했다.

통추의 구성원들은 개성이 강했다. 김대중 총재의 승리가 어렵다는 여론조사 결과가 나오고 이수성씨가 여당 후보가 될 전망이 보일 때에는 그쪽으로 기울기도 했다.

그후 이회창씨가 신한국당 후보로 결정되었고, 이쪽은 김대

1997년 11월, 김대중 새정치국민회의 총재와 만찬장에서 환담을 나누는 노무현 전 의원과 통추 멤버들

중 후보가 확정되었다. 여론조사 결과는 57 대 27 또는 55 대 35였다. 여론이 이렇다보니 야권의 후보를 바꿔 정권교체를 해야 한다는 주장도 나왔다. 어차피 안 될 거라며 시큰둥해하는 분위기도 있었다.

　정치는 변화무쌍했다. 이회창씨 아들의 병역 문제가 불거지자 이인제씨가 전면에 등장했다. 본격적으로 삼파전이 시작됐고 이인제씨는 상승 무드였다. 이회창씨 쪽은 '3김청산'을, 이인제씨는 '세대교체'를 내세웠다. 국민회의 쪽은 '정권교체'가 슬로건이었다. 이인제씨 인기가 상승하자 신한국당에서도 일부가 이탈해서 합류했다. 통추도 흔들리기 시작했다. 이인제씨와 손을 잡자는 주장도 나왔다. 그는 도저히 동의할 수 없었다.

개인에 따라 입장의 편차가 있었다. 김원기 의원, 박석무 의원은 호남 출신이라 그렇게 할 수 없었다. 노무현과 김정길 의원의 경우는 또 달랐다. 노무현에게 3당합당은 전형적인 변절이었다. 그 길을 갔던 사람들이 잘되는 것을 그는 견딜 수 없었다. 인정할 수 없는 현실이었다. 그는 "통추에서 이인제씨를 지지한다면 나도 출마하겠다"고 밝혔다. '노무현 대선 출마 표명'으로 언론에 보도되기도 했다.

이인제씨 지지 여부를 놓고 통추에서 회의가 열렸다. 그는 밤을 새워 글을 썼다. '왜 이인제씨는 안 되는가?'라는 제하의 글이었다. 다음날 아침 일찍 그는 글을 회의장에 돌렸다. 결국 회의는 무산되었다. 이인제씨 캠프에서 나온 사람이 그의 모습을 지켜보고 있었다. 그가 돌린 유인물 때문에 서로 아무런 말을 하지 않고 헤어졌다. 일단은 성공한 것이었다.

통추가 이인제씨 진영에 가담했다면 한나라당에서 추가로 탈당하는 사람들이 있었을 것이므로 세를 더욱 불렸을 것으로 전망한 사람도 있었다. 실제로 어떻게 전개되었을지는 알 수 없는 일이었다. 그런 상황이 되었지만 그는 정작 새정치국민회의에 입당하자는 말을 하지 못했다. 그후 내부에서 한나라당이냐 국민회의냐를 놓고 의견이 대립했다. 이인제씨는 가라앉기 시작했다. 마지막까지 토론했지만 결론을 내지 못했다. 결국 각자 갈 길을 가는 것으로 정리되면서 헤어졌다. 그는 '정권교체'를 선택했다. 생각은 이러했다.

'600년 동안 정권교체의 역사가 없었다. 권력의 편에 서야만 비로소 권력을 이어받을 수 있는 역사였다. 권력에 맞선 사람 가운데에는 패가망신하지 않은 사람이 없다. 자손들의 앞길까지도 막아버렸다. 적어도 무사하게 밥이라도 먹고 살려면 권력이 무슨 일을 하더라도 시비를 가리지 말고 납작 엎드려 살아야 하는 기회주의 역사가 600년이다.'

'이 역사를 마감하고 양심과 신념으로 옳고 그름을 따지는 세상을 만들려면 정권교체가 반드시 필요하다.'

°선
언 정아
치닙
, 니
그다
렇。
게

는

게

부산 사람들은 그의 국민회의 입당을 적극 반대했다. '국민
회의에 입당하면 절교하자'는 사람도 있었다. 그는 이렇게 설
득했다.

"정권교체는 우리 시대의 중요한 과제입니다. 동북아시아의
미래를 봐야 합니다. 우리 사회는 엘리트 집단주의입니다. 이
렇게 가면 사회가 정체됩니다. 우리 사회의 변화를 만드는 개
혁노선이 필요합니다. 야당은 야당입니다. 이합집산을 해왔지
만 야당입니다. 저는 호남 쪽 편을 들 수밖에 없습니다. 지역구
도 때문에 모든 것이 다 비정상으로 되어 있습니다. 불신과 갈
등을 부추겼던 역사를 청산합시다. 불행을 남기지 않는 역사를
만듭시다. 저는 이 분열에 가담할 수 없습니다. 저와 김정길 의
원마저 등을 돌리고 호남이 패배하면 그것이야말로 깊은 절망
일 것입니다. 그것은 정말 생각할 수가 없습니다."

그후 사람들은 그와 함께 김대중 후보의 선거운동을 열심히 했다.

그의 참모들 중에는 이인제씨 진영으로 가자고 하는 사람이 없었다. 통일민주당 시절 이인제씨와 노동위원회 활동을 같이 할 당시의 관계를 잘 알고 있기 때문이었다. '한나라당으로 가자' '국민회의로 가자'는 논쟁은 있었다. 그는 자신이 숙명적으로 호남을 등질 수 없는 사람임을 이야기했다. 인생의 방향을 이쪽으로 잡은 사람임을 설득했다. 결국 입당 조건만이 문제가 되었다. 보궐선거가 예정된 지역을 선택하자는 이야기가 나왔다. 종로, 구로을, 송파 등이었다. 세 지역 모두 기존 위원장과의 관계나 인연이 깊었다. 결국 아무런 조건을 달지 않고 입당했다. 1997년 대통령선거 당시 그는 김대중 후보를 지지하는 TV 찬조연설을 했다. 연설은 큰 반향을 불러일으켰다. 그는 그렇게 정권을 교체하는 데 일조했다.

사람의 일이란 한 치 앞을 모르는 것이었다. 정권이 교체되자 종로를 맡고 있던 이종찬 부총재가 안기부장에 임명되었다. 그는 종로에서 보궐선거를 치르게 되었다.

그가 1996년에 처음 종로구를 택하게 된 데는 배경이 있었다. 민주당에서 새정치국민회의가 분당되었을 때였다. 몇몇 사람들이 남아서 지역구도 타파를 주장하면서 3김정치의 청산과 새로운 정치문화를 이야기했다. 그후 남은 민주당은 개혁신당과 통합했다. 통합 후 회의를 할 때마다 그는 마음이 상했다. 자신을 비롯한 기존 구성원은 구舊정치인이 되고, 새로 합류한 사람들은 참신한 정치인으로 대접받았다. 자존심이 상하기도 했지만 통합의 대의를 위해 참아낼 수 있었다. 당내의 역학구도상 그는 개혁신당 쪽의 이익을 적극적으로 옹호해주어야 하는 처지였다. 대리인 역할도 해주어야 했다. 하지만 실제로는 개혁신당 쪽으로부터 구박을 받기도 했다. 그러던 중 개혁신당 쪽에서 지명도가 높은 사람들이 종로구를 노크하다가 모두 피해버리는 것이었다. 그때 오기가 발동했다. 종로를 선택하게 된 동기 가운데 하나였다. 그의 정치를 보면 가끔 그런 오기가 작용할 때가 있었다. 종로에서 부산으로 내려갈 때도 비슷한 상황이 있었다.

"정치 물이 독한가보다. 정치 물만 먹으면 사람이 변한다."

이즈음 그가 자주 하던 이야기였다. 일종의 냉소적 표현이었다. 그는 이렇게 말하곤 했다.

"정치를 하지 않는 사람들이 정치에 대해 강하게 비난을 하곤 하는데, 그야말로 떳떳하게 정치에 들어와서 검증을 거쳐야 그렇게 이야기할 수 있는 게 아닐까? 정치의 이런 속성 때문에 검증을 거쳐야 하는 게 아닐까? 그렇게 검증을 거친 사람만이 큰소리를 할 수 있는 것 아닐까? 김대중 대통령도 말했다. '정치는 흙탕물 속에서 핀 연꽃'이라고."

국민회의에 입당하기 전에 그는 종로로 이사를 했다. 그후

1998년 7월 보궐선거에서 공천을 받고 당선된 것은 행운이었다. 부처님이나 하느님이 마련해준 자리라고 그는 생각했다. 종로에는 내로라하는 사람들이 많이 살았다. 명망가들, 재계의 누구누구 하는 사람들이 다 종로에 살고 있었다. 부산 동구에서는 지역구 전체에 변호사가 노무현 한 명밖에 없었다. 자문역으로 공인회계사를 구하려 해도 없었다. 종로는 변호사, 공인회계사 등 전문 지식인이 수도 없이 많았다. 대학교수가 2000여 명이었다. 평창동, 창신동, 동대문시장 등 지역도 아주 다양했다. 종로 지역구를 관리해서 지역구 후원회를 잘 만들어놓으면 정권도 만들 수 있겠다고 그는 생각했다.

답답한 점도 없지는 않았다. 지역구민 가운데 일부 서민들은 그가 개설한 무료 법률상담소에 찾아와 개인적으로 애로 사항이나 민원을 이야기했다. 특별히 뚜렷한 지역구 사업도 없었다. 그러다보니 국회에 있으면 부산 사람들이 중요한 지역 사업이나 민원을 들고 찾아왔다. 지역구가 부산인지 서울인지 헷갈릴 정도였다. 그는 정체성의 혼란을 느꼈다. 사람들은 정치 1번지 종로의 국회의원을 명예롭게 생각하는 편이었다. 그는 그렇지 않았다. 이곳으로 도망 와서 안정된 생활을 하고 있다는 느낌이 자꾸 들었다. 부산에서 쫓겨나온 사람, 피신처에 안주하고 있는 사람이라는 생각이었다. 논리 이전에 심정적인 부담이었다.

정치적인 상황도 마음에 부담을 주었다. 정권이 바뀐 상황이

1998년 7월, 국회의원 보궐선거를 앞두고 새정치국민회의 총재인 김대중 대통령에게서 공천장을 받고 있는 노무현 후보

었다. 그는 김대중 대통령후보를 위해 TV 찬조연설을 했다. 당시에는 김대통령으로 동서통합이 완성된다기보다 호남도 정권을 한번 잡아야 한다는 생각이 강했다. 정권교체가 되니 정치의 동서구도를 해소해야 한다는 생각이 부담으로 작용하기 시작했다. 부산과 영남에 제대로 된 여야 구도, 즉 민주주의 정치구도를 만드는 것이 그의 몫이라는 생각이었다. 그는 책임감을 느꼈다. 거기까지였다. '언젠가는 가야 하는 것 아닌가?' 하는 생각만 있었다. 직접 결단을 내리기는 쉽지 않았다. 그러던 중에 계기가 생겼다.

1998년부터 1999년 1월 사이에 한나라당 이회창 총재는 영남 지역을 많이 돌았다. 대규모 집회를 열고 김대중 대통령을 강력히 비판하면서 지역대결 구도를 만들어나갔다. 지역감정은 시간이 지나면 골이 깊게 패기 마련이었다. 지역감정만큼은 정말 심각한 것이었다. 그는 고심했다. 지역구도를 극복하는 방향으로 가야 하는데 현실은 전혀 다른 방향으로 가고 있다는 판단이었다. 다소 충동적인 면도 없지 않았다. 어쨌든 그런 상황이 그에게 자극을 주었다. 그는 '부산으로 간다. 지금 가자!' 하는 결심을 굳혔다.

그는 마음으로 분개했다. 한나라당은 '호남이 다 해먹는다'며 노골적으로 지역감정을 부추기고 있었다. '영남의 중장비가 다 호남으로 갔다. 인사 편중이 심각하다'는 말도 돌았다. 정치적 이익을 위해서 지역감정을 부추기는 것이었다. 그는 정면으로 말하고 싶었다.

'정치, 그렇게 하는 게 아닙니다.'

'우리가 3김정치를 이야기하며 개탄했는데 그 근본이 지역 구도에 있는 것 아닙니까?'

'지금 뭐하고 있는 겁니까?'

말로는 할 방법이 없었다. '정치는 이렇게 하는 것이다. 국민이 요구하는 정치는 이런 것이다. 자기희생과 헌신을 요구하는 것이다.' 그는 그런 무언가를 보여주고 싶었다. 결단을 내렸다. 1999년 2월 9일이었다. 그는 부산으로 돌아가겠다고 선언했다.

"지역 갈등을 더이상 부추겨서는 안 된다. 동서통합을 위해서 내려간다."

그렇게 성명서를 냈다. '이익을 위한 정치'와 '희생의 정치'를 대비하려는 것이었다. 그는 두 가지 모습이 언론을 통해 선명하게 대비되기를 원했다. 언론은 그렇게 써주지 않았다. 오히려 '속셈이 뭔가?'라는 의문이 제기되었다. 나름대로의 계산이 있는 것처럼 보도되었다. '이종찬씨에게 지역구를 내주기로 약속했던 것이 아니냐?'라는 말도 있었다. 심지어는 밀려난 것이 아니냐는 추측도 있었다. '당 지도부의 동진정책 전략이다'라는 해석은 그나마 나았다. '노무현의 승부수'라는 표현도 있었다. 기사들 가운데서 가장 잘 써준 것이었다. 전체 기사들을 보면서 그는 절망감을 느꼈다.

평소에 자신의 이익만을 계산하며 정치를 해왔다면 굳이 절망할 일은 아니었다. 그는 자신의 이익을 위해 정치를 해온 기억이 없었다. 중요한 고비마다 소신으로 길을 선택했다. 보편적 대의에 맞게 희생과 헌신을 해왔다는 생각이었다. 그런 모습들은 전혀 참조가 되지 않고 있었다. 오로지 '속셈' '힘' '역학관계'와 같은 낱말들만 등장했다. 결국은 국민들에게 그렇게 전달될 수밖에 없었다. 이래서야 어떻게 희망과 감동을 줄 수 있겠는가 하는 생각에 안타까운 마음뿐이었다.

실제로도 그는 이종찬 부총재와 지역구 문제로 아무런 협의를 하지 않았다. 먼저 결정을 한 다음에 찾아가 상의했을 뿐이었다. '선거가 1년 2개월이나 남아 있는데 하필이면 왜 그 시점이냐?'는 의문도 있었다. 한나라당의 영남권 집회 때문이었다. 어차피 부산으로 가야 한다는 생각은 이미 있는 것이었다. 그 시점을 선택한 것은 이회창 총재에게 경고하고 싶었기 때문이다.

사실 정치인은 지역구 살림을 하는 사람이 아니다. 그래도 유권자들은 자기 지역의 살림꾼으로 국회의원을 뽑는다. 국회의원이 지역의 애로 사항도 잘 살펴주면, 그것이 자랑이 되기도 한다. 그런 만큼 지역의 정치인에 대해서는 애증의 폭이 크다.

그가 종로에 왔을 때에는 약간의 저항도 있었다. 한편으로는 '이제 종로 국회의원다운 국회의원이 왔구나' 하고 생각하는 당원도 많았다. 그로부터 6개월도 지나지 않아 부산으로 간다고 선언했으니 당원들의 입장에서는 배신감이 클 수밖에 없었다.

'역시 노무현이다. 금배지를 버리면서까지 정치적 신념을 지키는군' 하는 사람도 있었을 것이다. 한편으로는 '종로 사람들을 뭐로 보는 거야? 뽑아줬더니 한마디 의논도 없이 자기 맘대로 보따리를 싸는 거야?' 하는 사람도 있었을 것이다. 어느 쪽에서든 구박을 하기 마련이었다. 지구당을 정리하는 동안 그는 사람들을 피해 다니기도 했다.

작별인사를 하는 날이 왔다. 종로구청 강당에 당원, 당 간부와 지역 유지 들이 모였다. 그는 미안한 마음으로 단상에 섰다. 명분이야 당당했다. 진짜 간다고 생각하니 그 자신이 황당하기도 했다. 선언한 이후 종로구를 다녀보니 그렇게 좋은 곳이 없었다. 동네 생김이 그림 같았다. 롯데호텔에서 바라보는 청와대의 모습도 좋았다. 곳곳에 체육공원과 약수터가 있어서 아침에 건강 관리를 하면 그것이 선거운동이 되었다. 선거 때 뛰던 골목을 다니면서 그는 "애통하다" "아쉽다"는 이야기를 나누었다. 당원들의 심정도 비슷했다.

그 자리에서 그는 당직 인선을 발표하여 정리했다. 당원들도 만감이 교차하고 있었다. 그는 조심스럽게 입을 열었다. 미안하다고 양해를 구하는 자리였다. 그는 생각의 전부를 이야기했다. 당당함을 자랑할 이유도 없었다. 어쩔 수 없이 해야 하는 일이라서 하는 것이라고 말했다. 좋아서 하는 일이 아니라고 간곡히 용서를 구했다. 점차 자리가 숙연해지더니 마지막에는 사람들이 전부 공감을 해주었다. 진심에서 우러나오는 박수가 터졌다. 순간 그는 눈물을 왈칵 쏟았다. 눈물의 의미는 알 수 없었다. 그 사람들이 고마워서인 것 같기도 했고, 종로를 버리는 게 아까워서인 것 같기도 했다. 앞으로 헤쳐나가야 할 일이 너무 막막해서일 수도 있었다. 펑펑 눈물이 쏟아졌다.

그는 연설을 길게 했다. 내용은 대강 이러했다.

"종로 와보니 좋더라. 명예롭고 주민들 수준도 높고 유서 깊은 1번지이다. 한양 정도 600년, 그 600년의 역사가 살아 숨쉬는 지역인 종로, 여러 가지가 최상의 조건이다. 문화가 있고 역사가 있다. 여기서 국회의원으로 당선시켜준 여러분에게 감사하다는 말씀을 드리며, 나도 여기서 계속 1번지의 국회의원을 하고 싶다. 그러나 나 혼자 여기서 편하게 할 수는 없다. 반쪽 정권의 한계를 갖고 있다. 정권의 공과에 대한 평가가 지역감정과 결합되면 공은 10분의 1로 깎이고 과는 10배로 증폭된다. 이것이 지역감정이다. 김영삼 대통령도 결국 성공하지 못했다. 이래가지고선 나라가 안 된다. 극복해야 한다. 많은 사람들이 싸우러 간다고 표현하지만, 싸우려고 가는 것은 아니다. 전국당이라야 성공한다. 미안하다. 나를 따뜻하게 지역구 위원장으로 맞아주신 여러분께 감사한다. 좋은 바닥이라 더 좋은 분 오실 것이다."

선거구는 부산을 목표로 삼았다. 시간적 여유가 있었다. 그는 우선 경남 쪽 일을 맡아서 지역의 뿌리나 기반을 만들어볼 생각이었다. 경남의 일을 보고 부산으로 넘어올 만큼 시간적 여유는 있었다. 그는 정균환 사무총장과 상의를 했다.

"부산에 가서 활동을 해야 하니 당에서 특별기구를 하나 만들어주세요."

그의 말에 사무총장은 "정말이냐?"고 되물었다. 그러고는 동남특위를 만들어주었다.

조세형 총재권한대행에게도 보고했다. 조대행은 "왜 그러는 것이냐?"고 자꾸 물어왔다.

"잘 아시지 않습니까? 한번 해보겠습니다."

그의 대답이었다.

"이런 수준에서 내가 총재에게 보고합니다. 진짜 보고해도 괜찮아요?"

조대행은 거듭 되물었고 그는 "괜찮습니다"를 연발했다.

모두들 그의 진심을 의심하고 있었다. 어떤 사람들은 "떨어질 줄 뻔히 알면서……"라고 칭찬을 하기도 했다. '무모함'이라는 표현을 쓰기도 했다. 그렇지는 않았다. 그는 무모한 사람이 아니었다. 실제로 여론조사를 해보면 어느 지역구에서도 한나라당 의원과 비슷한 수준의 지지도가 나왔다. 그는 명분 있게 서면로터리 같은 데에 나서겠다는 생각이었다.

위험하기는 했지만, 새로운 기대도 있었다. 김대중 대통령이 당선되었으니 정치의 구도가 바뀌어 영호남 대결구도가 되지 않을 것이라는 판단이 있었다. 무모하거나 불가능한 일만은 아니었다. 선거 막판까지도 여론조사를 하면 당선될 가능성이 높게 나왔다. 한 군데는 된다는 것이 정설이었다. 의미가 있고 또 충분히 가능성이 있었다.

내려가기로 결정을 한 뒤 그는 경남 쪽 활동을 시작했다. 1999년 3월 무렵부터였다. 그전에 종로지구당을 정비했다. 당의 실무조직들에게 매일 문제를 제기하고 잔소리를 해야 할 정도로 당운영이 힘들었다. 그런 조직들을 운영하기 편하게 정리했다. 임시지구당대회를 열어 대행을 뽑았다. 한 달 반 정도가 지난 3월 말에 마무리를 지었다. 이후 경남지부장을 맡으면서 동남특위를 만들었다. 이 기구를 통해 경남과 부산시에서의 정책활동을 시작했다. 초창기에는 활동도 좋았고 분위기도 좋았다. 행사를 해보면 알 수 있었다. 기여도 상당히 많이 했다. 그런 와중에 '옷 로비' 사건이 터졌다. 제법 날씨가 더울 때였는데 '모피 코트' 때문에 일이 힘들었다. 중앙당에 올라와 농담을 하기도 했다.

"내려갈 때에는 그래도 부산의 물 깊이가 목 정도까지였는데, 옷 로비가 오는 바람에 완전히 물에 빠져 죽게 생겼다."

그런 표현을 할 정도로 걷잡을 수 없는 내리막길이었다. 결국 그는 서면로터리에 나가겠다던 기를 꺾었다. 지역구 사업을 통해 사람들을 끌어들이겠다는 생각으로 지역구 민원이 상대적으로 많은 강서구를 선택했다. 초기에는 실제로 그런 생각이 효과를 보는 듯했다. 지역의 발전, 지역민원 해결 등이 먹히는 듯싶었다. 나중에 보니 결국 표가 떨어져버렸다. 보수성이 강한 지역일수록 지역감정이 강했다. 그렇게 2000년 선거에도 무너지고 말았다.

16대 총선 기간인 2000년 4월, 부산의 한 아파트단지에서 어린이들에게 둘러싸여
선거유세중인 노무현 후보

2000년 4월 13일 총선, 그는 부산 북·강서을 선거에 출마했다. 참모들은 1995년 시장선거 때보다 더 열심히 뛰었다. 지역주의의 벽을 뛰어넘기 위해 보상, 개발제한구역, 경제 살리기 등 온갖 민원을 해결했다. 매우 구체적으로 민심을 잡아나갔다. 녹산공단, 지사단지, 삼성차 재가동과 르노 매각, 경마장 유치, 신발산업 고부가가치화 등이었다. 강서 지역 개발과 부산 지역의 경제회생을 동시에 충족시키는 큰 사업들이었다. 그가 직접 뛰어다니며 해결한 것들이었다. 공무원사회와 선거구 민심은 노무현에게 쏠렸다. 모든 여론조사가 그의 우세를 뒷받침하고 있었다. 20회 이상의 각종 여론조사에서 모두 이기는 것으로 결과가 나왔다. 사실상 승부가 났다는 판단이었다. 1995년 부산시장선거의 경험을 되살려 공조직과 사조직을 이중 삼중으로 엮어 조직적으로 표단속도 하며 세세히 점검했다.

선거를 사흘 앞둔 4월 10일 7시 30분에 뜻밖의 소식이 날아들었다. 잠시 후인 10시부터 6·15남북정상회담의 개최를 발표한다는 것이었다. 선거 참모들은 1995년 선거 당시 지역등권론의 악몽을 떠올렸다. 일부 참모들은 이번에는 절대로 그냥 넘어가서는 안 된다는 분위기였다. 청와대에 항의 전화를 하자는 의견도 있었고, 대통령과 담판을 해야 한다는 의견도 나왔다. 이야기를 들은 그는 곧바로 이렇게 대답했다.

"민족에게는 기쁜 소식인데, 나에게 불이익이 돌아온다고 이의를 제기하면 되겠는가? 대범하게 정도로 가세!"

당
선 희
  망
  의
  길.

2000년 7월의 일이었다. '노사모(노무현을 사랑하는 사람들의 모임)'가 하계수련회를 부산 광안리에서 열었다. 노무현 전 의원도 초청했다. 행사가 열린 카페의 이름은 '아테네'였는데 천장이 낮았다. 노무현 전 의원이 나타나자 실내에서 우레와 같은 박수가 터져나왔다. 이어서 '청문회'가 진행되었다. 연애에 대한 질문도 있었고 결혼생활에 대한 질문도 있었다. 그는 여유 있게 대답했다. 이어서 노래하고 춤추며 어울리는 시간이 있었다. 시간이 지나고 그가 떠날 시간이 되었다. 남자 회원들이 그를 헹가래 치겠다며 나섰다. 네댓 명의 젊은이들이 그를 들어올렸다. 첫 헹가래로 그의 몸이 30센티 정도 허공으로 올랐다. 두번째는 조금 더 높이 올라갔다. 세번째는 두세 명의 회원이 더 가담했고 들어올리는 호흡도 일치했다. 그렇지 않아도 낮은 천장이었다. 그의 몸이 허공으로 오른 순간, 머리가 천장에 '꽝' 소리를 내며 부닥쳤다. 내려온 그는 두 손으로 머리를 움켜쥐었다. 주변의 모든 사람들은 안색이 변했다. 수행비서가 걱정스러운 표정으로 달려왔고, 주위 사람들은 "괜찮습니까?"를 연발했다. 그렇게 10여 초가 지났을 무렵, 그가 한 손으로 머리를 만지기 시작했다. 고통스런 얼굴에 살짝 미소가 감돌았다. 그러더니 한 손으로는 천장을, 또 한 손으로는 자신의 머리를 가리키며 말했다.

"저건 나무고 이건 돌 아이가?"

그에게 '노사모'가 생겼다. 노무현을 사랑하는 사람들의 모임이었다. 2000년 4월 총선에서 그가 낙선한 뒤 자발적으로 생겨난 팬클럽이었다. '노사모'를 두고 그는 자신을 "행복한 정치인"이라고 표현했다.

그는 원래 세과시를 좋아하는 정치인이 아니었다. 물론 사람이 많으면 이야기를 더 잘하는 편이기는 했다. 그렇다고 사람을 일부러 모으는 것은 딱 질색이었다. 더욱이 이름만 있고 껍데기뿐인 조직은 내켜하지 않았다. 그래서 정치를 10여 년 해오는 동안 그 흔한 산악회 하나 없었다. 그런 그에게 아주 독특한 조직이 생겨난 것이었다. 그야말로 저절로 생긴 지지모임이었다. 고맙기도 했지만 자랑스러웠다.

그들이 활동하는 모습을 보며 그는 살가움을 느꼈다. 기존 정치권에서는 볼 수 없는 모습이었다. 가장 큰 차이는 그들은 격려는 해도 그에게 생색을 내지 않았다는 것이다. 모든 정치 조직의 특징이 생색내기였다. 하지만 노사모는 달랐다. 모임이 있어도 참석하라고 독촉하지 않았다. 돈을 내라는 일은 더더욱 없었다. 획일적으로 운영되는 것도 아니고 각 그룹마다 다양하고 아기자기한 아이디어로 운영했다. 그의 가슴에 찡하게 와닿는 고마움이 있었다. '꼭 정치를 해야 하나?' 하는 회의가 들 때에도 그들을 생각하며 '정치를 해야 한다'고 마음먹기도 했다.

2001년 봄, 노무현은 해양수산부장관직에서 물러났다. 재임 기간은 8개월을 온전히 채우지 못했다. 짧은 기간이었지만 많은 일들이 있었다. 그는 뉴스메이커였다. '언론과의 전쟁 불사' 발언으로 비롯된 논란도 있었고, '기회주의자는 지도자로 모시지 않는다'는 철학도 신문의 지면을 장식했다.

의원은 아니었지만 그는 여의도로 돌아왔다. 서여의도 금강빌딩에 이미 캠프가 차려져 있었다. 그는 장관 시절 경험을 구술하는 것으로 캠프의 일상을 시작했다. 캠프는 새천년민주당의 대통령후보 당내경선을 준비했다. 가능성이 있는 후보였다. 다만 '유력한 후보'로 평가하는 정치인은 많지 않았다. 대선을 준비하는 캠프치고는 왜소한 편이었다. 그는 '대세론'에 개의치 않고 부지런히 몸을 움직였다. 일주일이 멀다 하고 천안연수원에 내려갔다. 그는 단골 강사였다. 그곳에서 각 지역의 당원들을 만나 강연했다. '한반도 평화'를 이야기했고 '유럽공동체'를 이상적인 모델로 제시했다. 정치의 지역구도가 반드시

2002년 11월 눈 내리는 날, 강원도 춘천을 방문한 노무현 대통령후보

청산되어야 하는 이유를 역설했다. 가는 곳마다 '노사모' 회원들이 그를 반겼다. 회원들의 손에는 '국민통합'이라고 쓰인 깃발이 들려 있었다.

2002년, 그는 대통령선거에 도전했다. 노동자의 벗에서 정치인의 길로 들어선 지 14년 만의 일이었다. 대통령이 되고자 하는 목표는 분명했다. 그의 가슴은 '국민통합'에 대한 뜨거운 열망으로 불타고 있었다. 그는 말했다.

"제가 대통령이 되는 것 자체가 지역구도 해소의 상징적인 일이 될 것입니다."

그의 말처럼 대통령직 자체보다 대통령으로 가는 과정이 중요했다. 정당 사상 처음 도입된 국민경선제가 그의 도전에 힘을 실어주었다. 그는 호남의 지지를 받는 영남 정치인으로 자리를 잡았다. 광주 경선은 시작이었다. 이때부터 12월 대선에 이르는 과정은 그가 주연한 한 편의 드라마였다. '노풍' 'YS 시계' '월드컵' '지방선거 패배' '후단협' '희망돼지 저금통' '정몽준' '단일화' '파기'라는 키워드들이 모여 마침내 하나의 단어를 완성했다. '당선'이었다. '당선'은 그에게 또다른 의미였다. 그것은 '국민통합'으로 가는 희망이었다. 그는 희망과 기대로 가슴이 벅차올랐다.

2부

산을

옮기다

권 °
력
대
화
와 타
협
의 정
치
°

"5년 뒤가 걱정입니다. 저 또한 많은 실수와 과오가 있을 것
입니다."

2003년 1월 6일, 대통령 당선자 노무현은 시민사회단체 신
년하례회에 참석했다. 장소는 한국프레스센터 20층 국제회의
장이었다. 박형규 목사와 최열 환경운동연합 사무총장이 당선
자에게 "5년 뒤에도 박수받으며 퇴임하는 대통령이 되어달라"
고 덕담을 건넸다. 그는 자신감을 드러내보였다. 그것만은 아
니었다. 꼭 그만큼의 두려움도 내비쳤다.

"이 자리에서 약속드리겠습니다. 여러분과 만나 함께 걱정했
던 그때의 자세를 잊지 않고 최선을 다하겠습니다. 가끔 한 번
씩 언론에 속상한 기사들이 나올 겁니다. 그러나 지금 같은 심
정 비슷하게 5년 후에도 인사할 수 있도록 열심히 하겠습니
다."

'박수받으며 퇴임하는 대통령.' 그는 노력하겠다고는 했지만 장담하지는 않았다. 김대중정부에 대한 평가를 익숙하게 접해온 터였다.

대통령직인수위원회가 활동하는 동안에도 386 참모들과 이른바 '측근정치'를 한다는 비판이 제기되었다. 5년 동안 계속될 공세의 시작이었다. '15년 동안 자신이 직접 검증해온 참모들'이며 '그 잘잘못에 대해서는 본인이 책임을 지겠다'는 점을 분명히 했다.

사실상의 권력자가 되었지만, 그는 여전히 소탈한 면모를 가감 없이 드러내고 있었다. 1월 중순에 어느 기자가 당선자의 자택으로 직접 전화를 건 일이 있었다. 문제는 그 전화를 당선자가 직접 받았다는 사실이다. 당황한 기자는 아무런 질문도 하지 못한 채 전화기를 그냥 내려놓았다고 했다. 정순균 인수위 대변인은 기자들에게 당선자에 대한 직접 취재를 자제해달라고 요청했다. 당선된 이후에도 그는 권여사와 동네 골프연습장을 찾기도 했고, 시내의 백화점에서 새 안경을 맞추기도 했다. 자주 다니던 여의도의 대중사우나에 모습을 나타내 사람들을 놀라게 하기도 했다.

미확인 기사가 춤을 추었다. 상당수가 1면 톱의 자리를 차지하고 있었다. '정부산하기관·공기업·투자 및 출자기관의 기관장 대폭 물갈이 방안 마련' 기사는 당선자가 직접 부인했지만, 다음날 사설을 통해 다시 한번 사실인 것처럼 보도되었다. 인수위가 국정운영의 밑바탕이 될 비전을 구체화하는 동안, 5년 내내 계속될 언론과의 불화도 구체화되고 있었다. 과도한 특종 경쟁이 인수위발 오보를 양산했다. '검토'는 '확정'으로 둔갑했다. 인수위원의 사견이 당선자의 공식 견해로 포장되었다. 그는 혀를 끌끌 찼다. 언론풍토를 근본적으로 바꿔야 한다는 다짐이 더욱 굳어졌다. 이를 마음에 담아두었지만 문제를 제기할 구체적 방법과 시기까지 생각할 겨를은 없었다. 민감한 문제이기도 했고 더 시급한 과제들이 많았다. 달리 수단이 있는 것도 아니었다. 서로 유착하지 않으면서 각자의 길을 가면 되는 일이었다. 그는 우선 청와대의 시스템을 바꾸었다. 기존의 출입기자단 제도를 폐지하고 개방형 브리핑룸 제도를 도입했다. 기자들의 사무실 출입도 차단했다. 작은 시작이었지만 반발은 예상보다 컸다.

당선자는 청와대 본관의 개조도 검토했다. 파란 기와의 건물은 크고 웅장했지만 실용적이지는 않다고 생각했다. 대통령이 비서들과 수시로 소통할 수 있는 구조가 아니었다. 위용도 좋고 의전도 좋지만, 그에게는 '일하는 청와대'가 먼저였다. 당선자는 미국 드라마 〈웨스트 윙〉을 이야기했다. 드라마 속 백악관의 분위기에서 깊은 인상을 받았다고 했다. 드라마 속의 대통령은 비서의 책상에 걸터앉아 격의 없이 대화를 나누었다. 복도를 걷던 중 마주 오는 참모와 어깨를 스치기도 하는, 가까운 거리의 대통령이었다. 차 한 잔을 들고 선 채로 짧은 토론을 마친 후 집무실로 돌아가는 대통령이었다. 청와대 본관은 그런 분위기와는 거리가 멀었다. 비서동은 보통 걸음으로 15분 이상 거리에 있었다. 급한 보고를 하려면 참모는 승용차를 이용해야 했다. 가는 도중 검문도 수차례 통과해야 했다. 검색대를 거쳐 야 했고, "어디에 가시냐?"는 질문에 대답도 해야 했다.

　본관의 대통령 공간은 넓은 편이었다. 높이도 제법 되었다. 2층 건물이지만 층고가 낮은 아파트의 4층 높이와 맞먹는 정도였 다. 높은 천장과 넓은 공간은 권위의 상징이었다. 대통령의 권 위를 최대화하려는 설계였다. 드넓은 집무실에 처음 들어서는 사람은 누구나 공간이 주는 위압감에 움츠러들었다. 스무 걸음 이상 걸어야 집무실 한쪽에 자리한 대통령과 마주할 수 있었 다. 광활한 공간을 걸어 대통령의 권력을 접한 방문객은, 그전 에 이미 집무실의 무거운 공기에 압도되어 있곤 했다. 그 높은 층고와 넓은 공간을 당선자는 달리 활용하고 싶어했다. 오피스 텔처럼 한 개 층을 복층으로 개조하는 방안도 나왔다. 당선자 는 적극적으로 검토하라고 지시했다. 자신에게 주어진 공간을 참모들과 나누겠다는 생각이었다. 최대한 많은 직원들이 대통 령과 같은 공기를 마시며 일할 수 있도록 공간을 바꾸는 방안 이 연구되고 검토되었다. 그러나 계획은 계획으로 끝나버렸다. 리모델링하기에는 너무 품격 있는 건물이었다. 손을 대는 것 자체가 건물의 높은 완결성에 흠집을 내는 일이었다. 공약인 행정수도 이전도 염두에 두어야 했다. 역사적 기념물로 활용할

노무현 대통령은 최대한 많은 청와대 직원들과 가까운 거리에서 같은 공기를 마시며 일하고자 했다.

수 있도록 그대로 보존하는 게 좋겠다는 의견이 다수였다. 당선자는 계획을 접었다.

참모들, 비서들과 가까운 곳에 있겠다는 생각까지 접은 것은 아니었다. 취임하고 나서 열흘이 지났을 무렵, 그는 연설팀의 위치를 본관으로 옮기라고 지시했다. 자신의 말과 글을 다듬는 사람들인 만큼 가장 가까운 곳에 두어야 한다는 생각에서 내린 최소한의 조치였다. 지시는 곧바로 이행되지 않았다. 공간을 마련할 시간도 필요했고 직제도 바꾸어야 했다. 결국 1년이 넘는 시간이 걸렸다. 그때까지만 임시로 연설비서관이 대통령의 각종 회의에 배석하는 정도로 정리되었다. 대통령이 참모들이

나 비서들 속에 있어야 한다는 그의 생각은 임기중 변함이 없었다. 임기 후반 비서동 근처에 대통령의 별도 집무실인 여민1관이 신축되었다. 그의 생각이 반영된 결과였다. 이때부터 본관은 외교 의전 행사나 국무회의 같은 주요 국정 업무를 치르는 공간으로 활용되었다. 참모들과의 일상적 회의와 접견은 새 공간을 활용했다.

임기가 반환점을 돌 무렵 그는 이렇게 말하기도 했다. 취임 당시 '참모들로부터 격리된 대통령'을 우려하던 견해에 대한 소회였다.

"아무리 본관에 오래 머물러도 눈코 뜰 새 없이 바쁘다. 회의와 결정의 연속이다. 참모들과 비서들이 항상 옆에 있을 수밖에 없다. 누가 '격리된 대통령'을 걱정했는지, 왜 그런 우려를 했는지 알 수 없다."

언론의 오보는 인수위 활동 기간 내내 계속되었다. 관계자의 서툰 처신도 있었고 언론의 과잉 경쟁도 있었다. 인수위 대변인실과 '인수위 브리핑'은 오보를 바로잡는 것으로 하루 일과를 시작해야 했다. 그런 와중에 뜻밖의 일이 벌어졌다. 대통령 비서실장과 정무수석 인선과 관련해 조선일보가 특종 보도를 한 것이었다. 기자들의 분위기가 싸늘해졌다. 새 정부에 우호적이던 언론사로부터 볼멘소리가 터져나왔다.

"왜 하필이면 조선일봅니까?"

한편 그는 2003년 1월 18일, KBS 방송에 출연하여 국정운영 방향을 밝혔다. 토론을 활성화할 것이며 총리와 분권형 국정운영을 하겠다는 언급도 했다. 지역구도를 극복하기 위해 중대선거구제를 도입할 필요가 있음도 강조했다. 1월 22일에는 한나라당 당사를 직접 방문해 서청원 대표를 만났다. 그의 방문에 맞춰 한나라당 지지자들이 시위를 벌였다. 한나라당 사무총장과 대변인이 "결례가 됐는지 모르겠습니다"라고 하자, 그는 "야당을 해봐서 시위에 대해 잘 압니다"라며 대수롭지 않다는 듯 넘겼다. 대화와 타협으로 국정을 운영해나가려는 노력의 일환이었다. 첫 국무총리에 고건씨를 지명한 것 또한 그런 기조의 연장선이었다.

지역구도 정치의 청산을 위한 생각도 밝혔다. 1월 28일 광주·전남 지역 인사들과의 간담회 자리에서였다.

"지역감정이 이전에는 부당한 억압이었기 때문에 단순히 힘을 합쳐서 투쟁하는 것이 방법이었지만, 지금은 편견과 오해, 선입견을 어떻게 설득하고 풀어갈 것인가가 과제입니다."

그는 '시민의식'을 강조했다. 조심스럽게 기대 섞인 전망도 내놓았다.

"1~2년 안에 정치의 영역에서 영남의 민심도 풀릴 것으로 봅니다."

김대중정부의 대북송금 의혹이 수면 위로 부상하면서 당선자에게 부담을 주기 시작했다. 그러는 동안에도 '참여정부'라는 명칭이 결정되었고, 국정목표와 국정원리도 확정되었다.

'평화와 번영의 동북아시대' '국민과 함께하는 민주주의' '더불어 사는 균형발전 사회'가 국정목표였다. 11개 음절로 이루어진 세 가지 목표였다. 이 가운데 '경제'라는 낱말은 들어 있지 않았다. 그는 이 점을 두고두고 아쉬워했다. 그래서 경제를 챙기지 못했다는 아쉬움이 아니었다. '국정목표에 경제가 빠져 있다'는 상투적 트집에 정면으로 대응할 수 없게 된 아쉬움이었다. 국정원리는 '원칙과 신뢰' '공정과 투명' '대화와 타협' '분권과 자율'로 정리되었다. 그는 광고 카피처럼 압축된 문구를 선호했다. 운율을 맞춘 문구들은 그의 선호가 어느 정도 반영된 결과물로 보였다.

도°
박
소통의 힘
°

새봄과 함께 청와대는 새로운 주인을 맞았다. 앞으로 5년간 살게 될 주인은 비교적 젊었다. 한 해 전인 2002년 초반에는 새천년민주당 국민경선에서 돌풍을 일으킨 주역이었다. 그해 중반에는 과연 대통령후보직을 끝까지 유지할 수 있을까 염려될 정도로 바닥까지 추락한 지지율의 장본인이었다. 연말에는 극적인 후보 단일화와 단일화 파기, 그리고 다시 기적 같은 대선 승리로 이어지는 반전과 반전의 드라마를 엮어낸 주인공이었다. 그래서 더욱 이루고 싶은 일도 많고 바꾸고 싶은 것도 많은 대통령이었다. 의욕만큼이나 분주한 일정을 소화하기 시작한 그는 대한민국 제16대 대통령 노무현이었다.

새로운 대통령을 세상은 따뜻하게 맞아주지 않았다. 만만치 않은 과제들이 그의 능력을 시험했고 간단치 않은 주제들이 판단력을 시험하고 있었다. 신용불량자 문제가 그랬고, 북핵 문제가 그랬다. 야권은 축복보다는 냉소하는 분위기였다. 그가 헤쳐나가야 할 길은 후보 시절보다 훨씬 더 위협적인 지뢰밭이었다. 그러나 그는 두려워하지 않았다. 원래 두려움이 없는 사람이었다.

참여정부의 첫 비서실이 진용을 갖추었고 이어서 첫 조각組閣도 이루어졌다. 신임 대통령은 청와대 기자실인 춘추관에 직접 나가 마이크 앞에 섰다. 신임 장관들을 소개했고 조각의 배경도 설명했다. 이전의 춘추관에서는 쉽게 접하기 어려운 장면이었다. 그는 필요할 때마다 기자실에 자주 나타날 것임도 예고했다. 출입기자들의 반응은 엇갈렸다. 대통령은 최고이자 최종의 취재원이었다. 이야기를 직접 듣는 것만큼 확실한 취재가 더는 없었다. 그러나 그만큼 기자들은 강도 높은 받아쓰기와 보강 취재를 감당해야 했다.

취임 후 열흘이 지났을 무렵 '참여정부 국정토론회'가 열렸다. 토론을 좋아하는 대통령이었다. 그가 국정을 운영해나갈 철학을 장차관들과 참모들이 공유할 필요가 있다는 인식도 있었다. 통증 때문에 허리 수술을 받은 상태였지만 오랜 시간 의자에 앉아 있는 것도 마다하지 않았을 만큼 그는 토론 마니아였다. 이날 그는 정치에 대한 생각의 일단을 이렇게 표현했다.

"정치는 기본적으로 권력투쟁입니다. 사명과 당위로서 이야기하는 것입니다."

국회의원 시절부터 그는 정치학개론을 쓰고 싶어했다. 첫머

참여정부의 국정운영 철학을 공유하고자, 노무현 대통령은 취임 직후 장차관 및 청
와대 참모들과 국정토론회를 가졌다.

리의 문장도 미리 생각해두었다고 했다. 바로 위의 말이었다. 정치에 대한 그의 철학이 이어졌다.

"정치는 조삼모사이기도 합니다. 기분좋게 받도록 하는 기술입니다. 똑같이 주면서도 기분좋게 서비스를 해야 합니다."

국민들에게 기분좋은 서비스를 제공하고 싶었지만 상황은 마음 같지 않았다. 우선 북핵 문제가 있었다. 대북송금특검법 처리도 못지않은 난제였다. 거기에 검찰 인사 문제까지 갑자기 부상했다. 서울지검 인사에 대해 검찰 내부가 조직적으로 반발했다. '대통령의 인사권에 대한 정면도전'이었다. '장악해야 한다'는 주변의 숱한 조언을 뿌리치고 검찰과 선을 그으려던 대통령이었다. 그는 토론을 시도했다. 3월 9일 그는 참모들의 반대에도 불구하고 '검사와의 대화'에 나섰다. 갈등의 현장을 찾아가 대화를 통한 타협을 이끌어내겠다는 약속의 실천이기도 했고 자신감의 표현이기도 했다. 새로운 대통령의 새로운 소통 방식이었다. 정가와 관가에 일대 파란이 일었다. "검사스럽다"와 "막가자는 거지요?"가 웃기에 씁쓸한 유행어가 되고 말았다.

그는 이틀에 한 번꼴로 수석보좌관회의를 주재했다. 회의가 많은 편이었고 발언도 많은 편이었다. 회의마다 그는 많은 이야기를 쏟아냈다. 통치철학을 참모들과 장관들이 공유하는 것이 통치의 시작이었다. 공유의 수단은 말이었다. 독대도 없었고 밀실회의도 없었다. 그가 참석하는 회의장마다 배석한 참모들의 책상이 빼곡하게 들어찼다. 많은 직원들이 그의 육성을 쉽게 접했다. 회의장에서, 전화로, 때로는 대통령의 호출로 직원들은 대통령에게 가까이 다가갈 수 있었다. 5년 내내 근무해도 대통령의 육성을 직접 듣기 어려운 것이 과거 청와대의 풍경이었다. 낯설지만 신선한 소통방식은 강점이 많았다. 그의 생각은 각 수석실의 말단 직원에게도 그대로 전달되었다. 대통령의 방침을 몰라 우왕좌왕하는 일은 없었다. 하지만 부작용도 있었다. 상대적으로 회의시간이 길었던 것이다. 그는 모든 안건에 대해 자신의 의견을 말했다. 그 발언이 외부로 누출되어 언론에 보도되는 경우도 많았다. 자신의 발언이 외부로 공개되는 것에 그는 개의치 않았다. 원래 비밀이 없는 사람이었다. 그러나 발언의 취지가 왜곡되어 전달될 때면 불편한 감정을 여과 없이 드러냈다.

3월 10일 월요일, 이날도 수석보좌관회의가 열렸다. 전날 있었던 '검사와의 대화'로 강한 후폭풍이 불고 있었다. 그는 그 점을 의식했다.

"검사들이 그렇게 할 줄을 몰랐습니다. 손상은 있었지만……토론 자체를 문제삼을 필요는 없다고 생각합니다. 아무튼 이 상황은 대단히 특수하고 중요한 상황입니다. 긴장 국면이라 할 수 있습니다."

토론과 설득이 생각처럼 되지는 않았다. 일개 정치인이던 시절과 달랐다. 그는 이제 권력자의 위치에 있기에 말 한마디의 무게가 달랐다. 정치적 반대자들의 입장에서는 가장 확실한 공격 대상이었다. 사소한 이야기도 논란으로 증폭되고 시시비비가 뒤따랐다.

북핵 문제 역시 그의 심기를 어지럽히는 사안이었다. 부시미 정부의 '북폭北爆설'이 공공연히 나돌았다. 미국은 대북 강경 대응 기조를 유지하고 있었다. 그는 한반도의 평화를 염려했다. 또 북핵으로 인한 긴장 분위기가 한국 경제에 미치는 심각한 영향에 대해 깊은 관심을 갖고 있었다. 이날 조윤제 경제보좌관의 보고가 있었다.

풀리지 않는 궁금증 하나가 조보좌관에게 있었다. 누가 자신을 경제보좌관으로 추천했는가 하는 의문이었다. 대답을 해주는 사람이 없었다. 대통령과의 인연은 깊지 않았다. 김대중 국민의정부 시절, 당시 해양수산부장관이었던 노무현과 몇 번 얼굴을 마주쳤던 일이나 국민경제자문회의 같은 회의장에서 몇 차례 동석한 것이 인연의 전부였다. 그러나 그는 학자 출신답게 차분하면서도 온화한 성품의 소유자여서 대통령의 '경제학 가정교사'라는 발탁 콘셉트에 어울리는 인물이었다. 조보좌관은 대한민국의 신용등급과 관련하여 우려 섞인 전망을 보고했다. 북핵 문제로 촉발된 한반도 긴장 상황이 국가 신용등급에 큰 악영향을 미치고 있다는 내용이었다. 대통령이 무척 신경을 쓰던 대목이었다. 이어서 문재인 민정수석이 대기업을 중심으로 전개되는 노사분규와 관련하여 보고했다. 새 정부에 대한 기대 때문인지 노조의 요구 수준이 높았고 투쟁의 강도도 셌다.

다시 이틀 후에 열린 수석보좌관회의. 북핵 문제와 관련하여 '한미 간에 이견이 존재한다'는 일부의 논란에 대해 그가 입장을 분명히 했다.

"한미 간 갈등이 우리 경제에 부담으로 작용한다는 칼럼 등이 있습니다. ……실제로 이견 없습니다. 무력공격에 반대한다는 언급을 가급적 자제해달라는 요구가 있는데, 실제로 미국측은 무력공격을 절대 하지 않겠다는 약속을 하고 있습니다."

북핵 관련 언급을 끝낸 뒤 그는 곧바로 SK 비자금 및 분식회계 사건을 거론했다. 민감한 현안이었다. 그는 우려를 표했다.

"제대로 철저하게 조사해야 합니다. 그래야 우리 경제가 탄탄해질 것입니다. 만일 '이거 엉망이다' 이런 이야기들이 나오면 오히려 신용이 추락하는 계기가 될 것입니다."

그는 이날 박희태 대표대행 등 한나라당 지도부와 오찬을 했다. 여야 협력정치를 당부하는 자리이기도 했지만, 대북송금특검법과 관련해 한나라당의 의견을 들으려는 성격이 강했다. 오찬을 마친 그는 윤태영 연설담당비서관을 집무실로 불렀다. 대북송금특검법의 처리와 관련한 담화를 준비시키려는 것이었다. '수용'과 '거부'의 두 가지 경우에 대비하여 원고를 작성하라고 지시했다. 그는 자신의 생각을 구술했다.

"(일반론) 이 사안에는 두 가지 측면이 있다. (하나는) 통치행위, 특수한 외교적 행위의 측면이다. 이는 고도의 정치적 판단이 필요한 것이다. 사법적으로 판단하는 것이 적절하지 않다. 다른 하나는 자금 조성 과정에서 법을 위반한 흔적이다. 이것은 별개의 문제가 아닌가 생각된다. 현실적으로 조사하면 외교적 행위에 대해 상대방의 신뢰를 상실하게 된다. 예기치 않게 명예상의 손상이 올 수도 있다. 이것이 남북관계에 큰 영향을 주게 된다. 북핵 문제가 전쟁으로 비화될 수 있는 상황임을 감안할 때 남북관계가 잘 유지되는 것은 한반도 평화와 안정에도 기여한다. 외교상의 이익은 보호되어야 한다. 이것이 일반론이다."

"(불법성) 자금 조성 과정에서 나타나는 불법 흔적은 별개의 문제라는 의견이 있다. 여기에는 찬반양론이 있다. 이를 분석해보면 이런 측면이 있다. 이것은 '월권행위'로서 사법심사의 대상이 된다. 국민들이 의혹을 가지고 있다. 우리가 처리할 수 있는 방법은 무엇인가?"

"(수용 또는 거부시의 문제점) 찬반양론 모두 일리가 있다. 분석해보면, 찬성은 한 측면을, 반대는 다른 측면을 강조한 것이다. 결국 양쪽 다 별 차이는 없는 것이다. 결국 거부권 행사를 통해 다시 하는 방법이 있고, 통과시키되 조사 과정에서 하는 방법이 있다. 거부권을 행사할 경우, 여야 합의로 새로운 법이 만들어지지 못하면 끊임없이 싸움이 반복될 것이다. 이것은 어느 쪽에도 도움이 되지 않는 일이다. 반대로 통과시켰을 경우, 특검 수사를 인위적으로 통제할 수는 없다. 수사의 한계가 설정되기 힘들 텐데, 특검의 법적 의무가 자제될 수 있는 어떤 담보나 보장이 없다. 이런 상황에서 남북관계에 심각한 상황이 생긴다면 이는 국내의 정쟁보다 더 심각한 부담이 된다. 또 얼마나 많은 세월의 대가를 치러야 할 것인가? 우리 민족과 국가의 운명에 부담이 된다."

"(부담의 최소화) 이 부분은 피할 수 없는 것이다. 국내 자금 조성 부분은 그렇다. 일찍 끝내고 싶은 생각이 있다. 그것이 부담이 적다.

"(한계 설정의 필요) 조사의 범위와 관련해서 (사실을 설명할 필요가 있다.) 국내외의 엄격한 구분이 어렵다. 송금을 준비하는 과정(즉, 자금 마련 과정)에서의 불법이 있는데, 정부와 현대 간에 목적과 주도권의 문제가 있다. 여러 가지 관계가 있다. 정치적 목적이냐? 경제적 목적이냐? 또 상대방과의 교섭 과정이 있고 송금 이후의 과정이 있다. 외교상의 문제다. 여기까지도 조사가 가능하기 때문에 엄격하게 한계를 두어야 한다."

"(마무리와 요구 사항) 마무리 이야기로는, 진실을 밝히는 데 정치적 고려는 하지 않겠다고 약속한다. 그리고 상대방(북한)과의 사이에서의 문제는 조사에서 제외했으면 좋겠다. 즉 소추 대상이 되지 않았으면 좋겠다. 이것은 통과시킬 경우에는 우리가 특검에, 거부권을 행사할 경우에는 개정안에 반영해달라고 요청하는 것이다."

3월 14일 금요일 오후 5시, 대북송금특검법의 처리를 위해

임시국무회의가 열렸다. 국무회의에 앞서 그는 정대철 대표 등 민주당 지도부를 접견했다. 민주당은 거부권을 행사해줄 것을 요청했다. 대통령은 고심 끝에 국무회의에서 특검법을 수용했다. 수용 의사를 밝히면서 그는 이렇게 배경을 설명했다.

"모든 사실은 이런저런 경로를 통해 드러나게 되어 있습니다. 특검이 차라리 절제된 조사를 할 수 있습니다. 모든 분들의 뜻이 '제한적 특검'을 하자는 것입니다. 야당을 신뢰해주고 그 신뢰를 묶어서 가는 방향으로 갑시다. 거부하면 야당도 우리를 믿지 않을 것입니다. 공포를 한 이후 국익을 위한 수정안이 만들어져야 합니다."

대통령은 잠시 숨을 멈추었다가 이야기를 계속했다.

"신뢰하는 정치를 위한 도박입니다."

그는 결과를 들고 춘추관으로 나갔다. 담화문을 발표하는 대신 출입기자들과 일문일답을 가졌다.

"여러분 안녕하십니까? 오랜만입니다. 결과를 다 아시죠? 특별히 담화를 처음에 준비했었습니다. 그런데 오늘 막판까지 진행된 경과가 담화를 읽기엔 적절치 않게 상황이 전개됐기 때문에 결과만 말씀을 드리겠습니다. 그리고 바로 질문받겠습니다.

오늘 특검법을 공포하기로 결정했습니다. 경과를 잠시 설명 드리겠습니다. 그동안 이 문제에 관해서 특검을 하자 말자 이런 논의가 점차 서로 수렴돼서 특검을 하기는 하되 제한적으로 하자, 말하자면 이 사건과 관련된 사실은 밝히되 남북대화의 신뢰를 손상하는 그런 결과가 되지는 않도록 조사 범위에 제한을 두자라는 이런 제한적 특검론을 하는 의견이 나왔고 여기에 관해서 대단히 높은 국민적 합의가 있습니다.

그리고 아울러서 여야 간에도 의견이 아주 접근돼가지고 어제부터는 협상이 새로 시작됐습니다. 막판까지도 거의 합의가 이루어진 상태라고 이렇게 말할 수 있는 수준까지 왔습니다. 마지막에 여야의 이견은 일단 민주당에서는 일단 거부해주면 여야 간에 합의해서 법안을 새로 만들겠다는 입장이고 한나라당은 일단 수용해서 공포해주면 특검의 조사 범위에 관해서 다시 법률 개정을 해서 적절하게 한계를 두도록 하겠다, 이런 주장이었습니다. 그래서 오늘 3시로 예정된 국무회의를 2시간 더 연기해서 시간을 기다렸습니다. 기다렸는데, 이 부분에 관해서 최종적 합의, 이 두 이견이 서로 합치되지 않아서 최종적 합의는 이루지 못했습니다. 그러나 순서의 문제이지 결국 '특검을 하되 제한적으로 하자'는 데 대해서 양당 지도부의 의견이 일치되고 있기 때문에 일단 공포하기로 했습니다. 질문해주십시오."

그는 지지기반의 손상을 감수하면서 '신뢰의 여야관계'를 선택했다. 대통령의 결정을 바라보는 주변의 시선은 결코 곱지 않았다. 동교동과 호남 쪽에서는 섭섭함을 넘어 비난의 목소리가 높았다. 지지자들의 반응도 마찬가지였다. 야당이나 보수언론이 그의 결단과 지도력을 높이 평가하고 인정하는 것도 아니었다.

　주말, 대통령 내외는 청와대에 같이 들어온 젊은 참모들의 가족을 청와대 상춘재로 초청해 오찬을 했다. 금강빌딩의 후보 경선캠프 당시부터 함께 일했던 이른바 386 참모들이었다. 이광재, 안희정씨의 가족 등 14명의 비서를 포함해 모두 45명이었다. 대통령 내외는 비서진의 아이들과 일일이 기념사진을 찍고 사인을 해주었다. 함께하기가 쉽지 않은 자리였다. 그 자리까지 오는 과정도 결코 평탄하지는 않았다. 오히려 문제는 그때부터였다. 참모들의 운명은 예측할 수 없는 방향으로 어긋나기 시작했다. 당장 그 다음날 있었던 법무부의 업무보고에서도 그 조짐이 나타났다. 3월 17일 월요일이었다. 이 자리에서 그는 검찰에 대한 불편한 심기를 다시 한번 드러냈다.

　"검찰은 정치권 탓을 하고 정치권은 검찰 탓을 하는데, 둘 다 옳으면서도 옳지 않습니다. 핵심은 국민의 불신입니다. 불신을 극복하고 제거하는 방향으로 노력해야 합니다. 과거 부당하고 부조리한 유착관계가 있었습니다. 검찰이 권력의 시녀 노릇을 하던 시절은 지났습니다. 적절히 봐주기 하던 시대는 지났습니다. 누구도 부인할 수 없는 사실은 검찰 독립에 대한 희망입니다. 이제 과거의 유착관계는 단절하겠습니다. 권력기관 덕 안 보겠습니다. 신세 지지 않겠습니다. 상대의 어두운 곳을 들추고 자신의 어두운 곳을 가리기 위해 봐달라는 소리 하지 않겠습니다. 어두운 곳 들추는 데 동원될 검찰도 없습니다. 먼지가 있으면 내놓고 대통령직 그대로 하겠습니다. 하야 요구가 있기 전까지는 하겠습니다."

"'검찰 수뇌부 믿지 않는다'는 말에 모욕을 느꼈을 수도 있을 것입니다. 얘기하다보니, 내 맘속에 깊이 담고 있는 생각이 나왔습니다. 그 생각을 씻는 것도 여러분의 책임입니다. 지금은 아무나 하는 말이나 책 등을 가지고 여러분이 사람을 감옥에 보냈던 적이 있습니다."

'검사와의 대화'에서 했던 자신의 발언에 대해 그는 이렇게 설명했다. 그리고 말을 이었다.

"지난 정권들이 국민으로부터 멀어져가는 과정이 있었습니다. 첫번째가 가족의 문제였고 두번째가 비서나 측근 들의 문제였습니다. 세번째가 검찰이고 네번째가 국정원이었습니다. 검찰이나 국정원이 신뢰를 잃으면서 정권에 대한 국민의 신뢰도 무너졌습니다. 문민정부와 국민의정부에서 본 선례입니다. 그래서 불신이 남아 있는 것입니다."

"새로 합시다. 서로 책임을 인정합시다. 검찰도 새로 태어나겠다는 고개 숙인 자세가 필요합니다. 정치인들의 봐달라는 이야기 듣지 마십시오. 검찰은 대통령과 장관의 인사권을 두려워하고 대통령과 장관은 검찰의 수사를 두려워하는 견제 시스템이어야 합니다. 정권을 위해서가 아니라 국가를 위해서 그래야 합니다."

"검찰 수사를 보면 매번 반감을 나타내게 됩니다. 측은한 느낌입니다. 온갖 의혹이 나와 있는데…… 국민정서로 덮어버리는 정황도 있습니다. 법무부와 검찰이 당당하게 맞서야 합니다. 보도를 보면 인권이 없습니다. 피의사실공표죄가 있음에도 개인사에 대한 사항이 터져나옵니다. 원칙과 지침이 없습니다. 국민적 의혹을 사는 사건인 경우에는 부득이 공익적 견지에서 봐야 하겠지만, 어쨌든 면책조항을 만들어서 해야 되는 건 하고, 하지 말아야 되는 것은 엄격히 구분해야 합니다. 피의자의 인격을 보호해야 합니다. 지나친 언론관행이라 할 수 있는데 가이드라인을 만들어 지켜줘야 합니다."

정치인으로 살아오는 동안 지녀온 문제의식이었다. 그것을 다 털어내려는 듯 그는 길게 말을 이어갔다. 이야기의 끝에서 그는 '국정원 불법 감청 의혹' 등 수사중인 사건에 대해 질문을 던졌다. 법무부 업무보고에 참석한 대검 관계자가 답변을 했다. 불법 감청 의혹 수사에 대한 답변이 이어졌다.

"서울지검 공안2부가 수사하고 있으며 그 결과 밝혀질 것입니다."

그가 자신의 의견을 말했다.

"불법 감청 문제는 여야 합의로 끝날 문제가 아닙니다. 국가기관의 신뢰성 문제입니다. 수사해서 처벌해야 합니다. 불법 감청이 있었다면 감청한 사람을 처벌해야 하고, 아니면 왜곡한 사람을 처벌해야 합니다."

잠시 한숨을 쉰 뒤, 그가 다시 질문을 던졌다.

"나라종금 수사는 어떻게 되고 있습니까?"

대검 관계자가 수사 상황을 간략하게 보고했다.

대통령이 다시 호흡을 가다듬은 다음 나지막하게 이야기했다.

"제 문제 때문에…… 이것 때문에 더 큰 것이 가로막혀 묻혀 있지 않을까 하는 두려움이 있습니다. 제가 수사의 걸림돌이라면 해치웁시다."

이튿날인 3월 18일, 그는 안희정씨를 청와대 관저로 불렀다. 4월 초로 예정된 국회연설 준비를 같이 하자는 명분이었다. 저녁을 함께하면서 그는 준비하고 있는 연설의 소재에 관해 이야기했다. 첫번째 소재는 핵심 내용 가운데 하나인 지역구도 정치의 해소책이었다.

"모든 기득권을 다 버리자, 어느 지역이라도 3분의 2 이상을 가지지 못하게 해달라. 지역 대결로는 정치 안 된다. 과반수 정치연합에 내각 구성 권한을 주겠다."

그의 이야기는 점점 깊고 아픈 곳까지 나아갔다.

"지금은 모두가 떳떳하지 못한 구조다. '자꾸 딴지를 걸겠습니까?' 이렇게 말하고 싶다."

"이번에는 내가 턴다. 내가 은어일 수는 없다. 4급수에 사는 사람이다. 다음 대통령은 은어 같은 대통령이 될 것이다. 내가 부끄러운 것을 밝혀야 한다. 난감한 현실이지만 부끄러운 과거를 일거에 깔끔하게 정리하자."

그가 안희정씨의 반응을 살피면서 다짐하듯이 강조했다.

"새판을 한번 짜보자."

막차
시대의 다리

청와대에서 지낸 반년은 생각보다 시끄러웠다. 애초에 쾌적함을 기대한 것은 아니었다. 5월에 미국을 다녀온 후 현지에서의 발언을 놓고 설왕설래가 있었다. "대통령 못 해먹겠다"는 농담은 대통령의 경박한 언사로 단정되어 여론의 뭇매를 맞았다. 6월 일본 방문시에도 뒷말이 있었다. 순방을 다녀올 때마다 흠집을 내야 직성이 풀리는 사람들이 있었다. 한편 몇몇 비서관이 가족과 소방헬기를 이용해 새만금을 시찰하는 물의를 일으켰다. 7월에 중국까지 방문하고 오니 취임 첫해 여름의 반이 지나갔다. 이라크 추가파병 문제를 놓고도 뜨거운 논란이 진행 중이었다. 여름 휴가철은 양길승 제1부속실장의 향응 의혹으로 날밤을 지새웠다. 9월 12일 태풍 매미가 한반도를 관통할 무렵, 뮤지컬 〈인당수 사랑가〉를 관람한 것도 시끄러운 문제로 비화될 조짐을 보이고 있었다. 이즈음 대통령은 각 지역 언론사들과 순차적으로 회견을 했다. 그는 흔들림 없이 일정을 소화했다. 또한 고칠 것은 고치고 무시할 것은 무시해야 했다. 이보다는 아무래도 진행되고 있는 대선자금 수사에 더 크게 신경이 쓰일 수밖에 없었다. 도덕적 신뢰 문제에 그는 민감했다. 혹여 거기에 금이 가는 일이 생기지 않을까 노심초사했다. 청와대의 가을은 그렇게 그의 곁에 다가와 있었다.

9월 17일 광주·전남 지역 언론사들과의 합동회견과 오찬이 있었다. 식사를 끝낼 무렵 그가 어느 언론사 간부와 나눈 이야기가 특정 언론에 보도되며 논란을 불러일으켰다. '호남 사람들이 노무현이 좋아서가 아니라 이회창씨가 싫어서 찍어준 것'이라는 발언이 그것이다. 호남 사람들의 선택을 폄하했다는 비난이 쏟아졌다. 온라인상에서도 격한 논쟁이 벌어졌다. 그후로도 아주 오랫동안 논란과 시비의 대상이 된 발언이었다. 무슨 일만 생기면 되살아나 인구에 회자되는 이야기였다. 경위야 어쨌든 호남 민심에 좋지 않은 영향을 미친 것만큼은 분명했다.

전후 맥락을 살피면 실은 이 발언에는 대통령 특유의 '겸손함'이 담겨 있다. 다음은 당시의 메모를 통해 재구성한 그의 발언이다.

"민심은 누가 어떻게 할 수 없는 것이다. 경선 당시 이인제씨한테 밀릴 때가 있었다. 공을 들인 게 다르다는 생각이 있었다. 그때 이회창씨를 이길 사람이 필요했다. 호남에서도 이회창을 이길 사람을 찾고 있었다. 정몽준, 이인제, 노무현 사이에서 방황이 있었다."

'제가 잘나서 당선된 것은 아니지만, 어쨌든 이회창보다 호남 민심을 훨씬 더 잘 챙기고 배려해나갈 것'이라는 취지의 우회적 겸사謙辭였다. 논란이 확산되자 그는 10월 3일 기자간담회 때 이에 대해 직접 해명하기도 했다.

"사실이 아닙니다. 그때 여러 가지 얘기가 있었는데 대통령에게 백 점을 요구하지 않으면 좋겠다, 현실적으로 존재하는 대통령은 선택된 사람이지 완벽한 사람이 아니다, 호남분들이 저에 대한 여러 가지 요구 사항이 있겠지만 제일 나쁜 경우라도 지난번에 이회창 후보가 되느냐 노무현 후보가 되느냐의 선택을 놓고 저를 선택한 것 아니냐, 그 수준으로 기대를 해달라는 그런 뜻이었습니다. 그래서 대통령에게 호남에서 너무 높은 요구를 하지 말고, 그래도 노무현이 낫다는 수준으로 생각해달라, 그렇게 결론을 말하는 과정에서 그 얘기가 들어갔습니다."

그의 진의는 물론, 관련한 객관적 사실이 잘못 전달되는 일은 비일비재했다. 청와대는 그 모든 것을 바로잡기 위해 노력했다. 그는 정정 보도나 반론 보도를 적극적으로 청구하라고 참모들에게 지시했다. 한편으로 언론을 장악하거나 압력을 행사하는 일이 결코 없도록 당부했다. 그 대신 왜곡이 심각한 보도에는 법대로 대응할 것을 주문했다. 법률적으로 시시비비를 가리자는 것이었다. 결국 반론 보도나 정정 보도가 게재되는 경우가 적지 않았다. 그렇다고 잘못 입력된 정보가 원상으로 복구되는 것은 아니었다. 그런 과정이 되풀이되면서 피해는 대통령과 청와대의 것으로 고스란히 남았다. 지지율이 떨어졌다. 그의 국정운영도 동력이 약해졌다. 그럴수록 그는 더욱 원칙적인 대응을 요구했다. 야당의 근거 없는 음해성 공격이 그 대상이었다. 왜곡을 일삼는 일부 언론의 보도가 그 대상이었다. 언론은 청와대의 대응을 '언론자유를 위축시키는 강경대응'으로 비난했다. 접점을 찾기가 힘들었다.

김두관 행자부장관 해임건의안, 이라크 추가파병, 재독 학자 송두율 교수 입국 관련 논란 등으로 9월이 갔다. 운명의 시간이 다가오고 있었다. 10월 6일, 그는 ASEAN+3 정상회의에 참석하기 위해 인도네시아의 발리로 향했다. 인도 총리와의 회담이 끝난 후 그는 인도네시아 동포대표간담회에 참석했다. 교민회 부회장이 '좋은 나라를 만들어달라'며 그의 연설 실력을 치켜세웠다. 링컨을 능가하는 연설이라는 덕담이었다. 그의 답변이 이어졌다.

"링컨 대통령은 아무리 봐도 보통 사람이 아닙니다. 노예를 해방시켰고 국가의 분열을 막아낸 사람입니다. 단합은 긍정적 가치이고, 노예 해방은 민주주의와 인권이라는 보편적 사상과 연결됩니다. 러시아, 프러시아에도 계몽군주가 있었습니다. 또 칭기즈칸, 나폴레옹은 불세출의 영웅입니다. 하지만 보편적 가치와 연결되어 있는지에 대해서는 의문입니다. 링컨은 극적인 죽음을 맞았습니다. 링컨 정도의 인물이 되려면 남북통일이 되어야 합니다."

그는 이렇게 말을 이었다.

"독일 통일이라는 역사는 브란트 시대에 토대가 놓였고 콜 시대에 위업이 되었습니다. 저는 그럴 만한 것이 없습니다. 징검다리를 놓고, 더 놓고 갔다왔다해서…… 하나라도 놓았으면 좋겠습니다. 국내에는 배제와 타도의 문화가 있습니다. 지배 그룹이나 주류가 되지 않는 사람을 배제하려고 합니다. 80년대에 민주화운동을 한 사람들에게는 타도의 문화가 있습니다. 독재와 공존할 수 없기 때문입니다. 공존해나가는 지혜를 만들어 나가는 것이 필요합니다. 규칙으로 합의하고 승부하는 문화를 만드는 것이 과제입니다."

그는 공존을 이야기했다. 대통령이 된 후에 이야기하기 시작한 개념이 아니었다. 정치인이던 시절부터 그는 '공존'을 이야기해왔다. EU가 그 모델이었다. 강연할 기회가 있을 때마다 그는 EU의 초석을 놓은 독일 정치인 아데나워를 이야기했다. 공존의 시스템인 민주주의를 이야기했다. 동북아공동체를 대한민국이 지향해야 할 '공존'의 모델로 제시했다. 그것은 미·일·중과 한반도의 공존이었다. 그 토대로서 남과 북의 공존이 있었다. 그 바탕으로서 여와 야의 공존이 있었다. 그 초석을 놓는 대통령이고 싶었다. 문제는 현실이었다. 현실은 그가 이상을 추구할 만큼 여유롭지 않았다. 눈 돌리는 곳마다 갈등이었고 발길 닿는 곳마다 지뢰였다.

발리는 작은 섬 전체가 관광지였다. 다양한 형태의 숙박시설들과 음식점들이 관광객을 끌어모으고 있었다. 가을의 서울을 떠나온 탓인지 유난히 습하고 덥게 느껴졌다. 답답함이 있었다. 정말로 날씨가 그런 것인지, 아니면 그렇게 느끼고 있는 것인지 알 수 없었다. 그래도 수시로 불어오는 바닷바람 때문에 숨통이 트였다. 멀리 수평선 쪽에 위치한 공항에서 끊임없이 비행기가 뜨고 내렸다. 그는 귀국하면 해야 할 일들을 하나하나 점검하기 시작했다. 숙소의 TV에서 최도술 총무비서관의 SK 자금 수수 관련 보도가 나오고 있었다. 그는 서울로 돌아가는 전세기에 올랐다. 10월 9일이었다.

성남 서울공항에 도착하니 오후 6시 50분이었다. 그는 수석보좌관회의를 소집하라고 지시했다. 이례적인 일이었다. 늦은 시각에 참모들 전체를 소집하는 일은 거의 없었다. 저녁 7시 50분 무렵에 회의가 열렸다. 그만큼 그가 상황을 심각하게 보고 있다는 방증이었다. 참모들은 거기까지 생각이 미치지 못했다. 회의에서 그는 묵묵히 참모들의 의견을 청취했다.

이튿날 그는 아침부터 예정된 일정을 소화하기 시작했다. 아침 8시에 안보관계장관회의가 열렸다. NSC(국가안전보장회의) 사무처는 주한미군 재배치 문제를 보고했다. 국방부는 이라크 추가파병과 관련한 현지조사단의 활동 결과를 보고했다. 회의는 9시에 끝났다. 이어서 고영구 국정원장의 짧은 보고가 있었다. 언제나 그렇듯 문희상 비서실장이 배석했다. 대체로 국정원장은 안보관계장관회의와 같은 회의에 참석하려고 청와대에 오는 길에 별도로 업무보고를 짤막하게 하고 가는 경우가 많았다. 9시 20분부터는 이한호 공군참모총장의 진급 및 보직 신고가 있었다. 환담이 끝나자 배석했던 비서실장은 본관을 떠나 비서동의 사무실로 돌아갔다. 이어서 대통령은 정찬용 인사보좌관으로부터 간단한 보고를 들었다. 보고가 끝나기를 기다려 그는 다시 문희상 비서실장을 찾았다. 문실장이 본관의 소집무실에 올라온 것은 10시 27분이었다. 그는 문실장에게 말했다.

"지금 곧바로 춘추관에 나가서 재신임을 받겠다고 제안하려고 합니다."

비서실장은 만류했지만 그는 이미 마음을 굳힌 상태였다. 대통령은 수행비서 여택수를 불러 춘추관으로 향했다. 수행비서가 윤태영 대변인에게 다급하게 전화를 걸었다. 윤대변인은 마침 춘추관에서 오전 브리핑중이었다. 전화를 받은 대변인이 상기된 표정으로 기자들에게 말했다.

"대통령께서 이곳으로 오시는 중입니다."

충격의 시작이었다. 그는 10시 53분에 춘추관에 도착해 20여 분에 걸쳐 기자회견을 했다. 1층 기자실 부스에 머물고 있던 1진 기자들이 대거 2층으로 몰려왔다. 경호실에서 검색대를 설치할 여유조차 없었다. 대통령은 연대에 서자마자 준비된 이야기를 시작했다. 원고도 사전에 준비한 메모도 없었다.

"여러분 안녕하십니까? 오늘 예정에 없이 이렇게 특별히 자리를 마련한 것은 최도술씨 문제에 대한 제 입장을 국민들에게 설명드리기 위해서입니다. 최도술씨는 약 20년 가까이 저를 보좌해왔고 최근까지 저를 보좌해왔습니다. 수사 결과 사실이 다 밝혀지겠지만 그러나 그 행위에 대해서 제가 모른다 할 수가 없습니다. 그에게 잘못이 있다면 거기에 대해서는 제가 책임을 져야 합니다. 우선 이와 같은 불미스러운 일이 생긴 데 대해서 국민 여러분께 깊이 사죄드립니다. 아울러서 책임을 지려고 합니다. 수사가 끝나면 그 결과가 무엇이든 간에 이 문제를 포함해서 그동안에 축적된 여러 가지 국민들의 불신에 대해서 국민들에게 재신임을 묻겠습니다."

기자들은 자신의 귀를 의심했다. 아주 짧은 순간, 침묵이 흘렀다. 기자들이 사태를 파악하는 데는 그리 오랜 시간이 걸리지 않았다. 급히 데스크로 내용을 보고하는 기자들도 몇몇 눈에 띄었다. 기자실이 웅성거리기 시작했다. 소식을 듣고 뒤늦게 달려온 참모들도 어안이 벙벙하기는 마찬가지였다. 그는 장내 분위기에 개의치 않고 이야기를 계속했다.

"재신임의 방법은 그렇게 마땅하지는 않습니다. 국민투표를 생각해봤는데 거기에는 안보상의 문제라는 제한이 붙어 있어서 재신임의 방법으로 적절할지 모르겠습니다. 어떻든 공론에 부쳐서 적절한 방법으로 재신임을 받을 수 있을 것입니다. 시기에 관해서는 역시 공론에 물어보고 싶지만 국정의 공백과 혼

긴급 기자회견을 자청하고 청와대 춘추관에 들어서는 노무현 대통령. 이 자리에서 그는 최
도술씨 사건을 비롯, 그간 누적된 국민의 불신과 관련해 재신임을 묻겠다고 밝혔다.

란이 가장 적은 시점을 선택하는 것이 옳다고 생각합니다. 저는 이것을 회피하기 위해서 시간을 오래 끌지는 않을 것입니다. 아무리 늦더라도 총선 전후까지는 재신임을 받을 생각입니다. 제 말씀은 여기서 마치겠습니다."

정국이 격랑 속으로 빠져들 것임이 예견되고 있었다. 회견을 마친 그는 11시 30분 바가반디 몽골 대통령과의 정상회담에 임했다. 재신임 제안에도 불구하고 모든 국정은 정상적으로 돌아가고 있었다. 다음날인 11일 오전, 대통령은 국제라이온스협회의 이태섭 회장을 접견했다. 이 자리에서 그는 심경의 일단을 드러내었다.

"우리나라에서는 대통령이 많은 일을 할 수 있는 것으로 생각합니다. 지난 대통령들이 너무 막강했기 때문입니다. TV 출연도 막고 금지곡 정하는 일까지…… 그래서 모든 것을 대통령에게 다 하라고 합니다. 그런데 법을 존중하면 사실 할 수 있는 게 많지 않습니다."

대통령은 재신임 문제에 대한 소회로 이야기를 이어갔다.

"대통령은 선택과 결단을 하는 자리입니다. 국민들 마음속에 천재적인 대통령, 영웅적인 대통령을 기대하게 해야 할까요? 어지간한 사람이면 대통령을 할 수 있는 시스템입니다. 그런데 하나가 켕기면 연쇄적으로 그렇게 됩니다. 구김이 없는 사람이 와서 프로세스를 잘 관리했으면 좋겠습니다. ……재신임이 혼란을 만든다고 하는데, 사실 지금보다 더 혼란스러운 때가 있었습니까?"

접견을 마치자 고건 총리가 소집무실을 찾아왔다. 국무위원
들의 일괄 사퇴 의사를 전했다.

"국무위원으로서 책임을 통감합니다. 부담을 드리는 것 같아
주저했지만 국정쇄신의 계기가 될 것 같다는 판단으로 국무위
원의 뜻을 모았습니다."

그는 단호하게 거절했다.

"받을 수가 없습니다. 국민들에게 도덕적 측면에서 예의를
갖춘 것으로 받아들이겠습니다. 상황이 여기까지 온 것은 정치
사회 구조로부터 비롯된 것입니다. 비서실이나 내각은 책임이
없습니다."

"보좌를 잘못하고 있다는 생각입니다."

고건 총리가 거듭 사의를 밝히자, 대통령이 쐐기를 박으며
말했다.

"사람이 하는 일에 백 점짜리가 어디 있습니까? 저는 잘하고
계신다고 평가합니다."

이날 그는 다시 춘추관에 나가 재신임 문제와 관련한 입장을
추가로 설명했다. 다음날인 10월 13일에는 국회 시정연설을 통
해서 한번 더 입장을 밝혔다. 14일 수석보좌관회의에서는 재신
임 문제와 관련하여 비서실의 동요가 없도록 단속을 했다.

"신임투표는 정치적 문제라고 생각합니다. 여러분은 이 문제
에 깊이 관여하지 말고 영향을 받지 말아야 합니다. 일상적인

국정관리를 철저하게 해주시기 바랍니다. 관련하여 비서실장, 정무수석실은 필요한 준비를 해주십시오. 이 문제와 관련한 언론의 질문에 대해서는 일체 언급하지 마십시오. 함구해주십시오. 이 문제와 관련하여 기자들과 일체 전화하는 일이 없도록 하시기 바랍니다. 이 대목은 특별히 대외적으로 공개하면 좋겠습니다."

언론을 비롯하여 적지 않은 사람들이 '재신임 제안'을 노무현 특유의 '정치적 승부수'로 해석했다. 그를 잘 알고 있는 사람들은 그렇게 생각하지 않았다. 실제로 자리에서 내려올 수도 있는 대통령이었다. 자신이 부족하다거나 결격사유가 있다고 생각하면 미련 없이 그 자리를 떠날 수 있는 사람이었다. '정치적 승부수'라기보다는 '도덕적 결벽'에 가까웠다. 참모들은 그 점이 더 우려스러웠다. '재신임'을 둘러싼 논란의 와중에 10월이 갔다. 그는 APEC 정상회의 계기에 있을 한미정상회담에 앞서 이라크 추가파병을 결정했다. 10월의 마지막날인 31일에는 제주도로 내려가 도민과의 오찬간담회에서 4·3사건에 대해 정부 차원의 공식 사과를 했다.

"제주도에서 1947년 3월 1일 기점으로 해서 1948년 4월 3일 발생한 남로당 제주도당의 무장봉기, 그리고 1954년 9월 21일까지 있었던 무력충돌과 진압 과정에서 많은 사람이 무고하게 희생됐습니다. 저는 위원회의 건의를 받아들여 국정을 책임지고 있는 대통령으로서 과거 국가권력의 잘못에 대해 유족과 도민 여러분께 진심으로 사과와 위로의 말씀을 드립니다."

장내에 열렬한 박수와 함께 환호성이 터져나왔다. 그의 말이 계속되었다.

"무고하게 희생된 영령들을 추모하며 삼가 명복을 빕니다. 정부는 4·3평화공원 조성, 신속한 명예회복 등 위원회의 건의 사항이 조속히 이뤄질 수 있도록 적극적으로 지원하겠습니다."

그렇게 10월이 가고 11월이 왔다. 그는 김대중도서관 개관식에 참석했다. 김대중 전 대통령과의 환담도 있었다. 5일에는 변형윤, 백낙청, 이돈명, 강만길 등 원로 지식인들을 초청하여 오찬을 함께했다. 이 자리에서 그는 의미심장한 한마디를 던졌다.

"새 시대로 안내하는 다리가 되겠습니다. (태종이 세종 시대를 열었던 기반을 닦은 것을 비유하며) 새로운 시대를 열어가는 맏형이 되고 싶었는데 지금 와서 보니 구시대의 막내 노릇을 할 수밖에 없습니다. 새 시대의 첫차가 아니라 구시대의 막차가 될 수도 있습니다. 구태와 잘못된 관행을 깨끗하게 청산하여 다음 후배들이 다시는 진흙탕길을 걷게 하지 않으려 합니다. 그래서 다음 정권은 더욱 잘해나갈 수 있도록 하겠습니다. 지혜를 빌리고 말씀을 듣고 싶어서 모셨으니 여러 가지 말씀을 해주십시오."

분권
권한의 이양。

2004년, 청와대에 여름이 와 있었다. 봄은 탄핵의 계절이었다. 3월 초 국회의 소추 의결로 탄핵 국면이 시작되었다. 4월은 유폐였다. 헌재의 판결로 그가 대통령직에 복귀했을 때 봄은 물러날 준비를 하고 있었다. 봄이 완전히 물러간 6월, 여름의 습한 공기가 청와대에 더위를 몰고 왔다. 복귀한 대통령의 모든 일상은 정상적으로 되돌아왔다. 시간감각만큼은 온전하지 않을 수도 있었다. 그에게 봄은 어쩔 수 없는 공백의 시간이었다. 일을 하던 사람에게 공백은 감각을 흐트러뜨릴 소지가 많았다. 관저에 유폐되어 있는 동안, 그는 흐름을 놓치지 않기 위해 무던히 애를 썼다.

대통령이 되고 나서 두번째 여름이었다. 탄핵에서 복귀하자마자 그는 새로운 총리후보를 물색했다. 당 출신 장관들의 입각도 추진했다. 그 와중에 대한민국 민간인이 이라크에서 무장단체에 의해 살해되는 사건이 발생했다. 무척이나 부담스러운 일이었다. 지지자들로부터의 비판을 감내하며 자신의 입장과 상반된 파병 결정을 내린 터였다. 인질을 살해한 무장단체는 한국군의 철군을 요구했다. 그의 표정이 고통으로 일그러졌다. 그는 냉정함을 잃지 않으려 노력했다.

언제나 그렇듯 사건의 최종 지점은 청와대였다. 대통령이었다. 인과관계의 시작이거나 끝이었다. 사건의 발생 지점이 국내인가 국외인가는 중요하지 않았다. 사건이란 대체로 대통령에게 유리하지 않았다. 심각한 사건일수록 청와대에 미치는 영향이 컸다. 그만큼 책임져야 할 몫도 컸다. 폭우나 폭설로 인한 천재지변도 예외는 아니었다. 대통령과 청와대가 나서서 관심을 표명해야 하는 일 가운데 하나였다. 집권자는 무한책임을 져야 했다. 많은 권력을 내려놓았다고 해서 책임에서도 자유로운 것은 아니었다. '모릅니다' '저희 소관이 아닙니다' 청와대 대변인이나 관계자에게 이런 답변은 일종의 금기어였다. 국정에 대한 태만이나 방기로 해석되기 때문이었다.

대한민국 국민이 이라크 무장단체에 피살된 사건도 최종적인 책임과 대책은 대통령과 청와대의 몫이었다. 언론은 청와대의 해결책을 기다렸다. 대응책을 마련하느라 분주한 공무원들도 청와대의 지침을 기다렸다. 그동안의 정부 자세에 대한 질타가 빗발치고 있었다. 외국 통신사의 확인 문의 전화에 대한 외교부의 대응에 비난의 화살이 집중되었다. 대통령 외교보좌관으로 일하다 2003년 말 개각 때 입각한 반기문 외교부장관이 곤경에 처해 있었다. 대통령은 사건의 경과와 인과관계를 냉철하게 보기 위해 노력했다. 분위기를 쇄신하기 위해 사람을 바꾸는 데 그는 특별히 인색했다. 한번 임명한 사람은 웬만하면 계속 끌고 가려고 했다. 임무를 수행하기에 큰 하자나 결격 사유가 발생할 때에만 교체하겠다는 게 그의 원칙이었다. 여론 무마용으로 사람을 교체하다보면 국정운영이 파행을 겪을 수밖에 없다고 생각했다. 임기 5년 내내 견지된 철학이었다. 언론이나 야당, 때로는 여당과의 관계에 마찰을 일으키는 요인이기도 했다. 이 사건에 대한 대응도 예외가 아니었다. 책임 추궁 문제에 대해 그는 일관성으로 대응했다. 장관 교체를 요구하는 시중의 목소리가 높았지만 그는 끝내 교체 카드를 빼들지 않았다. 장관의 잘못된 방침이나 대응이 비극적 사건의 원인이라는 데에 동의하지 않았다. 그는 버텼고 반기문 장관은 최악의 위기를 넘겼다.

여름의 시작이 무겁고 부담스러운 일들만 있는 것은 아니었다. 그에게 여유와 희망을 가져다준 상황도 있었다. 열린우리당이 압도적 과반수를 점한 17대 국회가 5월 말 개원했다. 탄핵의 역풍이 선거에 반영되었다. 그도 기쁨을 감추지 않았다. 사상 최초로 탄핵소추를 받은 불명예의 대가이기도 했다. 사실 그의 관심사는 과반수 의석 너머에 있었다. 그는 초조한 마음으로 영남의 의석을 기다렸다. 기대가 무색하지 않게 영남의 몇몇 지역에 열린우리당이 깃발을 꽂았다. 그는 웃음지었다. 한편 호남에서 열린우리당이 독식한 것은 아니었다. 민주당이 일정 수준의 의석을 차지했다. 그는 오히려 바람직하다고 생각했다. 이런 기조가 유지된다면 꿈에 그려온 전국정당을 볼 수 있을 듯싶었다. 그는 국민통합으로 가는 희망을 발견했다.

기쁨의 이면에는 포기도 있었다. 사실 그는 열린우리당의 압승을 예견하지 못했다. 탄핵이라는 돌출 변수를 예상하지 못한 때문이었다. 대통령에 취임하던 무렵부터 그는 2004년 17대 총선의 결과도 여소야대가 될 가능성을 높게 보았다. 지역주의 정치와 다당제 구도가 만나면 여소야대가 일상화될 수밖에 없다는 판단이었다. 그런 상황을 전제로 그는 향후 국정운영 방향을 구상하고 모색해왔다. 사실상 임기 5년을 여소야대 구조하에서 보내야 할 것이라고 판단했기 때문이다. 대통령이 추진하는 핵심 사업에 국회의 동의를 받기가 쉽지 않을 것이었다. 사사건건 갈등과 이견으로 국정이 혼란에 빠질 우려도 있었다. 5년을 그렇게 보낼 수는 없었다. 대화와 타협의 정치를 모색해야 했다. 그가 일관되게 추구해온 국민통합과도 맥이 닿아 있는 문제였다. 임기 초부터 그는 17대 총선 이후를 준비했다. 구체적인 복안도 마련했다. 내용은 연합정부 또는 연립정부를 구성하는 것이었다. 이러한 구상을 취임 초에 공개적으로 언급하기도 했다. 2003년 4월 2일, 첫 국회연설이다.

"지역구도는 반드시 해소되어야 합니다. 지역구도를 이대로 두고는 우리 정치가 한 발짝도 앞으로 나갈 수 없습니다. 내년 총선부터는 특정 정당이 특정 지역에서 3분의 2 이상의 의석을 독차지할 수 없도록 여야가 합의하셔서 선거법을 개정해주시기 바랍니다. 이러한 저의 제안이 내년 17대 총선에서 현실화되면, 저는 과반수 의석을 차지한 정당 또는 정치연합에게 내각의 구성 권한을 이양하겠습니다.

이는 대통령이 가진 권한의 절반, 아니 그 이상을 내놓는 결과가 될 것입니다. 많은 국민들이 요구하는 '분권적 대통령제'에 걸맞은 일이기도 합니다. 헌법에 배치된다는 지적도 있습니다만, 국무총리의 제청을 받아 대통령이 국무위원을 임명하는 현행 제도 아래서, 국무총리의 제청권을 존중하면 가능한 일입니다. 나라의 장래를 위해서 충심으로 드리는, 저의 간곡한 제안입니다. 받아들여주시면 좋겠습니다."

국회에서 과반수를 차지하는 정당 또는 정당연합에 총리 지명권을 주겠다는 구상이었다. 실현 불가능한 이상론이라기보다 아주 구체적인 현실론이었다. 여소야대 구조에서 국정을 운영해나가는 숨통을 틔우기 위한 것이었다. 국무총리 임명은 국회의 동의가 필수다. 극단적으로 국회에서 과반수를 점한 정당 또는 정치연합이 반대를 계속할 경우, 대통령은 총리를 임명할수 없게 되는데 이 권한을 국회로 넘겨주겠다는 것이었다. 또 그는 우리나라 헌법의 내각제적 요소에 주목했다. 미국 부통령제와는 달리 우리나라에는 내각을 통할하는 국무총리가 존재

한다. 따라서 그는 국회 다수당이 지명한 국무총리가 내각을 통할하고 대통령은 외교와 국방 등에 전념하면서 필요할 때마다 총리와 상의하여 국정을 운영해나가는 방식을 염두에 두었다. 그의 구상이 실현되었다면 상쟁의 한국 정치문화에 새로운 변화가 생겨났을지도 모른다. 결과적으로 이 구상은 없던 일이 되고 말았다. 뜻밖의 탄핵 사태 때문이었다. 미련이 남았던지 그는 구상을 접게 된 안타까움을 여러 차례에 걸쳐 솔직하게 드러냈다.

구상 모두를 접고 폐기한 것은 아니었다. 그는 절반의 취지라도 살리는 방향을 선택했다. 총리후보를 국회에서 과반수를 점한 열린우리당의 인사 중에서 찾기로 한 것이다. 가장 먼저 떠올린 사람은 김혁규 의원이었다. 한나라당 출신 의원이라는 점과 정치적 고향이 대통령과 같은 부산이라는 점은 부담으로 작용했다. 그래도 그는 부산·경남 지역의 차세대 리더를 키우고 싶어했다. 자신의 진영에 영남에 기반을 둔 리더가 많을수록 정치의 지역구도를 무너뜨릴 개연성이 높아진다는 판단이었다. 총리로 지명하면 정치적 비중이 더욱 커질 것이었다. 그는 의사 타진을 했다. 그 과정에서 이야기가 밖으로 새나갔다.

'세상에 비밀은 없다'가 그의 생각이었다. 그에게 비밀은 없었다. 은밀한 이야기가 따로 없었다. 언젠가는 외부에 공개된다는 생각이 강했다. 그는 가급적 비밀을 만들지 않으려고 애썼다. 다분히 의도적이었다. '엠바고'는 있어도 '오프 더 레코드'는 없는 셈이었다. 국가기밀은 예외였지만 정치적 언행에 대해서는 일관된 자세를 유지했다. 이야기의 누설에 대해서도 상대적으로 관대했다. 특별한 경우가 아니면 누설자를 찾으려 하지 않았다.

김혁규 총리설에 야당은 거세게 반발했다. 한나라당은 반대 의사를 분명히 했다. 얼마 전까지 야당 소속이던 인물이 국무 총리가 되는 상황을 받아들이기 어려웠던 것이다. 과반수를 점 하고 있는 당은 열린우리당이었다. 힘으로 밀어붙인다면 임명 동의도 불가능하지 않았다. 대통령은 그 길을 택하지 않았다. 과반수는 마음먹으면 언제라도 안건을 처리할 수 있다는 상징 이라는 생각이었다. 사안마다 다수결을 앞세운 강행 처리는 바 람직하지 않다는 것이 그의 철학이었다. 야당 시절, 숱하게 접 했던 여당의 날치기 처리에 대한 반작용이기도 했다. 그는 대 화와 타협을 먼저 생각했다.

"아무리 훌륭한 판결이라도 쌍방 합의보다는 못한 것입니 다."

법률가 노무현의 소신이었다.

그는 김혁규 카드를 접었다. 대안으로 이해찬 의원을 생각했 다. 참모진들도 이견이 없었다. 이미 정책 경험이 많은 다선 의 원이었다. 초선 의원이었던 13대 국회에서는 이상수 의원과 '노동위원회 삼총사'로 불리며 활동한데다 야권통합운동도 함 께한 인물이었다. 14대 총선 당시 공천에서 탈락한 이해찬을 되살려낸 장본인이 노무현이었다. 한솥밥을 먹어온 식구나 다름없었다. 무엇보다 세상을 보는 철학과 지향이 같은 사람이었다. 이해찬으로 가닥을 잡은 총리 지명은 일사천리로 진행되었다.

김근태, 정동영 두 의원의 입각도 확정했다. 2002년 당내 대통령 후보경선 당시 경쟁하던 이들이었다. 모두 차기 대통령후보로 거론되고 있었다. 그는 내각에서 일할 기회를 주는 게 중요하다고 판단했다. 자신의 해수부장관 경험 때문이었다. 약 8개월이라는 짧은 기간이었지만 대통령인 그에게는 8년 이상의 경험처럼 든든하게 느껴졌던 것이다.

경선 당시 정동영 의원은 마지막까지 겨뤘던 후보였다. 대통령은 정의원에게 남다른 관심을 보였다. "다음 대통령은 풍운아가 아니라 반듯한 사람이 되었으면 좋겠다"는 이야기를 가끔 했다. '풍운아'가 노무현 자신을 지칭하는 것임은 분명했다. '반듯한 사람'이 정동영 의원을 말하는 것인지는 불분명하다. 전후 사정을 미루어볼 때 그럴 개연성이 높다. 정의원에 대한 배려가 눈에 띄었다. 대통령은 속내를 숨기지 못하는 캐릭터였다.

이즈음 대변인 생활을 마친 윤태영이 부속실장이 되어 지근거리에서 그를 보좌하기 시작했다. 대통령이 윤부속실장에게 물었다.

"총리가 당을 대표하려면 어떤 방법이 있을까?"

윤실장이 머뭇거리다 대답했다.

자리를 비운 대통령을 대신해 국무회의를 주재하는 이해찬 총리. 이총리 임명 후
노무현 대통령은 국무총리 중심의 본격적인 분권형 국정운영을 시행했다.

"당이 총리후보를 선거로 뽑으면 되지 않을까요?"

"나도 그렇게 생각하고 있네."

그가 고개를 끄덕였다.

외부에 공개적으로 이야기한 구상은 아니었다. 민감한 사안이라 사석에서도 꺼내기 조심스러운 이야기였다. 이 구상은 현실정치를 바라보는 그의 안목이 고스란히 담긴 것이었으나 참모들은 지나치게 앞서가는 발상이라는 생각을 지우지 못했다. 대통령의 생각은 달랐다. 언젠가 해야 할 일이라면 다소의 부작용이 있더라도 시기를 앞당겨 실행하는 게 좋다고 생각했다.

그는 한국 정치가 지향해야 할 선진정치의 모델을 유럽에서 찾았다. 내각책임제에 대해서도 호의적이었고 일부 국가의 연정聯政에 대해서도 긍정적으로 평가했다. 우리 헌법의 구조로 볼 때 국무총리는 당에서 선출하고, 그 총리가 국회 권력을 대표해야 한다는 게 그의 생각이었다. 임기중 실현할 수 있는 구상인지는 가늠하기가 어려웠다. 이즈음부터 그는 이러한 구상에 더욱 힘을 실어가고 있었다.

그는 국무총리 중심의 국정운영을 선언했다. 분권형 국정운영이었다. 각 부총리와 당 출신 장관을 활용하여 분야별 책임장관제도 운영했다. 외교·통일·국방 분야는 정동영 장관이 총괄했다. 정장관은 남북정상회담을 목표로 뛰기 시작했다. 이종석 NSC 사무차장이 정장관의 행보를 뒷받침했다. 2004년 여름, 그는 특별히 먼 곳으로 휴가를 떠나지 않았다. 도심에서 휴

가를 보냈다. 아이들을 위한 연극도 관람하고 가족과 함께 창
덕궁도 산책했다. 커다란 사건 사고는 없었다.

2004년 가을은 순방의 계절이었다. 한마디로 '북핵' 외교였다. 9월 러시아, 카자흐스탄으로 시작된 순방은 10월 인도, 베트남, ASEM에 이어 11월 브라질, 아르헨티나, 칠레, APEC으로 이어졌고 12월 라오스의 ASEAN+3, 영국, 폴란드, 프랑스, 그리고 자이툰부대 방문으로 이어졌다. 강한 체력을 필요로 하는 강행군이었다. 다소 무리한 탓인지 12월 중순 일본 방문 때는 뇌경색이 찾아오기도 했다. 이 기간 동안 그는 이해찬 총리가 국정을 꼼꼼하게 챙겨준 덕에 외교에 전념할 수 있었다고 칭찬을 아끼지 않았다.

2005년 초. 참여정부의 대통령은 임기 중반의 문턱에 다다랐다. 우선은 건강을 돌보는 일이 중요했다. 12월 중순에 뇌경색의 흔적이 발견된 후 대통령은 금연을 시작했다. 다행히 이해찬 총리가 국정운영의 중심을 잘 잡아주고 있었다. 총리와는 이야기가 잘 통하는 편이었고, 세상을 보는 철학도 비슷했다. 이해찬 총리는 정책통 총리답게 많은 일에 해박했다. 경험에서 비롯된 직관도 있었다. 또한 판단과 결정, 뒤이은 추진이 남보다 한발 앞섰다. 정치인에는 두 부류가 있다. 일을 시작하되 본론은 다른 사람에게 맡기는 정치인이 그 하나, 남이 시작한 일을 떠맡아 끝까지 마무리만 하는 정치인이 또다른 하나다. 이해찬 총리는 시작도 하고 끝도 맺는 사람이었다. 대단한 강점이었다. 총리에 대한 우려가 없지는 않았다. 너무 앞서가기도 했고 고집도 만만치 않았다. 스스로의 능력과 판단에 대한 확신이 있기에 가능한 일이었지만 대통령은 이 점을 염려했다. 그런 염려를 겉으로 내비친 적은 없었다.

지난해 12월 말에 동남아시아에서 지진해일이 발생했다. 1월 1일 위문단 파견과 관련해 NSC의 보고가 있었다. 대통령은 지체하지 않고 승인했다. 그는 대한민국의 모든 뉴스와 관계된 사람이었고, 세계의 주요 뉴스와도 관계된 사람이었다. 대통령의 권한과 책임이 미쳐야 할 일들은 생각보다 많았다. 그는 열심히 메모했다. 아침부터 저녁까지 깨어 있는 시간에는 수시로 메모했다. 얼핏 잠결에 떠오른 아이디어나 걱정거리도 메모했다. 잊는 일이 없도록 하기 위해 피곤한 몸을 일으켜세우고 적고 또 적었다. 많을 때는 뉴스의 절반이 메모의 대상이었다. 다음날 아침 꼬깃꼬깃 접힌 메모지들이 셔츠의 앞주머니에서 나왔다. 때로는 바지 주머니에서도 튀어나왔다. 내용은 부속실 직원을 통해 해당 수석 또는 비서관 들에게 전달되었다. 좋은 뉴스는 좋아서 정책에 반영하라는 것이었다. 나쁜 뉴스는 나쁘기 때문에 바로잡으라는 것이었다.

그는 언론보도에 원칙적으로 대응했다. 참모들에게도 그런 대응을 요구했다. 참모들에게 언론은 뜨거운 감자와도 같은 존재였다. 원칙적 대응이 쉽지만은 않았다. 적극적으로 언론의 잘못된 행태를 비판하며 대통령의 주문을 이행하는 참모들도 적지 않았으나, 언론과의 갈등을 우려해 대응을 주저하는 참모들도 있었다. 그는 때로는 설득했고 때로는 화를 냈다. 오보에 대한 대응은 기본이었다. 잘못을 고치려는 노력이 언론을 바로잡는 길이라는 인식이었다. 이런 대통령의 대응을 일부 사람들은 '언론과의 적대'로 받아들이곤 했다. 그는 '유착'을 원하지도 않았지만 그렇다고 '적대'를 지향한 것은 아니었다. 권력과 언론이 각자 가야 할 길을 가자는 것이었다. 정확히 말하면 '상호 견제'였다. 자신을 비롯한 참모들을 언론의 감시하에 두는 것이었다. 역으로 언론의 보도를 견제해야 했다. 그 시작이 '오보 대응'이었다.

관저 부속실 출입문 오른편에는 허리 높이쯤 되는 선반이 하나 있었다. 이곳에는 언제나 그날의 신문들이 가지런히 놓여 있었다. 대통령은 복도를 오가면서 신문 1면의 기사들을 일별할 수 있었다. 아주 특별한 경우가 아니면 그는 그곳의 신문을 집어들지 않았다. 신문을 내실까지 들고 가서 읽는 모습은 더욱 보기 드물었다. 사실 그는 주요 기사들을 이미 알고 있었다. 매일 저녁 9시 TV 뉴스를 빼놓지 않고 끝까지 시청했다. 아침에 일어나면 보도전문 채널을 켜놓고 하단의 자막 뉴스까지 챙겼다. 구태여 뉴스를 신문에서 챙길 필요는 없었다. 상세한 내용을 알고 싶으면 인터넷을 열어 마우스를 클릭했다. 또하나 빼놓을 수 없는 자료가 있었다. 국내언론비서관실이 매일 새벽에 작성하는 「국내 언론보도 분석」이었다. 여기에는 대통령 관련 기사, 또는 그가 알아두어야 할 기사들과 칼럼들이 일목요연하게 정리되어 있었다. 임기 초에는 양정철 당시 행정관이, 이즈음에는 안영배 비서관이 보고서를 작성하기 위해 고단한 새벽 출근을 연일 감내했다. 그 수고에 보답이라도 하듯이 그는 이 보고서만큼은 하루도 빼놓지 않고 꼼꼼하게 읽었다. 코멘트도 반드시 붙였다.

대통령은 최선을 다했다. 하루하루가 업무와의 씨름이었다. 크고 작은 결정과 결단이 시간과 분 단위로 내려졌다. 그는 완벽한 신이 아니었다. 모든 사안에 무오류의 결정을 내리기는 불가능했다. 판단의 토대는 그의 철학과 세계관이었다. 결정에 참고할 자료는 참모들이나 장차관들이 제공했다. 편향된 자료일 수도 있었다. 편향을 간파하기 위해 그는 시간을 내어 공부하고 독서했다. 지난 역사를 되짚어보기도 했다. 여전히 사람들은 그에게 '성공한 대통령'이 될 것을 주문했다. 청와대를 찾은 지인들의 공통된 덕담이었다. 예외가 없었다. 그때마다 그는 '성공'이란 말의 의미를 생각했다. '성공'은 다분히 세속적인 것이었다. '인기 있는 대통령'이라는 의미와도 통했다. 그의 고민은 그 너머에 있었다. 대한민국 대통령은 현실도 꼼꼼하게 챙겨야 했지만 그에게는 미래에 대한 성찰과 준비도 못지않게 중요했다.

2004년 말 이라크 자이툰부대 방문으로 지지도가 수직 상승했다. 그런 행사를 거듭하면 무난하게 임기 5년을 마칠 수 있겠다는 생각도 들었다. '성공한 대통령'이란 대체로 그런 모습에 가까웠다. 그는 스스로에게 물었다. 일종의 자기성찰이었다.

'그것이 과연 진정한 성공인 것일까?'

의문은 다시 회의로 이어지곤 했다.

'노사모가, 유권자들이 나를 대통령으로 밀고 선택해준 이유는 그렇게 대통령직을 수행하라고 한 것이 아니었는데……'

그는 자신을 지지해준 사람들의 생각을 곱씹어보았다. 지금 하는 일들이 과연 그 사람들의 뜻과 일치하는 것인지 살펴보았다.

'그들은 분명, 내가 원칙과 소신을 가지고 국정을 운영해나가기를 바랐던 것임에 틀림없다. 그저 인기를 지향하는 한 사람의 정치인, 그런 대통령이 아니다. 때로는 시대를 역류하더라도, 때로는 시대를 뛰어넘어서라도 정말로 국가와 장래를 위해서 자신을 희생하는 지도자가 되기를 바랐을 것이다. 지역구도 타파를 위해 낙선을 거듭한 나를 대통령으로 뽑아준 이유는

전격적인 이라크 자이툰부대 방문으로 지지도가 급상승했지만, 그는 '성공한 대통령'이 되기보다 오랫동안 품어온 원칙과 소신을 잃지 않고 국정을 운영해나가는 대통령이 되어야 함을 되새겼다.

거기에 있다.'

'멀리 보고 일해야 한다. 숨을 길게 가져가야 한다. 대통령은 지지자들만의 대통령은 아니다. 미래를 생각하는 대통령이어야 한다.'

아직 3년이 남아 있었다. 문득 '이라크 파병'이 떠올랐다. 국내외 정세가 어떤 불가피한 선택을 강요할 수도 있었다.

'앞으로 또 어떤 오점을 남기게 될 것인가?'

새로운 도전을 시도할 수도 있었다. 그렇다면 그것은 과연 어떤 것일까? 많은 상념 속에 2005년, 집권 3년차의 새해가 앞으로 나아가고 있었다.

신년 초, 언론에 개각 기사가 실렸다. 인사 보도는 대체로 앞서가는 경우가 많았다. 특종과 낙종이 명확히 구분되기 때문이다. 언론의 과도한 경쟁이 예정된 인사 시점을 앞당기는 경우도 적지 않았다. 이때도 그랬다. 기사가 나온 만큼 개각 발표를 굳이 늦출 일은 아니었다. 대통령은 그날로 인사를 발표하도록 지시했다.

교육부총리가 개각의 핵심이었다. 그 밖에 행자부장관, 농림부장관, 해수부장관, 여성부장관 등을 교체했다. 마침 국무회의가 열리는 날이었다. 그는 물러나는 장관들에게 양해를 구했다. 사전에 귀띔조차 듣지 못한 채 떠나게 된 사람이 있었다. 안병영 교육부총리였다. 언론의 앞선 보도 탓에 직접 대면통보를 할 여유를 갖지 못했다. 대통령은 특별히 미안함을 표했다.

자신의 임기 동안 그런 일이 없도록 최대한 배려해오던 터였다. 그런 배려에 신경을 쓰는 이유가 있었다. 대통령이 되기 전인 2001년 3월, 그도 어느 날 갑자기 장관직에서 물러나야 했던 경험이 있기 때문이다.

다음날 그는 신임 이기준 교육부총리 등에게 임명장을 주었다. 교육부총리 인사는 이해찬 총리의 강력한 천거에 의한 것이었다. 인사가 발표되자마자 참여연대에서 임명 철회를 요구하고 나섰다. 아들의 병역 문제와 국적 문제, 서울대총장 시절의 판공비 유용 의혹이 논란의 초점이었다. 대통령은 마음을 가다듬었다. 여론에 맞서야 할 상황임을 직감했던 것이다. 잘못된 인사로 판명되면 총리의 지도력과 신뢰에 금이 갈 것을 우려했다. 그가 원하는 바가 아니었다. 집권 3년차의 국정운영 기조도 흐트러질 수 있었다. 그는 버팀목이 되겠다고 생각했다. 자신이 얼마나 버텨주는가가 관건이라는 판단이었다. 정면 돌파를 선택한 그는 참모들에게 지시했다.

"검증 과정에서 이미 나온 이야기들이고, 그만큼 숙고하고 고심한 끝에 대통령이 결정한 것이라고 이야기를 해주십시오."

"총리가 장관 시절에 교육개혁을 추진하다가 도중하차했었습니다. 그래서 이기준 카드를 고집했지요. 다른 사람을 대안으로 제시하면서 아니면 그냥 안병영 부총리로 가자 했더니 총리가 꼭 바꿔야 한다고 하더군요. ……결국은 총리가 교육부 장관 출신이라서 생긴 일입니다. 강하게 밀어붙이지 않으면 안 됩니다."

참모들의 분위기를 살핀 후 그는 한마디를 덧붙이며 쐐기를 박았다.

"이럴 때 대통령이 막아주지 않으면 안 됩니다."

강한 톤의 이야기였다. 말은 그렇게 했지만 그는 내심으로 자신의 안이함을 책망했다. 겉으로 표현하지 않았지만 총리에 대한 아쉬움도 있었다. 인사 전반을 관장하는 김우식 비서실장에 대한 작은 원망도 있었다. 일은 이미 벌어진 뒤였다. 상황을 돌파할 수 있는 특단의 카드가 떠오르지 않았다.

"안병영 부총리를 유임시키는 것이 유일한 대안이었던 것 같습니다."

평소 자신의 결정에 대해 아쉬움을 드러내는 사람이 아니었다. 그만큼 이 문제를 대하는 대통령의 심경은 착잡하고 복잡했다. 주말에는 눈이 내렸다. 폭설이 되지 않기를 바라는 마음뿐이었다. 다음날 그는 총리와 비서실장, 주요 수석들이 모인 자리에서 이야기했다.

"대통령이 안이하게 판단했습니다. 사람이 귀하고 아쉽다보니 전문성, 실용적 역량만 보고 도덕성 문제를 쉽게 생각했습니다."

이해찬 총리도 유감의 뜻을 표명했다.

"사적인 부분은 검증을 못했습니다. 재발하지 않도록 하겠습니다."

그가 고개를 끄덕였다. 당부의 말도 있었다. 이번 일로 총리 이름이 나오지 않도록 신경을 써달라는 부탁이었다. 깊은 배려였다. 상황은 그렇게 정리되고 있었다. 얼추 회의도 끝나가고 있었다. 그때 이병완 홍보수석이 상황을 반전시키는 한마디를 했다.

"국민정서와의 싸움은 쉽지 않습니다. 인사위원회 전체가 교체될 사유입니다."

이번 사태에 대해 응분의 문책이 있어야 한다는 취지였다. 누군가는 책임을 져서, 적어도 참여정부가 다르다는 점을 보여줘야 한다는 주장이었다. 그가 의도한 방향은 아니었다. 분위기가 심각해졌다. 논의 끝에 결국 이기준 부총리의 사표를 수리하기로 했다. 인사추천위원도 일괄 사의를 표명하는 것으로 결론이 났다. 외부에 발표할 문안도 마련되었다. '교육부총리 인선의 잘못을 매우 죄송스럽게 생각하며 이번 일을 계기로 인사 시스템을 재점검하고 법적 미비점을 파악해 대책을 강구하겠다, 후임은 시간을 가지고 인선한다' 등이었다. 그것으로 끝이 아니었다. 오찬을 마칠 무렵 대통령이 추가로 지시했다.

"인사 검증을 강화하는 방법은 청문 절차를 거치는 게 가장 낫습니다. 국회의 청문에서 해명하는 기회를 주는 것이지요. 이것이 가능한지 논의를 해보시기 바랍니다."

며칠간 고심한 결과였다. 인사의 철저한 검증을 위해 국회의 청문 제도를 확대 강화하자는 것이었다. 참모들이 일단 난감한 표정을 지었다. 이는 국회의 권한이 강화되는 것을 의미했지만 바꿔 말하면 대통령의 인사권이 제한된다는 뜻이기도 했기 때문이다. 그의 생각은 지금 같은 여론재판식 검증이 바람직하지 않다는 데서 출발하고 있었다. 이 기회에 검증을 하나의 법적 절차로 규정해 이를 통해 걸러낼 사항을 걸러내자는 것이었다. 그에게는 또다른 고심이 남아 있었다. 인사추천위원들의 일괄 사의가 마음에 걸렸다. 문제가 커지긴 했지만 그들 모두가 책임져야 할 사안은 아니라는 생각이었다. 다음날 아침 일찍 그는 부속실에 전화를 걸어 김우식 비서실장과의 조찬을 지시했다.

"내가 임명해놓고 사람들 사표를 수리하려니까 난감합니다. 대안도 준비되어 있지 않고요……"

그는 정찬용 인사수석과 박정규 민정수석의 사표를 수리하는 선에서 정치적 책임을 매듭짓고자 했다. 민정수석의 후임도 가닥을 잡아놓았다. 문재인 시민사회수석을 민정으로 옮기는 방안이었다. 그는 비서실장에게 말했다.

"이강철씨를 언젠가는 한번 기용해야 합니다."

시민사회수석의 후임을 염두에 둔 말이었다. 인사수석의 후임도 거론했다. 이학영씨였다. 그러면서도 그는 자신 없다는 투로 이야기했다. 그답지 않았다.

"이번 일을 겪고 나니, 겁이 나서 못하겠습니다."

이학영씨는 오래전 남민전사건 당시 기소된 전력이 있었다.

대통령은 그 점이 논란이 되지 않을까 우려했다. 그는 또 교육부총리 후임도 거론했다. 민주당 김효석 의원이었다. 김우식 비서실장이 깜짝 놀랐다. 뜻밖의 인물이었기 때문이다. 김의원은 열린우리당이 아니라 민주당 의원이었다.

"연정 경험이 없기 때문에 제안을 받아들이지 않으면 못하는 겁니다. 지금 이 시기에는 경제통이 교육부총리에 적임일 수 있습니다. 경제계가 필요로 하는 인재의 배출이라는 측면에서도 그렇습니다. 일부에서는 기업인 중에서 발탁하자는 의견도 있습니다."

대통령은 2003년 취임 초기에 각 부처 업무보고를 받을 즈음을 떠올렸다. 김효석 의원은 당시 새천년민주당의 정책조정위원장 자격으로 회의에 참석했다. 그때부터 대통령은 김의원을 주목해왔다. 사안에 대한 김의원의 의견을 귀담아들은 것이었다. 어쨌든 파격적인 구상이었다. 실현된다면 또하나의 파란이었다. 김우식 비서실장이 곧바로 의사 타진에 나섰다. 대통령은 한숨을 돌렸다.

민정수석과 인사수석이 자리에서 물러났지만 언론의 반응은 그래도 우호적이지 않았다. 어떤 언론은 "이해찬 총리와 김우식 비서실장 감싸기"라며 "미봉 인사"라는 표현을 썼다. 그는 박남춘 국정상황실장을 불렀다. 인사수석실을 보강하겠다는 생각이었다. 박남춘 실장은 그가 해수부장관이던 시절 총무과장이었고 그때부터 남다른 신뢰를 보내온 관료 출신 인물이었다.

"수석을 위에 둘까? 비서관을 아래에 붙여줄까?"

박남춘 실장이 잠시 머뭇거리다 대답했다.

"대통령님 뜻에 따르겠습니다."

그는 그 자리에서 결정하지 않았다. 아직 수석으로 임명하기
에는 조금 더 시간이 필요하다는 생각이었다. 얼마 후 김완기
소청심사위원장이 인사수석으로 내정되었고 박남춘은 인사수
석실의 비서관으로 자리를 옮겼다.

대통령은 후보 한 사람만의 힘으로 될 수 있는 자리가 아니다. 다양한 사람들의 도움을 받아야 하고 수많은 사람들에게 빚을 져야 한다. 도움과 빚은 대통령이 되는 것만으로 말끔히 털어낼 수 있는 게 아니었다. 때로는 대통령의 시야를 흐리는 안개가 되거나 발목을 잡는 족쇄가 되었다.

2005년 신년 기자회견을 준비하는 과정에서 그는 문재인 시민사회수석과 환담을 나누었다. 민정수석으로 복귀할 가능성이 높아진 상황이었다. 그는 빚진 사람의 명단을 최소한으로 제한했다.

"정대철씨, 이상수씨 외에는 마음으로 쫓기는 사람이 없습니다."

앞으로의 상황에 따라 비서실이 짊어질 부담을 덜어주고 싶은 것이었다. 민정수석과 인사수석이 물러난 다음날, 그는 이해찬 총리, 정동영, 김근태 등 분야별 책임장관들과 오찬을 함께했다. 배석했던 이병완 홍보수석이 오찬이 끝나자 별도의 보고 시간을 요청했다. 홍보수석 자리에서 물러나겠다는 보고였다. 문책의 대상에서는 벗어났지만 일괄 사의를 주장한 사람으로서 물러나는 게 도의적으로 옳다는 입장이었다. 대통령은 순순히 사의를 받아들였다. 마땅한 후임이 있는지도 물었다. 강기석, 정순균, 조기숙 등의 이름이 거론되었다. 물러나는 정찬용 인사수석과 환담을 나누는 자리에서 대통령은 한겨레신문의 김선주 논설위원을 홍보수석 후보로 거론하기도 했다.

그는 글로써 정리된 이야기를 좋아했다. 달변가로 불리는 대통령의 취향은 오히려 잘 쓰인 글에 있었다. 글로 표현된 설득력에 점수를 주었다. 훌륭한 표현에 감동받았다. 스스로도 끊임없이 표현을 연구했다. 특히 대구와 역설을 좋아했다. 좋은 글을 쓰고 싶어했고, 좋은 글에 대한 평가도 인색하지 않았다. 그런 취향은 청와대 내 여러 수석실 가운데 홍보수석실에 대한 특별한 기대로 이어졌다. 그는 글 쓰는 사람들을 옆에 두고 싶어했다. 그 사람들에 대한 기대도 남달랐다. 다른 수석실의 질투 아닌 질투를 유발할 수밖에 없었다.

교육부총리 인사 파행으로 인한 논란이 일단락되었다. 청와대의 새 진용도 어느 정도 뼈대를 갖추었다. 우여곡절 끝에 새 교육부총리에는 김진표 전 경제부총리가 임명되었다. 인사 요인은 곳곳에 있었다. 검찰총장과 국세청장이 인선중이었고, 주영국대사로 부임하는 조윤제 경제보좌관의 후임도 물색중이었다. 그는 인사 후보자들을 일일이 만났다. 청와대 참모직의 경우는 식사를 함께하며 됨됨이를 직접 살펴보았다. 일요일 아침이 가족과 함께하는 유일한 식사였다. 일정이 다시 빡빡해지고 있었다. 부속실은 지난해 말 뇌경색의 악몽을 떠올릴 수밖에 없었다. 대통령의 금연이 그나마 작은 안심을 가져다주는 근거였다. 그는 인사청문 제도의 확대 강화를 지속적으로 강조했다.

"견제를 받고 검증을 거치면서 단련이 됩니다. 그래야 버텨나갈 수 있습니다. 견제받고 절제할수록 신뢰에 의한 힘이 커집니다. 신뢰가 중요합니다. 예를 들어 나와 총리가 갈등이 있는 경우, 총리의 신망과 대중적 지지가 더 높다면 내가 질 수밖에 없습니다. 그러면 그 뜻에 맞추는 수밖에 없습니다. 이해찬 총리 같은 사람을 고를 수 있다는 게 권력인 셈이지요. 사실상의 집단지도 체제입니다."

김완기씨를 인사수석으로 임명하면서 그는 이학영씨의 기용을 포기했다. 아무래도 부담이었다. 스스로는 큰 문제로 생각지 않았지만 이기준 부총리 파동을 거치면서 그 또한 여론의 향배를 부담으로 생각했다.

"이번에는 기용하지 못하지만 언젠가 자리를 만들어 소주 한잔했으면 합니다."

교육부총리 제안을 받은 김효석 의원은 김우식 비서실장을 통해 고사의 뜻을 전해왔다. 그것으로 끝내기가 아쉬웠는지 대통령이 제안했다.

"그 건은 그렇게 접는 것으로 하더라도 이야기가 나온 김에 식사라도 합시다."

김의원이 그의 청을 받아들여 청와대에 찾아왔다. 저녁식사를 함께했다. 김의원은 대통령의 제안을 '통합의 정치'로 표현하며 긍정적으로 생각한다는 뜻을 밝혔다. 대통령은 아쉬움을 표하면서도 '적합한 사람이 있으면 당적은 전혀 문제가 아니다'는 입장을 거듭 확인했다.

"역량을 활용했으면 하는 아쉬움이 남습니다. 장관은 정책을 만들어야 하는 자리입니다. 완벽주의를 취한다면 덜컥 받는 것이 부담스러울 것입니다. 사양하는 이유는 외부에 잘 이야기해주었으면 합니다."

언론은 시끄러웠다. 그는 마뜩지 않은 표정을 지었다. '연정'에 대한 이해의 부족 때문이라는 생각으로 그는 시비를 길게 이어가지 않았다. 2월로 넘어가는 길목도 쉽지는 않았다. 천성산 터널 공사를 반대하며 단식을 하던 지율 스님의 건강이 극도로 악화된 탓이었다. 대통령의 표정이 어두워졌다. 무거운 마음이 굳은 표정을 만들고 있었다. 시민사회수석실 참모들이 중심이 되어 대통령에게 관심 표명을 건의했다. 고개를 가로저었지만 그의 속내는 시커멓게 타들어가고 있었다. 결국 문재인 수석이 나섰다.

그의 정치는 변화하고 있었다. 목소리 높여 주장하던 야당의 젊은 정치인이 아니었다. 대안이 없어도 비판부터 할 수 있는 정치인이 아니었다. 그는 많은 권력을 스스로 내려놓으면서 대통령직의 이미지를 바꿔왔다. 변화는 역으로도 일어나고 있었다. 대통령직이 노무현이라는 사람을 또 변화시키고 있었다. 시야는 더 넓어졌다. 생각해야 할 대상은 더 커졌다. 바라봐야 할 미래도 더 먼 곳에 이르렀다.

설 연휴가 지난 직후 김우식 비서실장이 관저를 찾았다. 대통령은 김실장에게 특별한 역할을 기대하고 있었다. 인사 문제의 총괄이었다. 일찍이 직제를 없애버린 정무수석의 역할까지는 기대하지 않았다. 당정분리 원칙을 충실히 지켜야 한다는 것이 그의 생각이었다. 당과는 정무적 협의보다 정책 관련 공조를 긴밀히 하면 된다는 판단이었다. 정책 공조는 당 출신 국무총리가 주도하면 될 것이었다. 청와대가 애써 나설 필요는 없어 보였다. 당정분리 원칙하에서 당청관계는 민감했다. 원만한 관계를 위해 노력해도 결국에는 틈이 생겼다. 갈등은 그 틈을 파고들었다. 갈등과 마찰을 적극 보도하는 것이 언론의 생리였다. 보도를 통해 갈등은 확대일로를 걷곤 했다. 그는 당청관계를 최소로 제한하는 게 좋겠다고 생각했다. 당의 입장은 달랐다. 총리가 있어도 결국엔 인사와 정책에 대한 최종 권한을 가진 대통령이 중요했다. 당은 청와대로 통하는 라인을 확보하려 했다. 자연스럽게 김우식 비서실장에게 연락이 집중되었다. 비정치인 출신 비서실장에게 정치적 정무적 업무가 부가 되었다. 김우식 실장은 인맥이 두루 넓은 편이어서 이를 토대로 보수언론과도 관계 개선을 시도하고 있었다. 그는 김실장의 움직임을 짐작하긴 했지만 정색하고 말리지는 않았다. 연세도 지긋한 비서실장에게 '이런 것 저런 것은 하지 마시라' 말하기도 부담스러운 일이었다.

이날 김실장이 그를 찾아온 용건 역시 당 문제였다. 지난 연말 4대 개혁입법이 무산되면서 당은 지도부가 교체되고 있었다. 전당대회가 임박해 있었다. 새로운 지도부의 면면에 대한 대통령의 의중이 궁금한 것이었다. 김실장 개인의 궁금함이 아니었다. 당의 궁금함이 김실장을 통해 전달되고 있는 것이었다. 역으로 말하면 지도부를 선출하는 과정에 그의 의중을 최대한 반영하겠다는 취지였다. 마침 참여정부 청와대의 첫 비서실장이었던 문희상 의원이 당의장 후보로 거론되고 있었다. 대통령의 의중이 궁금한 대목이었다. 그는 오래 생각하지 않고 말했다. 당의 결정에는 관여하지 않겠다는 것이었다.

"왜 저에게 부담을 지우려고 하는 것이지요?"

대통령은 민주적 프로세스가 중요하다는 점을 강조했다.

"위대한 사람이 있는 것이 아닙니다. 프로세스가 중요합니다. 게임의 규칙을 정해놓고는 돌아서서 다른 소리를 하는 것이 문제입니다. 덩샤오핑은 노래 부르는 사람이 아닙니다. 국민들이 좋아서 선택하면 지도자가 되는 것입니다."

그는 명쾌하게 입장을 정리했다.

"우리나라의 일부 집단에서는 아직도 나를 보고 불안하다고 합니다. 그것도 민주주의 훈련이 부족하기 때문입니다. 대표를 만들면 끊임없이 정보를 제공하면서 직무를 수행할 수 있도록 도와야 합니다. 문제는 결과에 승복해주는 것입니다. 이 대목에서 제가 정리를 하면 그만큼 성장이 지체되는 것입니다. 대통령 뜻과 관계없이 스스로 판단해서 하도록 하시지요."

4월 중순. 대통령은 독일과 터키를 순방하기 위해 전세기에 올랐다. 철도공사의 러시아 유전사업 의혹 등 마음을 어지럽히는 일이 적지 않았다. 그래도 그는 유머를 잃지 않았다. 아무리 모진 상황에서도 그에게는 웃음이 있었다. 비행기가 안정 고도에 오르자 그는 기자단 좌석을 찾아가 격려했다.

"여러분, 지금 이 비행기는 베를린으로 갑니다."

자이툰부대 방문 당시의 발언 "이 비행기가 서울로 바로 못 갑니다. 쿠웨이트에 들러서⋯⋯"를 스스로 패러디한 것이었다. 모처럼 그와 기자들이 함께 웃었다. 베를린 동포간담회에서도 특유의 유머감각이 빛을 발했다.

"제가 공항에서 이렇게 들어오는데, 저쪽에 모퉁이 꺾어서 들어오는데 큰 아파트 같은 곳에서 누가 태극기를 내걸고, 어머니하고 딸인가 봐요, 창밖에서 손을 흔들더군요. 저도 흔들었는데 제 손을 봤는지 모르겠습니다. 손금도 괜찮은 편인데⋯⋯"

순방 기간에 그의 유머는 계속되었다. 프랑크푸르트를 떠나

터키 앙카라로 향하는 중이었다. 독일의 전투기가 대통령의 전세기를 하늘에서 경호했다. 여러 나라를 순방했지만 접해본 적이 없는 광경이었다. 다음날 아침 수행원들과의 조찬에서도 이 이야기가 화제가 되었다. 앙카라 시내 곳곳에 걸린 대통령 내외의 큰 사진에 대해서도 한마디했다.

"사진 크기로만 보면 권여사가 대통령인 것으로 알걸요."

터키의 이스탄불에서는 에르도안 총리와 함께 크루즈선을 타는 여유도 가졌다. 보스포루스해협을 둘러보는 코스였다. 그는 동포간담회에서 소감을 말했다. "대통령 되고 나서 제일 좋은 구경"이라는 표현이었다.

"예정에 없이 에르도안 총리가 보스포루스 크루즈를 시켜줬습니다. 크루즈 안 했으면 참 억울할 뻔했습니다. 대통령 되고 제일 좋은 구경 했습니다. 잠시 스쳐가는 생각이지만 돈만 있으면 돌아가지 말고 여기서 살면 좋겠습니다. 그런데 가만히 생각하니 내가 대통령이에요, 안 가면 큰일나겠다 생각했습니다. 넉넉하진 못해도 아름다운 곳입니다. 바쁘더라도 때때로 구경도 하고 스트레스도 풀고 하는 게 좋을 것 같습니다."

귀국한 그는 이른바 '전략적 유연성' 논란과 관련하여 정동영 장관의 조사 결과를 보고받았다. 심각한 문제는 없었다는 보고였다. 그는 "일하는 사람에 대해서는 선의로서 평가하자"며 논란을 일단락지었다. 그는 진해의 해군공관으로 내려가 짧은 휴식을 취했다. 4·30재보궐선거의 완패 소식이 그를 기다

터키 보스포루스해협에서 여유로운 시간을 보내는 그의 앞에는, 북핵과 일본 우경화 등 지난한 외교 문제, 그리고 이상기류가 흐르는 당정관계 등 복잡한 문제들이 놓여 있었다.

리고 있던 시점의 일이었다.

"보스포루스해협보다 훨씬 낫다. 우리 남해안이 최고다."

2005년 4월 말의 토요일, 한산도로 향하는 해군 귀빈정의 뱃머리에 그가 서 있었다. 대통령은 남해안의 풍광에 매료됐다. 섬은 바다 위에 자연스럽게 누워 있었고, 바다는 섬 사이로 부지런히 헤엄치고 있었다. 다도해가 그려내는 스카이라인이 그에게 마음의 평화를 가져다주었다. 스카이라인 위로 며칠 전 이스탄불 크루즈선에서 본 보스포루스의 풍광이 오버랩되었다. 웅장하기도 했지만 대륙과 대륙이 만난다는 상징성이 주는 감흥이 있었다. 바다가 더없이 잔잔한 탓인지 모래사장이 있는 해변은 보이지 않았다. 그 대신 육지와 바다를 구분하는 선을 따라 별장이나 궁전 모양의 집들이 줄지어 있었다. 쉽게 볼 수 없는 풍광이었기에 더욱 새로웠다.

"남해안이 최고"라는 그의 표현은 이스탄불 동포간담회에서의 발언에 대한 반작용임이 분명했다. 현장의 언어에 익숙한 사람이었다. 청중을 기분좋게 하는 덕담을 어디에서든 한마디씩 했다. 기사를 쓰는 언론은 이를 덕담이나 수사로 받아들이지 않았다. 작심 끝에 나온 의도적 발언으로 해석했다. 지면에서는 가십이 아닌 '스트레이트 기사'가 되었다.

귀빈정 2층의 테이블을 가운데 놓고 그와 일행이 자리를 잡았다. 그는 남해의 봄바람을 맞으며 크게 심호흡했다. 권여사와 양한방 주치의, 경호실장과 담소를 즐겼다. 큰 소리의 농담과 웃음소리가 아래쪽 선실까지 들려왔다. 바람이 좋았고 웃음이 좋았다. 무거운 걱정들을 육지에 놓아두고 왔다는 듯 그는 해맑게 웃고 있었다.

북핵 문제는 대한민국 16대 대통령을 줄곧 괴롭히는 사안이었다. 두어 달 전 북한의 핵 보유 선언으로 괴로움이 가중되었다. 그는 북한 이야기가 나오면 인상을 찌푸렸다. 미국 대통령과 회담할 때마다 북한의 처지를 이해시키려고 애써왔던 것에 비하면 엄청나게 달라진 모습이었다. 한반도에서의 전쟁만은 안 된다, 이 명제가 생각의 시작이고 끝이었다. 이 전제하에 그는 많은 것을 양보했고 인내해왔다. 정상회담 결과를 발표할 때면 '이해를 구했다'는 의례적 표현으로 요약되고 말았지만, 그의 설득 노력은 치열함 그 자체였다. 그 모든 것이 2월 핵 보유 선언 이후 달라져 있었다.

한일관계도 간단치 않았다. 역사 교과서 검정부터 독도 영유권 주장에 이르기까지 쟁점도 다양했다. 취임 이후 인내하고 자제하면서 지켜왔던 대일 기조가 근본적으로 흔들리고 있었다. 일본의 말과 행동 때문이었다. '사과만 할 뿐 그것에 합당한 실천의 모습은 보이지 않는다'가 일본을 바라보는 대통령의 인식이었다. 일본에 대한 강경 기조는 보수진영조차도 비판의 칼날을 들이대기 어려운 것이었다. 그 대신 보수언론은 대통령의 '동북아 균형자론'을 난타하고 있었다. 일본의 우경화 움직임을 우려하여 대통령이 고심 끝에 내놓은 명제이자 논리였다.

당정관계도 균열의 싹이 트고 있었다. 2004년 총선 압승을 바탕으로 이해찬 총리와 정동영 장관, 김근태 장관이 입각하면서 긴밀하게 유지했던 당정관계였다. 2004년 말 4대 개혁입법의 실패가 하나의 전기였다. 그후로는 이상기류가 감지되었다. 책임 소재를 놓고 설왕설래가 많았다. 더 큰 문제는 코앞으로 다가온 4·30재보궐선거였다. 여대야소 구도가 1년을 채우지 못하고 붕괴될 위기에 처해 있었다.

철도공사의 러시아 유전개발 투자 실패와 관련해 언론은 연일 이광재 의원과 이기명 후원회장의 이름을 거론하고 있었다. 그는 한숨을 내쉬었다. '실체가 없는 유령 같은 이야기'라는 것이었다. 민정수석실에서는 그에게 또하나의 문제를 보고했다. 동북아위원회가 연루돼 있는 행담도 개발 의혹이었다. 연초 교육부총리 인선 실패로부터 시작된 흔들림이 쉽게 진정될 기미를 보이지 않았다. 4·30재보궐선거라는 중대한 국면 전환 계기도 초읽기에 들어갔다. 대통령은 생각이 그쪽으로 흐르는 것을 막으려는 듯 계속해서 풍광을 이야기했다.

"변호사를 하던 시절에, 통영의 달아공원에 올라가서 그 앞에 펼쳐진 광경을 보았을 때 충격을 받았습니다. 그 느낌을 뭐라고 표현해야 할까요. 아, 이런 풍광이 다 있다니, 천국이 있다면 그런 모습이 아닐까 생각할 정도였습니다."

대통령은 그곳을 그리워하고 있었다. 그 바다와 섬을 그리워하고 있었다. 통영의 달아공원에서 본 풍광을 그는 자주 이야기했다. 여유만 있다면 그 전망대에 다시 오르고 싶어했다. 진해공관은 남해안의 풍광을 즐기기에 적합한 곳이었다. 한려수도에 대한 애정이 그를 이곳에 발걸음하게 만들었다. 그가 이곳을 즐겨 찾는 또다른 이유도 있었다. 군부대 내부의 휴식처는 별도의 경호 인력을 필요로 하지 않았다. 경호실에 큰 부담을 주지 않는 것이었다.

대통령 일행이 웃음꽃 핀 대화를 이어나가는 사이에 귀빈정은 한산도에 접근했다. 수행비서 문용욱의 휴대폰이 시시때때로 울렸다. 대통령은 휴가중에도 판단하고 결정해야 할 사안들이 있었다. 청와대 참모들이나 장관들이 그의 의중을 묻기 위해 전화를 걸어왔다. 문용욱 행정관은 내용을 곧바로 보고하지는 않았다. 대통령의 감상을 깨뜨리지 않으려는 배려였다. 대통령이 휴식다운 휴식을 취하기 바라는 마음이었다. 귀빈정이 한산도의 접안시설에 닿자, 대통령 내외와 일행이 내렸다. 곧바로 충무공 유적이 있는 제승당에 올랐다. 가는 길에서 그는 관람을 마치고 내려오는 사람들과 마주쳤다. 뜻하지 않은 곳에서 대통령을 만났다는 사실이 신기하다는 표정들이었다. 40~50대로 보이는 여성들 가운데 일부가 대통령의 일거수일투족을 보며 박장대소를 했다.

"대통령을 보다니 정말 어이가 없네요."

"엄마야, 세상에나……"

"바로 말씀 잘하시네요."

대통령은 사람들의 인사에 정성을 담아 응대했다.

"잘 다녀가십시오."

대통령은 때아닌 인기를 실감하고 있었다. 여론조사의 지지도와는 무관한 인기였다. 제승당에 들어서니 더 많은 관람객들로 붐볐다. 충무사에 헌화한 뒤 그는 관람객들과 일일이 악수를 나누었다. 수루 옆에서는 짤막한 감상을 피력했다.

"너무 감회가 좋아 가슴이 콱 막히는 느낌이다."

바깥으로 나오자 임진왜란 당시 충무공의 해전을 그려놓은 표지판이 있었다. 그 앞에 서자 안내인이 설명을 했다. 대통령의 표정은 진지했다. 누군가와의 일전을 준비하는 사람처럼 보였다. 상대는 누구였을까? 충무공이 싸워 이긴 일본일 수도 있었다. 핵 문제로 그를 지치게 하는 북한일 수도 있었다. 그는 제승당 옆 국궁 활터로 자리를 옮겼다. 누군가가 활을 쏘아보라고 권했다. 머뭇거리던 대통령이 마음을 정했다. 활 쏘는 법에 대한 설명을 듣고는 커다란 활을 붙잡았다. 깃이 세 개인 화살이었다. 그는 있는 힘을 다해 활시위를 잡아당겼다. 처음 쏘는 것이었지만 그래도 중심을 잃지 않았다. 화살이 바람을 가르며 날았다. 휘파람과도 같은 소리가 사방으로 퍼졌다. 싸움의 시작을 알리는 효시였다.

°연
정 강은
    굽
    이
    쳐
    흐
    른
    다
    。

4·30재보궐선거가 끝났다. 결과는 예상을 벗어나지 않았다. 열린우리당은 참패했다. 23개에 달하는 선거구에서 여당은 단 한 석도 얻지 못했다. 예측했던 탓일까? 대통령의 표정은 담담했다. 그는 평가하거나 언급하지 않았다. 그 모습이 오히려 결과를 의식하고 있다는 반증처럼 보였다. 춘추관은 대통령의 반응을 기다리고 있었다. 선거란 승리하면 많은 공신들이 나타나지만 패배하면 몇몇 책임자에게 화살이 집중되기 마련이었다. 이처럼 참혹한 패배의 경우에는 더욱 그럴 수밖에 없었다. 공개적으로 책임론이 제기될 가능성이 높았다. 실제로 여당 일각에서 청와대 책임론을 들고 나올 태세였다. 대통령의 언급은 그 무엇이라도 당청 갈등에 기름을 끼얹을 공산이 높았다.

선거 패배 후 5월 2일 이해찬 총리와의 주례회동이 있었다. 대체로 주례회동은 총리측이 마련해온 보고 안건을 검토하는 것으로 시작되었다. 식사를 먼저 한 후에 보고와 대화가 이루어졌다. 논의해야 할 사항이 많을 때는, 조금 불편하지만 식사 중에도 보고가 이루어졌다.

　총리가 보고한 첫 안건은 '재보선 후 국정운영'이었다. 여대야소가 붕괴된 상황인 만큼 가장 시급하고 중요한 안건이었다. 이제 대부분의 국회 상임위원회에서 여당은 과반수를 구성할 수 없었다. 국정운영에 필요한 각종 법률의 제정과 개정이 쉽지 않게 된 것이다. 총리의 안건 보고가 끝나자 대통령은 준비해놓은 두세 가지 안건을 이야기했다. 논의가 끝나갈 무렵, 그가 총리에게 담배를 청했다. 지난해 말 뇌경색 위기 이후 지켜왔던 금연 원칙이 넉 달 만에 흔들리고 있었다. 이즈음 관저 응접실에서 그는 가끔 담배 한두 개비를 피우곤 했다. 부속실 직원들은 차마 이를 문제삼을 수 없었다. 그의 가라앉은 심기를 잘 알기 때문이었다. 그런데 이제 그는 총리와의 주례회동이라는 반半공개적인 일정에서도 담배를 피우고 있었다. 지금의 그로서는 가장 편하게 담배를 청할 수 있는 상대가 이해찬 총리였다. 그는 허공을 보며 담배 한 모금을 깊게 들이마셨다. 이어서 크게 숨을 내쉬면서 말했다.

　"국민들이 수용할 수 있을지 모르지만, 연정 수준을 하는 구도로 정치가 가야 합니다."

　이것이 그의 첫 '연정' 발언이었다. 이해찬 총리는 직답하지 않았다. 답답한 정국에 대한 안타까움을 우회적으로 표현한 언급으로 여기는 듯했다. 총리의 걱정은 다른 데 있었다. 이대로라면 가을의 재보선에서도 완패할 가능성이 높다는 것이었다. 그러면 국회의 모든 상임위원회가 여소야대 구조가 될 것이라고 우려하며, 그런 상황에 대비하는 기안을 만들어보겠다고 했다. 민주노동당과의 협력을 염두에 둔 것으로 보였다. 주례회동을 마칠 즈음, 대통령은 총리에게 인사 구상을 밝혔다. 정동영 통일부장관을 외교부장관으로 보내자는 것이었다.

"정장관이 북핵 문제 해결을 위해 조금 더 적극적인 역할을 맡는 게 좋겠습니다."

총리는 별다른 반대 의사를 표하지 않았다. 개각이 있을 경우를 대비해 후임 인사를 추천하는 정도였다. 총리는 유시민 의원을 추천했다. 배석해 있던 부속실장에게 대통령이 지시했다.

"이번주 안으로 유시민 의원을 볼 수 있도록 해주게."

주례회동을 마치면서 그는 다시 한번 총리에게 당부했다.

"국정의 중심에서 일을 챙겨주세요."

대통령은 5월 중순 러시아와 우즈베키스탄 순방을 앞두고 있었다. 러시아 전승 60주년 기념 행사 참석을 계기로, 인접국 우즈베키스탄도 방문하기로 했다. 대통령은 총리가 국정을 꼼꼼하게 챙겨주는 덕분에 마음놓고 순방길에 오를 수 있다고 생각해왔다. 이는 그가 오랫동안 그려온 바람직한 분권의 모습이었다. 총리는 내각을 통할하며 내치를 챙기고, 대통령은 국가를 대표하며 국방과 외교에 전념하는 것이다. 그의 머릿속에서는 총리가 국회의 권력이고 대통령이 행정부의 권력이었다. 최근 여대야소의 붕괴는 이 구도를 뒷받침하는 전제 가운데 하나를 무너뜨렸다. 총리의 정당이 국회에서 소수파로 바뀐 것이었다. 그의 생각은 과반이 넘는 다수당, 또는 정당연합에 총리 권력을 넘기는 것이었다. 이것이 그의 이상이었다. 현실적으로 가능한지는 불투명했지만 충분히 일리 있는 구상이었다. 문제는 현실을 너무 앞서갔다는 점이다. 그는 유럽에서 모델을 찾고 있었다. 유럽의 정치와 사회 제도는 그가 추구해온 모델이었다. EU가 그러했고 복지 제도가 그러했다. 그는 독일과 프랑스의 연정에 주목했다.

유시민 의원과의 저녁식사 자리가 마련되었다. 총리 주례회동 다음날이었다. 그는 총리의 추천을 받고 장차 유의원을 입각시키기로 마음을 굳힌 듯싶었다. 유의원은 지난 대통령선거에서 여러 가지 공을 세운 사람이었다. 2002년 여름, 한일 월드컵이 끝난 후 정몽준씨의 지지도가 상승하면서 노무현 대통령 후보의 지지율이 폭락했을 무렵이었다. 새천년민주당 내에서 공공연히 후보교체론이 제기되었다. 당시 노무현 후보는 새로운 활로를 모색했다. 그는 마포의 옥탑방에 살고 있던 유시민씨를 직접 찾아갔다. 이 만남이 개혁당 탄생의 계기가 되었다. 대선 당시 유명했던 TV 광고인 〈눈물〉 편이 탄생한 계기도 바로 개혁당 창당대회였다. 당시 노무현 후보는 문성근씨의 연설

유시민 열린우리당 상임중앙위원과 악수하는 노무현 대통령

을 들으며 주루룩 떨어지는 눈물을 주체하지 못했다. 대통령은 한산도를 다녀온 이야기로 시작했다.

"한산도에서 활을 쏴보니, 활대와 시위가 화살을 담아내는 탄력을 갖고 있더군. 활처럼 담아주어야 한다. 사람들과 관계 개선을 했으면 좋겠네."

포용성을 가져달라는 당부였다. 그는 유의원의 모습에서 정치인 시절 자신의 모습을 발견하고 있었다. 유의원에게 각별한 애정을 표하며, 자신과 같은 방향의 길을 걷되, 자신보다는 더 나은 길을 걷는 정치인이 되기를 희망했다.

5월 중순. 봄이 절정에 달했다. 신록은 녹음으로 변하고 있었다. 햇볕이 대기를 달구면서 뜨거운 여름을 예고했다. 살아 있는 모든 것이 성장하고 있었다. 대통령의 생각도 하루가 다르게 발전했다. 가지에 가지를 치면서 하늘로 뻗어나갔다. 새로운 개념이 생겨나고, 그 개념을 뒷받침하는 뿌리가 생겨났다. 일정에서 또다른 일정으로 넘어가는 틈새의 시간에도 그는 고심했다. 외로운 숙고였다. 간간이 생각의 편린을 드러내기도 했다. 다만 고심의 전체 모습은 어느 누구에게도 이야기하지 않았다. 흔치 않은 일이었다. 평소 그는 머릿속 생각을 하루 이상 묵혀두는 일이 없었다. 누구에게라도 이야기해서 검증받거나 토론을 통해 오류를 수정하는 사람이었다. 이번에는 달랐다. '조금'이 아니라 '많이' 달랐다. 열심히 무언가 성을 쌓고 있다는 점은 분명했다. 전모는 알 수 없었다.

5·18광주민주화운동 기념식에 참석하고 돌아온 저녁, 김우식 비서실장이 대통령을 실장공관으로 초대했다. 당에서 온 손님들이 자리를 함께했다. 문희상 당의장과 정세균 원내대표였다. 청와대 김병준 정책실장도 자리를 함께했다. 그는 덕담의 비중을 줄였다. 그 대신 당에 대한 못마땅함을 직설적으로 드러냈다.

"죽어봐야 저승을 압니다. 10월까지 가서 깨져봐야 알 겁니다. 역설적으로 말해서, 정권을 가져가라 할 것입니다. 국민들은 이게 무슨 소리냐 하겠지만…… 너무 극적이긴 하지만, 국민도 파격적으로 새로운 것을 이해해야 합니다. 10월이 지나고 나면 총리와 터놓고 이야기할 생각입니다. 한나라당을 불러서 총리직을 가져가라고 할 것입니다. 대타협의 카드를 던지는 겁니다. 언론이 진지하게 받으면 한나라당으로서는 뜨거운 감자가 될 것입니다. 러시아 유전사업 이야기가 잦아들면 이 이야기를 꺼낼 것입니다."

'대연정'이라는 표현은 없었다. 내용은 '대연정'이었다. 그의 머릿속에서 이 개념이 상당히 구체적으로 진전되어왔음을 보여주는 대목이었다. 참석자들이 고개를 끄덕였다. 총리직을 한나라당에 넘겨주겠다는 언급에 대한 공감이었을까? 그런 생각까지 해야 했던 대통령의 처지에 대한 공감이었을까? 대통령은 "백척간두에서 진일보"라는 표현으로 자신의 상황을 설명하며 타개할 의지를 피력했다. 평소 가슴에 묻어놓았던 이야기들이 함께 쏟아져나왔다.

"다음 대선에서 제갈량의 동남풍은 없습니다."

"당은 대통령 힘 다 빼놓고는 무슨 일만 있으면 대통령 탓을 합니다."

"보란듯이 성공해야 한다고들 하는데, 폼은 짧고 고통은 깁니다."

"대통령에게 당직 임명이나 공천권 등 권력이 있었지만, 이제 권력과 권위는 해체되고 있습니다. 대통령이 국회의원을 붙들고 협상할 수 없어서, 새로운 정치 시스템을 발명할 수 없습니다. 그 해결책은 바로 위기입니다. 절체절명의 위기에 몰려야 합니다."

고심의 깊이를 가늠할 수 있는 이야기들이었다. 그는 한국 정치의 일대 변화를 도모하고 있었다. 기존의 구도를 크게 흔들어놓는 변화였다. 그에게 낙선의 고배를 거듭 선물했던 정치의 지역구도 해체가 첫번째 타깃이었다. 상쟁의 정치에서 상생의 정치로의 변화도 또다른 타깃이었다. 며칠 후 청와대 참모들과의 자리에서 그는 더욱 구체적으로 생각을 밝혔다.

"예를 들면 총리에게 내각제 수준으로 권한을 이양하는 것입니다. 국회에서 과반수 세력 또는 연합하여 과반을 이루는 세력이 총리직을 가져가는 겁니다. 만약 이렇게 된다면 민주노동당이 어떻게 할 것인가? 캐스팅보트의 문제, 그리고 대연정의 문제에 대해 연구를 해보세요."

5월 말, 이상수 전 의원이 대통령을 찾아왔다. 대통령의 마음속에는 여전히 이 전 의원에 대한 부채가 남아 있었다. 그는 이전 의원의 성품을 높게 평가했다. 대선자금 문제로 고초를 겪었지만 그것은 전적으로 노무현의 당선을 위한 희생이었다. 이전 의원은 스스로의 이익을 도모하는 사람이 아니었다. 그 점이 고마웠다. 고마운 만큼이나 한없는 미안함이 있었다. 이 자리에서는 또하나의 큰 미안함이 있었다. 지금 이 순간 이 전 의원을 배려해주기 위한 선택지가 아무것도 없다는 사실이었다.

"당의 리더십을 대통령께서 적극적으로 도와주어야 합니다."

이 전 의원의 주문에 대통령은 냉소적으로 대답했다.

"힘이 안 실릴 것 같아서 아무 말 하지 않습니다. 당의 운영에 가타부타하면 제가 상처를 받습니다."

그 말을 하기 위해 이 전 의원이 찾아온 것은 아니었다. 대통령도 그 점을 잘 알고 있었다. 그렇다고 먼저 말을 꺼내기도 어려웠다. 현재로서는 배려할 카드가 없었다. 대통령의 표정을 살피던 이 전 의원이 입을 열었다.

"제가 무엇을 하면 좋겠습니까?"

대통령은 답을 못한 채 고개를 숙였다. 머쓱해진 이 전 의원이 서둘러 분위기를 수습했다.

"부담스러운 질문이라면 철회하겠습니다."

비슷한 시기에 대통령은 사법연수원 7기 동기 부부들을 청와대로 초청했다. 그에게는 대학교 동창과도 같은 벗들이었다.

러시아 유전사업 관련 수사가 한창 진행중이라 검찰 소속 동기들은 불참했다. 청와대 경내 잔디밭인 녹지원에서 함께 식사를 마친 후 대통령이 마이크를 잡고 이야기를 시작했다. 꽤 오랜 시간이 걸렸다. 마음 깊은 곳에 있던 속내가 고구마 넝쿨처럼 줄줄이 달려 나왔다.

"옛날로 돌아간 기분입니다. 대통령이 되자마자 초청하고 싶었는데, 신용불량자, 북핵, 금융 시스템 붕괴 문제 등으로 분위기가 좋지 않았습니다. 국민들이 걱정할까봐 큰소리 뻥뻥 쳤지만, 밤에 잠을 못 잤습니다. 그다음엔 탄핵이 있었지요. 지금은 러시아 유전 건 때문에 검찰분들은 모시지도 못했습니다. 지나고 보면 이해되는 대목 있을 것입니다. 멀리 보고 하고 있습니다. 법대로 원칙대로 하고 있습니다."

"생각나는 게 한두 가지 있습니다. 옛날 얘기하면 쑥스럽고 부끄러울 때가 있습니다. 유신헌법으로 고시 공부를 했습니다. 흉보면 할말 없고, 항상 켕겼습니다. 완벽할 수는 없는데, 옛날 이야기 하면 부끄러울 때가 있습니다. 그후 청문회 스타가 되어 인터뷰를 많이 했는데 왜 정치하냐고 물으면 분노 때문에 시작했고 지금도 식지 않아서 하고 있다고 대답했습니다. 그때 대답은 협소한 것이었습니다. 우리 민족의 운명, 식민지 역사, 분단, 독재의 현실에 대해 분노가 있었습니다. 그런데 지금 이 시점의 나한테 주어진 어려운 과제는 '증오와 불신'을 해소하는 것입니다. 대통령인 내가 증오의 대상임을 느낍니다. 최근

울산플랜트노조 파업 주모자를 처벌하라고 지시를 내리지만, 그 사람들도 나름대로 분노가 있습니다. 돈 주겠다며 시켜도 선뜻 할 수 없는 일을 하는 사람들입니다. 노동자의 말상대를 찾아주다보니 내가 노동자들의 벗으로 불리게 되었고 그런 내가 대통령이 되었습니다."

"해보니까 부덕하고 능력도 부족함을 느낍니다. 식민지를 겪고 좌우 대결의 시대와 이승만 문민독재, 군사독재를 거치며 왔는데, 그 시절에 내 아이의 장래가 막히는 것을 감당하면서 살아왔는데, 이것을 해소하는 데에는 앞으로도 상당한 시간이 걸릴 것입니다. 위기입니다. 인권이나 민주주의의 위기가 아니라 통합의 위기입니다. 이 고비만 넘어서면 도전정신이 있는 한 풀어갈 수 있습니다. 우리 아이들이 자신 있게 살 수 있는 환경을 만들어갈 것입니다."

"가슴에 증오의 불덩이를 품고 싸우며 정치해온 사람의 모습을 바꾸는 게 쉽지 않습니다. 엉겁결에 싸우는 습관이 나옵니다. 아차 싶을 때 많지만, 해보겠습니다. 풀지 못하는 숙제가 하나 있습니다. 88년 이래 대통령 쪽에 국회 다수 의석이 돌아가지 않았습니다. 아무리 생각해도 정치이론으로 풀 수 없습니다. 대통령과 야당 의원 간의 협상이 불가능하고 당론 투표를 하는 나라입니다. 연정 이야기가 나오면 전 국민이 기분 나쁜 반응을 보입니다. 돌파해내기 어려운 상황입니다. 나름대로 새로운 방책을 구해보겠습니다."

"정치는 물과 같다고 하지요. 강은 일직선으로 흐르지 않습니다. 개간 공사를 특별히 하지 않는 한 굽이쳐서 흐릅니다. 바다로 향합니다. 정치가 강의 흐름과 닮았다고 생각합니다. ……구정물과 맑은 물의 경계가 명확하지 않습니다. 역사의 단계가 구분될 것 같지만 그런 것 같지 않습니다."

고심의 전체 모습이 겉으로 드러나고 있었다. 예전부터 변함없이 간직해온 생각도 있었고 대통령이 된 후에 바꿔야 했던 생각도 있었다. 지난날에 대한 아쉬움도 있었고 현실에 대한 두려움도 있었다. 자신의 부족함에 대한 성찰도 있었고, 대한민국의 역사와 미래에 대한 낙관도 있었다. 그 자신 분노였고 노동자의 친구였으나, 지금의 그는 증오의 대상이었다. 그는 그 모든 것을 껴안고 바다로 흘러가야 하는 강물이었다. 천천히 유유히, 때로는 돌아서 가더라도 마침내 바다에 닿는…… 그는 '통합'을 이야기하고 있었다.

6월, 짙은 녹음 속에서 벌레들의 소리가 들려왔다. 청와대는 아름다운 풍경을 뽐내고 있었다. 아름다운 만큼 치열한 곳이 청와대였다. 권력이 뜨고 지는 곳이었다. 그는 치열함은 숭배했지만 싸움은 숭배하지 않았다. 싸워서 이곳에 왔지만 이제 더는 싸움을 미덕으로 이야기하지 않는 그였다. 그는 권력을 향한 싸움을 막고 싶었다. 방법은 나눔이었다. 권력을 나누면 싸움이 없을 것이었다. 여야의 싸움도, 여권 내의 갈등도, 권력을 둘러싼 서로의 견제도 사라질 것이었다. 나눔이 정답이었다. 최고의 권력자인 그가 나누겠다면 모든 사람이 흔쾌히 동참하리라고 그는 생각했다. 오해였는지도 모른다.

몇 가지 발언이 초여름의 청와대를 벌써부터 무덥게 만들고 있었다.

"대통령 측근, 사조직의 발호를 막아야 한다."

이해찬 총리의 발언이었다. 6월 초, 일간지 1면 머리기사의 헤드라인을 보며 대통령이 미간을 찌푸렸다. 그런 이야기가 없었더라도 충분히 어려운 상황임을 모를 리 없는 총리였다. 이해찬 총리를 지명한 지 어느덧 1년이었다. 그는 총리에게 많은 것을 의지했고 많은 도움을 받았다. 둘도 없는 원군이었다. 공개적으로 고마움을 표현한 적도 한두 번이 아니었다. 총리 중심의 국정운영이 만족스럽다는 점을 글로 알리라고 부속실장에게 여러 차례 지시하기도 했다. 힘이 빠져나가는 느낌이었지만 그는 반응하지 않았다. 다른 사람도 아니고 총리의 발언이었다. 부속실에서 기사를 구두로 보고하자 "알았다"며 고개만 끄덕일 뿐이었다. 불만을 비치면 상황만 더 어렵게 만들 뿐이라는 인식으로 보였다. 김우식 비서실장도 별도의 대면보고를 통해 총리의 발언을 문제삼았다.

"내버려둡시다."

이야기를 길게 끌고 싶지 않은 눈치가 역력했다. 짧은 한마디가 더 강한 여운을 남겼다. 이미 불쾌감은 충분히 표시된 것이었다. 김우식 실장도 다시 언급하지 않았다. 비슷한 시기 열린우리당 내에 청와대의 인적쇄신을 요구하는 목소리가 높아졌다.

"당정청 회의에서 청와대는 빠지는 걸로 하지요."

김우식 비서실장에게 내린 대통령의 지시였다. 다음날 그는 이동하는 차 안에서 부속실장에게 지시를 내렸다.

"앞으로 총리는 특별히 보고받을 일이 있을 때 보는 것으로 하자."

주례회동을 하지 않겠다는 의미였다.

이러한 방침은 오래가지 못했다. 김우식 실장이 나서서 대통령과 총리 간의 어색한 관계에 다리를 놓았다. 이해찬 총리가 '문제의 발언에 대해 유감을 표할 것'이라며 자리를 마련했다. 총리를 대면한 후 대통령은 그 문제에 대해 다시 언급하지 않았다.

그는 권위적인 사람이 아니었다. 권위를 내세운 적도 없었다. 몸에 맞지 않는 옷처럼 권위를 불편하게 여겼다. 크게 권력을 행사하지도 않았다. 초과 권력은 취임 초기부터 내려놓기 시작했다. 이즈음 그에게 남은 유일한 권력은 인사권이었다. 그 권한을 국정운영의 지렛대로 활용해야 했다. 그런데 그의 인사권은 계속 도전을 받았다. 당은 때때로 대통령의 인사에 대해 문제를 제기했다. 그 점만큼은 쉽게 받아들이지 못했다. 관계가 소원해질 것을 각오하고 불편한 심기를 드러냈다.

그는 새로운 인사를 구상했다. 거듭 사의를 표한 고영구 국정원장의 후임도 구해야 했다. 핵심은 비서실장이었다. 김우식 실장이 관리형 비서실장으로서 집권 2기의 소임을 다했다는 판단이 있었다. 깊이 고심중인 새로운 국면에서는 정무형 비서실장이 필요했다. 4·30재보선으로 여소야대 상황이 된 후 사안마다 청와대가 수세에 몰리고 있었다. 당청 갈등도 증폭되고 있었다. 대통령의 의중을 정확히 읽으면서 정무적 감각으로 역할을 수행할 인물이 필요했다. 1순위는 김병준 정책실장이었다. 이미 김실장에게 언질을 준 상태였다. 장차 김우식 비서실장을 과기부총리로 기용할 것이니 그때 비서실장으로 임명하겠다고 귀띔을 해주었다.

6월 9일, 1박3일 짧은 일정의 미국 방문을 위해 대통령이 출국했다. 그가 제안해서 이루어진 한미정상회담이었다. 의례적 방문이 아니었다. 그야말로 실무적인 방문으로, 빡빡한 일정을 소화해야 했다. '전략적 유연성' '작전계획 5029' 등 동맹 현안들을 정리할 필요가 있었다. 남남 갈등이 심화될 우려도 있는 사안들이었다. 워싱턴 영빈관인 블레어하우스에 여장을 풀고 나서 그는 10일 아침, 정상회담 준비를 위해 수행원 및 관계자들과 조찬회동을 했다. 식사가 끝난 후에는 홍석현 주미대사의 요청으로 한 시간 정도 면담을 했다. 백악관으로 출발하기 직전 짧은 틈이 생겼다. 대통령이 윤태영 부속실장을 숙소의 응접실로 불렀다.

"만약 연정이 성사되어 한나라당과 열린우리당이 합동의총

을 한다면, 어떻게 될까? 다시 자신들의 색깔에 따라 입장이
나뉘지 않을까?"

그동안의 '대연정' 언급이 단순한 수사가 아니었음이 확인되
는 순간이었다. 그의 이야기는 상황에 대한 역설적 호소가 아
니었다. 정치적 제스처도 아니었다.

제안

고
뇌
와

성
찰。

백악관으로의 출발이 임박했던 시간에 그는 부속실장에게
'한나라당과의 합동의총'을 이야기했다. 대통령은 당면한 과제
에 철저할 만큼 몰두하는 사람이었다. 그것도 한미정상회담이
었다. 부시 대통령을 만나려고 불원천리 먼길을 날아온 참이었
다. 중요한 회담을 앞두고 급히 부속실장을 불러 연정과 합동
의총에 대해 의견을 물은 까닭은 무엇이었을까?

그에게 '연정'은 이미 한미정상회담보다 중요한 주제가 되어
있었다. 한국 정치를 근본적으로 바꿀 수 있는 키워드라는 인식
이 확고했다. 블레어하우스에서 그는 '연정'의 논리적 근거를 찾
고 있었다. 같은 진영의 사람들을 설득할 수 있는 논리였다.

정상회담은 성공적으로 끝났다. 양국의 풀 기자press pool들이
백악관 대통령 집무실로 들어왔다. 부시 대통령이 먼저 동맹
현안 관련 합의 사항을 적극적으로 브리핑했다.

"부시 대통령을 만난 중에 이번이 가장 기분이 좋았습니다."

백악관을 나오면서 그가 참모들에게 전한 소감이었다. 그가 만족했다 해서 언론도 만족하는 회담은 아니었다. 여러 가지 트집을 잡아 문제를 제기했다. 대통령은 대꾸하지 않았다. 조금이라도 모호한 구석이 있었다면 그도 정색하면서 반격했을 것이다. 누가 보아도 성공적인 회담이었다. 반박이 소모적이라고 생각했는지 그는 귀를 닫았다. 귀국한 직후 그는 오랜만에 골프 라운딩을 했다. 관저 현관을 나서면서 그는 부속실장에게 지시했다.

"정무기획비서관에게 대연정의 사례를 찾으라고 하게. 독일과 오스트리아의 사례와 그 성과들을 중심으로."

대연정과 관련한 최초의 지시였다. 그의 머릿속에서 어느 정도 확신이 섰다는 의미일 수 있었다. 5월 한 달에 걸친 침묵과 고심의 결과였다. 쓰고 생각하고 다시 생각하고 쓰면서 구상한 끝에 큰 그림이 그려지고 있었다.

"열린우리당 의원들을 녹지원에 초대해 만찬을 갖는 게 어떨까요?"

김우식 비서실장이 제안했다. 그는 거절했다.

"지금 정권을 넘기는 안까지 검토하고 있습니다."

김우식 비서실장은 크게 놀라는 기색을 보이지 않았다. 여전히 그의 말을 정치적 수사로 받아들이는 분위기였다. 대통령이 당과의 관계에 대해 계속 이야기했다.

"지금의 문제는 당을 다독거리는 방식, 말하자면 당정 간의 문제로 해결될 게 아닙니다. 그것은 미봉일 뿐입니다. 근본적인 대책으로 해결해야 합니다. 그 대책이란 다음 대통령후보의 선거 전략이 될 수도 있고, 궁극적으로는 그 선거 전략마저 뛰어넘는 것입니다. 대한민국이 앞으로 나아가는 데 과연 어떤 문제가 도사리고 있는가? 거기서부터 거꾸로 생각해보게 된 것입니다. 시야를 거기에 맞추어놓고 점검을 하는 것입니다. 보기에 따라서 제가 할 일이 끝난 상황일 수도 있습니다. 제가 해야 할 몫이 크든 작든, 정치란 국론통합을 이끌어내는 것 아닙니까? 이미 '사임서'라 할 만한 글은 다 써놓았습니다. 제가 생각해도 부족한 것이 있습니다. 안 되는 것은 안 되는 겁니다."

그는 비서실장을 교체하기로 마음을 굳혔다. 후임은 김병준 정책실장이 아닌, 이병완 전 홍보수석이었다. 6월 중순 그는 김병준 실장에게 언질을 주었다. 이병완 전 수석도 함께 후보로 올려놓고 고민중이라는 것이었다. 얼마 후 대통령은 이 전 수석을 불러 만찬을 함께하며 후임 비서실장 내정을 통보했다.

이병완 전 수석도 청와대 바깥에서 재충전을 한 만큼, 나름대로 청와대 복귀를 기대하고 있던 터였다. 그가 기대한 자리는 정책실장이었다. 경제지 기자 출신인 만큼 정책통으로 자리 잡고 싶다는 꿈이 있었다. 반면 대통령은 이병완 전 수석의 정무적 판단력을 더 높이 샀다. 김실장을 비서실장으로, 이 전 수석을 정책실장으로 기용했다면 두 사람 다 만족하는 인사일 수도 있었다. 결국 김병준 실장은 작은 상처를 받아야 했다. 김실장이 인사 문제로 겪는 상처는 이번으로 끝이 아니었다. 시작이었다.

이병완 전 수석을 만난 자리에서도 대통령은 대연정 이야기를 계속했다.

"내각제 수준으로 정권을 넘겨주면 됩니다. 당신들이 원하는 게 여당이라면 권력을 통째로 행사하라는 것입니다. 대통령이 빠져주면 됩니다. 그러면 공격의 초점은 무너집니다. 확대해서 말하자면, 원내 과반 세력이 정권을 잡는 것입니다."

"우리 정당들은 편짜기 사고를 가지고 있어서 야당이 여당 도와주는 것을 상상도 하지 못합니다."

"국회의원들 개개인을 보면, 많은 경우에서 통합의 여지가 보입니다. 공론이나 설득이 가능하다면 내각제로 운영하는 것이 맞습니다. ……한나라당에 맡기는 것도 방안입니다. 자연스럽게 정계 개편이 될 것입니다. 아무 당도 안 받는다면 새로 출발하는 계기가 될 것입니다."

6·15남북공동선언 5주년을 맞아 특사 자격으로 북한을 방문한 정동영 장관이 김정일 국방위원장을 만나고 돌아왔다. 정장관은 빠른 시일 안에 남북정상회담을 성사시키겠다고 보고했다. 고개를 끄덕였지만 대통령은 크게 기대하는 모습이 아니었다. 정장관이 국면을 주도할 수 있도록 최대한의 배려를 하는

한편, 그는 '대연정' 주제에 더욱 몰두하고 있었다.

6월 19일 일요일 새벽. 전방 부대에서 총기 난사 사건이 발생했다. 큰 사건이었다. 희생자가 적지 않았다. 안보보좌관실을 비롯해 관련 부서들이 서둘러 움직였다. 하루 전, 대통령은 국방부장관을 비롯한 군 수뇌부와 골프 라운딩을 했다. 국방개혁안을 만드느라 고생했던 관계자들의 노고를 위로하는 자리였다. 평소 같으면 문제될 것이 전혀 없는 일정이지만, 바로 다음 날 이런 사건이 일어나자 결과적으로 좋지 않은 타이밍이 되고 말았다. '부적절한 라운딩'이라는 기사 제목도 등장했다.

총기 난사 사건은 하나의 사건으로 끝나지 않았다. 정국에 큰 영향을 미쳤다. 그의 '연정' 구상에까지 영향을 미쳤다. 결과적으로 이 사건은 그의 구상을 더욱 구체화하는 계기가 되었다. 시작은 윤광웅 국방부장관 해임건의안이었다. 사건의 책임을 묻겠다면서 야당들이 공조하려는 움직임을 보였다. 이것이 역설적으로 대통령이 기다리던 상황이었다. 그의 눈에 생기가 돌기 시작했다. 침울한 표정으로 상념에 젖어 있던 대통령이 분주히 움직였다. 그는 해임건의안에 대한 야당 공조야말로 한국 정치구도의 문제점을 국민들에게 명확하게 드러내는 계기라고 판단했다. 한나라당이 야당으로서 반대 전선에 서 있는 것은 당연한 일이었다. 문제는 민주당과 민주노동당이었다. 두 당도 해임건의안을 놓고 한나라당과 공조할 뜻을 내비치고 있었다.

윤광웅 국방부장관 해임건의안을 놓고 야당이 공조할 움직임을 보이자, 노무현 대통령은
한국 정치구도의 문제를 공론화할 기회가 되리라 기대했다.

야당들이 국방부장관 해임건의안을 제출할 움직임을 본격화했다. 6월 24일 아침, 대통령은 본관으로 출근하는 차 안에서 부속실장에게 지시했다. 이 국면을 활용하려는 그의 전략이 담겨 있었다.

　"다음주 초 즈음에 부분개각 가능성이 있다고 알릴 것. 법무부장관을 포함해서 한 곳 정도 더 있는 것으로. 국방부장관에는 국방개혁을 차질 없이 추진할 사람을 찾아야 하므로 고심 중. 마땅한 사람이 없으면 정면 돌파할 가능성도 없지 않다는 정도로."

　법무부장관 외의 '한 곳'이란 환경부장관을 의미했다. 여기에 국정원장도 교체할 예정이었다. 대통령은 후임 원장을 찾지 못하고 있었다. 그러자 김우식 실장이 김승규 법무부장관을 이동 기용하자고 제안했다. 그의 고민을 해결해주는 인사안이었다. 김승규 장관은 고사를 거듭했지만 결국 국정원장직을 수락했다. 법무부장관의 후임에는 천정배 의원을 임명하기로 했다. 일찍부터 자신의 대권 도전에 힘을 보태준 사람이었다. 마음의 빚을 갚을 기회가 된 것이었다. 기본적인 상황은 이 정도였다. 여기에 더해 대통령은 새로운 계획을 도모했다. 평소에는 염두에도 두지 않던 언론플레이를 부속실장에게 지시했다. 해임건의안에도 불구하고 국방부장관을 교체할 의사가 사실상 없음을 공공연히 드러내려는 것이었다. 단지 야당이라는 이유로 자신의 색깔을 버리고 정략적인 공조를 하는 정치구도를 문제로 부각시키려는 뜻이었다. 즉 야당 공조의 해임건의안 발의를 은근히 부추기는 언론플레이였다.

이날 저녁 삼청동 총리공관에서 11인 회의가 열렸다. 당정청 수뇌부의 회동이었다. 여기에 이례적으로 대통령이 참석했다. 함께 모인 자리에서 생각을 전하겠다는 취지였다. 정부에서는 이해찬 국무총리와 정동영 장관이 참석했다. 당에서는 문희상 의장, 정세균 원내대표, 원혜영 정책위 의장이, 청와대에서는 김우식 비서실장, 김병준 정책실장, 문재인 민정수석이 참석했다. 김근태 보건복지부장관은 뒤늦게 참석했고, 정동채 문화관광부장관과 이강철 시민사회수석은 불참했다. 대통령은 최근의 위기감을 화두로 꺼냈다.

"제가 느끼는 위기감은 당으로부터 전달되는 것입니다."

대화가 진행되었다. 그는 대화의 마디마디 생각을 명확히 드러냈다.

"여당이라고 해서 좋아진 것 없습니다. 차라리 한나라당에게 정권을 2년 맡기면 얼마나 잘하는지 볼 수 있지 않겠습니까?"

"합동의총을 열 차례만 열면 컬러에 따라 분화될 겁니다."

"당 지도부가 위기의식이 없는 것 같습니다. 이번 기회에 해봅시다. 한나라당은 아무리 해도 호남에 들어가지 못하고 있는데, 우리도 지난번에 영남에 밀고 들어갔어야 합니다."

"얼마 전부터 당원들에게 보낼 편지를 쓰고 있는데 잘 안 쓰입니다. 판을 한번 뒤집자고 하는 것인데, 밤잠도 안 옵니다."

대통령은 정치구도의 문제를 제기하고 있었다. 울림은 크지 않았던지, 좌중의 화제는 부동산 등 정책 문제로 집중되었다. 그의 이야기는 여소야대 국면이 가져올 고충 토로로 받아들여지는 분위기였다. 설득의 강도가 더욱 높아지기 시작했다. 그가 힘주어 말했다.

"세계 어느 나라에도 여소야대 정치는 없습니다. 프랑스헌법이 유사한데, 야당이 정권을 가져갑니다. 국회 과반수 정치연합이 정권을 가져갑니다. 프랑스식보다 많이 넘겨주자는 것입니다. 민주당과 민노당은 자신들이 진짜 야당인지에 대해 혼란스러워하고 있고, 열린우리당 초선들은 총대 거꾸로 메는 일 같은 것 안 하고 싶으면 넘겨주는 게 맞습니다. 한나라당과의 대연정을 세게 밀고나가는 것입니다. 그래서 YS가 만든 3당통합을 재편성해야 합니다."

"6월 9일에 제안서를 마무리했습니다. 소연정, 대연정 다 포함하고 있습니다. 14일부터는 당원들에게 보낼 편지를 쓰고 있습니다."

"첫째, 소연정, 대연정으로 권력을 넘겨주겠다는 것. 둘째, 개헌 시기 합의가 이루어지면 대선을 다시 해도 좋다는 것, 즉 2007, 2008년은 자연스럽게 오는 개헌 시기인 만큼 대통령선거와 국회의원선거 일정을 맞추자는 것, 2007년까지 합의가 되면 내각제 형태로 고쳐서 대통령을 다시 뽑자는 것. 셋째, 이것저것 다 싫으면 제발 도와달라는 것입니다."

목소리는 담담했지만 이야기는 절절했다. '연정'이 '화제'로
붙들려 있는 동안 여섯 개비의 담배가 잇따라 그의 손에 붙들
려 있었다. 걱정스러울 정도였다. 더욱 걱정스러운 것은, 그의
절절함이 있는 그대로 받아들여지지 않는 분위기였다. 그가 자
리에서 일어서면서 말했다.

"오늘의 이야기를 곰곰이 생각해봐주십시오."

이해찬 총리가 고심의 결과를 짧게 말했다.

"대연정은 위험하고 소연정도 쉽지는 않습니다."

대통령이 표현을 바꾸어 다시 이야기했다.

"소연정으로 가기 위한 단계로서라도 대연정을 검토해봅시
다."

밤 10시 40분, 그가 자리를 떴다. 그의 마지막 말만 놓고 보
면, 연정의 최종 지향점이 소연정인지 대연정인지 불분명했다.

6월 27일 저녁, 늦은 시간에 비서실장의 보고가 있었다. 흔
치 않은 일이었다. 대통령은 밤 9시가 되면 부속실 당번을 퇴
근하도록 했다. 외국 정상과의 전화 통화처럼 특별한 경우가
아니면 9시 이후엔 보고를 받는 일도 없었다. 이날 김우식 실
장은 9시 20분에 관저에 올라왔다. 상황이 좋지 않게 진행되고
있다는 보고였다. 우선 민주노동당이 국방부장관 해임건의안
에 찬성하고 있다는 소식을 전했다. 더 중요한 보고 내용은 열
린우리당 일부 의원들의 향방을 장담할 수 없다는 것이었다.
좋지 않은 상황임은 분명했지만 그럴 가능성이 높다고 예견해

왔기에 대통령의 반응은 차분했다. 그는 굳은 표정으로 이야기했다.

"여소야대가 되어서 이렇게 꺾이는 겁니다. 하지만 해임건의안은 받아들이지 못합니다. 우선 야당을 다 초청해서 해임건의안의 문제점에 대해 이야기하고 설득하겠습니다. 한나라당이 칼을 빼들고 지휘하는 대로 흘러가는 국회라면, 그쪽에 권력을 넘겨주는 게 맞습니다."

분주한 행보가 시작되었다. 급하게 일정이 잡혔다. 6월 28일 낮부터 설득과 대화를 위한 자리가 계속되었다. 두어 달 동안 그에게서 감지되던 침잠과 우울의 기운이 하루아침에 사라지고 없었다. 힘에 겨운 상황일수록 힘을 내는 인간형이었다. 생기 넘치는 자신의 모습에 스스로도 놀라는 눈치였다. 강한 에너지가 필요한 국면이었다. 이 난관이 어쩌면 한국 정치에 근본적 변화를 가져올 계기가 될 것이라는 희망이 있었다. 희망이 그를 움직이고 있었다.

꽃놀이패. 그의 상황이 그러했다. 하나는 야당에 대한 설득이 성공하는 경우로, 사실상 해임건의안이 무산되거나 부결되는 것이다. 대통령은 국정운영의 주도권을 잡을 수 있게 된다. 연정 제안을 구체화하려던 계획만 다음 기회로 미루면 된다. 다른 하나는 설득과 대화가 실패로 끝나는 경우이다. 그러면 야3당의 공조로 해임건의안이 통과될 것이다. 이를 계기로 대통령은 여소야대 구조의 고질적 문제점을 부각시키며, 한나라당에 대연정을 제안하여 정치적으로 큰 변화를 모색한다. 그는 청와대 수석들과 보좌관들에게 자신의 생각을 설명했다.

"해임건의안이 통과 안 되면 작은 건을 하나 하는 겁니다. 통과되면 큰판을 벌이면서 큰 건을 하는 것입니다. ……미국에 가기 전인 6월 9일에 이미 문서를 정리해놓았습니다. 큰 싸움을 하는 쪽으로요. ……6월에는 밥을 먹어도 도무지 힘이 나지 않았습니다."

이날 저녁엔 열린우리당 지도부와의 만찬이 있었다. 이 자리에서도 그는 투지를 다졌다.

"전투가 생기면 전우애도 생깁니다. 우리가 수세에 몰려 있었는데 대반격을 할 수 있게 되었습니다. 그간 사는 게 사는 것 같지 않았습니다. 먹는 것이 살로만 가고 힘이 안 생겼습니다."

그는 최선을 다하고 있었다. 여야 대표를 초청한 자리에서도 해임건의안의 부당성을 적극적으로 이야기했다. 한나라당은 요지부동이었다. 민주노동당은 입장 변화의 가능성을 보였다. 야당 공조에 균열이 생길 수도 있어 보였다. 그의 적극적인 설득이 주효했다. 하지만 그가 진정으로 원하는 것이 무엇인지는 모호했다. 때로는 큰판을 원하는 것으로 비치기도 했다. 작은 판의 승리가 목표인 것으로 보이기도 했다. 6월 30일, 국방부 장관 해임건의안은 국회에서 부결되었다. 그의 작은 승리였다. 2005년 6월은 그렇게 갔다.

대통령에게는 아쉬움이 남아 있었다. 5월 초부터 6월 초까지

한 달여에 걸쳐 그는 문건들을 작성했다. 깊은 고뇌와 진지한 성찰의 결과였다. 사실상 정권을 넘겨주겠다는 내용도 담겨 있었다. 성사된다면 한국 정치의 병폐를 근본적으로 바꾸는 분수령이 될 수도 있었다. 때마침 계기가 만들어졌다. 야3당의 공조는 소수 여당을 막다른 골목으로 몰아넣을 듯싶었다. 그가 설득에 나선 후 민주노동당은 이탈했고 공조는 무산되었다. 연정 제안의 기회는 이렇게 사라져버린 듯했다.

며칠 후 어느 일간지에 그의 연정 구상이 보도되었다. 특종인 셈이었다. 핵심인 한나라당과의 대연정 구상은 빠져 있었다. 기사를 본 부속실장이 관저에 올라왔다. 기사 대응 방향을 묻기 위한 것이었다.

"자네가 이야기한 것은 아니지?"

"네, 그렇습니다. 당 쪽에서 나간 이야기로 보입니다."

"글쎄, 그런 것 같군. 내용이 정확하진 않은 걸 보니."

부속실장이 물었다.

"어떻게 대응하는 게 좋겠습니까? 대변인이 지침을 기다리고 있습니다."

대통령이 되물었다.

"자네 의견은 어떤가?"

판단이나 결정을 내릴 때면 언제나 보고자의 의견을 묻곤 했다. 참고할 이야기를 들은 후 자신의 생각을 가급적 신속하고 분명하게 밝히는 스타일이었다. 국정을 효율적으로 운영하기 위해서도 필요한 자세였다. 좌고우면하는 일은 거의 없었다.
결정을 내리면 그에 따른 책임을 지겠다는 각오가 항상 함께했
다. '대연정' 제안 당시의 프로세스는 약간 달랐다. 필요성을 역
설하면서도 공론화 과정에서는 가끔 멈칫하는 모습을 보였다.
가까운 정치인들이나 참모들과의 대화를 거치면서 실현 가능
성에 대해 의문부호를 붙인 듯싶었다.

"부인하기는 어려울 것 같습니다."

부속실장이 대답했다. 대변인을 경험한 터라 이런 문제의 파
장과 대응 방향에 대해 익숙했다. 공론화하겠다는 결심이 서
있지 않았지만 사실에 근접한 기사를 부인하기도 어려운 상황
이었다. 은폐나 거짓말은 사안의 전개에 따라 더 큰 역풍이 되
어 돌아올 수도 있었다. 대통령은 부속실장의 판단에 동의했
다. 그에게는 짧지 않은 정치역정을 걸어오며 터득한 교훈이
있었다. 사실대로 이야기하는 것이 최선의 정책, 최고의 대응
이었다. 우연치 않은 보도를 계기로 그는 대연정 제안을 구체
화하기로 결심했다.

"알았네. 그럼 조기숙 홍보수석에게 설명을 하라고 하세."

대연정 구상이 세상에 모습을 드러냈다. 두 달 동안 대통령
의 머릿속에서 잉태되고 숙성된 것이었다. 이날 저녁 대통령은
이해찬 총리, 문희상 당의장, 정세균 원내대표, 김우식 비서실
장을 만찬에 불렀다. 대연정 제안을 구체화하겠다는 언급이 있
었다.

대통령은 그동안 작성해놓은 서신들을 순차적으로 공개했다. 7월 5일에는 '국민 여러분께 드리는 글—한국 정치, 정상으로 돌아가야 한다'라는 제목의 편지가 청와대 브리핑에 공개되었다. 이 편지에서 그는 여소야대 구조의 한국 정치에서 국정 운영의 어려움을 설명했다.

"대통령에게는 국회해산권이 없습니다. 정부가 일방적으로 몰리니 국정이 제대로 되기 어렵습니다. 미국의 여소야대를 말하는 사람들도 있습니다. 그러나 미국과 우리의 대통령제는 제도와 문화가 전혀 다릅니다. 우리나라 국회의원에게는 당적 통제가 아주 강하고 자유투표가 거의 불가능하여 미국처럼 대통령이 개별 의원을 설득하거나 협상할 여지가 없습니다. 우리는 대통령이 야당 의원을 만나는 것도 자유롭지 못합니다."

"저는 이 문제에 관하여 여러 가지 대안을 가지고 있습니다. 그러나 사회적 논의가 충분히 이루어지기 전에는 어떤 대안을 말하더라도 사회적으로 수용은 되지 않고 여러 억측과 비난만을 불러일으킬 우려가 있으므로 천천히 상황을 보아서 소견을 말하는 것이 좋을 것 같습니다."

다음날인 7월 6일에는 '국민 여러분께 드리는 글—우리 정치, 진지한 토론이 필요하다'라는 제목의 편지가 공개되었다.

"우리 정치, 토론이 필요합니다. 문제의식을 가지고 보면 고쳐야 할 곳이 한두 가지가 아니기 때문입니다.

지역구도의 문제는 나라 발전에 큰 걸림돌입니다. 국회의원

후보 시절부터 이 문제에 정치인생을 걸고 맞서왔습니다. 그러나 아직 해결되지 않고 있습니다. 지역주의의 결과로서 우리 정치는 가치지향이 없는 정당구조 위에 서 있습니다. 가치와 논리의 논쟁이 아니라 감정적으로 대결하는 정치가 되니 정치이론도 발전되지 않고 대화와 타협의 문화도 설 땅이 없습니다."

연정 구상과 관련된 마지막 편지는 7월 28일에 '열린우리당 당원 여러분께 드리는 글 (2)'이라는 제목으로 공개되었다. 지역구도 등 정치구조 개혁을 위한 제안이 담겨 있었다.

"이 연정은 대통령 권력하의 내각이 아니라 내각제 수준의 권력을 가지는 연정이라야 성립이 가능할 것입니다. 따라서 이 제안은 두 차례의 권력이양을 포함하는 것입니다. 대통령의 권력을 열린우리당에 이양하고, 동시에 열린우리당은 다시 이 권력을 한나라당에 이양하는 것입니다.

권력을 이양하는 대신에 우리가 요구하는 것은 지역구도를 제도적으로 해소하기 위하여 선거 제도를 고치자는 것입니다. 굳이 중대선거구제가 아니라도 좋습니다. 어떤 선거 제도이든 지역구도를 해소할 수만 있다면 합의가 가능할 것입니다. 당장 총선을 하자는 것도 아닙니다. 정치적 합의만 이루어지면 한나라당이 주도하는 대연정을 구성하고, 그 연정에 대통령의 권력을 이양하고, 선거법은 여야가 힘을 합하여 만들면 됩니다."

"이 일을 하자면 우리 모두가 기득권을 포기하는 결단을 해야 합니다. 대통령과 열린우리당은 정권을 내놓고, 한나라당은 지역주의라는 기득권을 포기해야 합니다. 어느 하나도 쉬운 일은 아닙니다. 그러나 그럴 만한 가치가 있고, 하기만 하면 모두가 승리할 수 있는 일입니다."

"우리가 제안한 대연정은 실질적으로는 정권교체 제안입니다. 우리는 지역구도 해소가 그만한 대가를 치르고도 이루어야 할 만큼 가치 있는 일이라고 생각하고 이 제안을 하는 것입니다. 한나라당이 후보만 내면 당선이 보장되는 영남 텃밭의 기득권을 포기한다는 것이 결코 쉬운 일이 아니라는 점을 잘 알기 때문에 그만한 대가를 지불하려는 것입니다."

2005년 여름, 정국은 대연정으로 뜨거웠다. 7월의 더위가 무색할 정도였다. 7월 10일, 대통령은 도올 김용옥 교수와 오찬을 했다. 안희정씨가 자리를 함께했다. 오찬을 마치자 안희정씨가 대통령에게 잠시 시간을 내달라고 요청했다. 대연정을 추진하는 배경을 묻고 싶은 것이었다. 측근이라 해도 물리적 거리가 있는 사람의 입장에서는 쉽게 동의하기 어려운 사안이었다. 대통령은 지역구도와 정치구도를 한꺼번에 풀자는 것이라고 답했다.

관련한 일정들이 이어졌다. 언론사 편집·보도국장단 간담회, 문희상 당의장 내외와의 오찬이 있었고, 7월 22일에는 총리공관에서 11인 회의가 다시 열렸다. 그는 대연정 제안의 배경을 적극적으로 설명했다. 동의하는 분위기도 있었지만 대체로 냉담했다. 한나라당을 국정운영의 파트너로 생각하는 정서는 찾아보기 어려웠다. 그의 이상은 벽에 부닥쳤다. 이상과는 너무나 판이한 현실이라는 벽이었다.

"슈뢰더, 왜 인기가 떨어졌나요? 요 근래 슈뢰더는 자신의 정치적 결단을 통해 내려가는 과정을 걷고 있습니다. 독일 정치의 시스템과 슈뢰더의 대응을 보세요."

"한나라당이 대연정을 받고 합동의총을 하면 정책으로 재분화될 수 있습니다. 받지 않는다면 개헌 시기를 합의해서 선거를 치렀으면 합니다. 6월항쟁의 역사적 마무리를 지어야 합니다. 김영삼의 3당합당으로 뒤죽박죽된 것을 재정비해야 합니다. 원심분리기에 놓고 돌리면 비중에 따라 다시 분리될 것입니다."

대통령의 역설이 거듭되었지만 반향은 크지 않았다. 야당은 그의 제안에 노림수가 있다며 경계와 불신으로 일관했다. 여당은 당과 상의 없이 불쑥 대연정을 제의했다며 대통령을 성토했다. 전통적인 지지 세력 내부에서도 비난이 이어졌다. 그는 다양한 방식으로 설득하고 싸웠지만 역부족이었다. 문제 제기를 시작할 때처럼 여전히 혼자였다. 그러던 와중에 이전 정권 시절 국정원의 불법 감청 사실이 드러나며 세상이 떠들썩해졌다. 대연정 논의는 지지부진해지면서 소강상태가 되었다. 전략적 오류가 드러나고 있었다.

8월 중순은 5년 임기의 반환점이었다. 그는 예정대로 비서실장을 교체했다. 신임 이병완 비서실장이 정무적 역할에 시동을 걸었다. 대연정의 불씨를 되살리기에는 너무 늦었고 또 역부족이었다. 대통령은 언론사 정치부장단 간담회를 통해 야당에 정치협상을 공식적으로 제안했다. 한나라당의 반응은 간단했다. '이미 끝난 문제고 더이상 논의할 게 없다.'

대연정 제안은 숨이 죽어가고 있었다. 끄트머리의 시작은 8월 30일, 열린우리당 의원 전원을 청와대로 초청한 영빈관 만찬이었다. 그는 다시 한번 대연정에 대한 생각을 밝혔다. '새로운 정치문화가 전제된다면 이선 후퇴, 임기 단축을 결단할 수도 있다'는 것이었다. 반응은 냉담한 편이었다. '어떻게 만든 정권인데……' 하는 불만이 기저에 있었다. 그는 희망의 끈을 놓지 않았다. 한나라당 박근혜 대표와의 회동이 9월 7일로 예정되어 있었다. 그는 마지막 기대를 가지고 설득할 내용을 준비했다. 결과는 시중의 예상대로였다. 박대표는 대연정에 대한 거부 의사를 공식적으로 밝혔다.

그는 실험정신이 강했다. 이론으로만 본다면 대연정 구상도 논리적 타당성을 충분히 갖추고 있었다. 현실에 적용하는 것은 또다른 문제였다. 우리 정치가 걸어온 특별한 역사가 있었다. 그 역사가 잉태한 특별한 정서들이 있었다. 대통령도 그 역사와 정서를 충분히 감안했을 것이다. 오히려 그 특별한 정서를 극복하기 위해 대연정에 집착했는지도 모를 일이다. 어쨌든 대통령은 많이 앞서 있었다. 결과가 그 사실을 말해주었다. 살아가는 현실은 앞서나간 대통령을 이해해줄 만큼 여유롭지 못했

2005년 9월 7일 청와대에서 열린 회담에서 박근혜 한나라당 대표는 노무현 대통령의 대
연정 제안을 공식적으로 거부했다.

다. 대연정 구상을 시작한 후 제안과 설득을 거쳐 공식적으로 접기까지 넉 달이 걸렸다. 길지 않은 시간이었지만 제안의 파장은 길었다. 남은 임기의 끝까지 부정적 영향을 미쳤다.

대통령은 대연정 제안으로 정치권의 동의를 얻는 데 실패했다. 정치를 시작한 이래 최악의 실패로 기록될 가능성이 높았다. 이전의 패배나 좌절은 단순히 실패로 끝나지 않았다. 오히려 새로운 도약의 발판이 되기도 했다. 이제는 그런 것을 기대하기 어려웠다. 임기도 이제 절반을 넘어선 시점이었다. 대연정 제안의 실패는 그의 정치가 이미 정점을 찍었음을 말해주는 것일 수도 있었다. 이미 내리막을 향하고 있음을 의미했는지도 모른다. 내리막은 급격할 수도 있고 완만할 수도 있었다. 그 어떤 것이라도 그가 감당해야 했다. 실패의 책임은 온전히 그의 것이었다. 실패로 인한 국정운영의 어려움도 그의 몫이었다. 여당은 지금보다 더 멀어질 것이고, 소장 의원들은 그를 향해 더욱 날 선 공격을 퍼부을 것이었다. 야당은 리더십이 손상된 대통령을 더욱 흔들어댈 것이었다. 민주노동당 등 진보진영도 더이상 그에게 기대하지 않을 것이었다. 어쩌면 그들은 이라크 파병에 이어 대연정 제안을, 노무현과 그 정부에 대한 최소한의 지지마저 접는 근거로 삼을 것이었다.

2005년 여름에는 문재인 민정수석의 보고가 유난히 많았다. 하루에 한 번꼴로 보고하다시피 했다. 7월이 끝나가던 29일에도 문수석의 보고가 있었다. 다음날 대통령은 여름휴가차 강원 도로 떠날 예정이었다. 보고 내용은 국정원의 불법 감청에 관 한 것이었다. 2001년까지 도청이 이루어졌다고 했다. 대통령이 말했다.

"진실을 숨기지 마십시오. 법적으로 면책할 방법 없습니다. 국민들과 더불어 결단할 수 있습니다. 차제에 진상을 밝히고 모든 진실을 털어야 합니다. 분명한 것은 덮을 방법이 없다는 것입니다. 이번에 다 밝혀야 합니다."

이른바 '미림팀'이 도청했다는 테이프의 내용에 대해서도 보 고받지 않겠다며 선을 그었다. 그는 휴가지로 떠났다. 숙소는 용평리조트 내 호텔이었다. 정국은 국정원 불법 감청 사건으로 술렁이고 있었다. 사태의 전개 과정이 시시각각 그에게 보고되 었다. 그는 일정을 바꾸지 않았다. 대관령 양떼목장에 들렀고 자생식물원도 방문했다. 월정사에 들러 주지스님과 오찬을 곁 들인 환담도 나누었다. 이번 휴가도 오래가지는 못했다. 2박3일 의 짧은 휴가를 마치고 그는 청와대 관저로 돌아왔다. 입장을 정리해둘 필요가 있었다. 지난 정부의 일이었지만 간단히 처리 할 사안이 아니었다.

9월 8일 오후, 대통령은 멕시코, 코스타리카 순방 및 UN총회 참석차 미국을 방문하기 위해 전세기에 올랐다. 멕시코시티와 서울의 시차는 14시간이었다. 비행시간도 정확히 14시간이었 다. 조간들은 일제히 전날 박근혜 대표와의 회담을 크게 다루고 있었다. 대통령은 민생경제를 위한 초당적 거국내각의 구성을 제안했고 박대표는 또다른 연정이라며 이를 거부했다는 보도였다. 일부 언론은 '대연정' 제안이 한계에 봉착했으며 대통령이 '우회로'를 찾을 것 같다고 전망했다. 다른 언론은 차분하던 대화가 경제 이야기가 나오자 험악해졌다고 회담 분위기를 전했다. 그의 표정은 굳어 있었다. 언론은 대연정 국면이 사실상 끝났다고 관측했다. 대통령도 공개적으로는 더이상 연정을 언급하지 않았다. 순방길에 오르기 전 참모들과의 오찬에서 그는 박대표와의 회동에 대한 소회를 털어놓았다.

"정치라는 것은 중요한 시기에 중요한 결단으로 진보를 이루어나가는 것입니다. 문제의 본질에 정면으로 부닥치면서 대타협을 해나가는 것입니다. 역사적으로 중요한 시기는 그러한 결단으로 이루어집니다. 민중의 결단과 지도자의 결단이 반복되면서 역사는 이루어지는 것입니다. 만일 박근혜 대표도 집권을 한다면 똑같이 이 문제에 봉착하게 될 것입니다."

멕시코행 전세기 안에서 그는 생일을 맞았다. 2004년에도 그는 비행기 안에서 생일을 맞았었다. 참모들과 기자들의 축하를 받으며 그는 미소를 지었다. 유머도 살아 있었다. 참모들과의 자리에서 그는 이렇게 이야기했다.

"대통령이 사고치지 않고 태풍이 오지 않으면 나라는 조용할 겁니다."

엊그제 한반도에 피해를 준 태풍 나비, 박근혜 대표와의 회담 내내 되풀이된 '민생' 이야기를 의식한 유머였다. 전세기는 멕시코시티에 도착했다. 비교적 고지대인 탓에 그의 숙소에 산소캔이 보급되었다. 부속실은 산소 캔 몇 개가 대통령의 답답함도 덜어주기를 바라는 마음이었다.

'에네켄'으로 상징되는 한국인의 멕시코 이민사는 어느덧 백년이 넘었다. 멕시코는 대통령에게 많은 생각을 가져다주었다. 외교부와 NSC에서 보고한 자료들을 통해 그는 중미의 정치 상황을 파악했다. 그곳 국가들 역시 여소야대의 정치 상황 때문에 시급히 결정짓고 추진해야 할 일들이 늦어지고 있었다. 그는 틈이 날 때마다 부속실 직원들에게 '대연정'에 대한 아쉬움을 피력했다. 비록 실패로 끝났지만 그 구상은 그의 머릿속에서 한국 정치가 지향해야 할 하나의 모델로 굳어지며 더 큰 비중을 차지해갔다.

UN총회를 마치고 귀국하는 비행기 안에서 그는 출입기자들과 간담회를 했다. 귀국간담회는 전례가 없던 일이었다. 지난밤 순방 관련 마지막 기사를 송고한 후 삼삼오오 술잔을 기울였던 기자들은 달콤한 수면 시간을 기대하며 비행기에 올랐다. 그런 상황에서 대통령의 이야기를 귀기울여 듣기란 쉽지 않은 일이었다. 그는 그래도 길게 이야기를 이어갔다. 이야기 속에는 여전히 대연정에 대한 아쉬움이 짙게 남아 있었다. 공식적인 자리로는 사실상 마지막이 된 '연정' 언급이었다.

청와대 본관. 그의 집무실 옆에는 돼지저금통 조형물이 설치되어 있었다. 후보 시절 그에게 큰 힘이 되어준 돼지저금통이었다. 이즈음 그 앞에 선 채로 상념에 젖어 있는 그의 모습이 종종 목격되었다.

"무슨 생각을 그렇게 하십니까?"

부속실 직원이 물었다. 그가 헛헛한 웃음을 지었다.

"그 사람들이 나한테 바란 게 무엇일까? 대통령이 지지와 인기를 잃으면서 그 감동이 엷어지고 있다. 감동을 다 없애버렸다. 바싹 마른 겨울 잎처럼 말라버렸다."

10월로 넘어가자 국정원 불법 감청 사건의 파장이 더욱 확대되었다. 국민의정부 시절 국정원장들이 연루되면서 이들에게 출국금지 조치가 취해졌다. 그렇지 않아도 언론이 시끄럽고 정신없던 상황이었다. 6·25를 '통일전쟁'이라고 표현했다는 이유로 사회학자 강정구 교수가 고발되었는데, 검찰이 그를 구속 수사하려는 움직임을 보인 데 대해 천정배 법무부장관이 불구속 수사하도록 지휘권을 발동했다. 이에 반발한 김종빈 검찰총장이 사의를 표명했다. 대통령은 울산에서 열린 전국체전 개회식에 참석한 후 진해 해군공관에 머무르고 있었다. 멀리 휴가를 떠나 있으면 이렇게 어김없이 '사건'이 발생했다. 16일, 그는 귀경하여 관저로 돌아왔다. 일요일이었지만 천정배 법무부장관, 문재인 민정수석을 불러 의견을 나눴다. 저녁때는 당 소속 법사위원 및 율사 출신 의원들과의 자리도 마련되었다.

법무부장관의 수사지휘권 발동이 정권에 대한 정체성 시비로 옮겨간 상황이었다. 대통령은 불편한 마음을 감추지 않았다. 그는 비서실장에게 말했다.

"국민이 선출한 정부의 노선을 부정하는 것은 무슨 노선입니까?"

그는 천정배 장관을 지원해야 한다고 강조했다. 원치 않은 또다른 전선 하나가 생겨났다. 그런 와중에 10·26재선거가 치러졌다. 열린우리당은 또다시 참패의 고배를 들었다. 패배는 그의 국정운영 기조에 곧바로 영향을 미쳤다. 당 지도부 퇴진론이 거세졌다. 한편에서 정동영, 김근태 두 장관의 당 복귀가 거론되기 시작했다. 그는 두 장관을 당으로 돌려보낼 준비를 시작했다.

선거에 패배하면 지도부를 인책하는 것이 당의 관행이었다. 그런 분위기에 대해 대통령이 우려의 뜻을 표했다. 그러나 문희상 당의장은 곧바로 사퇴 의사를 밝혔다. 10월 29일 당정청의 지도부가 청와대에 모였다. 만찬이 시작되자 문희상 당의장이 말을 꺼냈다.

"면목없습니다."

분위기를 바꾸기 위해 대통령이 농담을 던졌다.

"건배합시다. 이렇게 옆 사람과 하는 것은 소연정이고, 저 맞은편 사람과 건배하면 대연정입니다."

2006년 1월 2일 아침, 몇몇 중앙일간지에 개각 기사가 실렸다. 거명된 인사는 과학기술부총리 김우식, 통일부장관 이종석, 산업자원부장관 정세균, 보건복지부장관 유시민이었다. 노동부장관에 이상수 전 의원과 이목희 의원이 경합중이라는 보도도 있었다. 새해 첫날 대통령은 청와대 안팎의 젊은 참모들과 점심을 함께했다. 이 자리에서 그는 "퇴임 이후를 준비하자"고 말했다. 2일 아침 보도된 개각은 사실상 그 준비의 시작이었다.

거명된 부처와 인사는 대체로 사실과 일치했다. 그런데 모든 언론에서 일제히 보도된 것은 아니었다. 조선일보와 동아일보는 기사를 내지 못했다. 특종과 낙종이 엇갈리자 춘추관이 발칵 뒤집혔다. 김만수 대변인이 곤경에 처했다. 기자들과 긴밀한 관계를 유지하던 유민영 국장의 얼굴도 굳어졌다. 험악해진 기자실 분위기가 부속실로 전달되었다. 어쩔 수 없는 일이었다. 인사를 확정짓는 과정에서 고위관계자가 대통령에게 허락을 받아 진행한 일이었다.

출입기자들이 가장 촉각을 곤두세우는 정보가 바로 인사人事였다. '누가 누구와 만나 이야기를 나누었다'는 식의 기사는 특종이 되기 어렵다. 완벽한 재구성도 필요하고 내용의 중요성도 담보되어야 한다. 그런 만큼 치명적인 낙종도 드물다. 인사 기사는 다르다. 구체적인 인명이 등장하기 때문에 특종과 낙종, 또는 오보가 명확히 엇갈린다. 취재원의 입장에서도 가급적 특종이 생기지 않도록 관리하는 경우가 많다. 철저하게 보안을 유지하는 것이다. 장관급 인사의 경우는 그 중요성이 더욱 강조된다. 관리에 실패할 경우 후유증이나 후폭풍이 심각하기 때문이다. 그런 일이 2006년 신년 벽두에 터진 것이다.

이른바 '물을 먹은' 기자들이 김만수 대변인을 추궁했다. 브리핑이 제대로 진행될 리 없었다. 어느 기자의 집요한 추궁에 김대변인은 결국 "나를 돌로 쳐라!"면서 두 손을 들었다. 임기응변이 그를 살려주었다. 그 한마디로 기자들의 분노와 섭섭함은 어느 정도 가라앉았다. 문제는 기사였다. 낙종한 기자들도 사람인지라 개각 기사에 애정을 담기가 어려웠다. 그렇지 않아도 김우식, 이종석, 유시민, 이상수 등 이른바 '코드인사'로 지목되는 인물이 많이 포함된 개각이었다. 낙종한 언론들의 기사 곳곳에서 비틀어 쓴 대목이 목격되었다. 후폭풍이 언제까지 이어질지 알 수 없었다. 여당은 여당대로 불만이었다. 유시민 의원과 갈등관계에 있던 의원들을 중심으로 그의 입각에 반대하는 기류가 있었다. 한편에서는 엊그제까지 원내대표를 했던 정세균 의원의 갑작스런 입각을 못마땅하게 바라보는 시선도 있었다. 1년 전 교육부총리 인사 파동의 악몽이 되살아나는 듯싶었다. 기자들의 펜 끝에 날이 시퍼렇게 서 있었다. 장관 후보자들에 대한 지상紙上 청문회가 시작되었다.

특정 언론에 대한 '리크'는 실행 전에 미리 대통령에게 보고되었다. 흔쾌히 여기지는 않았지만 그는 고개를 끄덕여 동의했다. 그런 식의 인위적 작전을 좋아하는 편은 아니었으나, 리크가 필요하다는 의견이 제기됐을 때 그는 굳이 막아서지 않았다. 일일이 시비를 가리고 제지할 만큼 에너지가 넘치는 상황이 아니었다. 대통령도 고위관계자의 의견을 최대한 존중해주어야 했다. 보고하는 참모들이 대통령의 의중을 살피듯이, 그 또한 참모들의 심사를 헤아리고 배려해야 했다. 대통령과 참모 사이는 계약관계이기도 하지만 그 이전에 긴밀한 인간관계이기도 했다.

문제의 보도가 나온 2일 아침, 대통령은 수석보좌관들과 신년인사를 겸해 조찬을 함께했다. 식사를 마친 후 그는 입각 인사들의 명단을 발표하라고 지시했다. 유시민 내정자는 예외였다. 당의 반발을 우려한 일부 참모들이 보건복지부장관 내정 발표를 유보해달라고 건의했다. 대통령이 이를 받아들였다. 내정을 철회하려는 것이 아니었다. 시간을 확보하여 반대 여론을 잠재우려는 생각이었다. 그는 유시민 의원에게 전화를 걸었다. 보건복지부 현안을 점검해놓으라는 지시였다. 그는 기록을 해두라며 부속실에 이야기했다.

"당은 당대로 대통령은 대통령대로 할 일이 있다. 이것을 갖고 사람을 도마 위에 올려놓고 심판하는 모습은 좋지 않다."

의도와 달리 임명 유보 조치는 더 큰 논란을 불러일으켰다. 언론까지 합세한 가운데 개각에 대해 파상공격이 시작되었다. 1월 4일, 상황점검회의를 위해 대변인실에서 정리한 주요 언론 보도의 요약은 다음과 같았다.

- 이상수 노동부장관 내정자 '보은인사 측면 사실'(동아 등)
- 이계진 한나라당 대변인, 노대통령 '독오獨傲선생', 정세균 의장 '청하靑下', 이종석 '향북向北'(전 신문)
- '코드 개각' 물타기(조선)
- 당청 갈등 증폭(중앙 등)
- 국민연금개혁 악역 맡을 최측근(경향)
- 당 '우리를 무시하나' 일부선 음모론도(한겨레)
- 청 '일방통행', 당 '불만폭발', '시스템인사'는 없고 낙점만(세계)
- 청 '유시민 카드' 포기할 수도(서울 등)
- 이총리 경질론 확산, 한발 물러선 청와대(매경)
- 1·2개각 관전포인트 셋(한경)

• 여론조사 '잘못된 개각' 43%(SBS)

대통령은 불만을 표출했다.

"그냥 했으면 되었을 텐데 늦추니 시끄럽기만 하다."

이틀 후인 1월 4일, 대통령은 유시민 보건복지부장관 임명을 발표하라고 정식으로 지시했다. 이날 오전 그는 신년회견을 준비하는 회의에 참석했다. 회의를 마치고 관저에 올라오자 이해찬 총리가 기다리고 있었다. 접견실에서 두 사람이 만났다. 총리는 유시민 의원의 입각에 대해 반대 의사를 분명히 했다. 대통령이 언성을 높였다. 총리도 언성을 높였다. 대통령과 총리 사이에 한동안 고성이 오고갔다. 감정 섞인 말들도 나왔다.

"당이 간섭할 문제가 아닙니다."

대통령은 목소리의 톤을 한껏 높였다.

"감정적으로 그러지 마세요."

총리도 뒤지지 않았다. 대통령이 발끈했다.

"어째서 총리가 생각하는 것만 옳습니까? 누가 옳은지 모릅니다. 원칙대로 가는 게 맞습니다. 발표 안 하면 내가 직접 기자실에 나갑니다."

총리는 쉽게 물러서지 않았다. 대통령의 입에서 "그럴 거면 그만두세요!"라는 말도 나왔다. 언쟁은 걷잡을 수 없는 파국으로 치달을 듯싶었다. 다행히 대통령은 다음 일정을 앞두고 있었다. 오찬 약속 때문에 언쟁은 강제로 종료되었다. 그의 입장은 흔들림이 없었다. 그렇지 않아도 유시민 의원이 고사의 뜻을 밝힐까봐 "아무 소리 하지 말고 가만히 있으라!"는 말까지 전해놓은 터였다. 우여곡절 끝에 유의원의 입각이 마무리되었다. 당과의 갈등은 더욱 증폭되었다. 기다렸다는 듯 언론과 야당이 혹평을 쏟아냈다. 언론의 예측대로 당의 지도부는 이날 저녁으로 예정된 청와대 만찬을 취소했다.

열린우리당 창당 이래 대통령과 당의 관계가 가장 험악해졌다. 대통령은 인사권에 대한 문제 제기에 불쾌함을 숨기지 않았다. 인사권은 사실상 대통령으로서의 유일한 권력이기에, 그 문제에서 밀리기 시작하면 국정을 장악하는 힘이 현저히 떨어질 수밖에 없었다. 그는 사석에서 참모들에게 이야기했다.

"김근태, 정동영, 천정배를 입각시켜 국정운영 경험을 쌓도록 했듯이 차세대 주자로 불리는 유시민도 그런 차원에서 입각시킨 것입니다."

그 무렵 '당적 정리' 언급이 그의 입에서 심심치 않게 등장했다. 길고 깊게 이어가지는 않았다. 그의 관심은 신년회견으로 이동했다. 1월 11일, 당 지도부와 만찬을 함께하면서 일련의 갈등은 봉합 국면으로 접어들었다. 실세 장관들이 퇴임해서 돌아간 당은 원내대표에 김한길 의원, 당의장에 정동영 전 장관을 선출했다. 새로 당직을 맡는 사람이 나올 때마다 대통령은 당 지도부를 초청해 식사를 함께했다. 분위기는 그리 나쁘지 않았다.

정동영 당의장이 청와대를 찾은 것은 2월 하순의 일이었다. 정의장에 대한 대통령의 신뢰와 기대는 여전했다. 다가오는 5·31지방선거가 화제였다. 정의장은 강금실 전 법무부장관을 서울시장후보로 영입하려는 구상을 밝혔다. 대통령이 말했다.

"18대 총선 때에는 내가 다른 데에는 몰라도 부산·경남에는 도움이 되도록 하겠습니다. 대통령을 그만두었다고 해서 물러서는 것이 아니라 전면에는 안 나서더라도 PK에서 한 축을 만들겠습니다. 고향에 내려가서 사람들이 나를 보고 '아, 우리 고향 사람' 이런 생각이 들도록 만들겠습니다."

지역구도 해소에 기여하겠다는 간절함이 배어 있는 한마디였다. 일생 동안 내려놓은 적이 없는 소망이었다. 말을 마무리하던 그가 문득 정의장에게 물었다.

"정국운영의 측면에서도 내가 당적을 정리하는 게 어떻겠습니까?"

청와대 참모들과의 자리에서 여러 차례 꺼냈던 이야기다. 당의 공격이 그에게 남겨놓은 상처의 흔적이기도 했다. 더는 아프고 싶지 않다는 표정이었다. 정의장이 강력히 만류했다. 콩가루가 된다는 것이었다. 그는 조금 더 솔직히 말했다.

"대통령이 당에 묶여 있다보니 한나라당이 공격하기 좋은 포지션이 됐습니다. 전략적인 관점에서도 그렇고, 무엇보다⋯⋯ 무엇보다 인간적으로 피곤합니다."

정의장이 난처함을 표하며 의장선거 때 자신이 내건 공약을 이야기했다. "두 번 다시 대통령 탈당 이야기가 나오지 않게 하겠다"는 것이었다. 대통령은 더이상 당적 문제를 언급하지 않았다. 다만 정의장과 헤어지면서 짧은 한마디를 했다.

"대통령을 해보면 5년이 무척 깁니다."

다시 봄이 찾아왔다. 청와대에서 맞는 네번째 봄이었다. 봄
은 새로운 출발을 의미한다지만, 2006년 청와대의 봄은 그렇지
못했다. 권력은 이미 정점을 찍고 내리막길로 접어들었다. 이
제는 새로운 시작보다 관리가 중요했다.

이해찬 총리의 삼일절 골프 라운딩 소식이 언론에 보도되면
서 정국에 파란이 일었다. 철도파업중이던 삼일절에 부산에서
골프를 쳤다는 것이었다. 대통령은 3월 6일부터 8박9일의 일
정으로 이집트, 나이지리아, 알제리 등 아프리카 3개국을 순방
할 예정이었다. 출국을 하루 앞둔 3월 5일, 정동영 의장이 환송
인사를 하러 관저를 찾았다. 나이지리아에 다녀온 적이 있다는
정의장의 이야기로 시작된 대화는 곧바로 총리의 거취 문제로
초점이 옮겨갔다. 5·31지방선거를 코앞에 둔 여당의 의장은
예민했다. 행보에 걸림돌로 작용하거나 타격을 주는 일들을 적

극 차단하려 했다. 대통령이 정의장의 생각을 물었다.

"'순방을 다녀와서 보자'는 정도로 일단 해두는 게 어떻겠습니까?"

정의장은 순방 전에 가닥을 잡는 대통령의 한마디가 있어야 한다는 입장이었다. 총리 교체 수순으로 가자는 뜻이었다.

"미안하다는 소리를 잘 안 하는 사람인데, 어제는 미안하다고까지 하더군요."

대통령이 말했다. 가급적 이대로 가자는 뜻이었다. 언론은 전날 저녁 이총리가 대통령에게 전화를 걸어 대국민 사과 및 입장 표명 계획을 언급했다고 보도하며 이를 사실상의 사의 표명으로 해석했다. 이야기를 나누는 도중에 이총리의 대국민 사과 내용이 전달되었다.

"사려 깊지 못한 처신으로 국민 여러분께 걱정을 끼쳐드린 점 대단히 죄송스럽게 생각하며 본인의 거취 문제에 대해서는 대통령께서 내일부터 14일까지 해외 순방을 하시기로 계획돼 있으므로 해외 순방을 마친 후에 대통령께 말씀드리도록 하겠다."

대통령은 쉽게 결론을 내리려 하지 않았다. 정의장이 한발 앞서나갔다.

"만일 후임을 찾는다면 지난번 말씀대로 당에서 추천해볼 수도 있습니다."

"그렇게 한다면 국정운영을 대폭 넘기는 게 좋겠습니다. 하지만 문제는 사람입니다."

대통령은 가급적 당 출신이 총리를 맡고, 그 총리가 국정의 상당 부분을 운영해나가는 게 좋겠다고 생각했다. 그의 설명이 길어졌다.

"그간 꾸준히 실험해보고자 했던 것입니다. 이제 우리는 책임정치로 가야 합니다. ……책임이 분산되어 있어서 지적하고 시비할 때면 대통령에게 시비를 걸고, 그렇다고 당이 책임지는 것도 아닙니다. 그런 부분을 정리하고 싶었는데, 그게 안 되었지요. 그래서 부득이 임기를 마칠 때까지는 대통령이 책임지고 갈 수밖에 없다고 생각했어요. 완전한 대통령중심제로 가려고 생각하고 있었습니다."

한차례 호흡을 가다듬고 나서 그가 이야기를 이어갔다.

"실제로 당의장이 총리를 하면 어떻겠습니까? 정치적으로 부담이 될까요? 한번 생각해보십시오. 이 생각은 오래해온 것입니다. ……나는 당이 주도하는 게 옳다고 생각합니다. 우리가 유럽형 정당정치 유형입니다. 그래서 국회와 정부가 불일치하는 일이 있는데 낭비가 많습니다. 그래서 대통령은 상징적 지위로 한발 물러서고, 당이 중심이 되어 정치를 끌고 가는 것이지요. 한번 생각해보십시오."

그는 "우리나라에서는 대통령제가 어렵다"며 헌법을 고쳐서 총리 중심으로 가는 게 좋겠다는 이야기를 덧붙였다. 정의장에게 총리를 맡으라는 권유에 무게를 실었다.

"총리직은 정치 전면에 뜨는 자리입니다. 포커스가 이해찬 총리와는 또다를 것입니다. 나는 정부혁신 같은 과제에 집중하고……"

정의장이 돌아간 후, 대통령은 기록을 해두라며 윤태영 비서관에게 이야기했다.

"정치인이란 원래 싸움판을 통해 크는 것이다. 합의만 된다면 대통령 권력을 줄이는 개헌이 필요하다. 당과 의회가 국정을 주도하게 하는 방법이 제일 좋다."

다음날, 대통령은 출국 준비를 하면서 다시 이야기를 기록하게 했다.

"부적절한 처신인 것은 사실이지만 그게 해임 사유까지 되는 걸까? 그만한 사람을 어떻게 다시 구할 수 있을까? 막막하고 답답하다. 여소야대 국면에서 해임건의가 들어오면 시비를 따지면서 가는 게 좋겠다는 생각이다. 민주노동당이나 민주당이 어떤 태도를 취하는지도 살펴보고."

그는 사표 수리를 기정사실로 만들지 않으려고 애썼다. 가능성 있는 일 정도로만 남겨두려 했다. 서울공항으로 이동하기 위해 관저를 나서기 직전 이해찬 총리가 찾아왔다. 출국하는 날에는 항상 있는 의례적 인사였지만, 이날은 여러 가지로 의미가 달랐다.

"며칠 전 전화로 이야기 나누면서 총리도 지쳤구나 하는 생각이 들었습니다. 거취까지 언급하는 것을 보니……"

대통령이 위로의 말을 건넸다.

"건강에 이상이 왔습니다. 지난번 남아공에 다녀온 뒤로 혈압이 180까지 올라가더니 이후에는 160을 오르내립니다."

이총리가 답했다.

"우리가 탄핵도 버텨냈는데, 해임건의 같은 것이 제출되면 이를 정치적으로 활용할 수는 없을까요? 잘못한 것은 잘못한 것이지만, 그렇다고 국정을 이렇게 흔들어서야 되겠습니까? 총리가 좀 피곤하더라도……"

그는 총리에게 일단 버텨달라고 청했다. 사의가 있음을 알겠지만 이를 계기로 문제 제기를 해보자는 것이었다. 힘들더라도 총리가 조금 더 버텨주었으면 하는 바람이었다.

"제가 부주의해서 벌어진 일인데 어떻게 하겠습니까?"

총리의 완곡한 표현은 더는 버티기가 어렵다는 의미로 들렸다. 대통령은 순방을 떠났다. 그가 부재하는 동안 국내에서는 이총리의 삼일절 골프 사건과 관련한 논란이 걷잡을 수 없이 증폭되고 확산되었다. 아프리카를 순방하던 대통령은 관련 논란에 대해 보고받고 그 자리에서 지시했다.

"총리와 관련하여 보도된 의혹의 근거에 대해 사실 여부를 조사하여 보고할 것. 귀국하는 대로 이해찬 총리, 정동영 의장과의 접견 일정을 잡을 것."

문제가 있으면 책임을 묻겠다는 생각도 밝혔다. 그는 수행중인 몇몇 장관들과 만찬을 하면서 이야기했다.

이해찬 총리가 사의를 표명하자 노무현 대통령은 이총리에게 인내해줄 것을 요청했다. 이
총리 재임 기간 내내 노대통령은 총리를 국정운영의 중심으로 여기고 신뢰했다.

"진상을 밝혀보고 문제가 있으면 있는 대로, 없으면 없는 대로 처리하겠습니다. 내가 총기가 떨어졌는지 모르겠습니다. 딱보면 판단이 서는데 이번에는 그렇지 않습니다. 이헌재 부총리나 강동석 장관 때에는 지키기 어렵겠다는 생각이 딱 들었는데, 이번에는 검찰에 수사를 의뢰해서 지방선거 때까지 한판 붙어봐야 하는 것 아닌가 하는 생각도 듭니다. 의혹이 사실인지 아닌지 따져보자고 쟁점을 만들어서 반격하면 되지 않겠습니까? 물론 이해찬 총리도 의원직 사퇴하고 국정조사도 받겠다는 자세로 나와야지요."

귀국 후 대통령은 먼저 이해찬 총리와 만났다. 그의 기대와 달리 총리는 더 일하기가 어렵다는 뜻을 전했다. 그는 만류했다.

"총리가 그만둔다고 수습이 되겠습니까? ……일이 이렇게 된 이상, 사실 여부를 밝히고 그 결과를 가지고 처리하는 게 맞습니다. 밝히지도 않고 덜렁 물러나면 정말 무슨 일이 있는 것처럼 보입니다. ……선거를 앞두고 나온 정치공세인데, 손을든다 해서 공세가 멈추겠습니까? 이 문제는 먼저 법적으로 따져봐야 합니다. 윤리적 평가는 두번째 문제입니다. ……어려운 때일수록 원칙을 지켜야 합니다. ……총리가 힘들더라도 일단버텨주고 사퇴를 하더라도 지방선거 후에 했으면 하는 바람입니다."

"당에서 반발이 굉장할 것입니다."

총리는 당의 반발을 우려했다. 그는 거듭 총리에게 청했다.

"어려운 때일수록 원칙대로 해나가야 합니다. 힘들더라도 버티고 갑시다."

"제가 자리를 지키고 있으면 이야기가 계속 커질 것입니다. 또 자리를 지키면서 정치공세에 대응하는 것도 부담스럽습니다."

총리의 입장도 변함이 없었다. 대통령은 사표 수리 결정을 하지 않은 채 "판단을 열어놓겠다"는 말로 대화를 마무리했다. 뒤이어 정동영 의장과의 접견이 예정되어 있었다.

정동영 의장과의 접견을 앞두고 이병완 비서실장이 대통령 부재중 상황에 대해 사전 보고를 했다.

"정의장은 대통령님 부재중에 당이 일사불란하게 움직여왔다고 생각하고 있습니다. 그런데 대통령님께서 '원칙대로 가겠다'는 입장을 밝히시면 상당히 강하게 나올 것 같습니다. 오늘 무언가 받아가지 못하면 '승부수'를 두신 것으로 받아들일 가능성도 없지 않습니다."

대통령이 고개를 끄덕였다. 비서실장의 보고대로였다. 정의장은 당이 대통령 부재중에 일사불란함을 유지해왔다는 사실을 먼저 내세웠다.

대통령은 총리 문제에 대한 고충을 솔직하게 털어놓았다.

"풍토가 나쁩니다. ……혐의가 사실로 드러나면 형사책임을 져야 합니다. 대통령이 판단하고 말고 할 여지가 없는 겁니다. 형사상 책임질 부분이 없으면 그땐 별도로 판단해야 합니다. 이렇든 저렇든, 정치공세를 잠재워보자는 것인데…… 제일 고민은, 사태를 잠재우지도 못하고 사람만 바보 만들게 되는 것 아니냐 하는 것입니다. 게다가 후임 총리 인선도 어렵습니다. 후임 총리에 따라 반응이 달라질 수도 있을 텐데, 머릿속에 사람이 떠오르지 않습니다."

정의장은 교체를 주장했다. 그러면서 여성 총리 기용에 대한 대통령의 의견을 물었다.

대통령이 여성 총리 후보를 구체적으로 물었다. 정의장은 한명숙 의원을 거론했다. 대통령은 앞서 제안한 실세 총리에 대한 의견도 물었다. 정의장은 5·31지방선거 이전에는 검토 가능한 방법이 아니라고 답했다.

대통령이 이야기를 정리했다.

"결국 국정운영의 중심이 당이 될 것인가, 아니면 대통령이 될 것인가의 문제입니다. 총리후보를 사전에 당에서 추천하는 형태로 간다면 국정운영의 책임도 당이 가져가야 합니다. 그게 아니라면 대통령이 알아서, 말하자면 대통령 코드로 가는 수밖에 없습니다. ……당에서 백번 추천해봐도 당의 실세가 아니면 아무런 의미가 없습니다. 제대로 하려면 당이 국정의 중심에 서야 합니다."

이야기는 다시 실세 총리 건으로 넘어갔다. 그는 당의 실세 총리가 권력을 가져야 할 필요성을 다시 한번 역설했다.

"총리를 안 바꿀 생각을 하고 있습니다. 후임도 막연합니다. ……이해찬 총리는 나와의 신뢰관계를 바탕으로 실질적으로 상당히 많은 판단과 선택을 하면서 총리의 권한을 행사해왔습니다. ……만약 새 총리가 당을 대표해서 오는 거라면, 대통령의 생각에 다소 반하더라도 총리가 국정운영의 중심에 서서 가는 것으로 패턴이 바뀌는 것입니다."

대통령은 상당히 길게 이야기했다. 정의장은 시간이 필요하다는 입장을 거듭 밝혔다. 5월 31일까지 연구하겠다고 했다. 대통령이 덧붙여 말했다.

"이것은 그냥 되는 일은 아니고, 당이 대선까지 내다보고 이것을 정국 반전 카드로 뽑지 않으면 안 될 것입니다. 정의장이 딱 1년 정도 하면서 정국 반전을 시도해보는 것이지요. 그런 구상이 없이 이것을 꺼내면 수습하기 어렵습니다. 그러려면 대연정을 제안해야 합니다. 민노당만이 아니라 민주당까지 보태야 이야기가 됩니다. 제안은 대연정으로 하되 실제로는 소연정을 성사시키면 되는 것입니다. 한번 연구를 해보시기 바랍니다."

조금 어색한 침묵이 흘렀다. 실세 총리와 연정에 대한 그의 강한 집착을 보여주는 대목이었다. 서로 관심사가 달랐다. 침묵을 깬 것은 이병완 비서실장이었다.

"비공개 접견이긴 하지만, 당에서 결과를 기다리고 있을 겁니다."

이 말을 받아 정의장이 본론을 꺼냈다.

"내일 오전에 입장을 밝히시는 게 좋지 않겠습니까? 시간을 늦추면 늦출수록 밀리는 분위기가 될 겁니다. 그동안 순방중이었지만 상황은 소상하게 파악하고 계셨던 것으로……"

실세 총리 제안에 호응이 없어 섭섭했던 것일까? 대통령은 마뜩지 않은 표정을 지었다.

"이것저것 엄두가 나지 않습니다."

"당 의원들도 내기 골프 많이 하지 않습니까? 그걸 도박이라고 할 수 있을까? ……총리가 그만둔다고 민심이 좋아지겠습니까?"

대통령은 최대한 버티고 있었다. 정의장도 거듭 대통령을 설득했다. 분위기가 냉랭해지자 다시 대통령이 말했다.

"당의 의견은 경청한 것으로 하겠습니다. 그리고 건의를 받아들이지 않으면 당이 시끄러울 것이라고 경고한 것으로 받아들이겠습니다."

"그런 말씀은 아닙니다. 참여정부 후반을 뒷받침할 동력을 만들고 지방선거를 돌파하는 데 모든 것을 건 입장입니다."

정동영 의장의 이야기였다.

"당의 입장 때문이 아니라 당의 생각 때문에 고심하는 것입니다. 나는 혼자 고립되어 생각하고 있고, 당은 민심 속에서 생각하고 있습니다. 그런 차이가 있습니다. 당이 민심 속에서 생각한다고 해서 전략적 판단까지도 항상 옳다고 할 수는 없습니다. 어떤 면에서는 민심과 유리되어 판단을 그르칠 수도 있습니다. ……충분히 존중해서 생각하겠습니다."

만족할 만한 답변을 구하지 못하자 정의장이 한마디를 던졌다.

"이해찬 총리는 구하지만, 정동영은 버리는 것이라 생각할 수밖에 없습니다. 제 고민이 대통령님만큼은 안 되겠지만, 대통령님 고민이 저의 고민이고, 저의 고민이 대통령님 고민입니다."

정의장이 돌아가고 나서야, 그는 비서실장에게 지시했다.

"사표를 수리하겠다고 발표하십시오. ……이대로는 정의장이 당을 추스를 수 없는 게 현실이니……"

이해찬 총리의 사표가 수리되었다. 곧바로 후임 인선이 관심의 대상이 되었다. 아프리카 순방을 위해 복용했던 말라리아 예방약의 후유증 탓인지 대통령은 힘들어하고 있었다. 그가 총리후보로 몇몇을 제시했다. 박봉흠 전 정책실장, 김병준 정책실장, 김우식 과기부총리 등이었다. 다음날 오찬 자리에서 본격적인 논의가 이루어졌다. 비서실장, 정책실장, 안보실장, 시민사회·민정·홍보·인사수석이 참석했다. 논의 끝에 대통령이 정리했다.

"대통령의 생각을 가장 많이 아는 사람이 가장 강한 총리가 될 것입니다. 결국 일에 대해서나 인간에 대해 신뢰가 있어야

지요. 그럼 대강 결론이 났네요. 김병준 실장이 나가는 수밖에. 김실장, 올해 나이가 어떻게 되시지요?"

김병준 정책실장의 얼굴이 상기되었다. 그날부터 며칠 동안 대통령은 김실장과 함께하는 자리마다 사실상의 총리 내정자로 대하며 향후의 대책과 대안까지 점검했다. 이날의 오찬은 그의 우스갯소리로 끝났다.

"앞으로 총리는 대통령과 장관들하고만 골프를 치도록 하세요."

다시 며칠이 지나 3월도 하순으로 접어들 무렵, 총리 지명을 위한 회의가 관저에서 열렸다. 비서실장과 인사수석, 민정수석이 함께했다. 언론은 연일 김병준 실장을 유력한 후보로 보도하고 있었다. 문재인 민정수석이 의견을 냈다.

"야당은 당 출신보다는 대통령 사람에 대해 반대가 더 심합니다."

그러면서 한명숙 의원을 총리후보로 추천했다.

"한명숙 의원이라면 청문회 통과가 무난하리라 봅니다."

이병완 비서실장이 거들었다.

"박근혜씨를 대비하는 카드라 할 수 있습니다."

대통령의 대답이 이어졌다.

"김병준씨를 총리로 기용한다는 구상을 오래전부터 갖고 있었는데 그것을 뒤집는 얘기네요. 이해찬 총리는 자기 고집대로 하더라도 내 눈치를 볼 것은 보고 그랬는데."

아쉬움을 내비친 대통령은, 여러 가지 논의를 거듭한 끝에 일단 결론을 내렸다.

"그러면 그쪽으로 가볼까요. 김병준씨는 다음에 하고."

그후로도 며칠간 고심이 거듭되었다. 3월 24일. 비서실장, 민정수석, 인사수석과 논의 끝에, 그는 최종 결론을 내렸다. "언론과 여야의 분위기를 볼 때 한명숙 의원이 좋은 평을 듣고 있는 것 같다"고 그가 말을 꺼냈다. 아쉬운 듯 한마디 덧붙였다.

"김병준씨 편은 나밖에 없네요."

왜 김병준 실장을 중용하려는가에 대해서도 구체적으로 이야기했다.

"어떻게든 영남에서 활용할 수 있는 인재를 키워야 한다고 생각합니다. 대선후보 시절 우리 캠프를 저 양반이 짰습니다. 야당과의 관계에서 유연한 정치력을 보여주기만 하면 영남지역의 간판으로 내놓을 만하다는 생각에서 애착을 갖고 있습니다."

향후 어떤 형태로든 김병준 실장을 중용하겠다는 의지를 내비친 것이다.

"사실 오늘 세 분을 부른 것은 김병준 총리로 이야기를 모으려는 것이었는데, 결론이 뒤집혀버리네요."

김병준 정책실장으로서는 두번째 낙담이었다. 2005년 여름 비서실장 내정 언질이 철회된 데 이어, 이번에는 국무총리 내정 언질을 받았다가 유야무야되는 상황을 겪게 된 것이다. 대통령은 이날 한명숙 의원을 청와대로 불러 오찬을 함께했다. 참여정부의 세번째 총리가 내정되었다. 대통령에 대한 지지도가 많이 올랐다. 당과의 갈등도 봉합되어갔다. 그의 위상에는 많은 상처가 생겼고 권력도 흔들리기 시작했다.

2006년 3월 말, 한명숙 총리후보는 청문회 준비에 몰두했고,
김병준 정책실장은 사의를 표명했다. 유력한 후보였던 사람이
청와대 정책실장으로 남아 있으면 신임 총리에게 부담이 된다
고 판단한 듯했다. 경제부총리, 교육부총리, 정책실장 등의 자
리를 놓고 대통령의 고민이 시작되었다. 김병준 실장을 비롯
해, 권오규 OECD대사, 변양균 기획예산처장관 등이 거론되었
다. 대통령은 청와대에서 함께 고생해온 김영주 경제정책수석
을 국무조정실장으로 내보냈다. 한명숙 총리를 보좌하는 역할
을 맡기려는 것이었다.

4월 초, 정동영 의장이 청와대를 찾았다. 정의장은 지난번 총
리 교체 문제로 심려를 끼쳐 죄송하다는 말로 이야기를 시작했
다. 개인적으로 이해찬 총리에게 미안한 마음을 갖고 있다고도
밝혔다. 대통령은 "정치는 대세를 따라야 한다"는 말로 정의장

의 미안함을 덜어주었다. 그토록 총리나 장관을 보호하려는 이유를 그가 구체적으로 설명했다.

"각료로 기용한 사람들을 가능한 한 끝까지 지켜주겠다는 의지를 갖고 있습니다. 대통령이 보호해주지 않으면 장관들이 어떻게 제대로 일을 할 수 있겠는가 하는 생각 때문입니다. 허망하게 낙마시켜서는 안 됩니다. 설사 나가게 되더라도 대통령이 지키려 했다는 것을 보여줘야 합니다. 그래야 다른 장관들이 안정감을 가지고 일을 할 수 있습니다."

4월 중순의 일요일. 대통령은 경선캠프 출신 참모들을 오랜만에 불러모았다. 이광재 의원이 5·31지방선거를 앞두고 강원도지사 출마 문제로 고민하고 있었다. 이의원이 자기 생각을 말했다.

"승률은 40% 정도입니다. 당에서는 의견이 엇갈리지만, 강원도민들은 기대하고 있습니다."

대통령이 다른 사람들의 의견을 물었다.

"다른 후보들도 있는데 굳이 나갈 이유가 없습니다."

서갑원 의원이 만류했다. 이의원의 생각은 달랐다.

"장관들까지 다 차출되어서 나가는 마당인데, 이기든 지든 현재 지지도가 높은 사람이 나가는 게 옳다고 생각합니다."

대통령은 부정적인 입장을 완곡하게 밝혔다. 안희정씨도 반대 입장을 피력하면서 이의원의 출마 문제가 정리되었다. 대통령이 이야기를 시작했다. 퇴임 후 구상이었다.

"나는 퇴임하면 고향 진영에 가서 살려고 한다. 그래서 18대 총선에 출마하는 사람까지는 관리할 수 있지 않을까 싶다. 그 이후에는 진영읍의 동네 사람들과 어울리면서 의용소방대를 하거나 보건소 고문 같은 것, 글자 그대로 지역사회를 위하는 일을 하려고 한다. 그렇게 일하고 있으면 자네들이 한 번씩 와서 아는 척을 할 필요가 있겠지."

참석자들이 고개를 끄덕였다. 그가 말을 이었다.

"사실 아무런 밑천도 없다. 고향으로 돌아간다는 상징성 하나만 가지고 대의에 호소하는 것이겠지. 적어도 그 지역 18대 총선 출마자들을 라인업 하는 데에는 도움이 되지 않을까? 그 정도까지는 하겠다. 그다음에는 자네들의 무대가 되겠지. 자네들이 어떻게 할지는 모르겠다. 어떤 명분을 가진 정파로 발전하게 될지, 아니면 옛날 인연으로 돌아가서 그냥 잘 지내는 수준으로 갈지, 그것은 자네들의 선택이 되겠지. 내 문제는 아닌 것 같다."

4월 29일, 대통령이 여야의 원내대표를 청와대 조찬에 초청했다. 개방형 이사제 도입을 골자로 한 사학법 개정안이 2005년 12월에 통과된 이후, 한나라당의 사학법 개정 무효화 장외투쟁 등으로 여야관계가 경색되어 있는 시점이었다. 어떻게든 관계를 풀어서 장기화된 국회 파행의 돌파구를 마련해보려는 생각이었다. 회동은 하루 전날 갑작스럽게 추진되었다. 이병완 비서실장이 한명숙 총리와 상의한 끝에 회동을 건의했다. 대통령이 여야 원내대표와 한자리에서 만나 해법을 모색하는 게 어떻겠느냐는 의견이었다. 대통령이 야당 원내대표를 설득해 큰 타협을 이끌어내주었으면 좋겠다는 뜻으로 풀이되었다. 결과적으로 이날 회동은 봉합 국면에 있던 대통령과 여당의 관계를 다시 갈등 국면으로 몰고 가는 계기가 되었다. 대통령이 여당의 양보를 요청했기 때문이다.

이날 관저의 아침 메뉴는 추어탕이었다. 환담은 대통령의 음식 이야기로 시작되었다.

"청와대 주방은 중식을 제일 잘합니다. 스테이크 같은 양식도 잘하고요. 해외에 나가면 라면을 즐겨 먹게 되지요."

"해외에 나가면 햇반도 많이들 먹지요."

김한길 원내대표가 말을 받았다.

"엄청난 발명품이라고 생각합니다."

대통령이 고개를 끄덕이며 호응했다. 음식 이야기가 끝나자 그가 조심스럽게 이야기를 꺼냈다.

"우리 정치구조가 사실 88년 이래 원칙적으로 다수결로 결정하기 어렵게 되어 있습니다. 다수결로 안 되니까 부득이 합의를 해야 합니다. 합의는 협상을 거쳐야 합니다. 주고받고 해야 합니다. 그런데 협상을 할 때 원칙을 주장하는 사람들이 많아서 어렵습니다. 그래서 제가 중재를 한번 해보려고 하는 것입니다. ……정치란 논리만으로는, 다수결만으로는 안 된다는 사실을 대통령 되고 나서 한참 있다가 알게 되었습니다. 주고받고 하지 않고는 정치가 안 됩니다. 국정운영이 불가능합니다. 지금 여당이 바로 이 때문에 발목이 잡혀 있는 것이니, 오늘은 야당 뜻대로 하고 가십시오."

이 짧은 이야기에 최근 그의 생각이 집약되어 있었다. 대통령 노무현의 정치철학이었다.

"그렇게만 되면 저희도 김한길 대표를 도와드리겠습니다."

이재오 원내대표가 응답하자, 대통령이 김원내대표에게 물었다.

"당이 설득되겠습니까?"

김원내대표가 난처한 표정을 지었다.

"어렵습니다. 선거를 앞두고 있는데다 고정 지지자들에 대한 저희 입장도 있고 해서, 마지막 쟁점으로 남아 있는 부분은 받기가 곤란합니다."

대통령이 설득의 강도를 높였다.

"대통령이 되고 나서 보니, 젊은 의원 시절 당연한 것이라고 여겼던 방식, 그런 방식만으로는 문제를 풀 수가 없다는 생각이 들었습니다. ……여야만이 아닙니다. 당과 정부도 주고받아야 합니다. 대통령이 당에 제안하는 것입니다. 주고받으면서 정치를 해나가면 국정이 잘 진행되지 않겠습니까?"

"곤혹스러움이 있습니다."

김원내대표가 어렵다는 뜻을 완곡하게 표현했다.

대통령의 설명을 들은 이원내대표는 적잖게 놀라는 모습이

노무현 대통령은 여야 원내대표와의 청와대 조찬회동에서 여당의 대승적인 양보를
요청했다.

었다.

"대통령께서 정말로 대화로 풀어가려고 하시는 것 같습니다."

대통령은 김원내대표를 계속 설득했다.

"이렇게 두 분을 초청한 것 자체가 여당에 부담을 주는 것입니다. 이럴 때 국정이 운영되지 않으면 결국 여당의 부담으로 돌아옵니다. 당을 한번 설득해봤으면 합니다. 제가 이 자리에서 설득해볼 수 있는 대상은 여당밖에 없습니다. 다만 제 생각을 솔직히 이야기하자면, 한나라당 주장은 옳지 않다는 것입니다."

그는 국정을 운영하는 입장에서 대승적인 양보를 해주길 거듭 여당에 요청했다. 김원내대표는 말씀의 뜻을 알겠다고 대답했다. 회동은 결론 없이 그렇게 끝났다.

회동 다음날인 일요일, 정동영 의장이 청와대를 다시 찾았다. 당 의원들이 김한길 원내대표에게 의구심을 보낸다는 것이었다. 이병완 비서실장이 잘못 보고한 것이 아니냐는 의견도 있다고 했다. 누구의 오해든 잘못이든 간에 가장 곤경에 처한 것은 대통령이었다. 위상과 지도력에 큰 손상을 입었다. 애초부터 당을 상대로 지도력을 행사할 생각은 없는 대통령이었는데, 일이 잘못되려니 모두가 난처해지고 말았다. 결과적으로 당청관계도 어렵게 되었고 대통령의 위상도 약화되었다. 그는 자초지종을 비교적 소상히 설명했다.

"나는 그렇게 해서라도 이 국면을 넘어가야 한다고 생각했습니다. 판단이 정해져 있던 것은 아닙니다. 불안감이 높았지요. 6월이면 원 구성도 해야 하는 만큼…… 그런데 제안해놓고 보니 원내대표 얼굴이 노래지더군요. 국회 장기 공전에 따른 문제점이 비서실장에게 전달되었다고 해서 논의해보니, 비서실장이 안 되겠다고 하면서도 만나는 게 좋겠다는 이야기를 던지기에, 나는 이 기회에 풀자는 뜻으로 생각했지요. 그래서 이야기한 것인데, 김원내대표 표정이 이상해져서……"

"뭔가 꼬인 느낌입니다."

정의장은 이야기를 일단락지은 후 화제를 지방선거로 돌렸다.

대통령으로서는 아쉬움이 남는 대목이었다. 그는 윤태영 비서관을 불러 자신의 입장을 정리하면서 기록해두도록 했다.

"대통령으로서는 여야의 힘겨루기 때문에 국정이 표류되어서는 안 된다는 뜻이었다. 그런데 방법이 그것밖에 없었다. 어쨌든 결론은 당이 판단할 문제이다."

진정성에도 불구하고 대통령과 당은 엇갈린 길을 가고 있었다. 결과는 고스란히 그의 위상에 상처로 남고 있었다. 퇴임까지 가는 길은 지금보다 더 험난할 것임이 분명했다. 예상대로 당은 그의 양보 요청을 정면으로 거부했다. 언론으로서는 기사 쓰기에 더없이 좋은 소재였다. 대통령과 여야 원내대표가 회동을 가진 주말이 지나고 5월 1일 월요일 아침, 기사 제목들이 상황을 말해줬다. 표현은 각양각색이었지만 뜻은 한가지였다. 당청 갈등의 2라운드가 시작된 것이다. 이날 대변인실에서 작성한 주요 언론보도 요약은 다음과 같았다.

- 與, 盧 대통령 권고 거부, '사학법 개정안 양보 못해'(전 신문)
- 여당이 NO해도 怒할 수 없는 盧, 與 의총·최고회의서 '집단 反旗'(조선)
- 靑 '고뇌 어린 선택' vs 黨 '정체성 지켜야'(동아)
- 대통령 뜻 거부한 열린우리당, 盧대통령과 차별화? 레임덕?(중앙)
- 靑 표정 '우린 할 일 다했다' 내심 권위 실추 곤혹, 盧대통령, 분양원가·보안법 논란 때도 여당과 '엇박자'(한겨레)
- '개혁 훼손, 지지층 이반' 與 사실상 反旗(경향)
- '사학법 변심' 盧대통령 왜?(경향)
- '집토끼마저 놓치려 하느냐' 격앙, '후반기 국정운영 野 협조 필요한데'(세계)

이날 아침 대통령은 씁쓸한 표정으로 두 가지 점을 이야기했다. 하나는 대통령의 영향력에 대한 고정관념이었고, 다른 하나는 당과의 관계였다. 역시 기록으로 남겨두라고 지시했다.

"대통령의 영향력에 대한 인식을 낮출 필요가 있다. 이번 일이 거기에 기여했으면 좋겠다. 제왕적 대통령이 없어졌다고 말하면서도, 모든 것은 대통령 손에 있다는 인식은 여전하다. 내가 항상 이야기하는 '사고방식의 이중구조'가 우리 사회의 심각한 문제다. 대통령의 권한을 줄이라고 그렇게 아우성쳐서 제도까지 만들어놓고서는, 아직도 모든 권한이 대통령에게 있는 것으로 생각하고 책임을 대통령에게 몰아붙이는 사회 전반의 인식은 어떻든 고칠 필요가 있다. 대통령의 영향력에 대한 관념을 고칠 필요가 있다."

"대통령 5년이란 시간이 길다. 강화되는 측면도 있지만 마모도 심하다. 마모가 되다보니 약발이 자꾸 떨어진다. ……당은 싫어할 것이다. 계속적인 집권을 생각해야 하니…… 국민들의 입장에서 보면 정권이 지루할 것이다."

"왜 강은 똑바로 흐르지 않는 것일까? 해외에 나갈 때 비행기에서 내려다보면 어떤 강이든 똑바로 흐르는 법이 없다. 뱀보다도 훨씬 구불구불 흐른다. 볼 때마다 이상하다는 생각이 든다."

이날 오후 대통령은 청와대를 떠나는 문재인 민정수석과 환담했다. 정치를 하지 않겠다는 문재인 수석에게 그는 아쉬움을 토로했다. 그 대신 영남 지역에서 기반을 마련하는 데 힘을 보태줄 것을 당부했다.

"정치를 하기 싫다고 하니 어쩔 수 없지만, 나는 정치를 그만두기 어려우니 관리를 해주세요. 인연이 그렇게 맺어진 걸 어떡합니까?"

5월 초, 대통령은 새로 임명된 수석 및 보좌관 들과 오찬을 했다.

"비행기를 타고 가다보면 신기한 것이 있습니다. 양쯔 강 하구도 그렇고 사막 위에 강이 흐른 흔적도 그렇고, 강이 똑바로 흐르지 않는다는 것입니다. 구불구불하고 때로는 거의 반대 방향으로 흐르는 경우도 있습니다. 하나도 똑바른 것이 없습니다. 일정한 힘으로 계속되는 운동은 없는 모양입니다. '왜 그렇게 굽이칠까?' 우리 역사를 보면서 생각하게 되는 것이 많습니다. 역사는 저 방향으로 가는데, 우리 사회의 현상은 다른 쪽으로 가고 있습니다. 우리가 하는 일은 항상 한쪽으로만 넘치고 있습니다. 넘쳤다고 되돌아오고 있는 것인지도 모르겠습니다. 어쨌든 우리는…… 그 과정에 있는 것입니다. 우리 세상의 역사도 그런 것 아닐까요? 그리 생각하니 마음의 여유가 생겨났습니다."

'바다로 가는 강물' 이야기였다. 며칠 후 그는 8박9일의 일정으로 순방길에 올랐다. 몽골과 아제르바이잔, 아랍에미리트를 다녀오는 여정이었다. 순방을 전후하여 평택 대추리에서 시위가 격렬해졌다. 용산 미군기지가 이전해갈 지역이었다. 같은 사안을 보도하는 언론의 타이틀이 극명하게 엇갈렸다.

- 군경 1만 4000여 명, 군사작전 방불(한겨레)
- 하루 만에 잘려버린 군 철조망(조선)

두 신문의 기사 제목은 사태를 지켜보는 정반대의 입장을 그대로 드러냈다. 5월 8일자 조간신문의 제목에선 그러한 경향이 더욱 두드러졌다. '구속대상 중 현지주민은 전무全無'(동아), '군인이 시위대에 맞는 나라가……'(중앙)가 보수언론의 입장이었다. '정부 '힘으로만 누르기' 정부 태도 논란' '새벽에 경찰 들이닥쳐 이장 내놓으라'(한겨레), ""참여정부 최대 오점' 기록될 듯'(경향)이 진보언론의 입장이었다. 순방중인 대통령은 한명숙 총리로부터 여러 차례 전화를 받았다. 주말 평택 시위에 대한 보고였다. 한총리가 적극적으로 양측의 갈등을 중재하고 있었다. 대통령은 그 모습을 높이 평가했다.

순방이 끝나갈 무렵, 그는 아부다비의 에미리트팰리스호텔에서 외교·산자·정통부 장관 등 수행원들과 조찬을 했다. 조찬 후 반기문 외교부장관과의 별도 환담이 있었다. 차기 UN사무총장선거 문제가 고비를 맞던 시점이었다. 그는 외교부장관의 교체를 진지하게 고심하고 있었다. 반장관이 UN사무총장 후보이다보니 민감한 외교적 사안에 대응할 때 선택의 폭이 제한되는 경우가 적지 않았다. 주된 상대는 일본이었다. 독도와 역사 교과서 문제와 관련하여 일본에 강력하게 대응할 때마다 그는 반장관이 마음에 걸렸다. 순방중에 이 문제를 한번 논의해봐야 한다는 생각이었다. 장관직을 떼어주는 것이 오히려 UN사무총장 선거운동에 도움이 된다는 판단도 있었다. 그는 조심스럽게 이야기를 꺼냈다.

"일본을 향해 쓴소리를 해야 할 때는 장관이 걱정됩니다. 이래가지고는 사무총장으로 진출하는 데 지장이 있지 않겠나, 그러니 외교부장관 자리를 면하게 해드리는 게 낫지 않겠나 하는 생각도 듭니다."

반장관의 입장은 달랐다. 현직을 유지해야 유리하다는 것이었다. UN사무총장 경쟁 후보의 예를 들며 반장관이 말했다.

"다른 후보의 경우는 나라에서 밀어주려고 부총리로 올려주었더니 지지도가 오히려 떨어지기 시작했습니다."

대통령은 완곡하게 아쉬움을 표현했다.

"저는 특보 같은 자리가 낫지 않을까 생각했습니다."

대통령은 이야기를 거기서 끝냈다. 그후로는 외교부장관 교체를 더이상 검토하지 않았다. 당당한 한일 외교를 위해서 불가피한 선택을 하려 했지만, 반장관의 UN사무총장선거를 위해 포기했다.

"정치란 백성들의 서러운 눈물을 닦아주는 것이라고들 하는데 나는 그렇게 생각하지 않는다. 거기서 많은 오해가 생긴다. 정치란 국민들의 기를 살려주는 것이라고 생각한다."

어느 날 관저에서 본관으로 걸어서 출근하면서 그가 한 이야기다. 그의 생각은 여러 가지 방향으로 갈래를 치고 있었다. 5·31지방선거의 판세는 열린우리당의 패색이 짙었다. 그는 또 한 번의 패배를 준비해야 했다. 패배했을 때를 대비한 메시지를 미리 불러주기도 했다.

"민심의 흐름으로 받아들인다. 민심의 바다에서는 단방약이 있을 수 없으니, 담담하게 받아들일 수밖에 없지 않은가? 바람 부는 날에는 그물을 손질하는 어부의 자세를 본받을 일이다."

패배한 당에 전할 메시지도 이야기해두었다.

"위기에 처했을 때 당의 참모습이 나오는 법이고 국민들은 그 모습을 오래 기억할 것이다. 멀리 보고 준비하며 견딜 줄 아는 자세가 중요하다. 견딜 줄 아는 뚝심을 길러야 할 것이다. 견디는 뚝심, 인내하는 지혜. 멀리 보고 준비하며 인내할 줄 아는 자세가 필요하다."

선거 결과는 예상대로 참패였다. 그는 담담하게 받아들였다.

"패배를 예측하기는 했지만, 예상보다 참혹하다. 나로서는 순풍보다는 역풍에 맞서서 정치를 해왔기 때문에 크게 놀랄 일이 아닌데, 곤혹스러운 것은 앞이 잘 보이지 않는다는 점이다. 혼란스럽다."

정동영 당의장이 패배의 책임을 지고 의장직 사의를 밝혔다. 청와대를 찾아온 정의장을 만난 자리에서 대통령은 당이 잘 버텨주기를 희망했다.

"이대로 버티면 몰락하지는 않습니다. 불난 줄 알고 짐보따리 들고 나가면 낭인이 될 수밖에 없습니다. 저는 새로 시작할 마음의 준비를 갖추고 있습니다. 항상 먼저 나가서 '독난리'를 맞고 그랬는데, 위기에 혼자 살겠다고 뛰다가 먼저 얻어맞는 게 '독난리'입니다. 3당합당 때는 그랬습니다. 그래서 항상 최악의 상황에 대비해서 준비하고 살아왔는데, 그렇게 정치를 해왔기 때문에 다 무너져도 새로 규합하겠다는 마음의 준비를 갖추고 있습니다. 그보다 덜한 상태면 입 다물고 가만히 있고, 남은 사람들을 수습해서 간다는 그런 배짱으로 준비하고 있습니다."

잠시 숨을 돌린 후 그가 조용히 말을 이었다.

"선거가 끝나면 6월중으로 당적을 정리하려고 했는데 못하게 되었습니다. 그것 하나가 달라진 것입니다. 한나라당이 시비하고 또 우리당에서도 나가라고 할 일이 있을 듯해서 미리 나가려고 했는데, 그렇게 하면 엉뚱하게 보일 것 같습니다. 대통령은 가만히 있겠습니다. 한두 사람이 떠드는 것에 대해서는 대응을 하지 않겠습니다."

당적 정리 문제는 이렇게 다시 유보되었다.

봉
합

갈등의 고조

2006년 6월, 대통령은 열린우리당의 동향에 신경이 쓰였다. 민주당과의 합당 이야기가 나오면 예민한 반응을 보였다. 이미 당에 영향을 미칠 수 있는 위치는 아니었다. 영향력을 행사한다 해도 역효과만 나는 것이 대통령과 당의 현재 관계였다. 그러나 무슨 수를 써서라도 '도로 민주당'이 되는 것만큼은 막아야 한다는 생각은 강했다.

어느 일간지에서 김병준 전 정책실장의 인터뷰를 실었다. '노무현 드라마 더이상 없다'라는 제목이 붙었다. 대통령의 표정이 좋지 않았다. 김병준 전 실장이 아니고 제목에 대한 반감이었다. 선거 패배 후 당 안팎의 분위기가 차분해질 필요가 있다고 그는 말했다.

"우리가 입버릇처럼 '다음 세대를 위한 정치'를 이야기하는데, 매우 중요한 것이다. 멀리 봐야 나라의 장래도 보이는 법이다. 선거 결과를 놓고 당황하고 있는데, 멀리 보면 나라가 격랑에 휩쓸려 떠내려가는 것도 아니다. 바다가 험할 때 헤엄쳐가려다가는 다 빠져 죽는다. 바다가 험할수록 배를 튼튼하게 만드는 게 중요한데, 배에서 뛰어내려 폭풍우를 피해볼까 하는 생각들만 한다. ……10년쯤 내다보면 이런 것은 일과성 파도에 불과하다고 볼 수 있다."

바깥세상은 월드컵 열기로 뜨거웠다. 만남의 자리마다 축구가 화제로 등장했다. 관저의 회의나 식사 자리도 다르지 않았다. 원래 그렇듯 그는 담담했다. 6월항쟁 관련자들을 초청하여 오찬을 함께한 날은 유난히 축구 이야기가 길어지기도 했다. 어느 날 그는 청와대를 찾아온 이광재 의원에게 길게 이야기했다.

"자네도 나 따라다니면서 민심을 등에 업고 성공한 적이 있었나? 1988년 13대 총선하고 10년 지나서 1998년의 보궐선거뿐 아닌가? 그 외에 언제 자네가 이겨본 일이 있고 대세를 잡아본 적이 있었나? 나는 대통령이 되는 그 순간에도 대세를 잡지 못하고 있었다. 수없이 역풍을 맞아봤고 그 모두를 다 딛고 일어섰다. 확신을 가진 적극적인 소수의 지지자들이 있었다. 내가 엎어지면 국민들이 살려주었다."

월드컵 토고와의 경기에서 한국 대표팀이 역전승을 한 날이었다. 새벽의 서울 거리는 환호의 도가니였다. 그는 "한 골 먹고 나서 잠들었는데, 만회 골이 들어가 여사님이 박수를 치는 바람에 깨어났다"고 말했다. 생각이 많은 대통령으로서는 좀처럼 몰입하기 힘든 것이 축구였다. 대세의 정치인이 아니었듯이, 그는 일반적인 큰 흐름으로부터 비켜선 것처럼 보일 때가 많았다. 그런 모습이 이상하게 비칠까봐 걱정되었는지 그는 끝내 한마디를 덧붙였다.

"기분좋게 봤다. 씩 웃기까지 했으니까……"

그는 청와대 브리핑 사이트를 개편하는 작업에 신경썼다. 이병완 비서실장 이하 홍보 참모들을 불러모아 참여정부의 정체성을 일목요연하게 표현하는 글을 작성하라고 주문했다. 6월 말의 어느 날이었다. 경제부총리와 청와대 정책실장의 인선을 마친 후였다. 그는 지나가듯 부속실 직원들에게 이야기했다.

"김경수는 진주 가서 출마해라. 이미지가 좋지 않나? 문용욱은 곰처럼 음숭한 데가 있으니 나하고 봉하로 내려가고…… 물론 출마하지 말란 법은 없는데, 그건 이미지를 바꾼다면. 그리고 호철이 자네는 나랑 내려가서 내셔널트러스트를 하다가 부산에 출마하든지……"

그는 사람들에게 정치에 참여할 것을 적극적으로 권하는 편이었다. 권유의 강도에는 차이가 있었다. 취임 초기에는 안희정씨에게 정치를 하지 말라고 주문했고, 대선자금 문제로 감옥생활을 하고 나온 2004년 말에도 똑같은 입장을 전했다. 가까운 참모들의 경우 캐릭터에 따라 권유의 강도가 달랐다. 일을 통해 만난 사람들에게는 권유하는 강도가 더 셌다. 정부 장차관들이나 청와대 수석들에게는 적극적으로 출마를 권했다. 정치를 하겠다는 사람을 접하면 경력을 관리해주려고 애썼다. 특히 영남 쪽 인사에게는 퇴임 시점까지도 적극적으로 정치를 강권했다. 영남에서 여야 간 경쟁구도를 만들어야 한다는 생각 때문이었다.

그는 정치인이라는 직업을 높이 평가했다. 국민들로부터 손가락질을 받으면서도 세상을 바꾸기 위해서 몸을 던지는 모습 때문이다. 대통령이나 총리후보로 여러 사람의 이름이 오르내릴 경우 그는 정치권 출신 인사의 손을 들어주었다. 정치는 정치인이 해야 한다는 생각이 강했다. 퇴임 후에는 사람사는세상 홈페이지에 '정치하지 말라'는 이야기를 글로 정리해 올려놓기도 했다. 그 메시지를 두고 대통령의 진정한 생각이 무엇인지 논란이 벌어지기도 했다. '정치를 외면하지 말아달라'는 간곡한 뜻의 역설적 호소라고 볼 수 있었다.

7월엔 김병준 부총리 파동이 일었다. 교육부총리에 김병준 전 정책실장이 내정되었음이 알려지면서 여당 내부에서부터 반대 의견이 흘러나왔다. 임명을 강행하면 청문회에서 부적격 의견을 내겠다는 것이었다. 부동산정책과 관련한 이른바 세금 폭탄 논란이 표면적 이유였다. 사실상의 이유는 따로 있었다. 대통령의 사람을 기용하는 것에 대한 반대였다. 여당은 문재인 전 민정수석의 법무부장관 기용설이 돌자 또다시 반대 입장을 밝혔다. 대통령과의 선 긋기가 시작되고 있었다.

대통령은 유시민 보건복지부장관 임명 당시를 상기하며 후

회했다. 분위기를 살핀다며 발표를 늦춘 게 논란을 키웠다는
것이다. 당이 인사권에 대해 왈가왈부하는 모습에 그는 못마땅
함을 표출했다.

"할말 있으면 와서 해보라고 해라. 만나주겠다."

7월 초순 아침, 일정점검회의에서 그는 영화 〈황산벌〉을 이
야기했다.

"계백 장군한테는 원군이 없었는데…… 지난번에 참여정부
만들어주고 돌아간 사람들, 그리고 탄핵 때 밀어주고 돌아간
원군들한테 이야기를 해야 한다. 지금 장난이 아니라고. 이 성
채가 무너지면 다음 성채도 흔들린다고……"

기자들이 산책길까지 따라붙는다며 김병준 내정자가 고충을
호소했다.

7월 5일, 북한이 미사일을 발사했다. 인사 관련 논란을 일시
적 소강상태에 접어들게 하는 사건이었다. 북한은 새벽에 대포
동 2호 미사일을 쏘았다. 안보실은 5시 12분에 부속실에 소식
을 알려왔다. 문용욱 부속실장은 5시 17분에 대통령에게 전화
로 보고했다. 대통령은 서두르지 않았다. 서주석 안보정책수석
은 8시 50분에 대통령에게 대면보고를 했다. 관저에서 안보관
계장관회의가 열린 것은 오전 11시의 일이었다. 언론에서 난리
가 났다. 대통령의 느긋함은 다분히 의도된 것이었다. 이 일로
대한민국 정부가 호들갑 떠는 모습을 보이기 싫었던 것이다.
정무 관계 수석들과의 오찬에서 그가 말했다.

"이런 일이 있을 때마다 정부의 대응이 미온적이라고 하는데, 우리의 선택은 두 가지입니다. 하나는 그런 소리를 듣지 않기 위해 야단법석을 벌이는 것입니다. 다른 하나는 그럼에도 불구하고 버텨나가면서 그것이 적절한 대응임을 설득해나가는 것입니다. 부담은 후자가 더 크지만, 앞으로 이런 문제를 대했을 때 상황을 파악하는 독법과 해석법을 키워나가야 합니다. 말하자면 국민들이 냉정하게 대응해나가는 안목, 그런 문화를 키워나가야 합니다. 그래서 오늘 일부러 메이크업하고 나가서 사진 찍는 회의를 하지 않았습니다."

안보회의를 뒤늦게 관저에서 주재한 것에 대해 일부 언론이 질타하고 나섰다. 대통령은 홍보수석실 비서관들을 불러 대응을 주문했다. 그는 미사일 문제 못지않게 중요한 것이 독도 문제임을 분명히 이야기하라고 당부했다.

며칠 후 수석보좌관회의. 그는 북한 미사일에 대해 의도적으로 차분하게 대응한 이유와 언론의 비난에 대해 이야기했다.

"내가 어리석은 정치인인 것은 맞습니다. 하지만 이렇게 견딜 수 있다면 견디며 해내야 합니다. 그 점에 있어서 판단이 현명했다고 아직은 말할 단계가 아닙니다."

그 무렵 대통령은 문재인 전 수석을 법무부장관에 기용하고 송민순 안보실장을 외교부장관으로 보내는 인사를 구상했다. 이병완 비서실장은 특별한 문제가 없는 한 임기 말까지 함께 간다는 생각이었다. 북한 미사일과 일본의 '대북 선제공격론'

북한 미사일 사태와 관련해 안보관계장관회의를 주재한 노무현 대통령은, 과도한
대응으로 불필요한 긴장 국면을 조성하기보다 근본적 대책을 강구해야 한다고 강
조했다.

으로 안팎이 어수선한 가운데 곳곳에서 물난리가 났다. 몇몇 지방 일정이 취소되었다. 그 대신 평창 등 수해 지역을 방문하는 일정이 생겼다. 그는 매일 아침 홍보수석실 비서관들을 중심으로 회의를 열었다. 그날의 메시지와 현안에 대한 대응을 직접 챙겼다.

7월 24일, 국민일보가 김병준 교육부총리의 논문 표절 의혹을 제기했다. 상황에 큰 변화를 줄 보도는 아니라는 게 대통령과 참모들의 판단이었다. 하지만 여당이 적극적으로 방어해줄 형편은 아니었다. 작은 의혹이 어떻게 비화될지는 알 수 없었다. 대통령은 곧 김부총리에게 의혹들을 신속하게 해명하라고 주문했다. 상황이 간단하지 않음을 직감한 분위기였다. 김부총리는 BK21 논문 실적의 중복 보고에 대해서는 잘못이라며 사과했다. 언론은 도덕적 책임을 추궁했고, 다른 의혹들을 제기하기도 했다. 이병완 비서실장은 사안의 향방을 가늠하기 어렵다고 보고했다. 아울러 김근태 당의장과 나눈 대화 내용도 보고했다. 대통령 비서실 출신 인사가 경제·과기·교육부총리 세 자리 모두를 차지하는 게 보기에 좋지 않다는 것이었다. 문제인 수석을 법무부장관에 내정하면 당의 비판을 제어하기 어렵다고도 했다. 대통령의 표정이 굳어졌다.

"그렇지 않아도 문제인 수석은 재검토를 하고 있었습니다. 그런데 이렇게 나오면 나도 어쩔 수가 없습니다."

보수언론들이 김병준 부총리에 관한 의혹 제기에 가담했다.

김부총리는 청문회 개최를 요구했다. 여당은 부적절하다는 반응을 나타냈다. 7월의 마지막날, 대통령은 비서실장과 정책실장, 정무 관련 비서관들을 관저로 불렀다. 김병준 부총리 관련 상황을 점검하기 위한 자리였다. 부정적으로 전망하는 견해가 우세했다. 더이상의 방어가 어렵겠다는 판단으로 기울었다. 그는 부총리에게 직접 전화를 걸었다. 제기된 의혹에 대한 설명을 듣고 오후에 보기로 했다.

이날 대통령은 한명숙 총리와 오찬을 했다. 이 자리에서 그는 사실상 김병준 부총리 카드를 거두어들이겠다는 생각을 이야기했다.

"저 양반 내보내려 했더니 불편하네요. 데려다 도로 일을 시켜야 되겠습니다."

오찬 후에 김병준 부총리가 관저를 찾았다. 부총리의 설명을 듣고 나서 대통령은 입장을 바꾸었다. 진실 규명이 선행되어야 한다는 입장이었다. 그는 "세게 담금질하라!"는 표현으로 부총리에게 힘을 실어주었다.

"원래는 그만두라고 이야기하려는 것이었는데, 이젠 정권을 위해서도 싸워주셔야 하겠습니다."

다음날인 8월 1일, 김부총리의 요청으로 국회 교육위원회 전체회의가 열렸다. 국회에 출석하는 부총리에게 대통령이 편지를 썼다. 공개 여부는 부총리의 판단에 맡겼다. 부총리는 서신을 공개하지 않았다. '대통령의 김병준 보호'로 인식되어 언론의 공격거리만 될 것이라는 판단이었다.

김병준 부총리에게

어젯밤, 잠을 설쳤는데도 아침에는 또 일찍 잠이 깼습니다. 밤새 많은 생각을 해보았습니다.

인사권은 나에게 마지막 남은 단 하나의 권력입니다. 그 권력이 공격을 받고 흔들리는 마당이니 심경이 답답하지 않을 리 없겠으나, 김부총리의 참담한 심경에 비길 바 있겠습니까? 모진 사람 옆에서 벼락 맞는구나 하는 생각이 들기도 합니다.

김부총리로서는 아주 억울한 일도 있고 좀 덜 억울한 일도 있을 것입니다. 사회 각 분야의 윤리적 기준이 빠르게 변하고 있는 이 시기에 어제까지 용납되던 기준이라 하여 내일도 그대로 가자고 할 수는 없는 일이니 굳이 인민재판과 같은 가혹한 절차를 감당하고 싶지 않은 심정도 충분히 이해하고 있습니다. 그러나 나는 지켜야 할 하나의 원칙과 하나의 가치를 위하여 김부총리가 이 일을 감당해주어야 한다고 생각합니다.

하나는 책임을 묻는 절차입니다. 진상을 조사하지도 않고 책임부터 먼저 묻는 것은 문명사회에서는 용납될 수 없는 반문명입니다. 이 절차 없이 사퇴와 해임을 먼저 요구하는 정치권과 언론의 폐습도 고쳐져야 합니다. 그들의 이 행위 또한 하나의 권력행사이고 그 또한 문명사회의 당연한 원리를 존중해야 하는 것입니다. 나는 그동안 책임을 묻기 전에 반드시 사실을 먼저 확인한다는 원칙을 지키려고 노력해왔습니다. 비록 모든 경우에 이 원칙을 지켜내지는 못하였으나 본인이 감당할 의지가 있는 경우에는 이 원칙을 지켜왔습니다. 김부총리의 이 사건도 정치적인 사건이고 많은 부분이 악의적으로 왜곡 과장되었다고 생각되는 만큼 진상을 먼저 밝히고 책임을 말하는 것이 당연한 순서라고 생각합니다. 그리고 이 사건을 통하여 이 원칙에 관한 또하나의 선례를 쌓아가자는 것입니다.

다른 하나는 우리 사회가 원하는 교수와 연구에 관한 윤리의 기준을 명확하게 정리하자는 것입니다. 국민의정부 시절 대전의 어느 변호사의 장부가 공개되면서 법원 검찰과 변호사 간의 관계에 관한 윤리적 기준을 다시 정리하는 계기가 된 일이 있습니다. 참여정부 시절에는 군 수사 과정에서 군 지휘관의 공금사용 기준에 관하여 비슷한 일이 있었습니다. 그 밖에도 참여정부에서는 인사청문회의 과정에서 이런 일이 일상화되고 있고 그때마다 해당 분야에 적용되어온 윤리의 기준이 달라지고 있습니다. 나는 대전 변호사 사건 때 이리 매번 이런 사건이 생길 때마다 이런 과정을 우리 사회가 진보해가는 과정이라고 말해왔습니다. 다만 문제는 이런 과정을 겪을 때마다 우리는 희생양을 바쳐야 한다는 것입니다. 대전 법조비리라는 사건 때에도 군 지휘관 횡령 사건 때에도 그 분야를 아는 사람들 사이에서는 당사자에게는 매우 불공평하고 가혹한 일이었다는 평가가 있었습니다. 그러나 나는 그것이 역사의 발전 과정에서 피할 수 없는 희생이라는 생각을 가지고 있습니다. 그런데 이번에는 김부총리가 희생양의 차례가 된 것 같습니다. 슬그머니 물러서는 것이 개인적으로는 상처가 덜할지는 모르나 그렇게 해서는 김부총리의 희생이 진보의 계기를 만들 수는 없을 것입니다. 고통스럽겠지만 감당해주시기 바랍니다.

반성할 것은 겸허히 그리고 철저히 반성합시다. 그러나 완전한 사람은 없습니다. 오류를 숨기려고만 할 일은 아닙니다. 그것은 더 큰 오류를 만드는 것입니다. 밝히고 책임을 질 것은 지고 따질 것은 따져나갑시다. 이 시련이 더 큰 성숙의 계기가 되기를 바랍니다. 나도 돕겠습니다.

김부총리 떠나고 불편과 아쉬움이 적지 않습니다. 이 고난의 시기를 잘 넘기고 다시 가까이에서 도와주기를 기대합니다. 건투하십시오.

팔월 초하루 아침
대통령 노무현

국회 교육위원회 전체회의에서 김병준 부총리는 대부분의
의혹들을 명쾌하게 해명했다. TV를 통해 지켜본 대통령은 만
족했다. 그는 국회의사당을 막 나온 부총리에게 직접 전화를
걸어 위로했다. 그와 부총리 모두 다음 수순이 무엇인지 잘 알
고 있었다. 부총리는 "해임은 대통령 권한"이라며 입을 닫았다.
언론은 부총리의 발언에 당황하는 모습이 역력했다. 다음날 대
통령과 부총리는 관저의 조찬 자리에 마주앉았다.

부총리가 아침 7시 30분에 열릴 예정인 국정현안정책조정회
의에 가려고 했다. 대통령이 천천히 가도 된다면서 붙잡았다.
그리고 말했다.

"어제 청문회를 지켜본 사람은 사퇴할 이유가 없다고 생각할
것입니다."

이 말을 전제로 그는 부총리에게 사표를 낼 것을 청했다.

"수리될 때까지는 교육부에 출근을 좀 하세요. 힘들겠지
만…… 대통령 곁에서 일해야 되지 않겠냐는 분위기를 만들어
놓을 테니까요."

8월 3일 아침, 김병준 부총리가 전격적으로 사의를 표명했다
는 기사가 보도되었다. 이날 대통령은 가까운 참모들과 저녁을
함께했다. 문재인 전 수석의 법무부장관 기용이 어려워지는 듯
보이자 여러 의견들이 나왔다. 이광재 의원은 문재인 전 수석
이 마지막 비서실장직을 맡는 게 좋겠다고 이야기했다. 대통령
은 이병완 실장으로 끝까지 가는 게 좋겠다는 입장이었다. "정

안 되면 이제 김병준 실장 카드도 있는 것 아니냐?"는 말도 덧붙였다.

여름의 한가운데를 지나고 있었다. 대통령은 '국가비전 2030'의 내용을 다듬고 있었다. 미래 한국의 복지 프로그램을 마련하는 작업이었다. 이 작업은 의외로 정통 경제관료 출신이 주도하고 있었다. 변양균 정책실장이었다. 기획예산처장관인 그를 청와대 정책실장으로 데리고 온 것도 이 프로젝트를 염두에 둔 것이었다. 30년 앞을 내다보는 복지 프로그램을 만들겠다는 의지였다. 대통령은 '국가비전 2030'과 한미FTA라는 두 마리 토끼를 동시에 쫓고 있었다.

열린우리당과 갈등이 고조된 시점에 당 지도부와의 오찬이 준비되었다. 8월 6일이었다. 인왕실 벽의 그림에 대한 이야기로 대화가 시작되었다. 전혁림 화백의 그림이었다. 본론은 김근태 의장이 먼저 꺼냈다.

"우리는 사실 긴장하고 왔습니다."

"저도 긴장하고 있습니다."

대통령도 짤막하게 대답했다.

"부드럽게 대해주셔서 고맙습니다."

김근태 의장이 말했다.

대통령이 이야기를 시작했다. 김영삼정부와 김대중정부가 임기 후반에 몰락하는 과정을 예로 들었다.

"국정 책임자는 자신과 손발이 맞는 사람을 기용해서 국정을 운영하는 것입니다. 관련해서 여당의 충고와 조언이 있다면 듣겠습니다. 그러나 겨뤄보자 나오면, 저도 물러설 데가 없습니다. 문재인씨 장관 기용을 검토했는데, 이야기들이 있어서 재검토중이었습니다. 그런데 그것을 가지고 겨뤄보자고 하면 저도 물러설 데가 없는 것입니다. ……저는 비선정치를 한 적도 없고 특별한 측근에게 권력을 모아준 적도 없습니다. 철저히 견제하면서 일해왔습니다."

대통령은 자신의 오류에 대해서도 언급했다. 대연정 제안은 자신의 실책이었다고 인정했다. 한편 아파트 분양원가 공개 문제는 절충이 되었으며, 한미FTA는 새로운 도전적인 결단이었음도 설명했다. 김근태 의장이 이야기했다.

"당은 민심의 한가운데에 있습니다. 지방선거 후 민심을 거스르지 않는 게 중요하다 생각했습니다. ……또 당의 의견을 전달하는 데 어려움이 있습니다."

대통령이 자신의 입장을 설명했다.

"당의 지도부가 대통령과 맞서면 대통령은 당원을 설득할 수밖에 없습니다."

"대통령의 지지도가 20%라고 당에서 너무 구박하지 않았으면 좋겠습니다. 대통령도 성공하고 싶습니다. 당에서 건의 많이 해주십시오. 그러나 대통령의 인사권에 대해 그렇게 하는 것은 손발 잘라내기입니다. 그래서 무력화되는 대통령을 많이 봐왔습니다."

한명숙 총리와 강봉균 의원이 나서서 중재의 이야기를 했다. 대통령은 인사권만큼은 고유의 권한임을 인정해달라고 당부했다. 또 당정청 간의 소통을 위해 총리가 노력해달라는 말을 덧붙였다. 탈당할 생각이 없음도 다시 한번 밝히면서 김의장에게 고마움을 표했다.

"김의장님. 싫은 소리 많이 했는데, 되받지 않고 참아주셔서 고맙습니다. 여러분 만나니까 화가 내려갑니다. 잘해봅시다."

폭발 직전까지 갔던 당청 갈등이 다시금 봉합되는 순간이었다. 이해찬 총리의 낙마로 흔들리기 시작했던 대통령의 권력은 김병준, 문재인 인사의 좌절로 크게 출렁거렸다. 회동을 마친 대통령은 이병완 비서실장에게 김부총리의 사표를 수리하라고 지시했다. '파렴치나 부도덕성에 대한 의혹은 다 해명되었지만, 우리 사회를 새로운 기준으로 한 단계 업그레이드하기 위해서 수리하는 것임'을 분명히 해달라고 주문했다. 다음날 그는 문재인 전 수석의 법무부장관 기용을 최종적으로 포기하는 것으로 결론을 내렸다. 언론은 '논란의 文이 닫히나?'(경향)라는 제목으로 이를 보도했다.

가을이 왔다. 노랗게 변한 은행잎들이 청와대 주변의 독특한 가을 정취를 만들었다. 대통령의 9월은 열린우리당 재선 의원들과의 만남으로 시작되었다. 식탁에 산머루 와인이 올랐다. 당과의 소통을 강화하겠다는 의지로 시작된 만남이었다. 몇 차례 만남을 갖지도 않은 시점에서 언론의 야유가 쏟아졌다. '식탁정치'라는 비아냥도 있었다. 그 정도는 그냥 웃어넘길 수 있었다. 그는 굳이 대응하지 않았다.

"○○○ 의원님은 태풍이 지나갔는데, 나는 아직도 태풍입니다."

정치자금법 관련 사건으로 곤욕을 치른 한 의원에게 대통령이 먼저 인사를 건넸다. 만찬이 시작되자 그는 그동안의 청와대 생활을 한마디의 소회로 요약했다.

"대통령이 되고자 하는 사람들을 보면 걱정됩니다. 대통령을 지낸 후에는 무엇을 할까 생각하곤 했는데, 이제는 대통령 변호사를 해야겠다는 생각이 듭니다."

스스로 변호인이 필요하다는 하소연이었다. 그는 자신이 대통령후보였던 시절, 김대중 대통령과의 차별화를 시도하지 않았던 경험을 이야기했다. 전임 대통령과의 차별화는 후보 개인의 지지도는 높여줄지 몰라도 당 전체를 가라앉게 만드는 일이라는 것이었다. 자신과의 차별화가 정말로 당에 도움이 된다면 감수하겠다는 말도 덧붙였다.

그는 새로운 인사를 구상했다. 김병준 전 정책실장을 일하게 할 자리가 필요했다. 정책기획위원장이 적합하다는 생각이었다. 2006년 9월 3일부터 그리스, 루마니아, 핀란드를 거쳐 미국을 방문하고 돌아오는 순방길이 그를 기다리고 있었다. 순방의 끄트머리에서는 한미정상회담도 예정되어 있었다. 북핵 문제는 2005년 9·19 6자회담 공동성명 채택 이후 BDA(방코델타이시아)를 통한 북한의 불법 자금세탁 문제 때문에 진전이 없었다. 문제 해결의 실마리를 찾아야 하는 회담이었다.

핀란드에서는 ASEM 정상회의가 열렸다. 유럽 순방 일정중 세번째 방문국이었다. 헬싱키는 풍요롭고 아름다운 도시였다. 급하지 않은 삶의 모습이 보였다. 대통령이 부러워하던 유럽의 진면목이었다. 아직 대한민국의 대통령은 부지런해야 했다. 미래의 한국을 위해 움직이고 변화를 모색해야 할 일들이 태산이었다. EU와의 회담 준비를 겸한 조찬이 있었다. 수행한 김현종

통상교섭본부장이 한중FTA의 필요성을 거론했다. 11월 APEC 정상회의 계기에 열릴 한중회담에서 협상 추진 발표를 고려하자는 것이었다. 대통령은 한창 한미FTA를 둘러싼 격렬한 논쟁의 한가운데에 서 있었다.

회의를 마친 그는 숙소 거실의 창가에서 상념에 젖었다. 임기는 1년이 넘게 남아 있었다. 그는 혼잣말처럼 이야기했다.

"여긴 가는 곳마다 바다가 아름답군. 우리도 행정수도를 통영으로 정했어야 하는 건데."

그는 헬싱키의 명물로 알려진 실자라인 유람선에 탑승했다. 바닷바람도 쐬었다. 오후에는 다시 바닷가를 산책하는 여유도 즐겼다. 어디를 보아도 그림 같은 풍경이었다. 그는 풍경 속에 빠져들었다. 헬싱키의 늦은 저녁, 대통령은 주치의의 권유로 입을 댄 폭탄주에 흠뻑 취하고 말았다. 그의 입에서 노래가 흘러나왔다.

"오늘도 걷는다마는……"

〈나그네 설움〉이었다. 노랫가락 속에 무언가 정서가 녹아 있었다. 힘겨움인 것 같기도 했고 외로움인 것 같기도 했다. 다음 날 아침, 그는 중국과의 FTA 추진에 대해 다시 김현종 본부장에게 물었다. 우려 섞인 톤이었다. 김본부장은 필요성의 근거들을 다양하게 이야기했다. 대통령이 자조 섞인 농담을 했다.

"나중에 잘못되면, 나는 비행기 타고 망명해야 합니다. 동서화합 대통령을 하려고 했는데 이러다가 FTA 대통령이 되게 생

순방 일정중에도 대통령은 끊임없이 국내 정세를 살펴야 했다.

겼군요."

전세기는 대서양을 넘어 워싱턴으로 향했다. 한미정상회담은 성공적으로 끝났다. 전시작전통제권 문제가 한미FTA 못지않게 남남 갈등의 소재가 되어 있었다. 부시 대통령이 나서서 전작권의 한국 단독행사 체제전환 합의를 설명했다. 그의 얼굴에 미소가 돌았다. 긴 순방 일정을 마치고 돌아온 대통령 앞에는 어지러운 국내 정치가 기다리고 있었다. 한미 정상 간의 합의에도 불구하고 전시작전통제권을 둘러싼 갈등은 완화될 조짐이 없었다. 야당의 반대로 지연되고 있던 전효숙 헌법재판소장 임명동의안 처리 문제도 해결 가능성이 보이지 않았다. 그는 이병완 비서실장에게 국회에 이야기를 전하라고 지시했다.

"절차가 문제라면 절차를 한 번 더 밟겠다. 그러나 사람을 바꾸라는 것은 표결로 이야기해달라."

싸움은 쉽지 않았다. 전효숙 헌법재판소장 임명을 끝까지 관철시키는 것은 역부족이었다. 야당은 이미 설득할 수 있는 대상이 아니었다. 여당의 일부도 대통령과 청와대에 등을 돌리고 있는 실정이었다. 여당의 몇몇 의원들은 전시작전통제권 문제에 대해서도 다른 목소리를 내고 있었다. 청와대는 전효숙 후보자를 '소장'이 아닌 '재판관'으로 바꿔 청문회를 요청하기로 했다. 이미 기세가 꺾인 상황이었다.

당의 어느 의원이 그에게 사신私信을 보내왔다. 상당히 가까운 거리에 있는 사람이었다. 편지는 대통령의 변화를 주문하고 있었다. 공권력을 바로 세워야 하며 대통령은 말을 줄여야 한다는 내용이었다. 그 밖에도 청와대 참모들의 입조심, 언론과 관계 개선, 신중한 인사, 민심 수렴, 김대중 대통령과의 대화 필요 등이었다. 그의 표정이 굳어졌다.

그는 사신의 내용을 일부 참모들에게 공개했다. "개인의 의견이라기보다 당의 공론일 것이라는 판단에서 공개한다"고 덧붙였다. 다른 무엇보다 그는 대통령을 제왕에 비유하는 풍토에 동의하지 못했다. 현대의 지도자론에 부합하지 않는다는 생각이었다. 답답증이 가시지 않자 그는 유시민 보건복지부장관을 관저로 불렀다.

"이렇게 답할 수 없는 편지를 받으니, 잠이 안 오는군. 뭐라고 말도 못하겠다. 답을 하긴 해야 할 텐데, 유시민을 보면 뭔가 풀릴 듯해서……"

이 자리에서 그는 유장관에게 차기 대선주자로 나서볼 것을 권했다.

"출세를 위한 일이라고 자학적으로 생각할 게 아니라, 누군가가 짊어져야 할 짐이다, 나는 그런 훈련을 못하다가 온 것이다……"

그는 유장관에게 캐릭터를 바꿀 것을 거듭 청했다. 그러면서 한탄과 자신감이 뒤섞인 말로 대화를 마무리했다.

"벼랑 끝에 가도 길이 있다. 나도 질기긴 질긴 사람이다. 그럭저럭 포기 안 하고 끝까지 물고 늘어진 것 보면. 나도 쉽사리

무너지진 않을 것이다. 대통령으로서는 몰라도, 인생으로서
는……"

2006년 9월 27일은 그의 회갑이었다. 기념으로 수석보좌관
들과 아침식사를 함께했다. 식탁엔 햅쌀밥이 올랐다. 날은 청
명했다. 점심은 국무위원들과 함께 본관 충무실에서 했다. 조
찬에서도 오찬에서도 '연부역강年富力强'이라는 덕담이 오고갔
다. 감사의 인사말을 하면서 그는 퇴임 이후를 이야기했다.

"임기 후를 준비하고 있습니다. 그러나 여러분과의 작별을
준비하는 것은 아닙니다. 인간 대 인간으로 자주 만나 기쁘고
즐거운 친구가 되어주기를 바랍니다. 임기 마치고 나서도 사회
의 올바른 진보를 위해서 그만큼 기여해야 하겠지요. 동지들과
같이 가야 되는 일입니다."

국무위원들이 특별히 마련한 선물인 '사방탁자'에 대해 소감
을 밝히기도 했다.

"눈에 보이는 것을 가진 적이 없었습니다. 이제 생각해보면
쑥스럽습니다. 대통령까지 하는 사람이 농 안에 든 물건이 없
었습니다. 역사가 축적된 게 없었던 셈인데…… 이제 됐다 싶
습니다. 오래가면 갈수록 더 빛이 나는 선물입니다. 제 인생에
서 가장 보람된 순간을 기억하고 싶을 때 저 물건을 옆에 놓고
손때 묻히며 쓰겠습니다."

10월 3일 아침, 두 가지 엇갈린 뉴스가 날아들었다. 나쁜 소
식은 북한이 외무성 성명을 통해 핵실험을 하겠다고 밝힌 것이

었다. 좋은 뉴스도 있었다. 반기문 외교부장관이 UN사무총장 선출을 위한 안보리 4차 예비투표에서도 1위를 했다는 소식이었다. 대통령은 반가움을 표시했다. 이제 후임 장관을 고심해야 했다. 마침 이날 국무회의가 열렸다. 그는 국무위원들에게 박수를 청했다. 반장관은 지원을 아끼지 않은 대통령에게 감사의 뜻을 표했다.

10월 9일에는 일본의 아베 신조 신임 총리와의 회담이 예정되어 있었다. 대통령이 한글날 기념식에 참석하고 돌아오던 무렵, 안보실로부터 북한이 핵실험을 했다는 보고가 전해졌다. 안보실과 대변인의 휴대전화에 기자들의 전화가 빗발쳤다. 북한이 핵실험을 예고해놓았던 터라 예의 주시하고 있었는데 안보 관련 장관들이 일제히 모습을 감춘 때문이었다. 청와대에서 긴급하게 안보관계장관회의가 열렸다. 11시 30분이었다.

서주석 안보수석의 보고로 회의가 시작되었다. 송민순 안보실장이 핵실험 사실을 확인했다. 곧이어 언론을 통해 북한 스스로가 '핵실험 성공'을 발표했다는 보도가 나왔다. 대통령은 신속하게 대응했다. 임의로 대응 속도를 조절하지는 않았다. 곧바로 담화문 내용을 검토했고, 안보관계장관회의의 성격을 국가안전보장회의로 바꾸는 데 지체하지 않았다. 몇 달 전 북한이 대포동 2호 미사일 등을 발사했을 당시의 경험 때문이었다. 의도적인 신중한 대응이 상황을 안정적으로 관리하는 데에는 기여하지 못하고 결과적으로 보수언론에게 공격의 빌미만

주었다는 판단인 듯싶었다. 그는 아베 총리와의 회담 결과를 설명하기 위해 춘추관을 찾았다. 북한의 핵실험에 기민하게 대응하는 모습을 자연스럽게 보여주는 결과가 되었다. 저녁에는 부시 미국 대통령과도 통화했다.

보수언론들은 대북포용정책에 집중적으로 공격의 화살을 퍼부었다. 그는 다음날인 10월 10일에도 분주하게 움직였다. 아침에는 여야 지도부를 초청한 가운데 상황 인식을 공유했다. 점심에는 전직 대통령들을 초청해서 의견을 청취했다. 그 이튿날에도 남북경협 관계자 초청 오찬, 동북아 관련 전문가 만찬 등을 통해 북한 핵실험으로 야기된 위기 상황을 관리했다. 국제사회는 강경한 대북 제재 움직임을 보이고 있었다. 그는 우려했다. 강경한 대북 제재로 한반도에서 긴장이 고조되는 상황은 결코 바람직하지 않았다. 자칫 무력충돌이라도 생기면 그 피해는 고스란히 한반도에 사는 사람들의 몫이 될 것이었다. 그의 원칙은 언제 어떤 상황에서도 한반도의 평화를 최우선으로 고려하는 것이었다. 그는 남북 간 무력충돌을 야기할 수 있는 행동을 해서는 안 된다는 점을 분명히 했다.

그런 와중에도 대통령은 UN사무총장이 된 반기문 장관에 대한 배려를 잊지 않았다. 한국 정부의 입장 때문에 UN사무총장으로서 역할을 수행하는 데 방해를 받아서는 안 된다는 것이었다. 그는 다음 만남의 계기에 대통령의 뜻을 정리해서 밖으로 내보내라고 부속실에 지시했다. '신임 사무총장은 국제사회의 보편적 입장에 따라 업무를 수행해달라'는 내용이었다.

2006년 가을은 격랑의 연속이었다. 북한 핵실험의 파고가 높았다. 정치적 난제들이 물밀듯이 밀려왔다. 10월이 가고 있었지만 전효숙 헌법재판소장 임명동의안 처리 문제는 진전이 없었다. 부동산 가격 관리 문제도 심각했다. 모든 현안을 집어삼키는 블랙홀이 되고 있었다. 대통령은 난처한 지경에 처했다. 안팎으로 힘겨웠다. 부동산 가격 관리는 후보 시절부터 각별히 강조했던 공약 사항이라 더욱 그랬다.

10월 24일 이종석 통일부장관이 사의를 표명했다. 대통령은 아쉬움을 내비치면서도 사의를 받아들였다. 이장관이 더이상 버티기 어려운 국면이라는 판단이었다. 참여정부 초기부터 통일외교안보정책을 조율해온 핵심 인물이었다. 대통령은 이장관으로부터 큰 힘을 얻어왔다. 특히 이라크 파병 결정 과정에서 보여준 조정능력을 높이 평가했다. 신뢰와 더불어 고마움을 갖게 된 계기였다. 아쉽지만 이제는 쉬게 해줘야 한다고 생각했다. 대통령은 이병완 비서실장과 박남춘 인사수석을 불러 인사 전반을 상의했다. 대통령 임기는 정확히 1년 4개월 남아 있었다. 사실상 마지막 주요 인사였다. 10월의 끝자락, 북한 핵실험의 여파는 진정되고 있었다. 그 대신 부동산 가격이 폭등 양상을 보이며 심각한 국면으로 접어들고 있었다. 열린우리당의 사정도 복잡했다. 계파 갈등이 본격화되고 있었다. 대통령이 구상하는 인사의 폭이 점점 넓어지고 있었다.

"총리가 계속 일할 수 있을지 모르겠습니다."

여러 의미가 함축된 언급이었다. 장차 구체화될 큰 그림과도 관련이 있는 것이었다. 한명숙 총리가 물러날 경우를 대비해서 그는 후임 총리로 김우식 과기부총리를 염두에 두고 있었다. 이병완 비서실장의 거취도 유동적이었다. 이실장은 대통령 임기의 마지막 해가 되면 청와대 바깥에서 참여정부의 정책과 성과를 알리는 역할을 하겠다고 생각하고 있었다. 이에 대비해 대통령은 마지막 비서실장 후보도 챙겨보았다. 거의 모든 참모들이 문재인 전 민정수석을 거명했다. 그는 고개를 끄덕였다.

11월 초, 그는 열린우리당의 동향을 예의 주시하며 정무팀에 이야기했다.

"당을 수습합시다. 이제는 반대하는 입장이 아니라 능동적으로 당을 수습하는 것으로 합시다. 내년 2월 전당대회를 통해서 수습되지 않으면 모종의 결단을 하지 않을 수 없어요. 나도 배수진을 치고 나가겠습니다."

11월 4일, 대통령은 김대중도서관을 방문했다. "다급해진 대통령이 동교동 사저를 파격 방문했다"고 일부 언론이 보도했다. "노대통령의 의존정치"라는 표현도 등장했다. 자의적인 해석들이 춤을 추었다. 결국 대통령이 반응을 보였다. 관련 기사들을 모아서 나중에 정정 보도를 청구하라고 참모들에게 지시했다. '억울하다'는 심경의 표현도 있었다.

"기본적으로는 도서관 전시실 개관을 축하하러 간 것이다.

김대중 전 대통령과의 오랜 인연 때문이다. 정치적으로 민감한 시기라서 이런저런 억측 보도가 우려된다는 논의가 있었지만 그래도 인사는 기본적인 예의다. 실제로 가서 한 이야기도 북핵 문제, 대북포용정책 등에 대한 것이었다. 당과 정치 문제는 일언반구도 없었다. ……야당에서는 정치적 행위라고 비난하는데, 정치행위도 아닌 것을 근거 없이 비판하는 것이고, 설사 정치행위라 하더라도 내가 김 전 대통령을 찾아뵙고 의견을 묻는 것이 어째서 부도덕하다는 말인가? 최소한의 인간관계나 인간적 예의도 용납하지 못하는 각박한 정치공세다. 언론들의 추측도 마찬가지다. 천박한 정치공학적 관점이다. 이래가지고서 무슨 정치 발전이 있겠나? 참으로 한심하다."

부동산 문제에 대한 정부의 대응을 두고 대통령은 크게 역정을 냈다. 모든 역량을 모아 부동산 문제를 해결하겠다는 방침도 밝혔다. 평소의 생각과는 다른 '분양원가 공개'의 확대에도 동의했다. 그만큼 사안을 심각하게 받아들이고 있다는 방증이었다. 그가 말했다.

"정책이 만들어지면 그것이 정책으로서 국민들에게 현실화되는 데 상당한 시간이 걸린다. 또 사람들이 그 정책의 결과를 예측하기 시작하는 데에도 시간이 걸린다. 부동산의 경우는 실제로 세금을 부과받으면 충격을 받는다. 그것이 보유, 투자, 투기 등에 어떤 영향을 미칠지 파악하는 데에 또 시간이 걸린다. 그런데 그 예측을 언론이 증폭시켜서 앞당기는 경우가 있다.

반대로 겨울이 오는데도 겨울이 오지 않을 것 같은 착각을 일으키는 경우도 있다."

이백만 홍보수석 등과 함께한 자리에서 그는 언론의 문제점을 지적했다.

"언론의 보도 태도에 대해 지적해주어야 합니다. 부동산정책뿐만 아니라 정부정책 전반이 효과를 내지 못하고 있다고 보도하는 일반적인 관행이 있어요. 부동산 가격정책에 효력이 없을 것이라고 계속 전달해서 부정적 여론을 부추기려는 의도가 깔려 있습니다. 지금은 부동산 공급의 물량을 예고해주고 가격이 낮아질 것이라는 예고를 분명히 해줘야 할 때입니다."

청와대 비서관이 한국은행 총재를 찾아가 면담한 일이 있었다. 이것도 대문짝만한 기사가 되었다. 금리를 올려 집값을 잡으려는 것 아니냐는 추측이었다. 사실이 아니었다. 여러 가지 사안에 세심하게 신경을 써야 하는 상황이었다. 부동산, 북핵, 당, 헌법재판소장 등 어느 것 하나 소홀히 다룰 수 없었다. 그는 참모들에게 글을 쓰라고 권했다. 사안마다 청와대의 입장을 설명하라고 독려했다. 열린우리당 문제도 그 가운데 하나였다. 민주당과의 합당 의견이 계속 제기되고 있었다. 그는 윤태영 비서관에게 글을 쓰라고 하면서 이야기를 구술했다.

"우리가 찬바람 부는 영남에서 정치를 했다. 부산에 가면 당이 그렇다 해서 찬밥 신세였다. 그렇게 버텨온 세월이 짧지 않다. 나는 그렇다 해도 일반 당원들은…… 지금도 전망이 밝지 않은 상태임에도 불구하고 나는 영남에서 대의를 가지고 열린우리당 활동을 하는 많은 사람들에게 '호남당'이라는 모자, '호남'이라는 배지를 붙여주고 싶지 않다. 열린우리당이 지지를 회복하지는 못했지만 그래도 노골적으로 지역당이라는 소리를 듣지는 않고 있지 않은가? 그런데 그 사람들에게 다시 지역당 간판을 들고 찬바람 부는 길거리에 나서라고 말할 양심은 없다."

그에겐 10년 이상 부산에서 지역구도와 싸워온 역사가 있었다. 끊임없이 도전하면서도 제대로 대접받지 못한 아픔이 있었다. 힘들어 떠났다가도 끝내 다시 돌아오기까지 놓지 않았던 희망의 끈이 있었다. 대통령은 그 사연들을 이야기하고 있었다. 너무 쉽게 민주당과의 합당론이 거론되는 것에 알레르기 반응을 보일 수밖에 없었다. 그는 박남춘 인사수석을 불렀다.

"의원들이 통합신당으로 빠져나가고 잔류 의원이 50여 명 정도 될 경우에는 대통령직에서 사임하겠다. 이를 위해 과도내각을 할 수 있도록 준비를 하게! 총리는 김우식 과기부총리와 전윤철 감사원장 가운데 누가 적당할지 판단해두고."

헌법재판소장 임명동의안 처리 문제는 전망이 어두웠다. 국회의 원만한 처리를 기대하기 어려운 지경이었다. 여러 가지 처리해야 할 법안들을 놓고 각 당 간에 이해관계가 엇갈렸다. 그의 입장은 한결같았다. 마음에 들지 않으면 표결을 통해 부결시켜달라는 것이었다. 여당이 직권상정까지는 해주었으면 하는 바람이 있었지만 여의치 않았다. 그는 이병완 비서실장과 차한잔을 나누며 이야기했다.

"전에 임기 5년이 길다고 말한 적 있지요. 그때부터 임기를 4년만 채우고 마치는 방법을 생각했습니다. 열린우리당이 기회를 주지 않는 것 같아 그리하지 못했지요. 당 때문에라도 내가 이 자리에 버티고 있어야 한다고 생각했습니다. ……그런데 지금 내가 식물대통령입니다. 이제 더는 일을 할 수가 없는 상황입니다."

그는 창밖을 내다보았다. 가을이 깊어가고 있었다. 청와대 나무들의 단풍은 이미 절정을 지나 그 수려함이 퇴색하고 있었다. 차가운 기운이 밀려오거나 강한 바람이라도 불면 금방이라도 나뭇잎들이 떨어져내릴 듯싶었다. 그의 이야기가 계속되었다.

"4년 임기가 차는 날 즈음해서…… 사임을 했으면 좋겠습니다."

이병완 비서실장은 당황스러웠다. 연임제 개헌 제안을 논의하는 과정에서 간혹 임기 단축 이야기가 나오긴 했지만, 힘겨운 현실의 우회적 표현이라 생각했었다. 이렇게 무게를 실은 이야기로 듣게 되리라고 예상하지 못했다. 대통령의 이야기가 이어졌다.

"내가 임기를 4년으로 줄이면 다음 대통령은 90일 내로 취임하게 됩니다. 그러면 그다음 대통령선거와 국회의원선거 시기가 엇비슷해집니다. 내가 그렇게 타이밍을 조절하면 됩니다. 여당도 없는 대통령이 대통령 한다고 버티고 있으면 되겠습니까? 1년이라는 세월을 국민들에게 돌려드려야지요."

이 실장이 냉정함을 유지하며 대통령을 만류했다.

"설사 당이 깨져 50명, 70명이 되더라도 그 사람들과 함께해 나가야 합니다. 그렇게 해야 맞습니다. ……정치 발전을 위해 투자하는 것으로 생각하셔야 합니다."

대통령은 입장을 굽히지 않았다.

"내가 누구를 위해서 종을 울리고 있는 것인지 모르겠습니다. 4년으로 충분합니다. 남은 1년 동안 할 수 있는 일도 없습니다."

단정적인 언급에 비서실장도 입을 닫았다. 대통령이 계속 말을 이어갔다.

"연말에 과도내각을 구성한 다음, 내년 2~3월에 사표를 내고 정리하겠습니다. 한명숙 총리한테 과도내각을 맡으라고 하기가 그러니까, 과도내각을 구성할 만한 시간표를 마련해야 하겠지요."

이병완 실장의 만류가 이어졌다. 대통령은 더욱 구체적으로 생각을 털어놓았다.

"기록 인계 등 정리할 것은 시작해야겠습니다. 큰 이삿짐 다 싸놓고, 나머지 부분은 보따리 하나로…… 부엌만 열어놓고 있으면 됩니다. 1월에 과도내각을 구성해야겠습니다. 아무리 생각해도 마음이 불편합니다. 열린우리당이 시간표를 내놓고 당을 수습하겠다는 전망을 제시하면 그냥 가는 것이고, 그렇지 않으면 4월이든 5월이든 대통령선거를 하면 되는 것입니다."

이실장의 설득 끝에 문제는 하나로 모아졌다. 열린우리당의 향후 방향이었다. 대통령이 이실장의 설득 내용 일부를 받아들여 정리했다.

"협상용으로 이야기하되, 협상이 안 되면 사임은 사실이 되는 것으로 합시다."

권
유 운명의 틀 。

대통령의 지시를 받은 이백만 홍보수석이 청와대 브리핑에 부동산정책에 대해 글을 썼다. "지금 집 사면 낭패"라는 표현을 놓고 야당과 언론의 파상공세가 이어졌다. '청와대 1급 이상 10명 강남 중대형에 산다' '과도한 '맞불 홍보' 입만 떼면 말썽' '현정권 '손가락질' 안 받아본 사람 누구?' 등 기사의 내용도 험악했다.

추병직 건설교통부장관, 이백만 홍보수석, 정문수 경제보좌관 등 이른바 '부동산 3인방'에 대한 공격이 계속되었다. 한나라당 쪽에서 대통령을 향해 거침없는 야유가 쏟아져나왔다. 저점이 없어 보였다. "빨리 그만두면 모두가 행복"이라는 말까지 나왔다. 대통령은 헛헛한 웃음을 지었다. 부동산 가격 폭등 사태로 민심이 악화된 상황이었다. 언론과 야당의 공세에 버티기가 쉽지 않았다. 이른바 '부동산 3인방'은 결국 스스로 사퇴했다. 언론은 부동산정책 실패에 따른 문책 경질로 규정했다.

11월 중순, 대통령은 정무관계회의에서 헌재소장 임명동의안 문제를 언급했다. 어떻게 풀어야 할지 가닥은 이미 잡혀 있었다. 문제는 당이 대통령에게 문제를 풀 명분을 만들어주지 못하는 데 있었다. 그는 이 카드를 포기하는 대신, 개혁 법안을 처리하게 되기를 바랐다. 자신은 물론 전효숙 후보자에게도 명분이 설 것이라는 판단이었다.

APEC 정상회의 참석차 베트남·캄보디아 순방을 앞두고, 그는 비서실장에게 다시 한번 '임기 단축' 이야기를 재확인했다. '배수진'이라는 표현을 쓰기도 했다. 정문수 경제보좌관 등의 사퇴와 관련해서는 "총 맞아 죽는 병사를 지켜보는 심정"이라는 표현으로 안타까움을 표했다. 그는 '희생양이 된 것일 뿐 결코 문책이 아니라는 사실'을 정확하게 이야기해달라고 비서실장에게 신신당부했다.

부동산 가격 폭등 사태는 일단 진화되었다. 공급 확대 조치가 이어졌다. 대통령은 유달리 좌절감이 컸다. 부동산 가격 관리에 대해서만큼은 심혈을 기울여왔기 때문이다. 문제의 배경은 뿌리깊은 것이었지만 어쨌든 재임중 벌어진 현실이었다. 원인이 어디에 있든 두고두고 뼈아픈 실책으로 남을 수밖에 없었다.

순방을 떠나는 11월 17일, 이병완 비서실장이 헌재소장 임명동의안 문제를 보고했다.

"전효숙 후보자 건에 대해 정치력을 발휘하겠다고 김한길 대표에게 이야기했습니다. 30일에 임명동의안을 처리하기로 되어 있는데, 이것이 안 되면 전면투쟁에 나서달라고 했고 이에 대해 다짐을 받았습니다."

묵묵히 듣던 대통령이 혼잣말처럼 말했다.

"무엇을 해놓아도, 우리가 예측한 대로 성과가 나오지 않더군요."

그러고는 화제를 돌렸다.

"한명숙 총리는 출마를 해볼 의향이 있는 것입니까?"

"대통령님 순방 기간에 이야기를 한번 나눠보겠습니다."

"어제 나의 최근 생각을 한총리에게 이야기해주었습니다. 망연자실해하더군요."

다음날 베트남 하노이의 쉐라톤호텔. 두 달 만에 한미정상회담이 열렸다. 대통령은 거듭 한반도의 평화를 강조했다.

"북한이 우리 위층에서 살고 있습니다. 북한이 비정상적인 행동을 했을 때에는 우리가 가장 먼저 피해를 입기 때문에 조심스러울 수밖에 없습니다."

회담이 끝난 후 작별인사를 나누면서 그는 부시 대통령에게 감사를 전했다.

"항상 만나기 전에는 걱정이 많은데, 만나고 나면 많은 것이 해결됩니다."

외교적 수사가 아니었다. 진심이 담긴 말이었다.

두번째 순방지인 캄보디아에서는 흐뭇한 웃음을 짓기도 했다. 교복을 입은 어린 학생들이 연도에 몰려나와 대통령 일행을 환영해준 것이다. 그는 오래전 대한민국의 모습을 떠올렸다. 미국 대통령이 방한하면 연도에 몰려나가 환영하던 모습이었다. 귀국 후 대통령은 여전히 조기 퇴임을 언급했다. 다음날 아침, 개각 인사를 논의하며 그가 말했다.

　"비서실장은 내가 임기를 일찍 마무리하는 것에 반대하고 있습니다. 그러나 이번 인사는 퇴임을 염두에 두고 하는 것입니다. 과도정부까지 감안해서 가는 것입니다. 내년 5월경에 다 끝이 나는 것으로 정리합시다. 2월 말 즈음 전후해서 정리하면 과도정부가 이어받아 5월 말까지 가게 됩니다."

　대통령의 일상 업무는 이전과 다를 것이 하나도 없었다. 그는 한 치의 소홀함도 없이 국정을 챙겼다. 청와대의 업무는 모두 정상적이었다. e-지원 시스템에 올라가는 보고서의 양도 똑같았고, 내려오는 지시 사항의 양도 동일했다. 참모들과의 환담 자리가 생기면 그는 임기 단축 문제를 화제에 올렸다.

　"한시라도 빨리 정리해주는 것이 좋습니다. 내일이라도 열린우리당 사람들을 불러서 정리합시다. ……순방을 다녀오는 동안 마음이 변했습니다. 당 사람들과 협의해서 조건부로 추진하는 것이 싫습니다. 그런 절차를 거치지 않고 정리를 하기로 결심했습니다. 6개월이면 충분합니다. 후보 선출을 위한 경선과 전당대회를 한꺼번에 치르면 됩니다."

참모들의 반대와 만류도 본격화되었다. 이호철 국정상황실 장이 말했다.

"역사의 패배입니다. 우리 참모들은 더이상 한국에서 살지 못할 겁니다."

이병완 비서실장이 간청했다.

"우리에게 몇 개월이라도 더 시간을 주십시오."

총리공관에서 열린 당정청 회동의 결과를 이병완 비서실장이 보고했다. 국회에서 여야가 법안 처리에 합의를 보고 있는 만큼, 전효숙 헌재소장 임명동의안에 대해서도 결론을 내리면 된다는 것이었다. 총리도 원내대표도 똑같은 의견이라는 전언도 덧붙였다. 대통령이 문득 '여야정 정치협상회의'를 제안하자고 이야기를 꺼냈다.

"주제는 정국을 풀자는 것입니다. 서로 입장을 달리하는 바를 놓고 논의하는 것입니다. 찬성과 반대가 있으면 있는 대로, 없으면 없는 대로……"

그러면서 한마디를 덧붙였다.

"제가 사퇴하면 여러분한테 맞아 죽을 것 같아서, 그래서 우군을 만들려고 하는 것입니다."

이병완 실장은 한나라당이 참여할 가능성이 낮다고 보았다. 아울러 김근태 당의장의 말도 전했다. '중립내각으로 가는 것인지, 당청 협조를 할 것인지 대통령께 묻고 싶다'는 것이었다. 대통령이 답했다.

"김의장이 보자고 하면 지도부를 한번 같이 만나는 것으로 합시다."

대통령은 일요일인 11월 26일 전효숙 후보자와 오찬을 나누었다. 헌법재판소장 임명동의안 처리 문제를 해소하기 위한 마무리 수순이었다. '여야정 정치협상회의' 제의에 대해, 한나라당은 예상대로 부정적으로 응답했다. 민주당, 민노당도 '제2의 연정'이라고 비판의 목소리를 높였다. 다음날인 11월 27일 월요일, 그는 의전비서관실과 부속실에 가급적 일정을 줄이라고 지시했다. 아쉬움이 가득 담긴 한마디도 덧붙였다.

"연정이든, 동거정부든 한번 해보았으면 하는 생각이 있다. ……이렇게 대결적인 정치문화를 바꾸기 위해서는……"

연정에 대한 미련이 여전히 그에게 남아 있었다. 지난여름 논란이 된 대연정 제안에 대해 그는 수순의 잘못을 인정하기는 했다. 하지만 제안 자체의 타당성에 대해서는 오류임을 인정한 적이 없었다. 그의 머릿속에서 연정은, 한국 정치가 지향해야 할 모델로 여전히 자리를 잡고 있었다. 그가 탄식하며 말했다.

"대화도 협상도 안 되고 심지어 표결도 안 된다. 어쩌자는 말인가? 결국에는 자기들 주장대로 가겠다는 뜻이겠지. 그러니 일방적으로 주장할 것이 아니라 협상 테이블에 와서 내놓아보라는 제안이었는데……"

이병완 비서실장이 한나라당의 분위기를 전했다. 전효숙 후보자 문제를 풀면 다른 문제도 다 풀릴 것이라는 이야기였다.

"그렇게 굴복할 생각은 없다"고 그가 잘라 말했다.

"열린우리당의 의견을 청취하는 형식을 빌려서 입장을 정리할 필요는 있습니다."

전해철 민정수석의 의견이었다.

대통령은 쉽게 받아들이려 하지 않았다. 그러면서도 저녁때 당 지도부와 만나 협의하겠다고 했다. 내주더라도 협의의 결과로서 내주겠다는 것이었다.

이날 저녁 여민1관의 대통령 집무실. 이병완 비서실장이 당과의 접촉 상황을 보고하며 당의 입장을 전했다. '전효숙 후보자 임명동의안 문제를 당에서 건의해서 대통령이 받는 모양이 좀 그러니, 대통령이 풀겠다는 메시지를 주면 자신들이 한나라당을 만나서 다 풀어가겠다'는 것이었다. 대통령은 결국 전효숙 후보자 지명을 철회했다. 석 달 넘는 공방전의 결과였다. 다음날 아침, 그는 정무 관련 참모들을 불렀다.

"오늘 당적 포기를 했으면 합니다."

참모들이 만류했다. 그는 시빗거리를 없애는 게 좋겠다고 생각했다. 일부 참모들은 전당대회가 끝날 때까지는 당적 포기를 해서는 안 된다고 건의했다. 그가 건의를 받아들여, 12월 초로 예정된 인도네시아, 호주, 뉴질랜드 순방 이후로 결정을 늦추기로 했다. 이병완 비서실장의 얼굴을 보며 그가 말했다.

"비서실장이 요즘 나와 코드가 안 맞네요."

12월 초 그는 순방중 뉴질랜드의 숙소에서 정세균 산업자원부장관과 함께 식사했다. 정장관은 해가 바뀌면 당으로 돌아가겠다는 의사를 표명했다. 대통령은 터놓고 많은 이야기를 쏟아냈다. 권력구조, 연정, 그리고 개헌 문제에 이르기까지, 그간의 생각들이 담겼다. 정장관은 "말씀은 좋지만 방법이 좋지 않다"며 만류했다.

뉴질랜드에서는 가는 곳마다 요트가 눈에 들어왔다. 무거운 국내 정치 이야기를 내려놓고 그는 잠시 옛날을 회상했다.

"요트가 경쟁력을 갖추려면 사람의 솜씨가 중요합니다. 결국 목공 솜씨가 얼마나 좋은가로 판가름납니다. 작은 선체 안에 사람이 자는 침대, 화장실, 선반 등을 갖추어야 하는데, 그것은 일종의 내장 기술입니다. 비행기 내부 설계처럼 솜씨가 있는 사람이 해야 하는 것입니다. 달인 수준이 되어야 합니다."

그는 솜씨를 강조했다. 그 시간, 국내의 정치 현실은 대통령의 솜씨를 기다리고 있었다. 그는 아마도 그 현실을 풀어갈 솜씨가 자신에게 더는 없다고 생각하는 듯했다. 순방을 거듭할수록 여독은 더 깊어지고 오래갔다. 체력이 고갈되고 있었다. 일찍 일어나지 못하는 경우도 잦아졌다.

귀국 후, 이병완 비서실장이 부재중 상황을 보고했다. 김근태 의장, 김한길 원내대표와의 만남도 건의했다. 정기국회가 마무리되면 한명숙 총리와 정세균 장관을 당으로 돌려보내는 게 좋겠다는 의견도 냈다. 당을 수습하는 데 일정한 역할을 하도록 해야 한다는 것이었다. 대통령은 반대하지 않았다. 하지만 그렇게 하자고 곧바로 결심한 것도 아니었다. 당을 수습하는 과정에서부터 한명숙 총리가 일정한 역할을 하고, 그것이 자연스럽게 대권 도전으로 이어지면 좋겠다는 게 그의 생각이었다.

언론보도로 접하는 당의 사정은 정무팀 보고를 통해 파악하는 상황과 차이가 있었다. 사실이 엇갈리는 경우가 한두 번이 아니었다. 대통령과 청와대는 정확한 실체를 파악하기가 쉽지 않았다. 언론은 당과 청와대 사이의 갈등을 확대해 보도했다. 상대의 반감을 증폭시키는 한두 마디의 언사가 크게 키워졌다. 언론의 생리로 생각하고 무시하는 편이 좋을 수도 있었다. 감정만 상하기 때문이었다. 정치도 사람이 하는 일의 범위 안에 있었다.

12월 21일, 그의 민주평화통일자문회의 연설이 세간의 화제에 올랐다. 텍스트에 의존하지 않은 연설이었다. 언급 내용이 많은 시비를 낳았다. 보수언론은 연설 당시 대통령의 말투와 몸짓에 대해서도 파상공세를 펼쳤다. 시비가 그를 위축시켰다. 언제나 강하게 반론을 펴긴 했지만 그럴 때마다 위축되는 구석도 있었다. 연말에 열린 국무회의에서 그는 이례적으로 국무위원들에게 미안함을 표하기도 했다. 당부도 있었다. 임기 말의 대통령을 잘 도와달라는 것이었다. 간절함이 배어 있었다.

대통령은 이전보다 더 적극적으로 국무회의를 챙겼다. 한명숙 총리가 당으로 돌아가고 새로운 총리가 올 경우를 대비한 것이었다. 그렇게 한 해가 저물고 있었다. 연초부터 인사 문제를 놓고 당과의 마찰이 있었다. 이후 대통령의 권력은 끊임없이 흔들려왔다. 갈등이 노출된 것은 노출된 채로, 잠재된 것은 잠재된 채로 해를 넘기고 있었다. 2006년의 마지막날은 일요일이었다. 그는 영화 〈타짜〉를 관람했다.

2007년 1월 13일. ASEAN+3 정상회의 참석차 대통령 내외가 필리핀 세부로 향하기 전, 환송인사를 위해 한명숙 총리가 관저를 찾았다. 대통령이 말했다.

"내가 하는 싸움에 총리가 끼어드는 것도 검토해보세요. 정치 전면에 데뷔할 시기가 되었습니다. 내가 욕먹는 데는 피하고 내 덕을 볼 만한 곳에는 끼어드는 방법도 있지요."

그는 한명숙 총리의 스타일에 평소 호감을 표했다. 그 연장선상에서 한총리가 정치 전면에 나서줄 것을 내심 기대했다. '정치 전면'이란 대통령선거 출마를 의미했다. 그는 기꺼이 도울 용의가 있음을 밝혔다.

순방을 다녀온 후 1월 말의 어느 토요일. 대통령 내외는 이병완 비서실장과 오찬을 함께했다. 이병완 실장의 요청으로 마련된 자리였다.

"2월 말에는 하산을 해서 하나의 축을 만들어야겠습니다. 대통령님 철학을 계승해서 '말과 글의 전쟁'을 해야겠다는 생각입니다."

대통령은 이병완 실장의 정무적 감각을 높이 평가해, 청와대 바깥에서 참여정부를 위해 일정한 역할을 해주기를 기대했다. 후임 비서실장으로는 먼저 김병준 정책기획위원장을 떠올렸다. '너무 찍혔다'는 우려도 덧붙였다. 지난해 인사 파동의 여파였다.

"헌법개정안을 발의하기 전에 총리 교체 문제도 정리해야 하겠습니다."

이병완 실장의 말에 대통령이 답했다.

"제가 당적을 정리하면 자연스러운 수순이 될 겁니다."

2월 초순, 대통령은 박남춘 인사수석을 불렀다. 국무총리후보로는 한덕수 전 경제부총리와 김우식 과기부총리, 후임 비서실장으로는 문재인 전 민정수석을 검토하라고 지시했다.

2월 5일 월요일, 서울의 아침은 엷은 안개 때문에 시야가 맑지 못했다. 그날 오전에 열린우리당 의원들이 대규모 탈당을 결행할 것으로 예고되어 있었다. 한겨레신문의 여론조사에서는 손학규씨가 여권의 차기 대선후보로 적합하다는 응답이 24%로 1위를 차지했다. 대통령은 유시민 장관에게 전화를 걸었다. '당이 갈기갈기 찢어지는 것만큼은 반드시 막아달라'는 신신당부였다. 2월 6일 그는 당 개헌특위 위원들을 초청해서 오찬을 함께하는 자리에서도 호소했다.

"노무현을 집어내 탈색시키려고 하기보다 거기에 파란 물감이나 진한 색 물감을 바르면 되지 않습니까? 벽지를 새로 바르면 되는데, 왜 자꾸 있던 벽지를 뜯어내려고 합니까?"

이날 23명의 의원이 열린우리당을 탈당했다. 의석수에서 한나라당에 밀려 이제는 원내 2당이 되었다.

며칠 뒤 베이징에서 모처럼 좋은 소식이 전해졌다. 6자회담에서 북미 간 대화가 이루어지면서 합의가 임박했다는 내용이었다. 대통령 내외는 2월 11일에 스페인과 이탈리아 순방길에 나섰다. 한미FTA는 7차 협상이 시작되고 있었고 3월 말에 타결될 것으로 전망되었다. 2월 13일, 6자회담은 마침내 합의문을 채택했다. 이를 계기로 대통령은 스페인 현지에서 부시 대통령과 통화했다. 한미FTA의 타결 전망도 밝아지고 있었다. 국내에서는 남북정상회담의 연내 개최설이 언론에 보도되었다. 대통령도 남북 간 직접 대화에 무게를 실었다.

"베이징에서의 대화와 남북 간의 대화는 동시에 진행될 수밖에 없는 것이다."

남북정상회담을 반대하는 견해에 대해서도 입장을 정리해두었다.

"이 (남북 간) 대화는 진행하는 것이 국가적 이익이다. 속도 조절은 정부가 알아서 하는 것이다. 그 판단은 정부에 맡겨두는 것이 좋다."

그는 국정원 라인을 공식 채널로 내세우는 게 좋겠다고 덧붙였다. 서울행 비행기에 오르기 전, 그는 이탈리아 현지에서 향후 일정의 큰 가닥을 정리했다. 한명숙 총리의 거취가 가장 시급했다. 그는 마음속으로 결정을 내렸다. 귀국하는 대로 한명숙 총리를 당으로 돌려보내는 것이었다.

설 연휴가 지난 2월 20일. 아침의 일정점검회의가 취소되었다. 그는 오찬만 겨우 했을 뿐, 하루종일 누워 있었다. 귀국 후 좀처럼 시차 적응이 되지 않아 아주 힘들어했다. 저녁 무렵, 의무실장이 관저에 와서 수액 주사를 놓고 갔다. 하루 전 이병완 비서실장은 정세균 당의장과 한명숙 총리를 각각 만나 대통령이 조만간 당적을 정리할 예정임을 전했었다. 21일 아침, 대통령은 당적을 정리해야 하는 이유를 비서실장에게 자세히 설명했다.

"열린우리당 내에 찬반양론이 있어서 많이 망설였습니다. 하지만 대통령이 당적을 정리했으면 하는 사람이 일부라도 있는 이상, 갈등의 소지를 해소하는 것이 좋겠습니다. 또 대선 과정에서 한나라당의 표적이 되지 말아야겠다는 생각도 있습니다. 한나라당이 대통령을 대선 전략의 표적으로 악용하려는 의도가 너무 분명하기 때문입니다."

한명숙 총리의 당 복귀가 기정사실화되었다. 그날 저녁, 대통령은 만찬까지 마친 늦은 시간에 관저에서 한총리를 만났다. 그는 먼저 총리의 노고에 감사의 뜻을 표했다.

"총리, 잘해주셨습니다. 덕분에 아무 불편 없었습니다. 아직 1년도 채 안 되어 아쉽지만…… 한 사람이라도 가서 당을 살려나가는 게 맞습니다. 당이 저래서 내가 당 출신 총리를 안고 갈 수도 없고, 당적을 계속 갖고 갈 수도 없는 상황입니다."

총리 또한 감사의 인사를 표했다.

"대통령님께서 저를 많이 도와주셨고, 주변 사람들도 많이 도와주었습니다. 이제 제가 어떤 역할을 해야 할지……"

"이후의 문제는 필요한 사람들, 신뢰할 만한 사람들하고 상의해도 좋습니다. 우리 참모들 가운데 누구라도 필요하면 불러다 쓰십시오. 제가 결심해야 할 일이 있으면 청하시고요. 제가먼저 나서면 도움이 안 되는 수가 있기 때문입니다."

그는 사실상 한명숙 총리에게 대통령선거 출마를 청하고 있었다. 그의 권유는 상당히 조심스러웠다.

"아주 민감한 문제입니다. 남의 운명에 관계되는 문제를 놓고 모험을 하는 것은…… 이제 더는 욕을 먹기 싫습니다."

한총리는 할 수 있는 역할을 찾겠다는 말로 대답을 대신했다. 자신이 가진 '한계'도 이야기했다. 대통령은 동의하지 않았다. 그는 운명을 이야기했다.

"저는 운명이라고 생각합니다. 한 시대에 축적되지 않은 역사는 없다고 생각합니다. 축적된 역사의 토대 위에서 정권이 엎치락뒤치락하는 것은 운명입니다. 그 운명의 틀 속에서 사람이 최선을 다하는 것입니다."

그는 한총리에게 자신이 '뜨거운 감자'일 수밖에 없다고 표현했다. 한총리는 "이념논쟁이 심할 것"이라는 표현으로 스스로 생각하는 자신의 약점을 이야기했다.

총리 임기를 마치고 열린우리당으로 복귀하는 한명숙 총리에게 노무현 대통령은
'운명의 길'을 권했다.

한총리의 말에 대통령이 고개를 가로저었다.

"되면 참 잘하실 것 같습니다. 지금은 될 거라고 말하는 사람이 아무도 없을 겁니다. 그러나 세상일은 모르는 것입니다. ……사상 문제도 잘못 건드리면 그 사람이 오히려 역풍을 맞습니다. 광복 후의 역사로부터 자유로운 사람이 몇이나 됩니까? 논리는 만들면 나옵니다."

2월 22일 저녁, 대통령은 정세균 당의장 체제로 바뀐 열린우리당 지도부를 청와대로 초청했다. 이 자리에서 그는 탈당을 공식화했다. 그는 임기중에 당적을 두 번 정리한 대통령이 되었다. 이로써 사실상 임기를 마무리하는 국면에 접어들었다. 그리고 24일에는 퇴임을 앞둔 한명숙 총리와 이병완 비서실장 내외도 관저로 초청하여 그동안의 노고를 위로했다.

2월 하순, 대통령은 국무회의에서 한총리를 치켜세웠다.

"총리께서 그동안 수고 많이 하셨습니다. 대통령으로서 편했습니다. 업무를 확실하게 분장해서 총리가 맡은 일에 대해서는 간섭하지 않았습니다. 잘 관리해주셨고, 정책에 대한 정부 내부의 이견과 이해관계를 잘 조정해오셨습니다. 대외적으로도 이해관계가 부닥치는 문제가 많았고 대통령으로서 역량이 닿지 않는 부분이 있었는데, 총리께서 특유의 부드러움과 인품으로 많은 일과 갈등을 대화를 통해 잘 풀어주셨습니다."

3월이 왔다. 그는 대통령의 권한으로 개헌안을 발의할 것임을 밝혔다. 3월 2일 진해에서 열린 해군사관학교 졸업식에 참석한 후 그는 퇴임 후 돌아갈 고향인 봉하마을도 둘러보았다.
참여정부의 마지막 국무총리로 한덕수 전 경제부총리가 내정
되었다. 그는 개헌안 제안과 관련하여 기자회견을 했다. 여야
각 당이 차기 정권에서의 개헌 추진을 약속한다면 발의를 유보
할 수 있다는 것이었다. 처음 개헌을 제안한 당시부터 생각해
온 마지노선이었다.

대세
마지막 봄

얼굴을 돌리는 곳마다 전선이었다. 시선이 가닿는 곳마다 갈등이었다. 앞으로 나가자니 야당과 언론이 버티고 있었다. 돌파하고 싶었지만 받쳐주는 우군이 별로 없었다. 한때의 우군에게 이제 대통령은 동지라기보다는 차별화의 대상이었다. 지금당이 가는 길은 그가 가장 원하지 않는 방향이었다. 흔히 생각하듯이 그가 열린우리당 창당을 기획하고 추진한 것은 아니지만, 그의 존재가 열린우리당 출범의 큰 계기이자 기반이었음은틀림없다. 창당 이후 그는 당에 무한 애정을 보냈다. 당을 사랑하는 마음은 그를 탄핵이라는 정치적 곤경으로 끌고 가기도 했다. 그 곤경을 매개로 당은 더욱 성장했다. 열린우리당은 그의지향과 맞닿아 있었다. 전국정당에 대한 지향이었다. 스스로기득권을 포기하면서 이루어낸 성장이었다. 당의 진로에 대해그는 더욱 깊은 신뢰를 보냈다. 3당합당 이후 그가 걸어온 정치역정이 열린우리당의 정신에 그대로 녹아 있었다. 실패한 대통령이 된다 해도 열린우리당이 창당정신으로 살아남는다면 그것으로 만족할 수 있을 듯싶었다. 그는 당의 행보 하나하나에 촉각을 곤두세우며 예민하게 반응했다. 2006년 여름과 가을에는 대통령의 인사를 놓고 갈등이 있었다. 잠시 잠복 상태에 들어갔던 갈등은, 2006년 말 당의 진로를 둘러싸고 팽팽한 긴장으로 재현되었다. 일부는 탈당했고, 대통령도 당적을 정리했다. 문제의 해결은 아니었다. 문제의 시작이었다. 낮은 지지도의 대통령과 대선을 앞둔 당이었다. 공통의 이해를 갖는 것이 불가능해 보였다. 타결이 임박한 한미FTA도 당청 갈등을 고조시키는 주요한 원인의 하나였다. 참여정부의 전직 장관들이 반대 전선의 앞에 서 있었다. 커다란 섭섭함이 있었다. 청와대에서의 마지막 봄은 그렇게 결별을 준비하고 있었다.

2007년 4월 초, 대통령의 하루는 부속실, 의전팀과 함께하는 일정점검회의로 시작했다. 회의가 끝나면 곧바로 '청와대 브리핑'을 주관하는 비서관, 행정관 들을 관저로 불러올렸다. '브리핑팀'으로 이름 붙여진 팀에는 16명의 비서관과 행정관이 있었다. 대통령은 그들과 함께 매일 아침 상황을 점검하고 각 사안의 대응 지침을 공유했다. 이 자리에서 그는 '시민주권'이라는 표현을 자주 사용했다.

"시민이 지도자와 같은 수준의 사고와 행동을 할 때 민주주의가 완성된다. ……시민을 지도자로 훈련하는 것, 그 수준에 이르면 시민주권의 시대가 되지 않을까?"

어느 날 회의에서는 '정치정보 포털'이라는 개념도 제시했다. 퇴임 후 할 일들에 대한 구상도 본격적으로 시작되었다. 정치정보는 물론, 정책정보까지 포함된 포털이었다. 그 저변에는 임기중 운영해온 국정홍보처의 웹사이트 '국정 브리핑'이 있었다. 이미 그곳에 상당한 자료와 정보가 확보되어 있다고 판단한 그는, 그것을 토대로 더 폭넓은 포털사이트를 꿈꾸었다. 정치와 정책에 대한 논쟁·역사·일지·찬반에 관한 정치인들의 발언, 나아가 정책논쟁사까지 포함하는 것이었다. 이 구상은 퇴임을 전후하여 '민주주의 2.0' 사이트의 개발로 구체화되었다.

정치권은 대통령선거 국면으로 빠르게 전환되었다. 5년 전이즈음 그는 '노풍盧風'의 주역이었다. 지금은 관전자의 위치에서 한 치도 벗어날 수 없었다. 나름대로 선거에 기여하고 싶었지만 한계가 분명했다. 야당은 대통령에 대한 비난으로 선거전을 시작했다. 여당은 대통령과의 차별화로 선거를 기획했다. 그는 이제 주도적으로 국면을 바꿀 수 있는 처지가 못 되었다. 사실상 참모들과의 대화가 선거에 대해 언급할 수 있는 유일한 기회였다.

"글을 하나 써볼까 한다. 지도자가 되고자 하는 사람은, 걸어라! 목숨, 양심, 돈, 인생! 돈을 먼저 걸고 패를 봐야지, 패를 보고 돈을 걸겠다고 하면 안 된다. 내 인생과 운명을 걸어놓고 기회를 기다려야지, 기회가 오면 걸겠다고 하면 돈을 못 딴다. 먼저 투신한 다음 기회를 기다리고, 기회가 안 오면 뜻을 접어야한다. 기회가 오면 투신하겠다고들 하는데 그리할 사람은 쌔고쌨다. 천지 볏가리다. 꽉 찼다는 말이다."

매일의 현안들을 점검하고 대통령이 비서관들에게 입장과단상을 밝히는 형식으로 브리핑팀 회의는 계속되었다. '정치권'과 '일부 언론'은 결코 빼놓을 수 없는 대화의 소재였다. 거짓말하는 언론이 화제에 올랐다. 그는 이들이야말로 언론의 신뢰를 떨어뜨리는 주역이라고 보았다. '못 본 척하면서 한 번 참고 넘어가면 집안이야 편하겠지만, 그렇게 엉터리라는 사실은고발할 수 없게 된다'는 것이었다. 그가 참모들에게 요구하는전략은 일관되어 있었다. '자신이 상처를 입는 일이 있더라도거짓을 쓰는 언론은 반드시 그 신뢰를 떨어뜨려야 한다'는 것이었다.

언론과 함께 그가 자주 언급한 화두는 역시 '정당'이었다.'전국정당', 더 자세히 말하면 '전국에서 경쟁하는 정당'이었다.13대 국회 당시부터 일관되게 주장해온 화두였다. 지역구도 정치가 계속되는 한, 진보 세력의 집권 가능성은 낮을 수밖에 없다는 게 그의 인식이었다. 그의 머릿속에서 김대중이나 노무현의 승리는 어쩌면 예외적인 경우였다. 긴 호흡으로 가야 한다고 그는 생각했다. 진보의 집권을 가능하게 하려면 정치의 지역주의를 깨야 하고, 이를 위해서는 무엇보다 스스로의 기득권을 던지는 자세가 필요하다는 생각이었다. 열린우리당에는 그러한 그의 인식이 투영되어 있었다. 이제 그 당은 예전의 기득권으로 돌아가고 있었다. 거기서 그의 안타까움이 비롯되었다. 비록 실험이 실패로 돌아갔다 해도 '전국정당'으로 갈 수 있는 가능성만큼은 남겨놓았으면 하는 희망이 있었다. 절망의 문턱에서도 결코 놓을 수 없는 희망이었다.

"말이 꼬였군요. 원칙을 지켜야 대선에 이길 수 있는데……"

4월의 마지막날, 안희정씨의 언론 인터뷰 내용을 두고 대통령이 탄식했다. '정치적 신념과 원칙 지키다 정권교체 돼도 할 수 없어'라는 제목의 인터뷰였다. 그동안 당 문제와 관련하여 대통령은 원칙을 강조하는 입장을 견지했다. 그러다보니 외부로 전달되는 그의 메시지는 '원칙을 지키기 위해서 승리를 포기할 수도 있다'고 해석되고 있었다. 그런 해석에 대한 탄식이었다.

"원칙을 깨야만 승리할 수 있는 것처럼 이야기해서, 그것에 대해 반문하다보니…… 결국은 원칙을 지키지 않으면 진다는 것인데……"

5월이 되었다. 봄은 이제까지 그래왔듯이 그에게 따뜻함을 선물하지 않았다. 그는 야당의 표적이 되어 있었고, 여당으로부터 차별화당하고 있었다. 외로운 대통령은 그럴수록 더욱 힘겹게 싸웠다. 아침에 브리핑팀 회의에서 그는 여전히 많은 이야기를 쏟아냈다. 사학법 재개정을 다른 법안 처리와 연계하는 전략으로 인해 시급한 안건들이 지체되는 현실에 대해 비판의 목소리를 높였다. 그러다가도 이야기의 끝은 당을 향하곤 했다. 대통령이 불편한 마음을 드러내는 일이 잦아졌다.

"보따리 쌀 사람은 빨리 싸서 나가라. 나라도 복당해야겠다. 당신들 때문에 복당 못하고 있으니……"

임시국회가 폐회된 다음날 열린 5월의 첫 국무회의, 그는 '한나라당의 파업'에 대해 지적했다. 1년 6개월이 넘도록 몇몇 법안을 사학법과 연계시킨 '한나라당의 뱃심'에 대한 지적이기도 했다. 엄밀히 이야기하면 그런 현실에 무관심한 여론과 민심, 나아가 대선후보들에 대한 질타이기도 했다. 그는 4월 말을 전후해 작성했던 두 편의 글을 '정치, 이렇게 가선 안 됩니다ー한국 정치 발전을 위한 대통령의 고언'이라는 제목으로 5월 2일 청와대 브리핑에 공개했다. '정치지도자'와 '정당'에 대한 것이었다. 대통령선거 국면이 본격화되고 있는 정치권을 향한 메시지였다.

"자신의 소신과 정책을 말해야 합니다. 반사적 이익만으로 정치를 하려고 해선 안 됩니다. 대통령의 낮은 인기를 바탕으로 가만히 앉아서 덕을 본 사람도 있었고, 너도나도 대통령을 몰아붙이면 지지가 올라갈 것이라고 생각해서 대통령 흔들기에 몰두한 사람들도 있었습니다. 그러나 그것으로 국민의 지지를 오래 유지할 수는 없습니다. 자기의 정치적 자산이 필요합니다. '경제가 나쁘다' '민생이 어렵다' 이렇게만 말하는 것은 정책이 아닙니다. 아무 대안도 말하지 않고 국민들의 불만에 편승하려 하거나, 우물우물 국민들의 오해와 착각을 이용하려고 하는 것은 소신도 아니고 대안도 아닙니다."

"대통령이 되고자 하는 분은 정당에 들어가야 합니다. 정치는 개인이 하는 것이 아니라 정당이 하는 것입니다. 책임정치의 주체도 개인이 아니라 정당입니다. 거저먹으려 하거나 무임승차를 해서는 안 됩니다. 먼저 헌신해서 기여하고 이를 축적해 지도자의 자격을 만들어가야 합니다. 이미 있는 당들이 마음에 들지 않는다면 당을 만들거나, 당이 갈라져 있어서 곤란하다 싶으면 당을 합치는 데 기여하거나, 당이 합쳐지지 않으면 스스로 후보 단일화를 이루어내야 하는 것입니다.

여러 당이 통합하여 자리를 정리해놓고 모시러 오기를 기다리는 것은 지도자가 되고자 하는 사람의 자세가 아닙니다. 현대의 정치는 군왕의 정치가 아닙니다. 오늘날 민주주의에 삼고초려 같은 것은 없습니다."

"지금 열린우리당은 심각한 위기 상황에 처해 있습니다. 창당 당시의 대의와 결단에 비추어보면 너무나 참담한 모습이 아닐 수 없습니다. 물론 열린우리당의 연이은 패배 책임은 대통령에게 있습니다. 그러나 이후 당이 책임을 놓고 그렇게 싸우지만 않았더라면, 어렵더라도 신념을 가지고 끈기 있게 국민을 설득해왔더라면, 비록 선거에서 이기지는 못했을지라도 당의 존립 자체가 표류하는 지경이 되지는 않았을 것입니다."

"지역주의에 기대려는 정치는 상생과 통합이 아니라 대결과 분열의 정치이며, 민주주의를 후퇴시킵니다. 나라와 국민의 미래를 위한 책임 있는 행동보다 당부터 깨고 보자는 것은 창조의 정치가 아니라 파괴의 정치입니다. 가치와 노선보다 정치인의 이해관계에 몰두하는 정치는 선거에서도 역사에서도 성공할 수 없습니다."

그는 열린우리당의 창당선언문을 이야기했다. 거기에 자신의 도덕적 가치와 이상이 담겨 있다고 했다. 이즈음에 만난 박영선 의원이 그가 잊고 있던 사실 하나를 기억나게 해주었다. 2002년 12월 대통령 당선이 확정되었을 때의 일이다. 언론과의 첫 인터뷰가 우연히 노상에서 이루어졌다. 집 앞에서 기다리고 있던 당시 MBC의 박영선 기자가 "대통령으로서 제일 먼저 하고 싶은 것이 무엇입니까?" 하고 물었다. 30초 정도 묵묵히 있던 당선자가 짤막하게 답변을 했다. "정계 개편." 그 짧은 답변을 남기고는 씨익 웃으면서 집으로 들어갔다는 것이 박영선 의원의 회고였다.

그 네 글자의 단어 안에 당시 당선자의 모든 생각이 함축되어 있었다. 그의 목표는 권력놀음이 아니라 가치를 추구하는 정치였다. 그는 그것을 위해 최선을 다해왔다. 대통령 당선 후 열린우리당이 창당되자 그는 자신의 목표가 실현될 가능성이 높아졌다고 판단했다. 남들에게 쉽게 드러낼 수 없는 기대와 설렘이 생겼다. 하지만 그로부터 다시 수년이 지난 이즈음의 현실은 그 기대와 설렘을 무색하게 만들기에 충분했다. 그가 있는 곳은 그가 이르고자 했던 지점으로부터 너무나 멀리 떨어져 있었다.

한나라당이 다시 '대통령의 중립'을 이야기하고 나섰다. 선거 국면이 본격화되었다는 의미였다. 터무니없다는 생각이 강하게 들었지만 그는 청와대 내부 회의에서 시비를 일축하는 한마디로 모든 대응을 갈음했다.

"천하장사는 샅바 싸움으로 이기려고 하지 않는다. 정치 통쾌하게 하라."

장관을 역임하고 당으로 돌아간 의원들에 대한 섭섭함이 그의 정서를 지배했다. 그는 그들에게 할 수 있는 한 최선을 다했다고 생각해왔다. 원인이 누구에게 있든 간에 최소한 그들이 자신에게 반기를 들 것이라고는 예상하지 못했다. 정치란 생물 같아서 다시 화해를 하고 힘을 합칠 계기가 생길 수도 있었다. 그러나 당의 진로가 안갯속에 있는 한, 그럴 가능성은 없어 보였다. 그는 자신을 돌아보고 있었다. 정말로 자신의 잘못된 생각과 판단이 작금의 상황을 만들어낸 배경인지 되짚어보고 있었다. 그는 한미FTA의 추진을 결행할 당시 자신이 과연 당의 처지나 입장을 외면하고 있었는지 부속실의 참모들에게 다시 한번 확인하곤 했다.

"정치는 어떤 프로도 전략적 분석에만 의존하면 안 된다. FTA 문제를 보라. 시작할 때만 해도 선거에 미칠 영향을 걱정했다. 잊고 있었는데 얘기를 들으니 선거에 미칠 영향을 꽤 걱정하면서 협상 여부를 결정했었다. 금년 초에 이것이 타결되면 열린우리당에 또 파동이 나고, 또 한번 민심이 등을 돌릴 텐데…… 선거가 어떻게 될까, 그야말로 노심초사했다. 그런 걱정이 들 때마다 '깨져버려라' 하는 심정이 되곤 했다. 결과적으로 그게 미국과의 협상에서 꽤 배짱을 부린 셈이 되었다. 앞으로 또 어찌될지는 모르지만……"

협상 전 충분히 걱정했고, 또 그런 걱정이 오히려 협상을 유리하게 이끄는 지렛대가 되었다는 뜻이었다. 전략과 전술로 끌어가는 정치에는 한계가 있을 수밖에 없다는 이야기였다. 그는 양심이 명령하는 바에 따라서 성실하게 정치를 하는 것이 최선이라고 생각했다. 그는 열린우리당의 상황에 대해 자신의 생각을 정리하여 5월 7일 청와대 브리핑에 공개했다. "'정치인' 노무현의 좌절─최근 정치 상황에 대한 심경을 밝힙니다'라는 제목의 글이었다. 시종일관 '국민통합'에 대한 의지를 절절하게 표출하고 있었다. 그가 결코 포기할 수 없는 명제였다.

'성공한 대통령', 당선자 시절부터 수많은 사람들이 덕담으로 이 말을 해주었으나 저는 한 번도 시원하게 대답을 하지 못했습니다. 참으로 어려운 일로 느껴졌기 때문입니다. 그러나 저는 이 희망을 버리지 않고 있습니다.

'실패한 대통령', 참으로 싫은 말입니다. 그래서 저는 최선을 다했고, 누가 실패한 대통령이라거나 국정 실패라는 말만 하면 논란거리가 되더라도 그냥 넘어가지 않았습니다. 그동안 참 어려웠으나 다행히 이제 한고비를 넘기는 것 같습니다.

그런데 이제는 '대통령 노무현'이 아니라 '정치인 노무현'이 좌절에 빠지고 있습니다. 열린우리당이 표류하고 있기 때문입니다.

지금처럼 절박한 때가 없었습니다.

대통령이, 그것도 당적을 정리한 대통령이 왜 자꾸 정치에 대해 얘기하느냐고 합니다. 지지율이 좀 올라 교만해진 것으로 보이지 않겠느냐고 걱정하는 얘기도 들었습니다.

정치인 노무현의 심정을 모르고 하는 얘기입니다. 지금처럼 절박한 때가 없었습니다. 지난해 가을 지지율이 한 자릿수까지 떨어졌다는 잘못된 언론보도가 나온 적이 있습니다. 그때도 이처럼 절망적이지는 않았습니다.

'정치인 노무현'의 꿈이 흔들리고 있습니다. 대통령이 되고 성공하는 것 말고 정치인 노무현이 무슨 다른 꿈이 있다는 말인가, 그것이 열린우리당과 무슨 관계가 있다는 말인가, 이렇게 묻는 분이 있을지 모르겠습니다.

며칠 전, 한 전직 기자를 만났더니 그 기자가 당선자 시절의 이야기를 했습니다. 당선 직후 저를 인터뷰했는데, 대통령으로서 가장 하고 싶은 일이 무엇이냐고 저에게 물었더니, 저는 한 30초나 생각하고 나서 "정-계-개-편" 이 한마디를 하고 집으로 들어가더라는 것입니다.

그동안 저도 잊고 있었던 일입니다. 그러나 얼마나 간절한 소망이었습니까? 87년 통일민주당의 분열과 1990년 3당합당으로 일그러져버린 한국의 정당구도, 그 이후 지금껏 한마음으로 매달려왔던 지역주의 극복과 국민통합, 이것이 '정치인 노무현'의 간절한 소망이었습니다. 굳이 저만의 소망이었을까요? 목이 터져라 "구-웅민 토-웅합"을 외치고 박수를 치던 지지자들의 모습이 지금도 눈에 선합니다.

제가 말한 '정계 개편'은 그동안 우리 정치에 자주 있어왔던 정계 개편과는 그 뜻이 전혀 다른 것입니다. 선거에 이기기 위하여, 국회의 다수를 만들기 위하여 원칙 없이 편의에 따라 정치를 왜곡시킨 그런 이합집산이 아니라, 일그러진 우리의 정당구도를 바로잡자는 것이었습니다. 그렇게 하여 우리 정치를 정치답게 해보자는 것이었습니다.

그리고 이 소망은 2003년 11월, 열린우리당의 창당으로 나타났습니다. 그런데 지금 열린우리당이 다시 표류하고 있으니 정치인 노무현의 꿈이 다시 표류하고 있는 것입니다.

단지 '정치인 노무현'의 꿈이 표류하고 있는 데 불과한 것일까요? 아닙니다, 역사의 대의가 표류하고 있는 것입니다."

"16대 대통령선거에서 저는 '개혁과 통합'을 대표 구호로 내세웠고, 대통령에 당선되었습니다. 40명이 넘는 국회의원들이 정치생명을 걸고 열린우리당을 창당했고 17대 국회의원 총선에서 대승했습니다. 역사의 대의가 아니고 어찌 이런 결단을 할 수 있고, 어찌 이런 결과가 나올 수 있었겠습니까?

선거 결과에 대해 탄핵이라는 돌발변수 때문이라고 말하는 사람들이 있으나 저는 동의하지 않습니다. 열린우리당을 창당한 사람들의 결단은 정치생명을 건 역사적 결단이었습니다. 제가 창당을 주도하지는 않았지만, 저는 그 결단을 전적으로 지지했습니다. 85년 2·12총선을 앞두고 한 신민당 창당 이래 없었던 결단이었고, '동원비 없이 치러진 전당대회'는 우리 정치의 역사를 새로 써야 할 만한 혁명적인 사건이었습니다. 탄핵 사건 이전부터 열린우리당의 지지가 급상승하기 시작한 것은 이런 결단과 참여의 결과입니다. 탄핵 사건이 아니었더라면 열린우리당의 창당이 성공하지 못하였을 것이라는 가정은 옳은 가정이 아닙니다."

"어떻든 '정치인 노무현'의 갈 길이 난감한 상황입니다. 열린우리당의 창당정신은 정치인 노무현이 지난 20년 동안 온갖 희생을 무릅쓰고 일관되게 매진해왔던 가장 소중한 가치입니다. 하도 간절하여 정치적 목표를 넘어서 삶의 가치가 되어버렸습니다. 그런데 열린우리당이 무너지려고 합니다. 어떻게 해야 하는 겁니까?

대통령의 지지가 낮은 죄가 있어서 고개를 숙이고 기다렸습니다. 당을 나간 사람들이 대통령의 실패를 말하고 당에 남은 일부 사람들이 또 당을 나갈 것이라 하여 황급히 당적을 버렸습니다. 책임 있는 정치를 위해서는 임기 마지막 해에 대통령이 당적을 버리는 악순환을 끊어야 한다는 게 소신이었지만 당을 위해서 소신을 접었습니다.

그런데 그들은 또 당을 해산하자고 하고 당을 나가겠다고 합니다. 지난 20년간 국민에게 약속해온 국민통합과 정치개혁이 물거품이 되어가고 있습니다. 정치인 노무현의 정치인생에서 가장 심각한 좌절이자 절망입니다.

창당정신으로 돌아가 정도를 걷는 것이 사는 길입니다."

"어떤 사람들은 '대통령은 이번 대선에서 열린우리당이 져도 된다고 생각한다' '내년 총선을 위해 영남신당을 만들려고 한다'고 하는 모양입니다. 대통령이 그래서 통합에 반대한다고 말을 만들어내는 듯합니다.

한마디로 모함입니다. 대통령의 얘기를 함부로 왜곡해서는 안 됩니다. 그런 발상은, 지난 20년간 일관되게 고수해온 '정치인 노무현'의 원칙이나 실제 정치행위와 배치되는 것입니다. 지역주의가 나라를 망치고 정치를 망쳐왔다는 것을 누구보다 잘 알고, 그 피해를 가장 처절하게 체험한 정치인이 노무현입니다. 아무리 정략적 모함을 하더라도 도를 넘어서는 안 됩니다. 정치인 노무현이 살아온 정치인생 전체를 송두리째 부정하는 모함은 그만두길 바랍니다.

지역주의는 나라정치를 망칩니다. 지역정치는 경쟁 없는 정치를 만듭니다. 경쟁이 없는 정치는 정치의 품질을 낮추고 정치를 부패하게 합니다. 지난 지방선거에서 나타난 공천헌금이 그 증거입니다.

지역정치는 호남의 소외를 고착시킬 것입니다. 호남-충청이 연합하면 이길 수 있다는 지역주의 연합론은 환상입니다. 상대가 분열하지 않는 한 호남-충청의 지역주의 연합만으로는 성공할 수 없습니다. 지난 두 번의 선거를 정확하게 따져보면 분명해집니다. 현실의 승부에서도, 역사에서도 승리할 수 없는 길입니다.

열린우리당의 창당정신으로 돌아가야 합니다. 그것이 정치의 정도입니다. 결국은 정도로 가는 것이 사는 길입니다. 국민들이 달라지고 있기 때문입니다.

열린우리당의 창당선언문, 지금 읽어보아도 감동이 있습니다. 그 안에 많은 사람들의 용기와 결단, 희생과 헌신, 열정이 엉겨 있습니다. 인생을 바쳐 이루어내야 할 가치가 있고, 희망이 있습니다. 후손들에게 자랑스럽게 물려주어야 할 도도한 역사가 있습니다."

대통령선거는 후보경선 국면으로 접어들었다. 누가 후보로 나설 것인가에 세간의 이목이 집중되었다. 대통령과 당의 관계는 서먹했지만 경선에 관한 대통령의 의견을 듣기 위해 청와대로 발걸음을 하는 사람도 있었다. 먼저 그를 찾아온 것은 유시민 장관이었다.

5월 6일 오후, 유시민 장관과 대통령은 차 한잔을 나누었다.

당의 상황에 대해 여러 이야기가 오고갔다. 유장관은 '책을 쓰겠다'며 '거취'를 이야기했다. 책은 『대한민국 개조론』을 말하는 것이었고, '거취'는 장관직에서 물러나고자 한다는 뜻이었다. 대통령이 우려를 표했다.

"나는 유장관이 당으로 돌아가면 또 옥신각신 갈등이 생길 것 같아서 그냥 장관 더 하는 게 좋겠다고 생각하고 있었는데……"

당에 섭섭해하면서도 당내 갈등이 생기지 않기를 바라는 것 또한 어쩔 수 없는 그의 심정이었다. 유장관이 대답했다.

"당에는 안 갈 생각입니다. 내각에서 나가면 곧바로 사라지려고요."

책을 쓰며 한 달 정도 휴지기를 가진 후 대선 국면에서의 역할을 모색해보겠다는 뜻이었다. 대통령은 유장관이 쓸 책에 기대가 크다며 집필을 격려했다. 이 자리에서 유장관은 자신의 후임 장관과 차관후보로 구체적인 인물을 추천했다. 자신은 '자숙 기간'을 갖겠다는 뜻이 강했다. 대통령은 사의를 수용했다.

"유장관이 책을 하나 쓰면 도움이 많이 될 거예요. ……참, 유장관이 대선 후보경선에 나가면 좋겠다 싶었는데, 괜히 잘 알지도 못하는 사람들까지 덩달아서 유장관을 괴물 보듯이 하고 있으니……"

그동안 대통령은 대선 국면에서 유장관이 일종의 페이스메이커 역할을 해줄 것을 기대해왔다. 그러나 이제 그 뜻을 접었음을 간접적으로 밝힌 것이었다. 유장관의 생각은 조금 달랐다. 페이스메이커의 존재 자체는 필요하다는 입장이었다.

"대통령님께서 2, 3년 전에 페이스메이커 말씀도 하셨기 때문에…… 저희로서는 누구든 한 명쯤 그 일을 해줘야 된다고 봅니다. 다른 좋은 분이 역할을 해주시면 저희가 열심히 응원하고, 정말 아무도 없으면 누구라도……"

대통령은 거론되는 사람들의 이름을 열거했다. 제일 가까운 사람으로 한명숙 전 총리를 꼽았다. 이어서 이해찬 전 총리, 김혁규 의원, 신기남 의원 등이 거론되었다. 유장관은 자신이 느껴왔던 한 전 총리의 강약점을 소개하면서 '그 연배에 그 정도 되는 분 별로 없다'는 말로 우호적인 평을 했다. 대통령이 동조했다.

"나는 그 사람한테 호감을 갖게 된 것이, 2004년도 탄핵 전에 나를 찾아와서 4월 총선에 출마하겠다고…… 우리가 굉장히 어려워서 한 사람이라도 더 출마시켜야 되는 상황인데, 자기가 나가겠다고, 그래서 집 잡히고 돈까지 빌려놨다고……"

두 사람의 의견이 모이면서 자연스럽게 대화는 다른 주제로 넘어갔다. 대화가 마무리될 무렵, 대통령이 자신의 소망을 이야기했다.

"나는 당이 몰락하더라도 내년 총선에서 30명이라도 당선되면 괜찮겠다고 생각하는데, 30명이라도 될지 그게 제일 걱정이

에요. ……국민들한테 끊임없이 지역주의로 호소할 것이 아니라 경쟁하는 정치를 하자, 경쟁이 없으니까 품질도 떨어지고 부패나 매관매직이 나오는 것 아니냐…… 그런 글도 써놨습니다."

다시 몇 가지 덕담이 오간 끝에 대통령이 대화를 끝냈다.

"저 들어오고 싶을 때 들어와가지고 저 나가고 싶다고 나가는 이상한 장관이야……"(웃음)

이틀 후인 5월 8일, 아침 회의에서 대통령은 문득 자신의 '불행'을 이야기했다.

"어려울 때 모두 등돌리는 것도 불행스럽게 느껴지고 당이 이합집산하는 모습도 불행스럽습니다. 나야 다 잘했다고 하지만, 국민들은 정치권 부패 척결 한 가지밖에 잘한 게 없다는데, 그것조차 지금 되살아나는 조짐이 보이고……"

그는 자신이 생각하는 차기 대통령상을 피력했다. 자신과 같은 스트라이커형이 아니라 성품이 좋은 사람이면 좋겠다는 것이었다. 거기에 한마디를 덧붙였다.

"스트라이커는 나까지 하면 됐고, 단호하되 외유내강형인 사람이 되어야……"

한명숙 전 총리를 염두에 둔 발언임이 분명했다. 이야기의 끝에 그는 유시민 장관에 대해서도 짧게 평을 했다.

"내가 김대중 대통령을 힘들게 한 적도 있지만, 2001년 당시 언론사 세무조사할 때 내가 언론에 대해 세게 한 방 치고 나왔더니, 김대통령께서 노무현 그 사람 괜찮은 사람이라고 하셨다고…… 유시민을 보면, 재능도 있지만 나에 대해 일관된 태도를 가지고 있다. ……인간적인 경험이 쌓이면서, 정치를 그렇게 하면 안 되는데 하는 생각이 들다가도, 나도 옛날에 그랬기 때문에 이해되는 측면이 있다."

그날 저녁, 또 한 사람이 청와대를 찾았다. 이해찬 전 총리였다. 대통령 내외와 함께 관저에서 저녁식사를 했다. 유시민 장관 때와 마찬가지로 문재인 비서실장이 자리를 함께했다. 봄이 한껏 무르익은 청와대의 풍경으로부터 이야기가 시작되었다.

"봄이 되니까 여기 정원이 아주 좋습니다."

이 전 총리의 말에 권양숙 여사가 화답했다.

"1년 중에 지금이 제일 좋을 때입니다."

"여기 사시다가 밖에 나가서 못 사시겠는데요. ……거기 '봉하'라고 했나요?"

이 전 총리가 웃으며 묻자 '새롭게 가꾸려면 시간이 꽤 걸릴 것'이라고 권여사가 대답했다. 대통령이 정색을 하며 말했다.

"에이, 이렇게 가꾸는 것하고 다르지. 훨씬 더 자유롭고…… 소나무도 내 키보다 작은 놈 큰 놈 엉켜서……"

화제는 당 이야기에서 한미FTA로, 다시 농업에서 민주화운동기념사업회 이야기로 다양하게 넘어갔다. 총리 시절 대통령과 주례회동을 하던 분위기와 흡사했다. 정책에 두루 밝은 이 전 총리로부터 다양한 이야깃거리가 나왔다. 대통령이 불쑥 질문을 던졌다.

"그, 대통령후보는 언제 한번 해보렵니까?(웃음) 아니, 요새 사람들 사이에서 슬슬 얘기가 나오더라고. 그래서……"

기다리고 있었다는 듯 이해찬 전 총리의 즉답이 이어졌다.

"전에는 제 성격에도 안 맞고 해서 전혀 안 하려고 생각했고, 지금까지도 그렇긴 합니다. 그런데 요즘에 하도 당이 어수선하다보니 뭐 압박이 자꾸 오고 그러는데, 이걸 안 했다가는 개인처신만 했다고 나중에 욕을 바가지로 먹을 것 같기도 하고, 또 외면할 수도 없는 상황으로 가는 것 같기도 하고 그렇습니다. 그래서……"

대통령이 말을 잠시 끊었다.

"한명숙 총리는 할랑가?"

"거기는 하신다고 이미 방침을 세운 거고…… 제가 권유를 했어요. 그래서 이제 하시는 건데……"

이 전 총리의 답이었다.

"근데 제가 권유해놓고는 저도 나간다고 하기도 참 미안하고, 뭐 이해는 하시리라고 봅니다만……"

대통령이 웃었다.

대화는 다시 당의 진로로 옮겨갔다. 이해찬 전 총리는 '신설합당'의 방식을 이야기했다. 대통령은 신설합당의 모양을 갖춘다면 거기에 대해서는 반대할 생각이 없음을 분명히 했다. 이야기 도중 이 전 총리가 유시민 장관의 행보에 대해 신경쓰는 눈치를 보이자 대통령이 정리했다.

"당으로는 안 돌아가고, 뭐 그냥 잠적해 있으면서 책을 쓰겠다고 하더라고요. 페이스메이커 역할을 생각했던 모양인데, 우리 쪽에서 괜찮은 후보, 뭐 이총리나 한총리 두 분이 경쟁하는 모습 갖추면 자기는 아마 빠질 겁니다."

1시간 40여 분 동안의 대화가 끝나자 대통령이 오랜만에 활짝 웃으며 말했다.

"기분이 싹 풀린다!"

이튿날 아침 회의에서도 대통령은 여전히 파안대소했다. 한편으로는 조심스러운 모습을 보이기도 했다.

"유장관은 이번엔 쉬고, 어제 보니 이해찬 총리도 작심했더군요. 이해찬, 한명숙 두 사람이 붙으면 한총리는 앞으로의 리더십은 부드러워야 한다, 이총리는 화끈해야 한다, 이렇게 내세우고 싸우면 됩니다. 결과적으로 한총리가 우세할 것으로 보이는데, 봐야 알 거예요. 누구 편을 들 수도 없으니 정말 말조심합시다."

이해찬 전 총리의 결심을 듣기 전까지만 해도 그는 한명숙 전 총리를 의식한 언급을 많이 해왔다. 새삼스럽게 거두어들일 수는 없었지만 더이상 기존의 스탠스를 유지할 수 없었다. 그는 참모들에게 주의를 당부했다.

"지금까지는 한총리를 염두에 둔 이야기를 내가 불쑥불쑥 했는데, 다들 머릿속에서 지우세요. 두 사람이 경쟁을 하게 되면 그 부분을 특히 조심해야 되고……"

대통령의 분위기가 반전되었다. 고양된 분위기는 그후로도 상당 기간 지속되었다. 5월 중반이 넘어설 무렵이었다. 그는 거의 매일 소집해왔던 브리핑팀 회의를 축소하자고 했다.

"브리핑팀 회의를 대폭 축소합시다. 일종의 비상태세처럼 해왔는데, 상황이 이완되었으니 이제 그럴 필요는 없고, 주제가 있을 때 보고 또는 취재하러 오는 식으로 합시다."

그는 여유를 찾아가고 있었다. 5월 18일, 대통령은 광주민주화운동 기념식에 참석하기 위해 광주에 내려갔다. 다음날 그는 지역의 인사들과 함께 무등산에 올랐다. 이날 이른바 '무등산 발언'이 있었다. 당의 진로에 대해 자신의 입장을 정리한 것이었다.

"정치에서 가장 중요한 것은 대의입니다. 그다음에는 대세를 만들어야 합니다. 대세를 잃는 정치를 하면 안 됩니다. 우국지사는 그럴 수 있을지 모르지만 정치는 다릅니다. 배를 모는 선장은 폭풍우가 몰아치면 돌아가거나 배를 잠시 피신시켜야 합니다. 배가 침몰하게 둘 수는 없습니다."

"작년 말 나는 지역주의로 돌아가는 통합은 적절치 않다고 이야기한 적이 있습니다. 그때도 지금도 그것이 대의입니다. 그러나 그 이유 때문에 우리당이 분열되고 깨지는 것은 옳지 않습니다. 그래서 전당대회 때 당이 절차를 밟아서 규칙에 따라 통합을 한다면 그 결과는 무엇이든지 따르겠다고 했습니다.

2007년 5월 18일 광주민주화운동 기념식 참석차 광주에 내려간 노무현 대통령은 지역의 시민사회 인사들과 함께 무등산을 등반하며 야권통합에 대한 심경을 밝혔다.

여러분도 그렇게 갑시다. 제가 속한 조직의 대세를 거역하는 정치는 하지 않겠습니다. 그러니 여러분도 쉽게 포기 말았으면 좋겠습니다. 패배주의에 빠지지 않았으면 좋겠습니다."

열린우리당의 완전한 해체가 아니라 신설합당 방식을, 맥이 이어지는 야권통합이라면 사실상 거부하지 않을 것임을 밝힌 것이었다. 그 선택은 자신이 살아온 정치역정과 맞닿아 있었다. 그는 대의를 존중하면서도 대세를 거스르는 정치를 고집하지는 않았다. 1990년의 3당합당을 제외하고는.

대통령이 언급한 '대의'와 '대세'에 대해 언론의 해석이 분분했다. 천호선 대변인이 명확한 의중을 물어왔다. 그는 확실하게 다시 정리해주었다.

"내키진 않지만 그것 가지고 판 깨지는 않겠다는 뜻입니다. 결정은 수용하고 승복한다, 그것이 민주주의 원칙이다, 대의와 전략이 모두 다 안 맞긴 하지만……"

5월 20일, 유시민 장관이 다시 청와대 관저를 찾아왔다.

"대통령님, 요즘 부쩍 흰머리가 많아 보입니다."

유장관의 이야기로 대화가 시작되었다. 페이스메이커의 필요성에 관한 이야기였다. '어차피 노선 경쟁은 있어야 한다'는 것이 유장관의 입장이었다. 그러면서 7월경부터는 무슨 일을 해야 할지 상의하겠다고 말했다. 대통령은 반대의 뜻을 비쳤다. 이해찬 전 총리도 출마하기로 가닥을 잡은 만큼, 페이스메이커 역할은 포기하는 게 좋겠다는 의견이었다. 유장관은 '리

베로'로서의 역할을 남겨두었으면 한다는 희망을 피력했다.

"이해찬 전 총리가 나가시겠다고 그러면, 저는 그쪽에 지지층 몰아주고 뚝 떨어져서 놀아야 되거든요. 제가 가까이 가면 안 됩니다. 그러니까 저는 완전히 리베로로 풀려가지고……"

자신의 컬러대로 행동하면서 결과가 좋게 나오도록 돕겠다는 뜻이었다. 유장관의 설명을 듣고 나서 대통령은 판단에 맡기겠다는 말로 답을 대신했다. 유장관은 다음주에 장관직에서 물러나도록 정리해달라는 청을 덧붙였다. 이제 문제는 '이해찬이냐, 한명숙이냐?'였다.

배석해 있던 문재인 비서실장이 유시민 장관에게 물었다.

"지지자들은 그냥 두면 각각 알아서 갈 텐데, 대체로 이해찬 총리 쪽으로 가지 않을까요?"

유장관이 잘라 말했다.

"이총리 쪽으로 몰아야지요. 저희 쪽도 논의를 좀 해봤습니다."

묵묵히 듣던 대통령이 조심스럽게 의중을 내보였다.

"실제로 어찌 돌아갈지는 알 수 없습니다. 나도 이해찬, 한명숙 가운데 어느 쪽이 국민들에게 더 어필할지 몰라요. 굳이 말하자면 나는 한총리가 어필할 가능성이 좀더 높지 않을까 싶은데……"

그러고는 한마디를 덧붙였다.

"한총리가 직에 있을 때 주례회동을 하면서 봤는데, 그렇게 만만치 않은 사람이에요."

임기의 마지막 1년 중 어느덧 한 계절이 지났다. 각종 기념
일마다 변함없이 행사가 치러졌다. 대통령 노무현이 참석하는
마지막 행사들이었다. 내년 이맘때는 새로운 VIP가 행사의 주
인이 될 것이었다. 임기를 마무리하는 작업이 진행중인 셈이었
다. 새로운 문을 여는 일은 거의 없었다. 열어놓았던 문을 하나
둘 닫을 뿐이었다. 임기가 무척 길다고 느껴온 대통령이었지
만, 막상 중요한 과제의 문을 닫을 때면 생각이 달라졌다. 제대
로 된 무언가를 하기에는 임기가 의외로 짧다는 느낌을 지울
수 없었다. 언론에는 '레임덕'이라는 표현이 자주 등장했다. 5
월 말에는 일부 공기업 감사들의 외유성 남미 출장 문제가 불
거졌다. 대통령은 임기 말 기강의 고삐를 다시 죄어야 했다.
  "지난날의 낡은 관행에 안주하고 있는 것입니다. ……자기
관리를 잠시라도 소홀히 하면 안 됩니다."

그는 관련자 문책을 지시했다. 정부 부처의 40여 개 브리핑룸과 기사송고실을 통합하는 내용의 취재지원 시스템 선진화 방안 추진을 놓고 언론과의 또다른 긴장이 시작되는 시점이었다. 정책 추진력이 상대적으로 취약할 수밖에 없는 임기 말이었다. 각종 사건과 잡음들은 그나마 힘을 모으고 있는 과제의 실현조차도 어렵게 만들 가능성이 높았다.

5월 22일, 국정홍보처의 취재지원 시스템 선진화 방안이 국무회의 다섯번째 안건으로 보고, 확정되었다. 국무회의가 열리기 전날, 그는 예상되는 반발과 주변의 우려에 대해 정무관계 회의에서 입장을 밝혔다.

"어려움이 있기는 한데, 이번에 해놓고 갑시다. 반발이 있더라도 이것이 사리에 맞는 일입니다. 다음 정부를 위한 것입니다. 지금 정부가 언론을 탄압할 힘이 어디 있습니까? 다음 정부라도 부당한 피해를 입지 않도록 하기 위한 것입니다."

예상대로 언론은 강하게 반발했다. 보수와 진보의 구분이 없었다. '국민의 알권리'를 침해하는 방안이라는 논지가 사설마다 등장했다. 이튿날 대통령은 오랜만에 브리핑팀 회의를 소집했다. 이 자리에서 그는 이 방안을 내놓게 된 배경과 생각을 비교적 길게 설명했다. 그는 "결국 언론의 품질이 좋아질 것입니다"라는 한마디로 안팎의 공격에 대응하자고 제안했다.

"2003년도에 1차로 기자실과 취재 제도 개혁을 시행했지요. 그때 목적은 언론의 특권과 유착을 배제한다는 것이었는데, 이

번에는 공개적으로 이야기하지 않았지만 언론의 수준을 높이
자는 것입니다. ……오랫동안 민주주의의 미래에 대해 이야기
를 해왔는데, 결국 권력이 어떻게 이동해가느냐의 문제입니다.
……우리 사회의 권력 메커니즘, 민주주의 국민주권이 실행되
어가는 메커니즘에서 언론의 역할이 중요하다, 결국 세상은 언
론이 이끄는 대로 간다, 언론의 수준이 높아져야 사회의 수준
이 높아진다, 이런 이야기입니다."

그는 언론의 수준을 높여야 한다고 거듭 강조했다. 취재지원
시스템 선진화 방안은 정부의 취재 영역에서라도 그 수준을 높
이는 방법을 모색한 것이라고 설명했다. 솔직한 심경도 드러
냈다.

"내게 감정이 있으면 얼마나 있고, 기회가 남아 있으면 얼마
나 있겠습니까?"

한나라당에서 '국정홍보처 폐지 법안'을 들고 나왔다. 여당
의 반응도 결코 우호적이지 않았다. 큰 선거를 앞둔 상황이었
다. 언론과의 갈등이 다가올 대통령선거에 좋은 영향을 미칠
소재가 아니라는 사실만큼은 분명했다. 대통령 역시 그 점을
분명히 인식하고 있었다.

5월 말 대통령은 문재인 비서실장에게 이 사안과 관련하여
당의 대응을 조율해달라고 요청했다. '당이 비판적 자세를 갖
는 것은 좋지만 중립만은 지켜달라'는 것이었다. 나아가 '한나
라당이 제출하려는 법안에는 절대 동조하지 말아달라'는 주문

이었다. 안심이 안 되었는지, 그는 정세균 의장과 장영달 원내 대표에게 전화를 걸어 같은 취지의 협조를 당부했다. 당이 선뜻 동조할 수 없는 상황임은 잘 알고 있었지만 역풍으로 작용하는 것만큼은 막아내야 했다.

대통령은 사표를 내고 청와대를 떠나 있던 윤태영 전 비서관을 불렀다. 가까운 곳에서 계속 글을 쓰도록 할 생각이었다. 그는 자신의 생각과 입장을 홍보해줄 사람이라면 청와대 안에 있든 바깥에 있든 최대한 활용하려고 했다. 임기 말로 다가갈수록 그 필요성이 더욱 절박해졌다. 본격적인 여름이 오기도 전에 정국은 언론과의 갈등으로 뜨거웠다. 개헌 제안 때와는 또다른 상황이었다. 그는 청와대 내부의 참모들부터 설득해야 했다.

"언론개혁 하나 남았다고 한 지가 오래되었습니다. 검경 수사권 조정과 고위공직자비리수사처 설치로 상호견제를 통해 검찰을 개혁하고, 여기에 언론개혁을 더하게 되면 사회 투명성의 판이 짜이는 겁니다. 검찰은 많이 개혁되긴 했지만 정권이 바뀌면 어찌될지 모르니 제도적으로 그렇게 가고, 그러면 남는 것은 취재 시스템을 고치는 일입니다. 그래야 참여정부 개혁 작업이 최종 마무리됩니다."

쉽지 않은 싸움이었다. 하지만 힘들다고 해서 쉽게 포기할 대통령은 아니었다.

대통령은 여전히 분주한 일정을 소화하고 있었다. 임기 초반과 거의 다를 바가 없는 일정이었다. 의례적인 행사들도 있었고, 전선을 관리하고 독려하기 위해 스스로 선택한 행사도 있었다. 그는 외부 강연을 그런 기회의 장으로 적극 활용했다. 6월 2일에는 이병완 전 비서실장과 안희정 집행위원장의 주도로 구성된 참여정부평가포럼 회원을 상대로 긴 시간의 강연을 했다. 다음날엔 이창동 전 문화관광부장관이 감독을 맡은 영화 〈밀양〉을 관람했고, 8일에는 원광대학교에서 명예박사학위를 받으면서 특강을 했다.

일련의 강연에서 그가 언급한 몇몇 발언들이 다시 선거법 위반 논란에 휩싸였다. 선거관리위원회는 대통령이 공무원의 선거중립의무를 어겼다고 결정했다. 그러자 청와대는 '앞으로는 발언하기 전에 선관위에 묻겠다'는 반응을 보였다. 언론들은 이를 일제히 공격하고 나섰다. 일관되고 분명한 철학이었지만 그의 생각과 세평 사이에는 언제나 쉽게 좁혀지지 않는 간극이 있었다. 우호적인 일부 언론에서도 대통령의 취지를 이해하면서도 '불법 시위'는 있을 수 없다고 선을 그었다. 그는 20일 정무관계회의에서 이 문제에 대한 입장을 소상히 이야기했다.

"1988년 노태우정부 이래로 대통령에 관한 한 성역이라는 것이 전혀 없습니다. ……대통령이 바로 정치적 공격의 대상이 되고 ……초월적 지위라는 것은 1987년 6월항쟁 이후, 13대 국회 때 이미 없어진 겁니다. ……대통령의 헌법상 특별한 권력은 다 없어졌지만 초법적 통치의 권력기관들을 그대로 장악하고 있었고, 실제로 사람들의 사고방식이나 행동양식에 소위 초법적 사고가 계속 존재했습니다. 그런 권력의 행사를 억제하기 위해서 만든 것입니다."

'사실상의 특별한 권력, 초법적 권력'은 참여정부에 들어와서 모두 해체되었다, 이 점을 그는 설명했다. 자신이 '가장 합법적이고 민주적으로, 가장 투명하게 원칙을 지키고 있는 대통령'임을 강조했다. 그는 이러한 시기에 왜 자신의 발언이 문제가 되는지 이해할 수 없다는 반응을 보였다. 정파의 대표자가 대통령이 되는 정치체제를 가진 그 어떤 나라에서도 대통령의 정치적 발언이 금지되지 않는다는 것이었다. 그는 이러한 금지 규정을 '위선적인 제도'로 규정했다. 당연히 '파기되어야 할 제도'라는 것이었다.

6월 말에서 7월 초까지는 평창동계올림픽 유치를 위해 IOC 총회에 참석해야 했다. 행선지는 과테말라였고, 돌아오는 길에 하와이와 시애틀을 경유하는 일정이었다. 의전비서관이 귀국길의 하와이 일정에 대해 대통령의 뜻을 물었다. 1박만 할 것인지, 아니면 이틀간 머무르면서 충분한 휴식을 취할 것인지 묻는 것이었다. 대통령이 간단히 대답했다.

"1박만 하자, 쉬면 할 일도 없고 더 힘들다."

7월 1일에는 경유지인 시애틀에서 동포간담회가 열렸다. 대통령은 그의 낙관을 '하느님의 사랑'에 빗대어 이야기했다.

"하느님께서 제가 대통령 되기 전까지 저를 얼마나 사랑했는지 모르지만, 되고 난 후엔 확실하게 사랑하시는 것이 분명합니다. 그만두고 나면 또 어쩌실는지 모르나…… 대한민국을 사랑하시기 때문에 대통령으로 있는 한 미우나 고우나 부득이 사랑해주실 것입니다. 제가 어디 가면 비가 오다가도 그쳐요."

많은 노력에도 불구하고 동계올림픽 유치는 실패로 끝났다.

여름이 본격화되면서 대선 정국이 뜨거워졌다. 대통령은 의도와 상관없이 선거의 한가운데에 있었다. 그는 자신을 겨냥한 공격 하나하나에 반응하고 대응했다. 외부로 공개되는 것은 그 가운데 일부에 불과했다. 때로는 순수하게 기록으로만 남겨두라면서 이런저런 단상을 이야기하기도 했다.

대통령을 향한 공격이 점점 험해지고 있었다. 몇몇 사안에 대해서는 즉시 대응할 수밖에 없었다. 아무리 선거 국면이라 해도 부당한 공격에 대해서는 정면으로 대응해야 했다. 물론 한계가 있었다. 참모들과의 내부 회의에서 '부당한 매도'와 '억울함'을 호소하는 데 그치는 경우도 적지 않았다.

"참여정부 임기 동안 언론에서 의혹, 게이트라고 이름 붙인 것이 몇 개인지 정리해봐요. 이제 그만하라고……"

"시작도 청와대, 끝도 청와대, 왜 가만히 있는 청와대를 공격하나? 진실에 근거해서 정직하게 해야지……"

7월 두번째 주말, 그는 봉하마을과 그 인근을 둘러보았다. 밀양의 영남루에도 오르고, 사저를 짓는 현장에도 가보았다. 통영 바다목장에서는 낚싯대를 드리웠다. 달아공원에서는 파노

아프가니스탄에서 한국인 23명이 탈레반에 인질로 붙잡히는 사건이 발생하자, 청와대는 긴장 속에서 급박하게 돌아갔다.

라마와도 같은 다도해의 풍광에 심취하기도 했다. 점차 윤곽을 드러내는 사저의 공간을 설계하는 일이 이즈음 그를 지탱하는 즐거움 가운데 하나였다.

7월 19일, 아프가니스탄에서 좋지 않은 소식이 날아들었다. 한국인 23명이 탈레반에 인질로 붙잡혔다. 대통령은 하루 전날 행정중심복합도시 기공식에 참석했다가 계룡대공관에서 휴식을 취하고 있었다. 그는 남은 일정을 취소하고 급히 귀경했다. 오후에 곧바로 대국민담화를 발표했다. 사태는 장기화되었다. 긴장된 나날이 이어졌다.

"범죄인, 포로라고 얘기하는데 한국인은 포로가 아니다. ……한국 사람은 포로 교환 대상이 아니다. 민간인이다. 한국인에 대한 가해행위는 민간인 학살이다. 한국 국민은 무조건적인 학살에 대해 결코 좌시하지 않겠다. 안보정책조정회의를 거쳐서 명확하게 통보해야 한다. 또한 이것은 국민들에 대한 메시지이기도 하다. 이 점을 분명하게 해달라."

정치든 외교든 상대방에게 자신의 처지와 입장을 분명히 밝혀야 한다는 것이 그의 일관된 생각이었다. 이번에도 예외는 아니었다. 그는 의례적인 수사를 좋아하지 않았다. 솔직하고도 실용적인 언어로 대응했다. 안보실과 국정원장의 보고가 수시로 이어졌다. 피로가 몰려왔다. 그는 가끔 체력의 한계를 호소했다. 사태는 8월 말에 이르러서야 가까스로 고비를 넘겼다.

"손녀가 신문을 보고는 김정일 위원장이 할아버지 친구냐고 묻더군요."

2007년 8월 8일, 제2차 남북정상회담 개최 합의 사실이 발표되었다. 이튿날 아침에 정무관계수석회의가 열렸다. 대통령은 손녀의 물음을 소개하는 것으로 회의를 시작했다.

"친구 같기도 하고 아닌 것 같기도 하다고 대답했더니, 그럼 손님이냐고 물어보더군요."

회의장에 웃음꽃이 피었다. 대통령선거를 2개월여 앞두고 열리는 정상회담에 대해 '선거용'이라는 야당의 반발이 있었다. 그는 한마디로 정리했다.

"정상회담이 문제가 아니라 남북관계에 대한 야당의 인식과 태도 문제다. 손해를 본다면 자기들 스스로의 인식과 대응 때문에 그런 것이다."

그는 아침마다 열리는 회의에 유연하게 참석하라고 참모들에게 주문했다. 매일 회의를 하다보면 매너리즘에 빠지기 쉽다는 뜻이었다. 각자가 유연하게 판단해서 빠지고 싶은 날은 불참해도 좋다는 것이었다.

"지난번에 비서실장에게 그런 방향으로 조정해보라 했더니, 자기도 높은 사람이라 지금 이 방식이 좋은가봐. 안 바꾸더라고."

대통령이 문재인 비서실장을 화제에 올렸다.

"TV를 보면, 사람들이 각기 인상들을 가지고 있어서 화난 인상도 있고 묘한 표정도 나오고 하는데 우리 비서실장은 어째서 그런 안 좋은 표정이 한 번도 안 나올까요?"

갑자기 자신에게 농담조의 질문이 날아들자, 문실장이 초점을 돌리려는 듯 말끝을 흐렸다.

"요즘 우리 가운데 얼굴은 천호선 대변인이 단연……"

그가 고개를 끄덕이는가 싶더니 조금 뜻밖의 농담을 던졌다.

"아, 그건 당연히 그렇지요. 그런데 후보가 되면 얼굴이 좀 찌그러지게 나오는 것 같아. '문재인 후보'는 어떻습니까?"

좌중에 웃음이 터졌다. 세상의 동향에 밝은 소문상 정무비서관이 항간의 풍문을 전했다.

"강남 미용실에서 40대 주부에게 인기투표를 하면 문실장이 1위랍니다."

"웅? 강남에서? 강남 스타일이네. 자, 그럼!"

대통령이 미소로 대꾸하며 회의를 마쳤다.

남북정상회담에 대한 야당의 공세가 시간이 갈수록 거세졌다. 대통령은 아침 회의에서 야당의 공세에 대한 반론을 준비했다. 남북정상회담만은 아니었다. 야당 대선후보가 쏟아내는 공약과 공격 들도 살펴보았다. 참여정부가 직간접적으로 관련된 사항은 하나하나 입장을 정리해두었다.

그는 먼저 남북정상회담에 대해 강조했다.

"이번에 하지 않으면 적어도 1년 이상 지체될 수밖에 없습니다."

다음 정부가 남북정상회담을 추진하려면 아무리 서둘러도 1년 이상 지체될 수밖에 없다는 게 그의 인식이었다. 그동안 남북관계를 지체시킬 수는 없었다. '남북관계'보다 더 큰 문제는 '경제' 관련 공격이었다. '무너지는 한국 경제를 살리겠다'는 야당 후보의 공약이 나왔다. 대통령은 즉시 대응할 것을 지시했다. 그의 임기 내내 '민생 파탄'과 '국정 파탄'은 야당의 단골 구호였다. 그 구호가 절정에 이르렀을 무렵, 그는 보란듯이 주식에 투자했었다. 결과는 성공이었다. '살리겠다'는 말에도, '무너졌다'는 표현에도 그는 전혀 동의할 수 없었다. 오진도 그런 오진이 없었다. 그는 탄식했다.

"걸어다니는 사람을 묶어다가 병원에 강제 입원시킬 모양이다. 정말 걱정이다."

열린우리당은 8월 18일 임시 전국대의원대회를 열어 대통합민주신당과의 합당을 의결했다. 유시민 전 장관과 추미애 전 의원이 대선 후보경선에 나서겠다고 선언했다.

열린우리당이 대통합민주신당과 합당을 결의하자, 언론은 '백 년 정당이 3년 반 만에 막을 내렸다'고 공격했다. 그는 "속이 쓰리다"는 표현으로 솔직한 심경을 토로했다. 그건 어쩌면 겉으로 드러난 수식어에 불과할 수도 있었다. 실제로 그의 속은 '쓰린' 수준을 넘어 숯처럼 까맣게 타들어가 있는 듯했다. 그나마 당의 법적 정체성이 유지되는 통합이라는 점에 그는 안도했다.

어느 날 아침 회의에서는 이런 주문을 하기도 했다.

"한나라당 대변인이 참여정부와 대통령을 상대로 했던 논평들의 목록을 정리해서 어디라도 좋으니 실어보세요. 그중에 사실이 얼마나 되는지 또 합리성이 있는 말이 얼마나 되는지도 정리해보고요. ……사람이 어떻게 그럴 수 있는지 도저히 이해가 안 가서 그럽니다."

그는 끊임없이 역사를 돌아보고 있었다. 세종과 정조가 자주 화제에 올랐다.

"세종 때의 민본주의 정치가 그후에 이어지지 못했던 것은, 유학자들의 사상에 맞지 않았기 때문이다. 한글도 유학자들에게 박해를 받는 운명이었고, 정조가 실패했던 것도 마찬가지이다. 그때는 근대 민주주의 사상이 없었고, 실용주의 세력을 키우지 못했다. 유학자들은 끊임없이 재생산된 반면, 세종의 뜻은 재생산되지 못했다. 우리는 근거지를 세우고, 사상을 연구하고, 발전시키고, 실천하고, 민주주의 중추 세력을 형성해야한다. 아주 중요한 것이 재생산이다. ……단순한 정권의 전략으로서가 아니라, 민주주의 사상이 국민들의 생활 속에 뿌리내려서 새로운 주체 세력이 형성되도록 해야 한다. ……80년대 사회운동의 주체들은 이런 문제의식을 가지고, 민주주의 주체세력이라는 자각을 가지고 무장하여 자기증식을 해나가야 한다. ……내버려두는 것이 민주주의가 아니다."

그는 '깨어 있는 시민'을 이야기하고 있었다. 근거지를 강조하고 있었다. 오늘의 민주주의를 이끌어온 주체 세력이 문제의식을 가지고 자기증식을 해나갈 것을 소망하고 있었다.

이즈음, 큐레이터 신정아씨의 가짜 박사학위 관련 논란이 세간의 화제로 떠올랐다. 변양균 정책실장이 그녀를 비호했다는 의혹으로 번지면서 관련 보도들이 쓰나미가 되어 신문지면을 덮어버렸다. 대통령은 이 문제에 각별히 대처하라고 비서실에 지시했다. 해명되어야 할 쟁점들을 하나하나 직접 지적하기도 했다.

청와대에서의 마지막 여름이었다. 8월 말의 어느 날, 대통령이 홍보팀 회의를 소집했다. 홍보수석실에서 글을 쓰는 비서관, 행정관 들이 관저로 올라갔다. 이날 그는 '지도자와 원칙'에 대해서 비교적 길게 자신의 견해를 밝혀두었다. 이야기들 하나하나가 작금의 정치 현실, 특히 대통령선거 국면을 염두에 둔 것들이었다.

그는 리더십의 핵심 조건으로 원칙을 우선 꼽았다. 그다음 신뢰와 공정성을 꼽았다. 그는 칭기즈칸을 예로 들었다.

"논공행상을 정확하게 하지 않는 정권은 다 망한다. 칭기즈칸이 성공한 비결은 여러 가지가 있는데, 그중 하나가 전리품을 정확하게 분배했다는 것이다. 반면 그는 역사의 지도자가 될 수 없었다. 가치와 원칙이 없었기 때문이다. 원칙은 사회의 존립 근거이며, 신뢰 역시 원칙에서 비롯된다. 약속을 지키는 사람이 신뢰받는 지도자가 되고, 사회적 집단적으로도 원칙을 지키는 사람이 신뢰받는 지도자가 된다. 다자간의 원칙이 정당하다고 역사적으로 검증된 것은 곧 우리 모두의 이익이 된다."

리더십에 대한 그의 이야기는 계속되었다. '경쟁'과 '패배'에 대해서도 생각의 일단을 드러냈다. 패배할 수도 있다는 사실을 인정해야 한다는 것, 그런 사람만이 선수가 될 수 있다는 것이었다.

정치인 노무현은 언제나 과감하게 문제를 제기했다. 그러한 태도를 두고 세간의 비판이 있었지만 그의 자세는 임기 말까지도 변함이 없었다. 그의 도발적인 문제 제기는 늘 반대 전선을 만들었다. 야당과 언론의 강한 반대에 부딪치기도 했다. 결국 지지도에 나쁜 영향을 주었다. 그래도 그는 문제 제기를 멈추지 않았다. 그렇게 할 수밖에 없는 이유를 한마디로 설명했다. '역사의 과제'라는 것이었다.

선거철만 되면 등장하는 '국민의 눈높이'라는 표현에 대해서도 그는 일침을 가했다.

"'국민의 눈높이'라는 말이 유행하고 있는데, 그것은 지도자가 할 일이 아니다. 지도자의 눈높이는 역사의 눈높이여야 한다. 지도자는 국민의 눈높이를 역사의 눈높이로 끌어올려 함께 이끌어가는 것이다."

지도자의 '판단력'과 '통찰력'에 대해서도 말했다.

"판단력과 통찰력의 토대 위에서 정확한 예견이 가능해진다. 판단력이나 통찰력은 기본적으로 해박한 지식, 깊이 있는 사고에서 나오는 것이다. 통이 작은 것이 판단력, 통이 큰 것이 통찰력이다."

격정적인 토로도 있었다. 기록으로 남겨두고자 하는 생각도 있었다. 이즈음 변양균 정책실장과 정윤재 의전비서관과 관련한 의혹이 각각 수면 위로 떠올라 대통령의 심기를 어지럽히고 있었다. 그는 지도자의 자세를 잃지 않았다. 사건의 윤곽이 드러날 때마다 추상같은 엄격함을 보였다. 한편으로는 그들의 고통이 자신과의 인연에서 비롯된 것이라는 생각에 감싸안으려는 모습도 보였다.

9월 초순, 그가 문득 액자 하나를 찾았다. '사람 사는 세상'이라는 글이 쓰인 액자였다. 정치인 노무현의 최초 후원회가 둥지를 틀었던 여의도 사무실에 걸려 있던 액자였다. "못 찾겠거든 이 기회에 신영복 선생에게 하나 써달라고 부탁하자"는 말

'사람 사는 세상'은 노무현 대통령이 생각한 최고의 가치, 최상위의 명제였다.

을 덧붙였다. 이유도 길게 설명했다.

"최상위에 '사람 사는 세상'이라는 명제가 있다. 그다음에 시민주권 명제가 있고, 시장권력과 국가권력의 통합 조정이라는 주제가 있다. 그속에서 언론이 무슨 기능을 할 것인가? 시민권력으로서의 언론을 다시 보자. 민주주의를 위한 시민운동의 과제가 아직 남아 있는 것이 아닌가? '사람 사는 세상'이 그래서 필요하다. 최고의 가치를 이렇게 표현할 수밖에 없다. 개별 인간과 더불어 사는 인간사회로서의 '사람 사는 세상'이라는 분명한 목표가 거기 있는 것 아닌가?"

임기가 몇 개월 남지 않았다. 그는 퇴임 후 할 일들의 방향을 구체적으로 잡아나갔다. 5년 동안 해온 일에 대한 평가와 규정도 동시에 진행했다. 9월 6일 APEC 정상회의에 참석하기 위해 호주로 향하는 전세기 안. 그는 간단하게 작성한 메모를 김경수 연설기획비서관에게 건네며 기록용으로 남겨두라고 지시했다.

○ 대연정과 관련하여

　– 대통령의 생각은 너무 앞서가고 있었다.

　– 이상은 높은 곳에 있었고 정치 현실은 여소야대 일방통행의 시대를 살고 있었다.

○ 여소야대 당정분리 대통령, 기름 떨어진 자동차.

○ 정치 중립 대통령, 거세한 정치인.

9월 10일, 변양균 정책실장이 자리에서 물러났다. 문재인 비서실장이 사건의 전후 경과를 대통령에게 보고했다. 그는 간단하게 지시했다.

"원칙대로 수사하도록 하십시오. 수사에 방해가 되지 않도록 신분을 정리합시다. 그렇게 갑시다. 내 생각에는 김병준씨가 정책실장으로 컴백하면 되지 않을까 싶습니다."

이호철 국정상황실장은 김영주 산업자원부장관도 대안으로 거론했다. 대통령이 고개를 끄덕였다.

"김병준씨를 우선적으로 놓고 그다음에 김영주 장관을 생각해보는 것으로. 예산처에 대안이 있으면 예산처장관을 불러오는 것도 방법이다."

9월 13일, 대통령은 청와대 경내에서 자전거를 탔다. 비서관들이 생일선물로 마련해준 것이었다. 다음날 열린 브리핑팀 회의에서, 그는 변양균 실장 건에 대해서 작정한 듯 속내를 허심탄회하게 털어놓았다. 관련 기사에 대한 불만도 토로했다. 언론은 권양숙 여사가 변실장 부인을 청와대로 불러 위로한 일을 문제삼고 있었다.

"사람 도리 한 게 이상한 일입니까? 변양균씨 문제를 보고받았을 때, 믿는 도끼에 발등 찍혔으니 노엽기 짝이 없었습니다. 그동안 수많은 정치공세와 검찰 수사를 받으면서, 결국 참여정부가 대선자금 문제와 일부 정치자금 문제 이외에는 혐의가 없다는 것이 밝혀졌지요. 그렇게 버텨왔던 참여정부의 자부심과 당당함을 내려놓아야 할지도 모르는 심각한 상황이어서 내가 받은 심적 타격은 아주 컸습니다. 심각한 상황이었고 그만큼 노여움도 컸습니다."

그는 길게 한숨을 내쉬며 참모들을 둘러보았다. 조금 더 언성이 높아졌다.

"그래도 내 머릿속에 제일 먼저 떠오른 것은 그 사람들 가정에 닥친 풍파였습니다. 청와대 입장에서는 고위공직자의 부정행위보다는 차라리 개인적 추문이 나을 수도 있겠지요. 그런데 그 가족들이 감당할 일을 생각하니 차라리 부정행위였다면 하는 생각을 피력하기도 했습니다. 우리도 힘들지만 부인은 훨씬 더 힘들 것 같기에 잘 버텨야 된다고 조언하고 위로를 해준 것인데, 이게 그리 이상한가요?"

좌중은 찬물을 끼얹은 것처럼 조용했다. 그는 지난날을 회고하며 무겁게 이야기했다. 얼굴에는 노기도 묻어나왔다.

"지금까지 안병영 부총리 이외에는 예고 없이 장관을 해고한 적이 없습니다. 물러날 장관의 90% 이상을 관저에 초청해서 상황을 설명하고 양해를 구했습니다. 일하다가 자의가 아니고 대통령의 명령에 의해 그만두게 되면, 본인이 입장을 정리하고 사의를 표명할 수 있도록 1주일, 2주일씩 시간을 주곤 했습니다. 잘못이 없는 사람에겐 물론 그랬고, 잘못이 있는 사람도 위로했습니다. 조치야 준엄하게 하더라도, 사람에 대한 도리는 또다른 것 아닙니까? 혐의가 나올 때도 변명의 기회를 주고,

증명이 될 때까지 기다리고, 여론의 압력이나 부담을 대통령이 다 감수하면서 그리해왔습니다. 사람에게 과오가 없기가 어렵고, 과오라는 것 또한 그 시대 환경의 영향을 많이 받는 것이기 때문에 그런 겁니다. 또 과오가 있다고 해서 반드시 폐기해야 하는 것이 아니라, 또다른 기회에 복구할 수도 있는 것이 인생사의 원리입니다. 그러니 나로서는 당연한 일입니다. 나만 별난 것이 아니고, 일반적으로도 그러는 것이 좋지 않은가요?"

대통령은 후임 정책실장에 성경륭 균형발전위원장을 내정했다. 후보로 검토했던 김영주 산자부장관은 포기했다. 그를 다시 청와대로 불러들이는 것이 '너무 가혹하다'는 이유를 붙였다. 9월 18일은 대통령의 생일이었다. 기념으로 수석보좌관들과 오찬을 함께했다. 그는 이 자리에서도 작금의 사건들에 대해 착잡한 소회를 털어놓았다.

"정실주의가 우리 사회에 상당히 문제가 될 것입니다. 권력 안에도 정실주의가 많이 있습니다. 공직사회 차원에도, 정치권력 차원에도 정실주의가 남아 있는데, 이것을 뿌리 뽑는 일이 다음 시대의 과제라 할 수 있습니다. 사실 우리 정부에 와서 많이 정리가 되긴 했습니다. 청와대가 계속해서 언론이나 검찰과 각을 세워왔기 때문에, 몸조심을 안 할 수 없었던 겁니다."

취임 초부터 참모들에게 계속해왔던 이야기다. 검찰, 국정원 등 정보권력기관을 장악하지 않은 또다른 이유이기도 했다. 이 때문에 그런 기관들과 오히려 각을 세운 측면도 있고, 특히 언론과는 정면대결을 해온 상황이었다. 덕분에 모두들 스스로 몸가짐을 바르게 할 수밖에 없었다는 것이다.

"어떤 면에서 보면 우리 정부의 전략이기도 했습니다. 무사하게 걸어나가기 위한 전략…… 각을 빳빳하게 세우고 살얼음판을 걸어가듯 몸조심해야, 나갈 때 무사하게 걸어나가지 않겠느냐 했는데……"

대통령의 표정은 착잡했다.

"제일 허무한 것은, 열심히 달려왔는데 실제로 세상이 얼마나 달라졌나, 달라졌다고 해도 모래 위에 쓴 글씨처럼 시간이 흐르면 다 지워지는 것 아닌가 하는 생각이 들 때입니다. 그동안 아득바득했던 것이 어떤 의미를 갖는지 허무한 생각이 들곤 합니다. 말년에 느끼는 공허감 같은 것입니다."

그가 헛헛한 웃음을 지었다. 멀리 퍼져나가지 못한 웃음소리가 자리를 맴돌았다. 퇴임일이 반년 안쪽으로 훌쩍 다가와 있었다. 험한 일이 생기면 그 가까운 퇴임일조차도 까마득히 멀어 보였다. 여러 가지 사건에도 불구하고 그는 해야 할 일들을 차근차근 챙겼다. 여전히 하고 싶은 일도 많았고 정리해야 할 일도 적지 않았다. 다양한 이야기와 주문이 계속되었다.

"1987년 이후 한국 정치사, 386 시대 정치사를 한 편 쓰자."

"임기 마치고 난 뒤, 언론인에게 보내는 편지를 정리하자. 내 경험을 죽 정리해서, 역사적 이론적 관점, 개인사를 중심으로 한 책을 하나 엮어냈으면 좋겠다."

"공무원을 어디에 얼마나 늘렸나? 그로 인한 비용의 증가는 얼마나 되었는가? 거기에 한 파트 곁들여서 비정규직의 정규직화 문제까지…… 종합해서 정리해달라고 지시 처리해달라. 참여정부에서 공무원 수를 늘린 것의 긍정적 의미를 정리해달라."

지난 시절을 정리하려는 욕심이 한 축이었다. 미완의 과제에 대한 아쉬움이 또다른 한 축이었다. 미래에 대한 조심스러운 기대도 있었다.

"퇴임 후 사이트를 하나 운영할 것이다. 각 정책의 이전 이후 흐름을 모아서 엮어놓으면 사람들이 정책에 대한 역사적 관점을 가지게 될 것이다."

추석 연휴가 시작된 주말이었다. 대통령 내외는 선영을 참배한 후 저도의 공관에서 며칠간 휴식을 취했다. 연휴가 끝나자 남북정상회담 준비 일정이 이어졌다. 분주한 일정이었지만 그는 윤태영 전 비서관을 불러 기록하고 정리해야 할 사항들을 전했다.

"지도자 인성론에 대해 쓰자. 지도자가 매 순간 선택하는 과정에 관해 정리할 필요가 있다. 많은 사례들을 정리하다보면 대강의 기준들이 설 것이다."

겪어왔던 고비의 순간들을 정확한 기록으로 남겨두자는 이야기도 있었다.

"나는 대통령 자리에 집착하지 않았다. 대선에 유리하다고 해서 원칙 없는 협상을 하지도 않았다. 이인제 총리 제안을 거절했고, 정몽준씨와의 협상안도 거절했다. 정몽준과 정동영, 추미애를 동등하게 대우하려다가 판이 깨졌다."

어쩔 수 없는 아쉬움과 안타까움을 토로한 대목도 있었다.

"국정운영에 대한 자신만만함에도 불구하고 패배감이 있다. 숙제를 다 못한 아쉬움이 남아 있다."

"퇴임 후 할 일에 관심이 많다. 초선 의원 시절부터 견지해온 원칙에 관한 기나긴 투쟁이 아직 마무리되지 않았다. 그 부분이 퇴임 후 상당한 집념으로 남을 가능성이 있다. 전투적 표현을 쓰면, 아직 전쟁은 끝나지 않았다. 바벨탑을 완성하지 않았다."

경선 국면에서 각 후보에게 취했던 스탠스에 대해 스스로에게 심각한 의문을 던지기도 했다.

"한명숙 총리, 온화하고 온건한 화합형이다. 내 자신이 투쟁적 이미지여서 더욱 그렇게 느낀 것이다. 실수를 할 가능성이 적고 신중하니까…… 이해찬 총리가 해박하긴 하지만, 말렸어야 했다는 생각도 든다. 이 문제를 소극적으로 처리한 것은 아니었을까?"

10월 초, 대통령은 제2차 남북정상회담을 성공적으로 마치고 돌아왔다. 준비에도 많은 일정이 필요했고, 회담 후에도 후속 조치를 위한 보고와 회의들이 이어졌다. 북한과 합의된 사항들을 실천하고 제도화하기에는 그에게 남아 있는 시간이 많지 않았다. 여전히 그는 정치적 공방의 중심에 있었다.

○우
공 산
을
어 옮
리 긴
석 다
은 。
사
람
이

　2007년 10월 13일, 대통령은 신영복 교수와 만찬을 했다. 이 자리에서 신교수는 직접 붓으로 쓴 글을 그에게 선물했다. '우공이산'. 퇴임 후 그가 필명으로 사용한 '노공이산'이 탄생하게 된 계기였다. 이틀 후 대통합민주신당의 대통령 후보경선에서 정동영 후보가 승리를 거두었다. 이날 저녁, 정동영 후보가 대통령에게 전화를 걸어왔다. 잠깐의 축하인사 후에 어색하고 불편한 대화가 이어졌다.

　어쨌든 그는 대통령선거 국면에서 정동영 후보를 지지하는 입장을 견지했다. 그러면서 선거 과정을 지켜보는 자신의 생각도 구술했다. 제3후보들에 대해서도 그는 '기록으로서의 생각'을 남겼다.

　"나는 정치는 정당을 통해 하는 것이라고 생각하는 사람이다. ……정당이라는 것은 하루아침에 만들어지는 게 아니다.

342

임기 말이 가까워오자 노무현 대통령은 국정 현안과 정치철학에 대한 자신의 견해를 정리하는 일에 집중했다.

그 정당에 모인 사람들을 정확히 분석해볼 수는 없지만, 지금까지의 경험에 의하면 기존 정당 판에 끼지도 못하는 사람들이 모여들더라. 그걸 선별할 방법도 없고 선별할 의지도 갖기 어렵다."

"정치권 안에 있는 사람만이 새로운 정치를 할 수 있다고 생각한다. 많은 사람이 정치에 들어오자마자 1년도 안 되어서 낡은 사람이 되고, 또 무능한 사람이 되고, 바른말하던 사람도 정치에 들어오면 그날로 다른 사람이 되는데……"

11월 초, 남은 임기는 더욱 짧아졌고, 남기고 싶은 이야기는 더욱 많아졌다. 이야기는 임기중 아쉬웠던 대목과 회한에 집중되었다.

"결국 대통령으로서의 공약은 다 지킨 것 같고, 정치인으로서의 소망은 다 이루지 못한 것 같다. 이 시점에서 뭘 더 해야 되나, 말아야 하나? 한다면 뭘 더 해야 하나? 정치에 대한 마지막 소망을 위해 할 일이 뭔가 더 있을 것 같은데, 무리한 욕심 아닌가싶다. 한 인간의 욕심치고는 너무 벅찬 것 같다. ……대통령의 몫은 아닌 듯하다. 결국 국민들한테 맡길 수밖에, 역사의 흐름에 맡길 수밖에 없는 것이다. 한 자연인으로서 그런 소망을 가지는 것과는 별개로 정치마당에선 떠나야 할 것 같다."

정치라는 싸움의 한복판에서 물러나는 데 대한 소회도 있었다.

"정치란 기본적으로 권력투쟁이므로 정치인은 항상 상대를 쓰러뜨려야 하는 직업이다. 그러니 공격하는 나 자신도 공격받지 않을 수 없다. 인간이 견뎌내기에는 어려운 일이라 삶이 황폐해질 수밖에 없다. 그래서 아쉽지만 발을 빼야 하는 것 아닌가 싶다. 시민들과 더불어 살면서 민주주의가 뭔지 알게 되었다. 그동안 많이 깨우쳤고 누구도 할 수 없는 많은 경험을 했다. 정치와 역사에 대해 많은 깨우침이 있었는데, 시민과 더불어 민주주의가 뭔지, 우리 역사가 어디로 가야 하는지 대화하면서 정치를 논한다면 좋겠다. ……그 또한 기회가 없으면 조용한 개인으로 돌아가게 될 것 같다."

대통령이 문득 질문을 하나 던졌다.

"대통령선거에서 떨어졌다면, 어떻게 되었을까?"

"2004년 총선 때 부산에서 다시 출마하셨다면 당선되지 않았을까요?"

윤태영 전 비서관의 대답을 들은 그의 눈에서 빛이 났다.

"그랬다면 지역구도 해소에 큰 전기가 될 수도 있었을 텐데……"

대통령으로 5년을 지냈지만, 여전히 그에게는 지역구도 정치 해소가 최상위의 과제였다.

그리고 노무현 정치의 무게중심은 역시 '당'에 있었다. 지난 5월 '대세'를 이야기했던 것처럼, 그는 최악의 순간에도 일관되게 '당이 중심이 된 정치'에 초점을 맞췄다.

"정치는 적과 동침할 수 있어야 한다. 내가 중요한 구심점 위치에 있다면 그런 의견을 표명하겠는데……"

11월 12일, 대통합민주신당과 민주당이 합당과 대선후보 단일화를 공식 선언했다. 일부 언론이 '돌고 돌아 도로민주당'이라는 냉소를 쏟아냈다. 14일 아침, 이 문제에 대해서 이야기하는 대통령의 소회는 복잡다단했다.

"내겐 대통령이 되는 것보다 지역구도 정치를 해결하는 것이 훨씬 더 큰 목표였는데 결국 무산되는 것 같다. 앞으로 이 문제를 어떻게 풀지는 나도 앞이 전혀 보이지 않는다. 당시 열린우리당의 지지가 땅에 떨어졌었지만, 그걸 회복했더라면 지역색을 조금은 덜 가지고 넘어설 수 있었을 텐데…… 몇 번 흔들리니까 통합신당으로 넘어왔어도 영남 쪽 지지를 다시 확보하기가 지난하다. 우리에게 일종의 착시현상이 있다. 김대중 대통령이 이기고 이어서 나까지 이기니까 호남과 충청이 뭉치면 된다는 착시다."

"나는 고향이 없어졌다. 호남은 호남대로 섭섭하다 한다. 강준만씨 생각 같은 '기지론'은 호남의 진보기지를 확실하게 틀어쥐고 영남의 진보기지를 만들어가자는 것인데, 일리는 있다. 그런데 진보기지가 강고해질수록 반사적으로 반대편의 지역주의가 자꾸 일어나니까 그 전략도 고민이 되는 것이다. 사실 내 생각은 참여정부에 몸담았던 사람들을 활용해 영남에서 거사를 해보자는 것이었는데, 무산되는 것 같다. 아직 완전히 희망을 버릴 단계는 아니지만, 지금 보기에는 그렇다."

그는 끝으로 한마디를 덧붙였다.

"지금 이 판에 외투 입고 투구 쓰고 총 메고 나서지는 않을 것이다."

2007년 12월 19일, 17대 대선은 패배로 끝났고 임기 5년이 그렇게 저물고 있었다.

°꿈 그
       날
       이
        오
        면
        。

전임 대통령 노무현은 경남 김해의 봉하마을에 새로운 둥지를 틀었다. 부산·경남은 그의 정치적 고향이었지만, 그는 이곳에서 배척받는 정치인이었다. 그래도 그는 고향으로 돌아왔다. 결코 포기할 수 없는 꿈 때문이었다. 더이상 대통령이 아니어도, 더이상 정치인이 될 수 없어도 기여하고 싶은 과제가 있어서였다. 힘들더라도 이곳에 다시 뿌리를 내리고 싶었다. 그는 뿌리로부터 줄기가 자라나고 잎들이 무성해지는 그날을 꿈꾸었다.

그의 얼굴을 보기 위해, 그의 이야기를 듣기 위해 전국 곳곳에서 많은 방문객들이 봉하의 사저를 찾았다. 방문객들에게 그는 많은 이야기를 쏟아냈다. '국민통합'은 여전히 그에게 중요한 화두였다. 2008년 10월 4일 해가 저물 무렵, 그는 방문객들에게 이야기했다.

"어느 나라에나 무지無知가 조금은 있습니다. 미국 정치에도 있습니다. 그런데 우리 한국 정치에서 이 무지가 특별히 더 잘 통하는 이유가 있습니다. 지역감정 때문입니다. 앞으로도 아마 영남은 영남 찍고 호남은 호남 찍을 겁니다. 그렇죠? 이렇게 되는 한, 정책 경쟁은 무의미한 것입니다. 지난번 대통령선거 전에 열린우리당 사람들이 저한테 와서 말했습니다. 한나라당이 곧 갈라질 것이라고 기대하는 얘기였습니다. 그런데 경험해 보았지만, 그렇게 되었습니까? 안 갈라졌습니다. 오히려 우리가 갈라졌습니다. 제가 인기가 없어서 갈라진 것 아닙니까?"

"제 책임이 큽니다. 대통령이 인기가 떨어지니까…… 그렇습니다. 인기를 유지하지 못한 제 탓이 큽니다. 가장 고통스러운 것은 제가 인기가 떨어져서 정권이 넘어갔다는 말을 듣는 일입니다. 저를 원망하는 분들한테 한없이 미안합니다. 그러면서도 한편으로는, 인기를 유지하는 방법이 뭔지…… 어떻게 하면 인기를 유지할 수 있는지 지금도 저는 모릅니다. 그 점이 고통스럽습니다."

"큰 고민이 하나 있습니다. 저는 진보주의를 지지합니다. 그런데 항상 그런 것은 아니지만 상대적으로 호남의 민심과 선량들의 정책이 보다 진보적입니다. 영남의 국회의원들은 상대적으로 보수적입니다."

"이 모순 때문에 호남분들한테 그쪽 국회의원들 싹 바꿔버리자는 말을 하기가 곤란한 것입니다. 그래서 저는 호남에서도

퇴임 후에도 대통령은 여전히 통합의 정치를 꿈꾸었다.

경쟁을 해야 한다고 항상 이야기합니다. 진보 간에도 경쟁할
수 있는 것입니다."

"그럼 이 문제를 어떻게 풀 것인가? 선거 제도와 선거구 제
도를 고치면 되지요. 제가 대통령이 되자마자 대통령 자리를 내
놓아도 좋으니까 이것 좀 고치자고 했는데 아무도 콧방귀도 뀌
지 않았어요. 우리 당의 호남분들도 시큰둥한 반응이었습니다."

"제가 가진 답은 그것뿐입니다. 결국 국민들이 정책을 이해
하고 판단하는 정치가 이루어져야 한다는 것입니다. 정책으로
판단하는 역량을 키우는 수밖에 없는 것입니다."

"앞으로 우리가 희망을 걸려면 영남에서 보수주의와 진보주
의가 경쟁하는 구도가 만들어져야 합니다. 지난번 17대 총선
때 우리가 영남에서 득표율 30%를 조금 넘겼습니다. 그런데
도 의석이 한두 개밖에 안 되었습니다. 우리 선거 제도가 가
지고 있는 문제점입니다. 이런 것들이 우리가 풀어야 할 숙제
입니다."

정치인 노무현의 꿈
'나의 길'

○

해양수산부장관직에서 물러나 6개월이 지난 2001년 가을, 그는 또하나의 책을 준비했다. 1994년에 출간한 『여보, 나 좀 도와줘』의 후속편이었다. 여의도 금강빌딩 캠프에서, 또 이동하는 차 안에서, 시간이 날 때마다 구술이 이루어졌다. 대통령후보 당내경선을 위한 작업이기도 했는데 이는 책으로 출간되지는 못했다. 당시 그는 정치 현안은 물론 정치철학에 대해 깊은 고민과 생각을 토로했다. 그 가운데 국민통합을 위한 그의 역정과 관련하여 의미가 있다고 생각되는 몇 개의 글을 거칠게나마 그대로 옮겨놓는다.

정치의 지역주의

호남에 대해서는 역사적 뿌리를 가진 편견이 존재한다. 초등학교 시절부터 들어왔다. 다른 지역 사람들을 대상으로는 그런 것이 없다. 전라도의 이미지에 대한 표현이 가장 나쁘다. 군대에서도 그런 것이 있다. 하지만 그것이 사회적으로 갈등이나 문제를 일으키지는 않았고 있을 수 있는 수준이었다. 공직사회에서도 그런 것이 있었는지는 모르겠다.

하지만 우리가 아는 그 사람들이 정치에 고의적으로 이것을 이용하기 시작한 후부터 (호남에 대한 편견은) 커져버렸다. 점차 합리적 사회가 되어 해소되어야 하는데 오히려 증폭되어버렸다. 점차 개방적인 사회로 가고 있는데 이 부분만 그런 것은, 정치를 정치 쟁점이 아닌 비정치 쟁점으로 하기 때문이다. 영남 호남을 가지고 (사람들을) 부추기거나 영남에 권력이 집중되어 모든 인사에서 호남이 소외되면서 발단이 생긴 것이다. 분명한 것은 호남의 지역감정에 대해서는 관대해야 한다는 사실이다. 역사적으로 볼 때 그렇다. 호남은 통일신라 이래로 저항의 땅, 소외의 땅이었다.

선거 때만 되면 지역주의 투표 행태가 재연된다. 그것이 백성의 속성이다. 그 시기 지도자들이 부추기면 왈칵 쏠리는 것이 백성의 속성이다. 그러나 오래 속일 수는 없다. 그래서 독재는 오래가지 못한다. 순간의 거짓말로 백성을 속이는 것은 어디서나 이루어진다. 다만 오래 못 가는 것이다. 영원히 갈 수 없다. 링컨의 말에 "모든 사람들을 오랫동안 속일 수는 없다"는 것이 있다. 거꾸로 말하면 "잠시 속일 수는 있다"는 것이다. 한국의 역사는 분열, 독재의 역사로 점철되어왔는데 매 시기마다 지배 세력들의 속임수가 있었다. 지금 이 시간에도 활개를 치고 있다.

내가 당선되는 것이 지역감정의 완벽한 해결책이라고 말하지는 않는다. 다만 뭔가 지금과는 다른 새로운 계기가 될 것이다. 가장 중요한 것으로는 내가 대통령이 되었을 때 내가 진지하게 지역, 국가의 문제를 이야기하면, 호남 사람도 영남 사람도 일단 귀를 기울여줄 거라는 점이다. 과거 호남 사람들이 김영삼 대통령의 정책을 의심하던 때보다는 불신이 덜할 것이고, 지금 영남 사람들이 김대중 대통령을 대하는 것보다는 신뢰가 더 높지 않겠는가?

분열을 통합시키기 위해 희생을 감수해왔던 사람들에 대한 작은 신뢰, 이런 것 하나하나가 다 소중하다. 이것이 서로 대화를 열어나갈 수 있는 밑천으로서는 작은 것 같지만 엄청난 자산이다. 이런 걸 가진 사람이 누가 있는가?

자기의 정치적 이익을 위해서 분열을 계속 조장해온 사람들이 있다. 논리의 문제가 아니라 정서의 문제이다. 현저히 다른 정서를 가지고 있는 것이다. 이 출발선에서의 1미터 정도의 작은 차이는 거리를 연장시키면 수 킬로미터의 차이가 될 수도 있다. 이 작은 차이들을 구분해 밝혀서 그 차이를 의미 있게 보는 데에 우리 사회의 미래가 있는 것이다. 어느 날 갑자기 하느님이 내려와 통합시켜주지는 않는다. 작은 차이 하나하나를 진지하게 따져나가는 유권자의 선택이 중요한 것이다.

제도적으로는 중대선거구제가 중요하다. 당정분리, 권력의 분산, 중앙권력의 지방분권화, 대통령제 권력의 분권, 힘의 균형 등 이런 제도적인 분권화 같은 것이 필요하다. 중대선거구를 통해 당적의 편중 현상이 생기지 않도록 해야 한다. 이런 방안들을 활용하고 제도적으로 추구해나가면 행정구역 재편과 지방자치구역의 재편까지도 갈 수 있다. 모두가 시대의 흐름에 맞는 것이다.

분권화도 시대의 흐름에 맞고 행정구역 개편도 그렇다. 그것도 교통과 정보통신의 발달로 재편할 수 있다. 지역감정은 해소할 수 있다. 이것이 사회 발전의 방향에 맞는 것들이기 때문에 조금은 힘이 들더라도 제도적으로 풀어가는 것이 방법이다.

지역 갈등이 더 심해진 것은 권력 집중의 구조 때문이다. 절대권력의 구조가 지역감정을 심화시켰다. 수십 년 동안 한 지역의 정권, 그것도 만능의 정권이 부정부패를 하면서 불법도 안 되는 것이 없었다. 마침내는 한 지역에서 백주의 도시 한복판에서 총질까지 당했으니, 가해 세력은 가해 세력대로 방어심리가 생긴 것이다. 집중된 권력이 지역적 우월감이나 소외감을 만드는 데 아주 결정적인 역할을 한 것이 사실이다.

국회의원들은 현재의 지역구도하에서 기득권을 가지고 있다. 공천을 받으면 당선되기 쉬운 상태가 된다. 이것을 포기해주어야 한다. 그래서 쉽지 않은 일이다. 중대선거구제가 되면 결단이 필요하다. 중대선거구제는 앞으로도 계속 주장할 것이다.

대통령이 모든 것을 쥐지 않고 국회의장, 국무총리도 권한을 가져야 한다. 국회의장도 당에서 자율적으로 선출하고, 총리도 내각제처럼 다수당에서 지명할 수도 있다. 대통령과 적절하게 권한 배분을 하면서 가면 각 지역이 기회를 골고루 갖게 될 수 있지 않을까? 원내총무의 권한이 커지면 대통령 한 자리를 놓고 사생결단하지는 않을 것이다. 정치인들이 선거 때문에 표를 모으기 위해 부추기지만 않으면 이 문제는 그냥 없어져버릴 것이다.

정치의 영역에서 할 수 있는 것은, 아무리 해도 정서로 남는 부분은 남겨두더라도 전체적으로 합리주의 문화를 발전시켜나가는 것이다. 다만 지금은 부메랑효과로부터 벗어나야 한다. 잠재의식을 일깨워 지역감정을 부추겨 미다스의 손처럼 개입되면 모든 정치논리가 파괴된다. 지역감정의 주술에 걸리면 모든 것이 파괴된다. 이 주술의 질곡에서 벗어나야 한다.

당정분권론

얼마 전에 당정분권론을 말했더니, 사람들이 이를 후보와 대권 분리론으로 받아들이면서, '어떤 당내연합을 전제로 한 것이 아니냐?' '동교동을 의식한 것 아니냐?' '다른 연합 세력을 의식한 것 아니냐?'고 이야기를 한다. '결국 당권을 장악할 자신감이 없으니 당정분권론을 제기한 것 아니냐?'는 보도도 있었다. 이 문제에 대해서는 다른 주자들에게도 똑같이 질문을 했는데 이인제씨와 김근태씨는 찬성을 했지만 동교동은 시큰둥한 반응이었다.

내가 이 문제를 제기한 것은 원칙적으로 우리 정치의 지도 체제가 잘못되었다는 생각 때문이다. 정치의 현실적 조건을 도외시한 것은 전혀 아니다. 국회에서 자유투표제 논의가 이루어지지 않고 있는 상황에서 대통령은 당을 장악하고 있고 이를 통해 의원들의 투표행위도 장악하고 있다. 그래서 제왕적 대통령제라는 말이 나오는데, 이에 대해 많은 비판들이 있다. 많은 사람들이 이 비판에 동의하고 있다.

대통령제의 모범이라 할 미국에서는 대통령과 의회가 분리되어 있다. 한국에서만 유독 대통령이 의회를 지배하고 있다. 유신정권의 잔재이다. 청산되어야 할 문제이기 때문에 제기한 것이다. 대통령과 국회가 미국식 정당 제도로 가는 방법이 있다. 아니면 정당 체제는 이대로 가되 당정을 분리하면, 유럽식 정당 제도에 대통령제가 결합된 묘한 제도, 즉 대통령이 당권을 장악하지 않는 결과가 된다. 내각책임제가 아닌 나라이면서 당 총재의 장악력이 강한 것이 우리나라다. (대통령의) 정당에 대한 통제력이 강하다. 그래서 당정분리를 하자는 것이다. 당과 의회에 자율권을 주는 것이다. 그러면서 당을 민주화해나가면 된다.

이 문제를 왜 지금 시점에서 제기했는가 하는 물음이 있다. 최근 일부 초재선 의원들이 (김대중) 대통령의 인사와 관련하여 측근들에게 문제 제기를 하면서 그들에게 책임을 물어야 한다고 주장하고 있다. 그러면서 인사를 다시 할 것을 요구하고 있다. 포괄적인 인사 쇄신 요구이다. 이 문제는 받아들여지지 않은 채 잠복된 상태로 있는데 결국은 해소되어야 한다. 그러나 지금의 상황으로 보아 당장 해소될 수 있는 문제가 아니다. 당헌상 대통령이 총재를 겸하면서 전권을 가지고 있고, 또 대통령의 리더십 스타일로 보아도 곤란한 문제이다.

나의 이야기는 현재와 미래의 변화에 대한 요구에 부응하면서 이러한 문제를 적절하게 조정하고 해결하기 위해 제기한 것이다. 이제 권력교체기로 들어가는데, 당헌을 바꾸고 경과 조치를 두어서 현 대통령의 임기 말 즈음 적절한 시기에 새로운 당헌이 적용되도록 하자는 것이다. 그런 체제를 전제로 지도부를 구성하여 김대중 대통령 이후 새롭게 당을 운영하자는 제안인 것이다.

그렇게 할 때 집단지도 체제로 갈 것인가의 문제는 중지를 모아서 처리해나가면 될 것이다. '연합'이나 '동교동'을 의식해서 이야기한 것이 아니라 당의 민주화에 대해 이야기한 것이다. 이것이 정치적으로 의미를 갖는 것은 한나라당과의 차별화가 가능하다는 점이다. 정치의 민주화라는 측면에서 볼 때 한나라당의 경우는 총재전권 체제, 보복적 리더십, 독단적 권력행사, 당정단일 체제를 보이고 있다. 그런 점에서 차별화 전략으로서 의미가 있다.

이와 관련해서 항상 주장해왔던 것이 분권적, 수평적, 개방적 리더십이다. 내가 자주 이야기해온 것들이다. 그런 주장들 가운데 하나로 인식되었으면 좋겠다. 앞으로는 이 방향으로 가야 한다. 당정분리 체제에서 후보가 되면 총재직을 떠나면 되는 것이다. 겸임을 못하게 되어 있으면 미리 따로 선출하는 방법도 있다.

후보가 당권을 갖지 않으면 후보와 당권이 분리되어 당이 선거운동을 열심히 하지 않을 것이라는 반론이 있다. 1971년 대선의 경험 때문에 그럴 것이다. 나는 1971년 선거 당시 후보와 당권이 분리되었기 때문에 패배한 것이 아니라고 본다. 그러한 사고는 총재가 공천권을 전적으로 행사하여 결국은 공천권을 고리로 하는 계보정치가 이루어지는 구시대적 정치에서 벗어나지 못한 것이라 생각된다. 공천권이 당원들의 손에 돌아가고, 계보가 아닌 정치적 성향을 중심으로 정파를 이루는 것이 선진정치이다.

공천권으로 당을 통제하는 독재적인 체제가 아니라면, 선거 결과는 후보의 당권 보유 여부와 관계가 없다. 후보가 공천권을 담보로 정치를 하는 것은 더이상 통하지 않는다. 낡은 사고에서 나온 이야기이다.

이것은 정당의 민주화, 또는 자율화 과제 가운데 하나로 이야기한 것이다. 최근 들어 '당정쇄신론' '인사쇄신론'이 제기되어왔는데, 나는 이에 대해 적극적으로 나서지 않았다. 소장 의원들과 젊은 당직자들이 "왜 이런 때에 아무런 말도 하지 않느냐?"고 물어오기도 했다. 실제로 나는 당운영의 민주화와 관련하여 오랫동안 싸워왔다. 그러나 이번에는 나서지 않았다. 1997년에 국민회의에 입당할 당시, 앞으로 김대중 총재를 모시고 정치를 하는 동안 이 부분에 대해서는 진전이 없을 것으로 판단했었다. 정권교체나 남북관계, 그리고 서민

정치 등과 관련하여 김대중 총재를 지지했던 것이지, 당내 민주화와 관련해서는 크게 기대하지 않았다. 김대중 대통령의 임기 동안에는 이 문제를 제기하지 않는다는 것이 나의 방침이다.

'소신을 말하는 정치인'이라는 사람들의 기대가 있다. 그 기대에 못 미치는 게 아닌가 하는 걱정도 있다. 그러나 여소야대라는 수세적 상황 등 여러 가지를 고려한 것이다. 당의 민주화가 아주 중요한 문제라는 생각에는 전혀 변함이 없다.

정치철학

우리 정치에서 중요한 것이 무엇일까? 보통 사람들은 경제적 상황에 따라 정치를 평가한다. 경기가 나빠지면 그다음 선거에서 패배하게 되어 있다. 이것은 우리나라에만 국한된 이야기가 아니다. 어느 나라 없이 그렇다.

1993~94년 무렵 캐나다 보수당의 멀로니 수상이 부가가치세 제도를 만들었는데 그 일로 인해 다음번 선거에서 과반수 의석을 가지고 있던 정당이 단 3석을 남기고 전멸해버렸다. 그만큼 경제라는 것, 즉 돈에 관한 문제는 결정적이다. 어떤 면에서 보면 정권의 교체가 정당 스스로 잘하고 못하는 데에 기인하는 것이 아니라 운수소관인 경우도 적지 않다. 어느 정당이 정권을 잡아서 어떻게 하면 경제를 잘할 수 있는 것일까?

'경제! 경제!' 하는데 그 내용을 보면 '경기' '경제' '산업'으로 나눌 수 있다. 경제, 산업성책에 해당되는 부분은 10년, 20년이 지나야 성과가 나타난다. 좋은 정책의 결과를 그 정권이 누리는 경우가 드물다. 멀로니 수상의 경우는 참패했다. 그후 크레티앵 정권은 부가세 때문에 경제가 잘되었다. 자유당 정권이 그 덕을 본 것이다.

흔히들 '클린턴 호황'을 이야기한다. 클린턴이 그만둔 지 1년도 안 되어서 미국 경제는 침체의 길을 걸었다. 부시가 1년 만에 잘못을 해서 (미국 경제를) 수렁으로 빠뜨린 것은 아니다. 부시가 당선되어 나쁜 영향을 미친 것도 아니다. 어쨌든 클린턴은 행복하게 했다. 클린턴의 호황에 대해서도 양론이 있기는 하다. '경제정책을 잘해서 그렇다' '잘한 것은 없지만 레이건 시절에 경제 활성화의 토대가 놓였기 때문에 가능한 것이다'라는 이야기들이 있다. 그러니 상당히 수준이 있는 선진국의 국민들이라 하더라도 경제를 가지고 정치를 평가하는 것은 일반적인 일인 듯싶다. 피할 수 없는 일이다. 그러나 한편 곰곰이 생각해보면 경제라는 것은 어느 정권의 5년간 치적으로 될 일이 결코 아니다. 특히 지금과 같은 미국과 세계 경제의 침체를 우리 한국의 어느 대통령이 어떻게 할 수 있는 문제가 아니다. 이렇게 불리한 여건 속에서도 상대적으로 심각한 침체 없이 꾸려갈 수 있어야 한다는 게 우리의 희망인 것이다. 다행히도 신흥공업국 가운데 우리는 성장하는 우수한 성적을 보이고 있다.

결국 국민들은 정치와 경제에 대해 민감하게 반응하지만 지나고 보면 '정치는 뭐하는 거냐? 아무것도 안 하는 거냐?'라고 문제를 제기한다. 이 사람이 하든 저 사람이 하든 경제에 영향이 없다면 장기적으로 볼 때 정치인들의 몫은 뭘까? 궁금하다.

유럽의 경우를 보면 정치하는 집단이 서로 다른 정책을 가지고 있다. 중요한 정책의 부분에서 방향을 달리 가지고 있다. 그래서 국민들이나 이해집단 간의 이해관계를 나누어 대변하면서 정치의 과정을 통해 그것을 조정하고 통합해나간다. 갈등을 대변하면서 국민의 대리인으로서 싸우기도 하고 투쟁도 한다. 그렇게 하면서 결국 적절한 수준에서 적당하게 타협하며 조절을 해나간다. 국민의 집단적 이익들을 전체적으로 정치가 대변한다. 그렇게 볼 때 정치는 일상적으로 중요한 역할을 하고 있는 것이다. 그 조정 과정을 통해 경제사회가 정상적으로 굴러가게 되는 것이다. 국민들이 정치인을 판단하는 가장 큰 기준은 이해관계와 정책일 수밖에 없다. 유럽의 정치를 보면, 경제가 좋든 나쁘든 간에 지지하던 사람을 계속 지지한다.

결국 이런저런 생각 끝에 마지막에 보면 정치인들은 편을 갈라 성향이 같은 사람들끼리 모인다. 특별히 우수한 정치인의 자질이라면, 그것은 성향을 뛰어넘어 국민 모두가 함께하는 공통적 요소가 있어야 한다. 그것이 뭘까? 그것을 찾으려면 과거의 사례들을 역사적으로 두루 훑어보고 분석하는 수밖에 없다.

어느 한 방향의 정책은 좋은 점이 있는 반면 부작용이 있어왔다. 모든 정책은 음양이 있다. 빛이 있으면 그늘이 있음을 알게 된다. 한 정권이 오래 잡고 있으면 그늘이 짙어져 국민들의 마음이 바뀌어버린다. 한국에서는 '대처' 하면 최고의 지도자로 생각하지만 영국에서는 대처 시절에 쌓인 여러 가지 부작용과 불만으로 인해 지금은 대처에 대해 부정적인 평가를 많이 한다. 정책이라는 측면에서 보면 그렇게 조정되어간다. 스페인의 곤살레스도 인기가 있는 지도자였는데 조금 더 사회주의적인 연대정책을 강력하게 추진했던 까닭에 경기 침체가 오면서 결국 인기를 잃어버렸다.

정책은 시간이 지나면 인기를 잃어버리게 되어 있다. 시간이 지나도 오래 기억되는 지도자는 어떤 사람인가? 분명히 그 지도자가 있었기 때문에 오늘의 좋은 나라가 되었다고 믿는 그 사람이다. 대부분 위기를 극복해낸 사람들이다. 거의 예외 없는 공통점이 신념, 용기 그리고 결단력이다.

정책으로서의 대처 총리는 비난을 받는다. 그러나 아직 대처가 기억되고 있다면 그것은 용기와 결단력이 높이 평가되기 때문이다. 그 외에도 처칠이 있다. 이름이 남아 있는 사람들은 위기를 헤쳐나간 사람들이다. 그런데 세계사를 볼 때 위기를 극복한 사람들 중에서도 국가의 입장에서는 위기를 헤쳐나갔지만 높은 평가를 받지 못하는 사람들이 있다. 세계 역사의 방향에서 볼 때 역행을 했던 사람들이다. 그런 사람들은 빠질 수밖에 없다. 위기를 극복한 것은 아니었어도 세계적인 지도자로 평가되는 사람들은 새로운 역사를 열어낸 사람들이다. 빌리 브란트가 그렇고 아데나워 역시 그렇다.

아데나워는 작은 시의 시장을 하던 시절에 20대 청년이었는데 당시에 유럽의 통합을 주장했다. 수상이 되고 나서 1952년에 ECSC(유럽석탄철강공동체)를 만들었다. 이것이 그후에 EC(유럽공동체)로 발전했다. 오늘날과 같은 유럽의 새로운 질서를 만들어놓은 것이다. 그동안 유럽이 서로 불신하고 적대하면서 군비경쟁을 해왔다고 가정해보자. 그런 유럽이 되었다면 얼마나 사람들이 불안해하고 있겠는가. 적어도 유럽에서만이라도 화해와 공존의 새로운 역사를 만든 것이다. 나아가 번영까지 함께하는 새로운 질서를 만든 장본인이 바로 아데나워다.

위기에서 탈출하면서 새로운 역사를 열었다고 볼 수는 없어도 빌리 브란트 수상 역시 세계적인 지도자이다. 한국과 비교해보면 독일의 분단은 그렇게 심각한 고통이 아니었을지도 모른다. 어쨌든 그는 동서화해를 통해 유럽, 나아가 세계의 역사 전체가 바뀌는 데탕트 시대를 열어냈다. 그것이 결국에는 1989년 베를린장벽의 붕괴와 냉전의 해체를 가져오는 계기가 되었다. 위기에 봉착하지는 않았지만 살 만한 나라, 견딜 만한 나라에서 새로운 질서를 향해 거보를 내디딘 것이다. 그것이 세계 역사를 바꿔놓았다.

클린턴은 앞으로 20~30년 후에 위대한 지도자로 평가될 것으로 생각했다. 1993년에 취임할 당시는 냉전 이후의 시대가 어디로 갈 것인가에 대해 많은 학자들이 동요하고 불안해하던 시기였다. '문명 충돌론' 같은 경고도 나오면서 세계 질서에 대해 뚜렷하게 자신을 가지고 이야기하는 사람이 없었는데, 클린턴이 자신과 당의 미래정책으로 보고서를 내놓았다. 세계가 화해와 공존, 평화 협력의 시대로 간다는 메시지를 담고 있었다. 이것을 자신 있게 내놓으면서 세계를 위해서는 평화, 미국 국내적으로는 약자들을 위한 정책을 이야기했다.

클린턴의 시대는 평화적 질서가 진전된 시대이다. 결국에는 그 질서가 그대로 진전될 것으로 보았다. 클린턴과 고어의 16년 집권 계획이 있다고 들었다. 그 정도가 되면 돌이킬 수 없는 수준의 새로운 질서, 즉 그들이 예견하고 만들고자 했던 평화와 공존의 질서가 구축될 수 있었을 것이다.

앨 고어는 『위기의 지구』라는 책을 썼다. 그는 지식인이면서 정치인이었다. 인류의 미래에 대해 여러 가지 생각을 하고 통찰을 하는 사람이다. 그런 비전을 보며 (클린턴이) 성공할 것으로 보았고, 그래서 20~30년 뒤에는 클린턴이 혼란스러운 시기에 그 질서의 방향으로 이끌고 갔던 지도자로 기억될 것으로 생각했다. 그래서 역사에 이름이 남는 위대한 지도자로 기록될 것이라고 강연에서 이야기하곤 했다.

문민정부 시절에는 남북관계가 잘 풀리지 않고 꼬이는 일들이 많았다. 클린턴보다 더 강경한 남한의 대북정책 때문에 안 풀리는 것을 보면서 안타깝게 생각했다. 결국 먼 훗날에 되돌아보면 그 당시 역사가 요구하는 과제를 제대로 풀어낸 지도자가 민족과 국가의 행복을 가져오고 역사를 진보시킨 지도자인 것이다. 당시의 경기 대책 등에 대해 자질구레한 잔머리를 잘 굴리는 사람이 훌륭한 지도자는 아니다. 확신과 용기, 결단 등이 지도자들의 자질이었다. 예외가 없었다.

그 위에 철학이 있다. 그 시기의 역사가 어느 방향으로 가고 있으며, 그것이 인류가 추구해야 할 가치지향의 방향과 얼마나 같거나 다른지, 그것이 국가적 이익과 어떻게 모순되거나 일치되는지를 파악하는 역사적 통찰력이 있어야 한다. 적어도 세계 조류의 현실과 국가적 이익이 허용하는 범위 안에서 최대한의 가치, 인류사회의 보편적 가치를 추구해나가야 한다. 그 점에 관해서 철학을 갖고 있지 않으면 훗날 그 민족의 삶을 한 차원 높였다거나 역사를 일보 진전시켰다 해도, 너무 많은 후손들이 대가를 치러야 할 정도의 후유증을 남기게 될 수도 있다.

박정희 대통령 시대는 산업의 측면에서 한 단계 도약을 했으면서도 우리 사회의 또다른 측면, 즉 정신적 가치의 면에서는 풀어야 할 엄청난 문제들을 남겼다. 박정희의 시대는 산업화의 시대이지 근대화의 시대는 아니다.

지도자는 잔머리를 잘 굴리는 재주꾼이어서는 안 된다. 이 점을 이론적으로 설명해도 이해하기 힘들다. 지도자의 중요한 덕목이 역사를 보는 철학이라고 할 때, 그것을 실현하는 용기와 결단, 현실화할 수 있는 전략적 사고, 이런 것들이 하나로 응축되어 있는 것이 무엇일까? 그것은 고난을 뛰어넘은 사람에게 있다.

이미 한국은 여러 가지로 상황이 좋아져서 언론이 정부를 압박하는 시대까지 되었다. 그러다보니 지난 시절에 겪었던 박해와 고난, 희생, 투쟁 등에 대해 무심해지고 말았지만, 그러한 철학과 용기, 신념 같은 것은 고난의 시대를 통해서 증명되는 것이다. 넬슨 만델라

같은 사람은 27년 동안 감옥에 있었는데 그 사람에게는 국제적 경험이나 현실정치의 경험은 없는 반면, 많은 사람들이 자신을 바라보고 있다는 현실에서 느끼는 책임감, 새로운 미래에 대한 끊임없는 사색, 자신이기를 포기하지 않는 신념, 박해를 받으면서 해왔던 결단, 그런 것들이 있다.

넬슨 만델라가 대단히 잘했다고 평가할 때, 과연 무엇을 잘했다고 할 것인가? 공부를 많이 했는가? 변호사이지만 대단한 박사는 아니다. 경제장관, 국방장관, 외무장관을 해본 일도 없다. 그러나 아프리카의 지도자로 등장한다. 그런 것이다. 고난을 받은 사람만이 지도자가 될 수 있다는 것이 아니다. 어려움 앞에서 어떤 태도를 보였느냐가 중요한 것이다.

권력이나 그 위협 앞에서 어떤 태도를 보였는가? 이것을 놓고 판단해야 한다. 그가 가치를 위해서 어떤 결단을 할 수 있는지, 원칙을 위해서 어떤 희생을 할 수 있는지가 핵심적인 것이다. 지도자에게 가장 중요한 것은 역사적 안목과 철학이다. 그것이 없는 지도자는 그 시기의 정치와 경제, 그리고 정쟁 등에 빠져서 우왕좌왕하다가 새로운 역사를 만들어내지 못한 채 대강 끝내고 만다.

순간순간의 결정에 모두 가치의 잣대가 들어 있다. 일상사들이 다 자질구레한 것 같아도 거의 대부분의 정책적 결정은 철학적 방향과 요소를 가지고 있다. 말하자면 당장의 어떤 문제를 해결하려 할 때 쉽게 풀 수 있는 방향도 있지만, 이로 인해 원칙과 기준이 무너져 그 다음에 문제를 풀 때 새로운 부담을 안게 될 수도 있다. 조용히 해결하고 넘어가는 것으로 생각하면 장기적으로 원칙이 파괴되는 경우가 많다. 그때 지도자가 올바른 원칙을 세울 것인가, 그냥 해결하고 넘어갈 것인가의 선택을 하게 된다. 역사의식을 가진 지도자는 당장 해결하는 것이 조금은 어렵더라도 다음에 유사한 문제가 생겼을 때 부작용 없이 풀어갈 수 있는 최선의 해법으로 방향을 잡는다. 가장 흔하게 보는 것은 권력이 우리 사회의 갈등이나 혼란을 주먹으로 해결하는 경우이다. 주먹을 쓰는 것이야말로 병을 더 깊게 만드는 것이다. 아주 단순한 것 같아도 매우 중요한 것이다. 우리가 함께 수용할 수 있는 방법과 합리적 기준을 찾고 그것을 원칙으로 수용하기 위해서, 하나하나의 문제들에 대해 그 해결책과 함께 원칙을 세워나가는 것은 결코 쉬운 일이 아니다.

경제를 활성화하기 위해서는 경쟁을 자유롭게 보장해야 한다. 일체의 제약과 규제가 없어야 한다. 한쪽에서는 이렇게 주장한다. 다른 한쪽에서는 그래서 빈부격차가 심하게 벌어지면 소득이 너무 낮은 사람들이 생기고 그런 사람들이 최저생계도 유지하지 못하는 경우 소비성향이 현저히 떨어지므로 결국 소비수요 부족으로 시장이 침체되어 모두 망한다는 주장도 있다. 어느 이론도 100% 맞는 것은 없겠지만 이 두 가지 주장이 실제로 우리 경제에서 핵심적인 큰 논쟁을 이루고 있다. 경제를 성장과 분배의 대립으로 이야기할 때 후자의 이야기는 분배론자로 규정된다. 그러나 분배론자들은 '분배론자'로 규정되는 것을 억울해한다. 사실 분배론자가 맞기는 하다. 다만 지속적인 성장을 위해서는 합리적인 분배가 반드시 필요하므로, 그런 면에서는 성장론자라고 할 수도 있는 것이다.

모든 경제정책은 이 가치판단이 전제된다. 이러한 가치판단이 무너진 상태에서 아주 단기적인 경기 침체와 그로 인한 고통이나 성장 잠재력의 훼손을 막기 위해서 경기 부양만을 생각하는 사람은 아무런 수단이나 마구 쓴다. 그러나 우리 사회의 분배와 지속적 성장이라는 장기적 전망을 가진 정책 담당자라면 경기부양정책이 선택적이다. 일개 공무원이 하는 조그만 행정 처리 하나에도 가치관이 개입된다. 장관이 민원 처리 하나를 할 때에도 가치관이 작용한다.

나중에 보면 남는 것이 있다. 5년, 10년 축적되었을 때 사람들의 의식구조가 달라진다. 정치인이 뚝딱뚝딱 물가도 잡고 임금 올려주어 GNP, GDP가 올라간다 하자. 이것은 사실과 맞지도 않다. 얼마든지 들쑥날쑥할 수 있는 것이다. 그런 것이 아니라 올바른 가치와 문화가 정립되는 사회로 사람들의 의식을 바꿔나가는 것이 중요하다. 다른 관점에서 이야기한다면, 정치하는 사람이 경제에 대해 과연 무엇을 알아야 하는가? 사실 내가 만들어낸 이론인데, 경제는 경제철학이 있고 경제이론이 있으며 그다음에 경제정책이 있는 것 같다. 경제이론은 '이래야 된다' '저래야 된다' 하는 것이다. 신자유주의, 케인스주의 등 이론은 이론이다. 그렇게 선택 가능한 이론 가운데 어느 것을 선택할 것인가가 정치인의 몫이다. 정치인은 남의 설명을 알아듣고 그 이론의 내용을 이해할 수 있는 수준, 즉 말귀를 알아듣는 수준이면 된다. 정치하는 사람에게 중요한 것은 경제사회철학이다.

모든 경제가 경쟁력이 같다고 해서 똑같은 방향으로 가는 것은 아니다. 자본주의와 사회주의는 이미 결판이 났지만, 자본주의 안에서도 여러 가지 유형이 있다. 서구형 자본주의, 미국식의 신자유주의적 시장경제도 있다. 그 경제정책이 어디로 가고 있느냐에 따라 그 사회에 사는 사람들의 행복이 결정된다. 우리가 추구하는 방향이 경제철학이다. 누구를 위해 봉사해야 하는가가 경제철학이다. 문제는 정치지도자가 가지고 있는 경제철학이 (경제) 법칙에 어긋나거나 저항을 받으면 실현되지 않는 것이다.

이 가치를 지향하는 과정에서 경제 법칙의 테두리와 충돌하지 않더라도, 경제이론, 경기 문제, 경제구조, 산업정책 등과 엄청나게 부닥칠 수도 있다. 이 충돌을 해소해나가는 것은 경제 전문가들의 몫이다. 정치지도자에게 질문할 때에는 경제에 대한 지식을 묻지 말고 철학을 묻는 것이 옳다. 그다음에 '그것과 경제 법칙과의 충돌을 어떻게 피해나갈 것인가?'를 생각해야 한다. 이런 문제에 대해서는 그런 것이 있다는 정도를 알면 된다. 전문가들과 대화할 수 있는 수준이면 된다.

말귀는 왜 알아들어야 하는가? 관료는 선택이 가능한 몇 가지 대안을 알고 있지만 선택하려 하지 않기 때문이다. 선택하는 대안은 모두 좋은 점과 나쁜 점이 있기 마련이다. 정책은 집행되면 좋은 점은 말이 없고 나쁜 점이 부각된다. 그래서 관료들은 결정하려 하지 않는다. 모든 정책은 효율성이 있으면 부작용이 있다. 결단은 지도자의 몫이다. 이 결단을 해야 하니까, 전문가들에게 큰 목표를 이야기하는 한편 선택 가능한 대안을 이해할 수 있는 정도의 지식이 필요한 것이다.

예측을 한다는 것은 어려운 일이다. 지식인들은 끊임없이 예측을 한다. 하지만 거기에는 의문부호들이 있다. 많은 지식인들은 틀릴 것을 우려해 단정하기를 꺼리는데, 단정하는 것은 용기이다. 정치지도자는 그 부분에서 분명하고 단호하게 입장을 밝혀야 한다. 미래를 단정적으로 예측하지 않으면 아무 일도 할 수 없고 많은 국민에게 선택의 길을 제시할 수도 없다. 정치인이란 어떤 의미에서 단정해나가는 직업이다. 그 단정은 자신의 희망 중에서 실현 가능성이 있는 사항을 선택하는 것이다.

인간은 자신이 생산해낸 엄청난 무기들로 인해 파멸을 맞을 가능성과, 공존의 지혜를 발휘해 대결을 줄이는 방향으로 갈 수 있는 가능성을 모두 가지고 있다. 그런 의미에서 정치는 두 가지 길 중에서 옳다고 생각하는 방향을 선택한 뒤 그것이 가능하다고 강조하면서 밀고 나가는 것이다. 그래서 정치하는 것이 어렵다. 그러나 우리 정치사를 돌아보면, 국민을 행복하게 하는 쪽이 아니라 점차 불행하게 하는 쪽의 선택을 했던 지도자들이 의외로 많이 있다. 그 근원을 따져보면 권력자의 권력욕과 그 집단의 이해관계가 그 뒤를 받치고 있음을 발견하게 된다.

그리고 대체로 그 집단이 국민의 다수가 아니고 소수의 사람들이라는 사실도 알게 된다. 그들이 국민들에게 온갖 거짓말을 하면서 이끌고 간다. 그 구조는 대부분 현실 또는 가상의 적을 상대로 설정하고 이루어진다. 현실의 적이 있더라도 불안과 불신을 계속 증폭시키는 방법이다. 모든 영역에서 '공존이냐, 대결이냐?' 하는 이 단순한 구조가 적용되고 있는 듯하다.

대통령이 되려는 이유

아주 근본적인 문제까지 들어왔다. 기아와 질병, 전쟁과 공포, 도덕의 타락, 자원의 고갈 등 21세기의 인류가 직면해 있는 가장 큰 위험은 이런 것들이다. 정부는 인간의 집단이 만들어낸 것이다. 환경, 도덕 등도 인간이 만든 것이다. 결국 인류의 행복을 위한 조건은 소위 빈곤을 극복한 넉넉한 살림과 경제적 풍요, 그다음에는 평화와 안정, 아름답고 쾌적한 자연과 환경, 넉넉한 자원, 그리고 도덕의 타락과 윤리의 혼란을 극복한 보다 더 도덕적인 사회이다. 이 모두가 공존의 지혜에 달려 있다. 인간이 과연 살아남을 것인가? 공존의 지혜를 발휘할 것인가? 빈곤을 극복하기 위해 과학과 산업을 발전시켜왔지만 지금은 상대적 빈곤이 문제이다. 인류가 가지고 있는 기술은 전 인류의 빈곤을 해결할 만한 수준이다. 결국 대결적 사고와 문화가 문제인 것이다.

어떤 사람들은 이렇게 이야기한다. "어른과 아이의 차이가 무엇인가? 장난감 가격의 차이이다." 아이는 수천 원짜리 비행기를 가지고 노는데 어른들은 수백억 원짜리 제트기다. 엄청나게 비싸다. 아이들 전쟁놀이의 연장선상에 있는 지배욕과 소유욕의 발로이다. 인간이 대단한 것 같지만 따지고 보면 웃기는 존재라는 것이 아닌가. 영원한 숙제이다. 이 문제를 해결하기 위해서 권력이 필요한 것인데, 또 이 문제들은 끊임없이 권력이 생산해내는 것이다. 문제의 해결을 위해 또다른 권력이 필요하다. 이 대목에서 이제까지 끌려다니던 대중의 등장이 필요하다. 대중이 권력 과정에 개입할 필요성이 대두되는 것이다.

일제로부터 해방된 공간에서는 우리 한민족의 자유와 권리를 위해 투쟁해왔던 소위 해방운동 세력이 권력을 잡아야 한다. 그 명분을 충족시키기 위해서 이승만 대통령이 탄생하긴 했지만 우리의 역량이 부족했었는지 여러 가지 또다른 지배적 요소들이 개입했다. 국내적으로는 권력, 국제적으로는 이념의 대립으로 인한 동서의 대결이었다. 그 대결구조 속에서 우리 국민들은 모두 양쪽으로 편을 갈라서 그것이 살길이라고 하면서 살았다. 어느 시대를 막론하고 분열과 대결이라는 것이 그 민족이나 집단을 행복하게 한 일이 없다는 사실을 알면서도 '이런 나쁜 놈들은 타도해야 한다'는 생각으로 우국충정에 불타 목숨을 걸고 싸웠다. 그 분열과 갈등의 구도 속에서 친일 세력이 재등장했다. 분열과 대결의 구도, 그 사이에 지배와 억압의 구조가 뒤엉킨 것이 자유당 시대의 정치였다. 그후 스스로 민주주의 자주역량을 쌓아놓지 못한 상황에서 4·19혁명이 일어났다.

공존의 지혜로 남한만이라도 다듬어갈 역량이 부족한 상황에서 4·19혁명이 일어났으나 그 기회를 잘 이용하지 못한 채 여전히 밥 그릇 싸움에 몰두하다가 군사독재로 이어졌다.

앞에서 말한 대로 박정희 대통령은 대단한 역량의 지도자이다. 신념과 용기를 가진 사람임에는 틀림이 없다. 그러나 민주주의의 사상과 철학, 그것이 지닌 역사적 의미와 가치를 조금 가벼이 보았다. 억압의 메커니즘 속에서 뒤엉킨 갈등이 그뒤에 어떤 결과로 나타날지에 대한 깊은 통찰이 부족했다. 이미 그 시대에 보편적 가치와 인식으로 자리잡은 것을 한 영웅이 나타나 부정해버렸다. 그것이 위험한 것이다. 가끔은 후배 정치인들에게 "복잡하게 생각하지 마라! 중등학교 정도면 충분하다. 보편적 가치가 거기에 실려 있다. 전 세계가 인정하는 보편적 이론과 가치라면 함부로 부정해서는 안 된다"고 이야기한다.

그런데 신념과 용기가 아주 탁월한 군인이 나타나 그것을 밟아버렸다. 우리 사회에서 작동할 수 있는 민주주의의 동력 장치들을 모두 파괴시켰다. 억지논리를 갖다붙이면서 한국의 합리주의 사고 체계를 파괴시켜버렸다. 신뢰, 원칙, 민주주의의 기본적인 제도와 작동 원리들을 파괴시켰다.

결국 지나친 억지 논리가 판을 치는 그런 사회가 되었다. 그것을 보면 대결의 문화는 매우 강한 것이다. 결국 반독재 민주화운동이 끈질기게 진행되고 1987년 6월항쟁으로 마감이 되었는데, 그 이후가 잘 풀리지 않았다. 말하자면 실제로 그 속성이 어떻든 간에 민주주의의 대의명분을 스스로 내걸었던 세력에 의해 새로운 질서가 세워져야 했다. 그 과정에서 역사의 진행 방향이 왜곡되었다.

독재권력하에서 일했던 관료들의 행태가 항상 백성들에게 큰 고통을 주었다. 자유당 시대에는 일제하 관료들이 다시 득세하여 실질적으로 민주주의를 저지했다. 민중은 여전히 억압에서 해방되지 못했다. 독재권력에 봉사하던 관료조직과 권력기구들은 민주화 국면에서도 그 버릇을 버리지 못했다. 여기에 한술 더 뜨고 있는 것이 일부 언론이다. 이렇게 된 데에는 여러 가지 원인이 있지만, 그 가운데에 우리 사회 분열의 전선이 있다.

시민사회가 경계해야 할 대상이 권력인 것은 사실이다. 하지만 이미 우리나라만 해도 권력의 힘은 분산되고 있다. 김영삼 대통령, 김대중 대통령에 대해서도 세계의 조류와 부정할 수 없는 보편적 가치의 기준에서 역사의 잣대를 들이대야 한다.

어쨌든 우리 역사에 희망을 거는 이유는, 불완전하기는 하지만, 해방공간에서는 독립투사가 지도자가 되었고, 그다음 목숨을 건 군인들은 그렇다 하더라도, 김영삼, 김대중 대통령은 그 역사적 소명을 다했던 사람들이었다는 점이다. 그다음은 뭔지 모르겠다. 탈냉전의 시대, 통일의 시대를 앞두고 있는 것은 맞다. 분단의 시대, 동서분열의 시대, 민주주의 발전, 진보, 이런 것이 아닐까? 역사적 과제로는 분단과 대결의 극복이다. 적어도 냉전 세력은 안 된다. 통일, 통합의 철학을 가지고 있어야 한다. 동서분열 문제도 마찬가지이다. 통합의 비전과 철학을 가지고 대결과 공존의 가치 가운데 공존의 길에 대해 확고한 신념을 가지고 있어야 한다. 삶을 통해 증명된 사람이면 더 좋다. 이것이 내가 대통령이 되려는 이유이다.

경제에 대한 국민들의 관심이 많은데 한국 경제의 장기적 성패를 좌우하는 요소는 무엇일까? 누구누구의 경제이론이 아니다. 그런 것은 이미 우리 사회가 가진 기본적 자산에 속하는 것이다. 국가의 전략이 중요하다. 국민적 자질로 볼 때 한국은 전망이 밝다. 영국은 세계 200여 개국에 대사관이 있는데 한국을 10위 안에 드는 투자 대상 국가로 주목하고 있다. 한국 사람들의 지식수준, 기술, 인구, 특히 학력 등이 상당한 잠재력과 성장성을 지니고 있다. 2025년에는 세계 7대 경제국이 된다. 그래서 한국을 세계 열번째 안에 드는 주요 교류 국가로 보고 정책을 펴고 있다. 한국의 역량은 그렇게 인정받고 있다.

국가적 전략, 동북아 질서, 세계적 비전, 이런 것들과 더불어 흔히 논쟁하고 있는 통합의 전략, 시장경제와 민주주의 등이 큰 틀에서의 전략이라 할 수 있다. 하지만 불안한 점이 남는다. 이 밑바탕을 이루는 사회적 자본의 문제이다. 혹자는 정신적 인프라 또는 문화적 인프라라고 하는데, 광의에 있어서의 문화이다. 거래는 물론 일반적인 경우에도 그 기준이 마찰이나 갈등 없이 비용을 지불하지 않고 적용되는, 신뢰가 높은 사회이다. 합의가 잘 이루어지는 사회이다. 이러한 사회 문화가 현상적으로 표현되고 있는 정도가 정치 수준을 표현하는 바로미터가 되기도 한다. 선생님을 신뢰하지 않으니까 내신 성적을 믿지 못하고 그래서 올바른 입시 제도가 안 되는 것이다.

'힘 력力'자 학력學力이 아니고 학벌이 문제가 되니까 비합리적 요소가 생기고 연고 자본주의가 된다. 자본주의 시장에서 성공할 수 있는 합리적 기준과 페어플레이, 특혜와 특권이 아니라 정정당당하게 승부하는 경기 규칙에 익숙해져야 한다. 영국이 이야기하는 조건 가운데 하나인데, 한국이 불신과 부패가 조금 더 개선된다면 2025년에 세계 7위의 경제국이 된다는 것이다.

우리 사회에서 정치가 해야 할 일은 국민적 역량을 계속해서 강화해나가는 일이다. 국가 전략이라는 측면에서 전략을 적절히 운용해야 하는데, 이 부분에 관해서는 가치관의 차이가 있을 수 있다.

남북관계와 동북아 미래에 대한 구상을 어떻게 하는가에 대해서는 인식과 전망 면에서 차이가 있겠지만, 국가 전략을 다듬어나가는 면에서는 한국이 급속히 성장하는 과도기에 있다고 생각한다. 가장 취약한 부분이 정신적 근대화이다. 이 부문의 요소도 여러 가지겠지만 중요한 것은 가치를 지향하는 문화, 그다음에는 성숙한 민주주의의 조건으로서 대화와 타협의 문화가 핵심이 아닌가 생각된다. 나머지는 합리와 균형 그리고 통합이다. 우리 사회에 분열적 요소가 많기 때문에 통합에의 지향을 따로 뽑아야 할 필요가 있다. 균형이 깨진 사회는 통합이 불가능하다. 대화와 타협이 가능할 수 있는 세력 균형이 중요하다. 이것이 이루어지지 않으면 한쪽의 힘이 관철되는 구조가 된다. 일방의 힘이 관철되지 못하는 구조가 되어야 대화의 전제 조건이 성립한다.

그다음으로는 서구적인 토대이긴 하지만 합리주의가 있다. 왜 '합리적'인 것을 말하는가? 대화와 타협이란 이해관계를 조정하는 것이고 서로 다른 인식들이 하나의 보편적 인식으로 수렴하는 과정이다. 의견이 서로 다른 사람들의 의견을 수렴하는 것이다. '합리'란 대화와 타협의 기준점이다. 그 토대는 세력의 균형이고 사상적 기반은 관용의 상대주의 정신이다. 과정과 기준은 합리주의이다. 이 삼자가 대화와 타협의 문화이다.

이것이 형성되는 데 수백 년이 걸렸다. 시민혁명을 거치면서 사회적 균형이라는 토대가 만들어지기 시작했다. 그 위에 형성된 것이 상대주의와 관용의 철학이다.

정리하자면 개인의 존재와 인격의 내용으로서의 존엄과 가치에 대한 자각을 가지고 스스로의 자율적 권한과 권리, 그리고 책임의식을 함께 지닌 시민적 자존심, 이 자존심을 가진 사람이 바로 가치의식을 가진 사람이다. 모든 행동을 가치라는 척도로 비추어보면 가치지향이 생긴다. 그들이 규범을 만들 수 있고 그 규범을 일부의 작은 강제로 전수되게 하는 자발적 사례를 만들 수 있다. 이들이 그동안 독재권력에 저항해왔고 일방적 권력의 행사를 견제하기 위한 제도적 장치들을 만들어왔고 성숙한 시민사회의 주역이 되어왔다. 이들이 사는 사회가 성숙한 시민사회가 된다. 여기에서 드러난 자산이 신뢰와 원칙이다. 이것이 우리 사회에 엄청나게 많은 효율성을 담보해내고 낭비를 줄인다. 그다음이 대화와 타협에서의 관용, 그리고 통합지향의 가치이다.

통합이라는 화두는 우리 사회에서 대단히 중요하다. 공존의 지혜로서의 통합이다. 이것이 이루어지지 않으면 한국, 나아가 세계의 미래가 불안해진다. 시장경제로 보면, 공정한 경쟁 원리, 가치, 타협, 통합 등 이런 것을 통틀어서 공존의 원칙이라고 이야기할 수 있지 않을까?

이것이 어떻게 형성되는가? 인간의 의식이다. 이것을 지향하는 의식이 있어야, 새롭게 맞는 제도가 만들어지고 맞지 않는 제도도 맞게 운영이 된다. 이것이 의식이다. 그 시대를 사는 사람들의 개인적 사회적 의식이 형성되어야 한다. 어떻게 해야 가능한가? 많은 사람들이 교육을 이야기한다. 현장의 삶이 교육이다. 그래서 나는 역사를 이야기한다. 의식의 차이는 어디에서 비롯되는가? 역사관의 차이에서 사회의식이 달라지고, 개인적 삶의 차이에서 의식이 달라지는 것이 보편적이다.

내 나름대로 말해서 '역사란 의식의 뿌리, 의식은 역사의 산물'이다. 한 사람의 의식은 경험적 삶의 산물이다. 미래사회는 어떻게 끌고 갈 것인가? 장차 공존의 시대를 열어갈 의식을 형성하는 과정으로서의 오늘의 삶이 역사이다. 오늘의 삶을 역사로 만들어야 한다. 과거의 역사를 고쳐 쓰는 것이 아니라 바로 이렇게 오늘 만들어야 한다. 정치니 뭐니 하는 것도 역사이다. 이것을 새로 만드는 것이 지도자가 해야 할 일이다. 그 일은 하나의 사건을 해결하는 것이 아니고 누구와 누구의 싸움을 말리는 일도 아니다. 새로운 의식을 키워나가는 역사를 전체 속에서 만들어나가는 것이다. 그것만이 미래를 열 수 있다. 경제의 발전은 경제주체들에게, 기업활동은 기업주들에게 맡겨나가면서 역사를 만들어야 한다.

신뢰를 잃는 대신 정권을 잡는다 해도 그것은 의미가 없다. 개인적 영화로서는 의미가 있을지 모르지만 역사적으로는 의미가 없다.

지금까지 이야기한 줄거리는 어느 어느 책에서 따온 것은 아니다. 그냥 정치를 하면서 단편적으로 읽어온 글들과, 끊임없이 이 문제에 천착해서 만들어낸 내 정치이론이다. 미숙하고 엉성하긴 하지만.

대통령 노무현의 꿈
'우리의 길'

○

참여정부 시절 필자가 '국정일기'라는 형식으로 대통령의 동정을 묘사했던 글들이 있다. 그 가운데
'국민통합'이라는 주제와 관련 있는 몇 편을 추렸다.

대통령을 보는 세 가지 관점 (2004. 9. 2.)

8월 16일 수석보좌관회의. 대통령이 총리 중심 국정운영과 분야별 책임제 구상을 밝혔다. 그러자 그 배경을 놓고 설왕설래가 있었다. 바람직한 분권형 운영이라는 해석도 있었지만 무언가 저의를 감춘 구상일 것이라는 극단적인 의심도 제기되었다.

대통령의 언급을 비판적으로 분석하는 일은 충분히 있을 수 있다. 그러나 새로운 의제가 제기될 때마다 그 순수한 의도를 애써 외면하면서 정치공학적 해석을 하려 들거나, 나아가 정쟁의 시각에서만 분석하려는 시도가 엄연히 일부에서 존재하고 있다. 이제는 정말 대통령의 언급과 행동을 있는 그대로 담백하게 이해하는 분위기가 되었으면 좋겠다는 생각으로 대통령에 대한 이해를 돕는 세 가지 키워드를 소개한다.

1. 대의

"저는 대통령님의 결정이 선뜻 이해되지 않습니다."

8월 21일 토요일, 몇몇 직원들과 오찬을 하는 자리에서 대통령은 어느 비서관으로부터 총리 중심의 국정운영 방침을 납득할 수 없나는 질문을 받았다.

"국민들이 원하기 때문입니다."

대통령은 단정적이면서도 소신에 찬 두괄식 답변을 했다.

"국민들은 지난 대선 때부터 대통령 권한이 분산되는 것을 선호하고 있습니다."

"당정분리 체제임에도 불구하고 여전히 당정일체형 리더십을 요구받고 있는 모순을 해소하려는 취지도 있습니다."

구상의 배경을 소상히 설명한 뒤 대통령은 마지막으로 짧게 한마디를 덧붙였다.

"크게 보아야 합니다."

여기서 노무현 대통령을 말하는 첫번째 키워드가 도출된다. 바로 '대의'이다. 다른 말로 표현하면 '역사의 흐름'이고, 쉬운 말로 표현하면 '상식'이다.

공학과 음모와 정쟁의 틀로 모든 것을 분석하는 사람들에게는 대의와 역사, 상식이라는 틀이 무척 생소할 수도 있다. 그러나 대통령의 말과 행동이 사사로운 이해를 추구하는 과정에서 치밀하게 짜인 계획에서 비롯됐을 것이라는 선입견을 갖고 있는 한, 그 사람은 노무현 대통령을 제대로 이해하는 데 영원히 실패할 수도 있다. 그 점은 대통령의 과거사가 분명히 증명해주고 있다.

1990년 3당합당. 대통령은 재선, 3선이 보장된 합당을 거부하고 험난한 길을 선택했다. 홀로 당당하게 "이의 있습니다"를 외친 대가는 처절한 낙선의 고배가 되어 돌아왔다. 그러나 대통령은 정치를 지역으로 가르고 왜곡시킨 그 폭거에 끝내 타협하지 않았다. 그리고 다시 10년 후. 대통령은 양심과 대의에 따라 정치 1번지 종로에서의 탄탄한 국회의원직을 마다하면서 또다시 부산에 도전했고, 낙선했다. 대통령에게는 사사로운 정치적 이해가 작용하지 않고 있었다. "농부가 어찌 밭을 탓하겠습니까?" 대통령은 낙선 후에도 유권자를 원망하지 않았다.

그리고 지난 16대 대통령선거. 대통령은 정몽준 후보와 단일화를 이루면서도 각료 배분 등 이른바 지분 협상을 끝내 하지 않았다. 또 선거일 직전의 파국적 상황에서도 결코 야합이나 흥정을 하지 않았다. 대통령이 되지 못하는 한이 있어도 지켜내야 할 소중한 대의가 있었기 때문이다. 그렇게 지킨 대의는 결국 노무현 후보를 대통령으로 만드는 큰 동력이 되는 역설을 가져왔지만.

2. 실용

8월 31일 화요일, 국무회의. 산업자원부, 국방부, 환경부로부터 업무보고가 있었다. 평소와 다름없이 각 부처의 보고에 대해 대통령은 짤막하게 의견을 피력했다. 그런데 이날 대통령의 이야기는 내용보다 형식에 대한 것이 주종을 이루었다. 미소를 머금은 채 대통령이 말했다.

"보고서의 양식으로만 보면 이 부처의 보고는 그대로 수용해야 할 것 같습니다."

보고서 가운데 참조 자료를 하이퍼링크만으로 처리한 것에 대해 높이 평가하는 언급이었다. 작은 개선이었다. 그러나 대통령은 그것을 결코 작게 받아들이지 않고 있는 듯했다. 그런 작은 변화가 커다란 정부혁신의 시작이라는 믿음 때문이었을 것이다.

8월 18일 수요일 오전: 혁신 워크숍

8월 21일 토요일 오전: 정책사례 토론회

8월 22일 일요일 오전 9시~오후 3시: 내부통신망 e-지원 시스템 고도화
작업

8월 30일 월요일 오후 5시~9시: e-지원 시스템 고도화 작업

9월 4일 토요일 오전: 혁신사례 학습토론회 예정

　최근 대통령의 혁신 관련 언급이 무척 많아졌다. 총리 중심의 국
정운영 구상을 밝힌 뒤로는 이런 언급이 더욱 증가하고 있다. 국정
과제와 정부혁신과제에 몰두하겠다는 구상이 실천되고 있는 것이
다. 최근에 열린 공식, 비공식 회의 석상에서의 언급 가운데 최소한
3분의 1 이상이 혁신 관련 언급이다.

　"문서속성카드나 e-지원 시스템 고도화는 상당한 의미가 있는 일
입니다."

　8월 27일 있었던 기록물 시스템 관련 회의에 참석했던 국가기록
원 전문가의 말이다. 기록학을 전공한 학자인 그는 이렇게 말을 이
었다.

　"기록 관리의 중요성에 대해 이해하면서 상당히 깊이 고민하시는
부분이 있어서 감사드리고 있습니다."

　그는 대통령이 이처럼 기록과 문서 관리 등 혁신 업무에 깊은 관

심을 가지고 있는 데 대해 적잖이 놀라는 표정이었다.

최근 대통령은 이렇게 강조하고 있다.

"이제 총리가 물건을 판매하고 경영하는 일에 몰두한다면, 대통령인 나는 공장 내의 시스템을 고치는 일에 전념하는 것입니다. 레일을 다시 깔고 불량을 줄이고, 직원들의 교육 훈련을 새롭게 하는 것입니다. 이것이 바로 장기적으로 경쟁력을 높여나가는 일입니다. 우리의 미래를 준비하는 일입니다."

혁신을 위해 작업복 차림으로 공장의 구석구석을 누비는 대통령. 듣기 좋은 말에 보기 좋은 장면만 연출하는 대통령이 아니라, 정부의 경쟁력, 나아가 국가경쟁력을 키우기 위해 팔을 걷어붙인 대통령. 대통령의 이 실용주의가 지금 정부혁신의 출발점이 되고 있다.

대통령은 말한다.

"대통령이라면 제왕적 권위를 갖추고 위세를 부려야 한다고 생각하는 이들이 있다. 혁파되어야 할 낡은 사고이다. 그러한 생각이 바로 역사 변화의 발목을 잡고 있다. 이제 그 잘못된 '지도자의 우상'을 파괴해야 한다. 그것이 민주주의이다."

3. 탈권위

"옛날 같으면……"

대통령 주변에 있다보면 새롭게 대통령을 만나는 사람들로부터 이러한 말을 자주 듣게 된다. 이는 어쩌면 참여정부가 들어선 이래 변화한 대통령 문화를 단적으로 보여주는 표현일 것이다.

8월 21일 토요일 저녁, 뮤지컬 〈청년 장준하〉를 보기 위해 세종문화회관 객석에 모습을 나타낸 대통령을 보며 관람객들이 박수를 쳤다. 대통령은 손을 높이 들어 흔들며 답례를 했다. 그러면서도 혹여 자신의 출현이 다른 사람들의 관람에 방해가 되지 않을지 조심스레 신경쓰는 모습이었다.

대통령은 권력을 움켜쥐고, 이를 마음대로 행사하려는 사람이 아니다. 불필요한 권위는 모두 버렸다. 권력기관도 손에서 놓았다. 몇몇 참모들은 권력기관만 그대로 장악하고 있었어도 훨씬 더 국정운영이 원만하게 되었을 것이라고 말한다. 그러나 대통령은 전혀 개의치 않는다.

세상은 그런 대통령에게조차도 여러 가지 나름대로의 잣대를 들이댄다. 때로는 제왕적 덕목을 요구한다. 어떤 때는 권위주의 시절의 독재적 파워를 기대하기도 한다. 그런가 하면 야당은 대통령을 항상 정치적 상대로 생각한다. 모두가 아직 변화된 대통령에 익숙지 못한 데서 비롯된 부작용들이다.

탄핵소추 사태 때문에 공식화할 기회가 없어졌지만, 대통령은 4·15총선 당시에도 결과에 따라서는 권력의 큰 부분을 야당에 넘기려는 생각을 굳혔었다. 말이 그렇지 쉽게 결단할 수 없는 구상이었다. 언제라도 손안에 쥔 것을 놓을 수 있는 사람이었기에 가능한 기획이었다. 바로 그러한 철학의 연장선상에서 총리 중심 국정운영 및 분야별 책임장관제도 구체화된 것이다. 지금껏 제왕적 대통령의 절

대권력에 익숙해져온 우리 의식의 관행 속에서 이런 권력과 역할의
분점에 대해 일부에서는 조기 레임덕을 우려하기도 한다. 그러나 이
구상을 완성시키려는 대통령의 의지는 확고하다.

"권력도 나눌 수 있는 사회가 성숙한 사회입니다. 이제 국정도 권
한을 분점하고, 분점된 권한의 주체들이 서로 협력해서 성공시키는
새로운 문화를 만들어야 합니다. 이렇게 해나가면 상생의 균형점이
나올 것입니다."

한국 정치의 새로운 실험 ― 총리 중심 국정운영 70일 (2004. 10. 19.)

1.

10월 4일 월요일, 대통령이 ASEM 정상회의 및 인도 베트남 순방
을 위해 출국하던 날 아침 일찍 이해찬 국무총리가 대통령 관저를
찾았다. 대통령과 총리는 30분이 채 못 되는 시간 동안 환담을 나누
었다. 대통령이 8박9일의 일정을 마치고 오면 이어서 총리의 출국
이 예정되어 있었던 만큼 차분하게 국정 전반에 대해 의견을 교환할
시간은 절대적으로 부족한 상황이었다. 마침 국정감사도 시작되고
있었고 또 풀어가야 할 현안들도 적지 않았던 터라 대통령으로서는
마음의 부담을 안고 순방에 나서야 하는 사정이었다. 그러나 그날
대통령의 표정에서는 그러한 부담의 그림자를 찾아보기 어려웠다.

손녀를 높이 안은 채 관저를 나와 무척이나 이별이 아쉬운 듯 차에 오르는 모습이 그러했고, 환송 나온 참모들에게 "집 잘 지켜주십시오" 하고 던지는 가벼운 농담이 그러했고, 비행기에 오르자 다시 순방 관련 자료 검토에 몰두하기 시작하는 모습이 또 그러했다. 총리 중심 국정운영과 분야별 책임장관제의 분권형 국정운영이 시작된 지 두 달, 이제는 대통령이 대통령으로서 풀어가야 할 과제에 집중할 수 있는 토대가 마련되었다는 느낌이 문득 들었다.

"우리 정치는 대화와 타협을 이루어낼 수 있는 협동의 역량이 필요하다."

출국을 하루 앞둔 10월 3일 일요일 저녁, 몇몇 비서관들과의 만찬 자리에서 대통령은 이렇게 언급하면서 지난 두 달의 총리 중심 국정운영을 '성공적'이라고 평가했다. 분권형 운영이 정착 단계에 접어들고 있다고 본 것이었다. 총리와는 개괄적인 조율을 중심으로 협의해나가고 있으며, 이를 통해 국정운영이 체계적으로 위임되고 있다는 뜻이었다.

지난 8월 10일, 여름휴가를 마치고 온 대통령이 처음으로 이러한 국정운영 구상을 공개적으로 밝혔을 때만 해도 여러 가지 억측이 많았다. 과연 분권이 제대로 이루어지겠느냐며 실패를 예단하는 측도 있었고, 정쟁에서 비켜서기 위한 시도라면서 의혹의 시선을 보내는 측도 있었다. 그러나 그러한 일부의 예측이 무색하게도 분권형 국정운영은 빠른 속도로 안착되고 있고, 안정적인 국정운영 방식으로 국민들의 인식에 뿌리내리고 있다.

2.

　분권형 국정운영이 성공할 수 있다는 가능성은 이미 지난봄 대통령 탄핵소추로 인한 직무정지 기간에 확인된 바 있다. 당시 사상 초유의 대통령 직무정지로 적지 않은 불안감이 팽배했지만, 몇 가지 중요한 결정이 지체된 것을 제외하고 일상적인 국정운영은 큰 혼란 없이 이루어졌다. 참여정부가 출범한 이래 강조하며 역점을 두어온 시스템이 제대로 작동했던 것이다. 그리고 지금 그 시스템은 한 차원 성숙된 분권형 운영 방식으로 구현되고 있다.

　다만 대통령 직무정지 당시와 다른 점이 있다면, 그때와 달리 지금은 이해찬 국무총리가 국정 전반에 걸쳐 실제로 많은 결정을 내리고 있다는 사실이다. 총리는 국정에 대한 기획은 물론, 때로는 민감한 사안에 대해서도 신속하고 과감한 결정을 내리고 있다. 대통령은 매주 한 차례 총리와 회동을 가지면서 주요 현안을 논의하고, 또 화요일에는 총리와 더불어 분야별 책임장관과 오찬을 가지면서 현안을 조율하고 있다. 또 국무조정실 자료에 따르면 총리는 매월 1회 부총리·책임장관회의를 주재하면서 주요 국정 현안을 점검하고 국정운영 방향을 논의하고 있다.

　이에 따라 총리실은 정책상황실을 신설하여 정책 의제의 관리 기능을 강화했으며, 이전에는 법안 처리 협조 요청이 중심이었던 총리의 당정협의를 그 범위를 대폭 확대해 이견 조정 등 정책 현안을 중심으로 한 당정협의로 강화했다. 사립학교법 개정 문제, 인천 제2연류교 주경간폭 문제와 관련한 당정 간 이견 조정을 한 것이 그 대표적 사례다. 뿐만 아니라 총리는 분야별 당정간담회, 여야 원내대표단 및 정책위의장 초청간담회를 통해 여러 정당과 국회에 주도적으로 정책을 설명하고 있다.

또한 총리는 경제 활성화를 위한 노력의 하나로 지난 9월 내수경기 활성화를 위한 '종합투자계획' 마련을 지시한 바 있다. 이는 지속적인 경제성장을 위해 정부재정 적자를 확대하기보다는 민간자본과 국민연금 등 여유 재원을 활용하여 새로운 투자와 소비를 자극, 경제에 활력을 불어넣을 수 있는 사업들을 범정부적으로 적극 발굴, 추진토록 한다는 것을 골자로 하고 있다.

나아가 총리는 대통령이 위임한 주요 국정 현안에 대해서도 주도적인 조정 기능을 수행하고 있다. 신행정수도 건설 관련 논란에 대한 대응부터 국정과제위원회의 업무 수행과 관련한 조정 역할, 그 밖에 공무원노조, 비정규직 문제에 이르는 각종 쟁점과 관련한 입법안도 적극적으로 마련하고 있다. 또 대통령으로부터 위임받아 수도권 관리 대책 및 공공기관 지방 이전 추진 일정을 조율하고 있으며 원전 수거물 관리시설 설치 방향을 수립하고 있다.

대통령은 국무총리가 현재 수행하는 역할에 만족을 표하고 있다. 정책에 대한 사전지식은 물론, 이론과 대안을 갖추고 있다고 평가한다. 그리고 갈등이나 이해관계를 통합·조정하는 문제와 관련해서 감각이 빠르고 결단이 신속하다고 평한다. 무엇보다 업무 추진의 속도가 빠르다는 점을 강점으로 뽑고 있다.

3.

총리 중심의 국정운영과 함께 시도된 분야별 책임장관제도 빠르게 정착 단계에 접어들고 있다. 대통령이 분야별 책임장관제 운영 방침을 밝힌 이후 '정부업무조정 등에 관한 규정'이 개정되었고, '사회문화정책관계장관회의 규정' '과학기술관계장관회의 규정'이 제정되어 분야별 장관회의 운영을 위한 관련 규정이 정비되었다. 경제·교육·통일·외교·안보 분야는 기존 규정이 활용되고 있다.

분야별 책임장관 가운데 통일외교안보 분야는 무엇보다 대통령 고유의 판단이 필요한 사항이 많고 전략적 관점에서 볼 수 있는 역량이 필요하다는 점에서 중요하다. 이와 관련해 대통령은 정동영 통일부장관에게 정책의 큰 방향을 맡겨두면서 여러 가지 결정 사항들은 NSC 등을 통해서 조율하고 있다. 그동안 정동영 장관은 이 분야의 관계장관회의 격인 NSC 상임위를 10회 주재했다.

이헌재 경제부총리가 맡고 있는 경제장관회의는 분야별 책임장관제를 시행하기 이전에 이미 관련 제도가 만들어져 상시적으로 운영되어온 경우다. 오명 과기부총리가 중심이 된 과학기술 분야는 새롭게 과학기술관계장관회의 규정이 마련되었다. 대통령이 역점을 두고 있는 기술혁신과 R&D 투자 등에 대한 종합적이고 중장기적인 정책의 통합적 역할이 기대되고 있다. 대통령은 앞으로 김근태 보건복지부장관이 중심이 된 사회문화정책관계장관회의에 힘을 실어가려 하고 있다. 특히 고령화 저출산 현상 등 미래사회에 대비하고, 구조화되고 있는 사회적 격차나 정책의 불균형이 심화되지 않도록 힘을 모아나가는 방향을 모색하고 있다.

4.

총리 중심 국정운영과 분야별 책임장관제가 정착 단계에 접어들면서 대통령의 업무와 역할도 변하고 있다. 대통령은 우선 이러한 틀 내에서 대통령으로서의 의견을 제시하고 그 결과를 보고받고 있다. 이는 각종 지시 메모, 총리와의 주례회동, 그리고 분야별 책임장관들과의 오찬을 통해 이루어진다. 대통령은 이제 모든 사안에 의견을 제시하지 않고 필요한 경우에만 위의 방식을 통해서 한다. 실제로 대통령이 총리에게 직접 전화해 의견을 피력한 것은 극히 예외적인 경우에 그치고 있다.

대통령은 제도가 안정되면 장차 인사 문제까지도 이 틀 속에서 활성화해나가려 구상하고 있다. 즉, 현재에도 부분적으로 이루어지고 있는 인사 추천 시스템을 이 제도 속에서 더욱 체계화·구체화하려는 것이다. 그 단계까지 총리 중심 국정운영과 분야별 책임장관제가 나아가면 분권형 시스템이 정착 단계에 접어드는 것으로 볼 수 있을 것이다.

그렇다면 일상적인 국정운영을 국무총리와 분야별 책임장관에게 위임한 대통령은, 지금 무엇을 하고 있는 것일까? 대답은 간단하다. 여전히 대통령은 분주하다. 일마다 집중력도 높아지고 있다.

무엇보다 대통령은 직접선거에 의해 선출된 국가원수로서의 위상과 역할을 수행해야 한다. 정상외교는 물론, 각종 주요 행사 참석, 외빈 접견 등이 바로 그것이다. 그리고 대통령 과제, 즉 정부혁신과 지방분권, 균형발전, 혁신 관리의 추진과 같은 업무가 지금 대통령이 역점을 기울이고 있는 과제들이다. 이러한 과제들은 하나같이 지난 수십 년간 그 필요성과 절실함에 대해 말과 논의만 무성했을 뿐 역대 어느 정부도 실행에 옮기지 못했던 것들이다. 아울러 일상적 국정운영 차원에서 벗어나 보다 장기적이고 넓은 시야에서 미래를 내다보면서 수행해야 하는 일들이다. 바로 대통령과 청와대가 수행해야 할 본연의 과제다. 대통령은 지금 그렇게 낡은 관행을 고치고 제도를 정비하는 일에 몰두하고 있다. 분권형 운영의 정착이 바로 대통령 고유의 업무에 대통령이 전념할 수 있는 토대를 마련해준 것이다.

5.

대통령은 말한다.
"총리도 당원이다."
열린우리당이 총선에서 승리한 만큼 열린우리당 출신 인물이 국무총리가 되어 당을 중심으로 정책을 주도하는 것이 바람직하다는 의미다. 즉 정책은 당이, 국가는 대통령이 이끌어간다는 뜻이다. 대통령이 추진하는 분권형 국정운영의 방향과 메시지가 무엇인지 이해를 돕기 위해 대통령의 몇 가지 언급을 더 소개한다.

"변화, 즉 시대의 흐름과 사람이 어떻게 만나는가가 중요하다. 변하지 않는 가치를 지키려 노력하는 한편 변화를 읽어나가는 진지한 자세를 가지려 노력해야 한다. (지도자는) 그 시대 지성이 제시하는 방향을 유불리를 떠나서 충실히 따르고 그 가치의 방향을 실현하려는 원칙적인 자세를 가져야 한다. ……현실 상황과 지성이 가리키는 방향이 서로 맞지 않을 것 같으면서도 수렴되는 방향을 정확하게 읽어야 한다. 구심력과 원심력이 팽팽히 맞서 수렴되는 방향에 역사가 있다. 그것을 읽어나가는 것이 리더십의 핵심이다. 개인적 매력이나 공학은 부차적인 것이다."

"역사에는 수없이 많은 이론이 나와 있지만, 언제나 토론해보면 서로 상반된 사례를 인용해서 싸운다. 그래서 파가 갈라진다. …… 분권형 지도 체제는 성공의 사례보다 실패의 사례가 더 많다. 단일 지도 체제보다는 집단지도 체제가 실패하는 경우가 많으며 대부분 단명으로 끝난다. 그러나 이론적으로는 어느 것이 우수하다고 할 수 없다. ……분권형 운영은 프랑스에서도 시행되었고 우리 헌법에도 담겨 있다. 또 국민이 원하고 있으며 지난 선거 때부터 이야기되어 왔다."

"사심 없이 협의해서 처리하는 정치적 역량이 일정 수준 되어야 한다. 대화와 타협을 해낼 수 있는 협동의 역량이 있어야 한다. 이것이야말로 한국 사회에 꼭 필요한 일이다."

옳은 길이라면 주저 없이 간다 (2005. 8. 22.)

1. 왜 지역구도 해소인가?

2005년 6월. 대통령은 유난히 글을 많이 썼다. 4·30보궐선거로 17대 총선의 결과가 결국 여소야대로 일단락되자, 대통령의 고민이 깊어졌고 침잠은 시작되었다. 대통령의 고민이 어디서부터, 어떤 깊이로 시작되어 전개되고 있는지 누구도 짐작하기 어려웠다. 표정은 굳었고, 발걸음은 무거웠다. 웃음도 찾아보기 어려웠고 특유의 농담과도 절연한 듯했다.

여당의 보궐선거 패배가 가져온 후유증이었을까? 아니면 철도청 유전 사건과 행담도 사건의 여파였을까? 오답은 아니었지만 그것 역시 일면적인 파악에 지나지 않았다. 대통령의 고민은 근본에 맞닿아 있었다. 우리 정치구도에 대해 짧게는 작년 총선 이전, 길게는 후보 시절부터 갖고 있던 문제의식을 끊임없이 되새김질해온 것이다.

대통령은 자신의 오랜 고민과 문제의식을 한자 한자 정성스레 컴퓨터에 입력하기 시작했다. 뒤에 확인된 것이지만, 최초의 서신이 완성된 것은 한미정상회담을 위해 미국으로 출국하기 직전이었다. 그러나 우리 현실에 대한 분명한 문제 제기와 대안이 담긴 이 첫번째 서신은 끝까지 공개되지 않았다. 그 대신 이 서신을 토대로 당원들에게 보내는 일련의 편지들이 작성되었다.

2004년 4월 15일 저녁. 탄핵소추로 직무정지중이던 대통령은 참모들과 함께 관저에서 총선 개표방송을 지켜보았다. 열린우리당은 과반수가 넘는 의석을 확보함으로써 승리했다. 스스로 기득권을 버리면서 지역주의에 도전한 정당의 승리였기에 대통령도 그 결과가 만족스러운 듯했다. 사실상 결과가 확정된 오후 10시 무렵, 대통령은 이번 총선의 결과에 따라 과반수 정당에게 권력의 상당 부분을 이양할 계획이었음을 털어놓았다. 미완의 구상이었지만 참모들은 특단의 구상에 적잖이 놀랐다.

대통령은 모처럼의 밝은 표정으로 참모들과 인사를 한 뒤 내실로 향했다. 그때, 대통령의 얼굴에 일말의 어두운 구석, 아니 무언가 아쉬움이 남아 있었음을 알아챈 참모들은 그리 많지 않았다. 사실상 여권의 승리 앞에서도 대통령의 얼굴에 그늘이 남아 있었던 까닭은? 바로 지역주의였다. 비록 영남권에서 열린우리당이 몇 석을 확보하긴 했지만 대통령의 마음속에는 여전히 지역주의의 장벽이 그늘을 드리우고 있었다.

아쉬움도 있었다. 그것은 영남권에서 상당한 득표율을 올렸음에도 불구하고 그에 걸맞은 의석을 얻을 수 없는 제도의 허점이었다. 다음날 아침, 일찍 일어난 대통령은 몇몇 영남권 낙선자들에게 위로 전화를 거는 것으로 하루를 시작했다.

"대통령은 권력을 내놓고, 한나라당은 지역구도를 버리자."(7월 28일자 서신)

다시 2005년 7월. 대통령이 오랜 고민 끝에 내놓은 진지한 결론이었다. 상쟁과 갈등으로 얼룩진 우리 정치의 해법을 대통령은 거기서 찾고 있었다. 그것이 우리 정치를 바꾸는 하나의 단초가 될 수 있다면, 적어도 지금까지와는 전혀 다른 통합의 정치를 펼치는 토대가 된다면, 대통령은 기꺼이 대통령 권력의 상당 부분을 내놓을 수 있다고 생각했다.

새삼스러운 것이 아니었다. 대통령은 취임 후 첫 국회연설에서 이러한 구상을 밝힌 바 있다. 그리고 총선을 앞둔 시점에서 더 진전된 안을 밝히려 했으나 탄핵 국면으로 인해 접을 수밖에 없는 상황이 되고 말았다.

'국민이 부여한 권력을 왜 그렇게 가벼이 생각하느냐'는 반문이 있었다. 대통령 권력이 왜 무겁지 않겠는가? 오히려 그 무거움을 잘 알기에 그것을 던져서라도 지긋지긋한, 아니 모두들 한목소리로 '망국적'이라고 하는 이 지역구도를 해결해야 한다는 것이 대통령의 생각이었다. 말로 하면 단순한 '선거 제도'의 문제였지만, 바로 거기에 난마처럼 얽힌 우리 정치의 질곡을 풀어낼 수 있는 실마리가 있다고 보았던 것이다.

대통령의 키워드는 개혁과 통합이었다. 이를 내걸고 대통령이 되었고, 또 이에 대해 유권자들이 지지했기에 대통령이 되었다. 통합의 화두를 포기할 수 없는 것은 대통령의 숙명인 것이다. 대통령은 '분열이 나라를 망하게 하는 원인'이며 우리 사회가 '통합의 위기'에 처해 있음을 역설했다. 국무회의에서, 외교단 리셉션에서, 참모들과의 환담에서, 사법연수원 동기들과의 만찬 석상에서도 대통령은 분열과 타도, 배제와 갈등의 이데올로기에 정면으로 맞서기 위해 호흡을 가다듬고 또 가다듬었다. 때마침 언론과 야당에서는 참여정부가 '영남권 낙선자 챙기기'에 열중하고 있다고 비난의 수위를 높이고 있었지만, 대통령은 여당은 영남권, 야당은 호남권에 낙선자가 집중되어 있다는 사실에 오히려 한숨을 내쉬고 있었다.

대통령의 제안은 파격적일 수도 있다. 권력을 담보로 하고 있다는 점에서 그렇다. 그러나 '파격'이라 해서 그것이 '비정상'을 의미하지는 않는다. 우리 정치의 지역구도가 파격을 필요로 할 만큼 깊은 골이 패여 있음을 잊어서는 안 된다. 대통령은 그 깊은 골에서 우리 정치를 끌어내기 위해 결단을 내렸다. 그리고 그 결단의 궤적들을 소상히 참모들에게, 또 당 지도부에게 설명하고 동의를 구했다.

그 누구도 그 파격의 이면에 있는 당위성을 쉽게 부정하지 못했다. 문제는 그 진정성이 받아들여지기 어려운 현실이었다. 대통령은 오히려 명쾌했다. 그것이 옳은 길이라면 여론의 역풍이 있다는 이유로, 그것을 실현할 정치적 환경이 성숙하지 않았다는 이유로 접을 수는 없는 법. 대통령은 18년 정치역정에서 보여왔던 그대로 정공법을 택했다. 옳다면 주저 없이 가자는 것. 그래서 우리 정치를 바꾸고 나라를 바꾸자는 것. 그것이 이 더운 여름에 대통령이 있는 힘과 정성을 다해 편지를 쓰고 있는 유일한 이유다.

2. 기득권 포기의 정치

얼마 전 대통령이 문득 민정수석에게 물었다.

"요즘 젊은이들은 바둑의 격언들을 알고 있나요?"

"……"

바둑으로 따지면 대통령은 수를 깊이 읽는 편이다. 경우의 수를 하나하나 점검하고 따져본다. 정치도 물론 그렇지만, 정책도 그렇다. 일고여덟 수를 읽고 둔 수를, 서너 수만을 읽고 해석하다보면 이해의 부족으로 인한 오해가 생길 수도 있다. 그러나 한 가지 덧붙여야 할 대목이 있다. 역시 바둑으로 말하면 대통령의 수는 정석에 가깝다는 점이다. 변칙도 아니고 꼼수는 더더욱 아니다. 바둑의 격언처럼 상식과 원칙에 충실한 수를 두는 것이다.

사정이 불리하다 해서 편법을 쓰지 않으며, 유리하다 해서 지나치게 몸조심을 하지도 않는다. 상대의 실수를 바라는 꼼수는 생래적으로 싫어한다. 대통령의 수, 그것은 길게 또 멀리 보고 놓는 정석이다.

참모들에게 충고할 때 대통령이 자주 쓰는 말이 있다. "왜 맞지도 않고 상대에게 이기려 하는가?"라는 말이다. 무언가를 성취하려면 그만큼의 수고를 들여야 한다는 뜻이다. 작은 것에 집착하다보면 결국 대의를 놓친다는 뜻이다. 한마디로 말해 자신의 기득권을 먼저 포기해야 한다는 것이다. 바둑의 격언만큼이나 분명한 상식이다.

부산이 지역구임에도 불구하고 영호남 통합을 일관되게 주장하고 관철했던 점, 그 대가로 낙선을 거듭하면서도 끝까지 부산 출마를 계속했던 점. 여기에 바로 멀리 또 길게 보는 노무현식 정석, 또 기득권을 버릴 줄 아는 노무현식 정치가 있다.

2002년 11월, 당시 여론조사에서 나타난 노무현 후보의 지지도는 도저히 회복 불가능해 보였다. 그렇다고 주저앉을 수도 없는 진퇴양난의 형국이었다. 노무현 후보는 선뜻 정몽준 후보와 후보 단일화의 결단을 내렸다. 승리를 전혀 장담할 수 없는 상황. 최초의 국민경선으로 선출된 후보였음에도 노무현 후보는 대의를 위해 자신을 포기했다. 그리고 후보 단일화는 대선 승리의 발판이 되었다.

대통령선거일 하루 전날의 사건도 마찬가지다. 정몽준 후보의 공조 파기 앞에서 주변의 많은 사람들은 노무현 후보의 양보를 요구했다. 그러나 그는 끝내 정몽준 후보에게 집착하지 않았다. 대통령이라는 자리가 문턱에 와 있었지만, 노무현은 고개를 가로저었다. 그것은 대통령후보가 지켜야 할 기득권이 아니었던 것이다.

참여정부 2년 반, 대통령의 개혁은 먼저 '기득권의 포기'로부터 출발했다. 국정원, 검찰, 국세청, 경찰이라는 4대 권력기관을 손에서 놓았다. 그것은 더이상 움켜쥘 필요가 없는 기득권이었다. 장악하면 편리할 수도 있지만, 법과 원칙 위의 일이었다. 대통령은 법 위에 있는 모든 것을 법 아래로 내려놓았다.

국정의 상당 부분을 총리에게 위임했으며 더이상 당 위에 군림하지도 않았다. 중앙정부의 권한은 대폭 지방으로 이양하고 있다. 모든 정책은 청와대의 밀실이 아니라, 다양한 사람들이 참여한 위원회에서 공론으로 결정되고 있다. 어느 누구도 특권을 누리지 못하며 또 어느 누구의 참여도 배제되지 않는다. 원칙과 신뢰, 투명과 공정, 분권과 자율의 시대가 열리고 있는 것이다. 이제 남은 것은 대화와 타협의 완성이다.

외교의 영역도 그렇다. 대통령은 세련된 외교보다는 솔직한 외교를 추구했다. 아쉬운 것은 아쉽다고 이야기하고, 고쳐야 할 것은 고쳐달라고 이야기했다. 지난 6월의 한미정상회담이 보여주듯, 필요하다면 3시간의 회담을 위해 30시간에 달하는 비행 시간도 마다하지 않았다. 국제무대에 선 대통령은 그 솔직함에 깊은 인상을 받은 외국의 지도자들로부터 높은 평가와 감사의 인사를 받았다. 그것은 '세련된 매너'로 만들어낼 수 있는 것이 아니었다. '정직은 언제나 최선의 정책'이었다.

2002년 여름 대통령선거전이 뜨거워지던 어느 날, 이회창 후보에게 뜻밖의 악재가 생겼다. '특권층의 대변자'로 공격받던 이후보에게 누군가가 '옥탑방'에 대한 질문을 던졌는데, 이후보가 그 뜻을 모르고 있었음이 밝혀진 것. 당연히 노무현 후보 진영은 이 뜻밖의 호재를 활용할 공세를 준비했다. 그러나 정작 더욱 뜻밖의 일이 벌어진 것은 그 다음날. 이번에는 노무현 후보 자신이 공개적으로 이렇게 언급을 했던 것이다.

"저도 사실 옥탑방이라는 말은 몰랐습니다."

취임 3년, 대통령의 고민과 희망 (2006. 2. 28.)

1. 낡은 것과의 끊임없는 결별

유난히 추웠던 지난겨울. 대통령은 자주 산에 오르지 못했다. 숙정문 개방 행사 때 오른 것이 거의 유일한 등산이었다. 대통령은 지척에 있는 본관과 관저, 때로는 여민1관만을 오가며 3주년을 앞둔 이 겨울을 보냈다. 밤새 흰 눈이 무섭게 내려 빼어난 설경을 자랑하던 북악도, 코앞에 닥친 봄을 기다리며 남몰래 새순을 준비하던 상춘재의 소나무들도 대통령의 관심을 끌지는 못했다.

대통령의 일상은 이전보다 더 단조로워진 듯싶었다. 지금은 치워지고 없지만 관저 접견실에 설치된 7대의 공유 모니터 앞에서 참모들과 함께 미래과제를 이야기했고 신년연설과 연두회견을 준비했다. 그리고 3년 전 취임 당시와 마찬가지로 끊임없이 이어지는 각종 보고와 회의. 대통령은 가급적 말을 아끼고 있었지만, 세상은 여전히 대통령의 말 한마디에 매서운 칼끝을 들이대고 있었다.

대통령에게도 분명 변화는 있었다. 확신에 찬 생각조차 쉽게 드러내려 하지 않았다. 가급적 시간을 기다리려는 모습이 역력했다. 참모들과의 대화에서 찾지 못한 답은, 역사 속에서 때로는 외국의 현실을 천착하면서 구하고자 했다. 대통령직이 주는 엄숙한 외로움을 성찰과 사색으로 이겨내려는 몸짓으로도 보였지만, 무언가의 결단을 위한 고뇌의 과정으로 보이기도 했다.

지난 3년, 대통령은 힘겨운 고비들을 넘어야 했다. 자신을 대통령으로 인정하지 않으려는 사람들과 마주해야 했고, 자신의 낡은 기득권을 지키려는 사람들과 싸워야 했다. 때로는 국무회의장에서의 호통으로, 때로는 국회에서의 간곡한 설득으로, 대통령은 후보 시절 자신의 약속들을 하나하나 반추하면서 그것을 지키고자 노력했다. 지금의 낮은 지지도는 그 힘겨운 과정에서 입었던 숱한 상처들의 표현에 다름아니다.

바꾼다는 것, 그것은 곧 불편함이었다. 모든 것은 불편함이었다. 사람들은 익숙하지 않은 대통령의 모습에 불편해했고, 자신의 기득권을 내놓아야 하는 것에 불편해했고, 나아가 낡은 생각을 바꿔야 하는 데 불편해했다. 청와대 참모들도 예외는 아니었다. 불편한 것은 대통령 자신도 마찬가지였다. 하지만 대통령은 기꺼이 그 불편함을 스스로 감내하면서 변화에 앞장섰다.

사면구가四面舊歌! 이 겨울, 대통령은 3년 전의 이 단어를 다시금 자주 인용하곤 했다. 대통령이 낡은 것과 타협하면 모든 것은 조용해질 것이었다. 대통령도 사람인 이상 언론의 거듭되는 비판이 달가울 리 없었다. 하지만 대통령은 그 모든 것을 감내하며 끊임없이 낡은 것에 대해 문제를 제기했다.

바꾼다고 했지만 기실 그것은 비정상을 정상으로 돌려놓는 일에 불과했다. 법 위에 있던 것을 법 아래 가져다놓은 것이었다. 그러나 그것조차도 저항은 적지 않았다. 이제 국정원, 검찰 등 4대 권력기관의 초법적 권력은 사라졌다. '공작'이니 '눈치보기'니 하는 단어들은 언론에서 거의 사라졌다. 무엇보다 대통령 권력이 낮아지고 겸손해졌다. 신문의 사설과 칼럼은 지나치다 싶을 정도로 스스럼없이 대통령을 화제에 올려 비판해왔다. 권력의 성격이 바뀌다보니 군軍을 비롯한 각 분야에서 편법과 반칙의 관행을 일소하는 흐름이 자연스럽게 생겨났다. 대통령 스스로도 놀란 경우가 한두 번이 아니었다.

2003년 취임 초기, 대통령은 선뜻 국무회의의 공개를 제안했다. 국무위원들의 반대로 무산되었지만, 이를 시작으로 투명성 제고를 위한 대통령의 주문은 끝없이 이어졌다. e-지원 시스템을 통해 올라오는 보고서마다 대통령은 외부 공개 검토를 지시했다. 난처해진 참모들은 어쩔 수 없이 이제는 공개를 전제로 보고서를 작성하는 습관에 적응해야 했다. 부작용도 있었다. 부처 간, 당정 간 이견이 쉽게 표출되었고 이는 정부의 일관성 부재라는 비판의 표적이 되었다. 하지만 대통령은 자연스런 과정으로 이해했다. 장막이 걷히고 밀실이 열리면서 소수의 정보 독점은 사실상 사라졌다.

지난 2월 14일 국무회의. '기록관리혁신 종합실천계획'에 대한 행정자치부 보고를 들은 뒤 대통령은 비공개로 분류된 문건들의 공개를 검토하라고 지시했다. 대통령은 정책 수립 과정에서 공개되어 국민들에게 혼란을 줄 경우가 아니면 '대외 주의' 표시도 가급적 절제할 것을 주문한다. 2004년 김선일씨 피살 사건 당시, 대통령이 외교부의 가장 큰 잘못으로 지적했던 것은 현지에서의 대응보다 AP와의 통화 사실을 인지하고도 이를 즉시 공개하지 않은 것이었다. 대통령은 만찬 도중 이를 보고받고 장관에게 전화를 걸어 즉시 공개할 것을 지시하기도 했다. 그러한 방침은 행담도 사건이나 철도청 유전 의혹 때도 똑같이 반복되었다.

인사의 고정관념을 바꾸는 것도 못지않게 불편한 일 가운데 하나 였다. 대통령은 여론에 의한 개각을 경계했다. 그러나 여론은 그런 대통령의 편을 쉽게 들어주지 않았다. 그래도 대통령은 문책성 인사 를 가장 신중하게 처리했다. 김선일씨 사건 당시에는 외교부장관의 책임론이 비등했지만, 소위 코드가 다르다고 이야기되던 외교부장 관의 손을 끝까지 놓지 않았다. 대통령이 지켜주지 않으면 어떤 장 관도 소신껏 일하기 어렵다는 판단 때문이었다.

불편함의 감내가 결국은 업무 효율로 바뀐 전형적 사례는 청와대 업무 관리 시스템, 즉 e-지원이다. 대통령은 바쁜 와중에서도 상당 한 시간과 공을 들여 이 시스템을 완성했다. 대통령은 일하는 방법 의 혁신이 정부혁신의 기초임을 역설했다. 이제 이 시스템은 그 효 용성이 입증되어 행자부를 거쳐 전 부처에 확산되는 일로에 있다.

불편함을 감당하기에 가장 어려웠던 분야는 두말할 것도 없이 외 교안보였다. 대통령의 2004년 LA 연설이 그 모든 것을 말해준다. 연 설이 시작되기 30분 전까지 표현의 수정을 건의하는 참모들의 전화 가 서울로부터 걸려왔다. 대통령은 부분적으로 수용했지만 연설의 큰 줄기는 그대로 살렸다. 미국의 일부 여론에 대해 '할말은 해야 한 다'는 대통령의 생각과, 미국의 입장을 존중해야 한다는 참모들의 생각에 괴리가 있었다. 대통령은 지금도 독일 동방정책의 설계자인 에곤 바르의 말을 인용하며 이야기한다. "좋은 게 좋다는 식으로 하는 것이 바람직한 것만은 아닙니다. 때로는 외교에서도 안 되는 것은 안 된다고 솔직히 이야기하는 것이 옳습니다." '할말 하는 솔직한 외교'의 토대 위에서 용산기지 이전 등 많은 동맹 현안들이 참여정부하에서 타결되었다.

불편함! 그것은 헌 구두를 벗어던지고 새 구두를 신는 것과 같은 일이다. 새 구두가 편하지 않다 해서 낡은 구두를 고집하면 결국은 두고두고 발만 불편해질 뿐이다.

2. 거부된 진정성

2005년 12월 13일, 말레이시아를 방문중이던 대통령은 「국내 언론보도 분석」을 놓고 이야기를 꺼냈다. 이날의 보도 분석은 사학법 개정 파동, 대한항공 노사분규 긴급조정권 발동, 그리고 윤상림 사건과 관련한 검경 간 갈등을 주요 내용으로 하고 있었다.

"사학법이나 긴급조정권 발동 문제만 봐도 우리 사회에 갈등 사안이 엄청나게 많다는 것을 알 수 있다. 하루 기사만 보더라도 이렇다. 그런데 국회는 이 가운데 하나의 문제 때문에 마비되었다. 이것을 으레 있는 갈등이라 해야 할지 심각한 갈등으로 봐야 할지 혼란스럽다."

참여정부는 갈등으로 시작되었다고 해도 과언이 아니다. 그리고 '통합'이라는 대통령의 약속이 무색하게도 갈등은 점점 그 심각성을 더해갔고 해결은 더욱더 요원해졌다. 2003년 취임 초에는 북핵과

이라크 파병 문제로 남남 갈등이 시작되고 있었다. 부안 방폐장 문제는 갈등 사안에 관한 한 이 정부의 앞길이 험난할 것임을 예고해주고 있었다. 교육부의 NEIS 문제도 그 가운데 하나였다. 노사 갈등은 변수가 아니라 상수였다. 인수위 시절 대통령과의 면담 내용을 가지고 조흥은행노조가 대통령에게 문제를 제기했다. 그리고 5월 화물연대 파업은 첫 한미정상회담을 위해 미국으로 떠나는 대통령의 발목을 붙잡았다. 그리고 다시 새만금……

이라크 추가파병 문제가 수면 위로 떠오르면서 우리 사회의 갈등 구조는 전면화되었다. 만인의 만인에 대한 투쟁이라 할 만큼, 각각의 사안들을 놓고 국론은 갈라지고 여론은 양분되었다. 사분오열이라는 표현이 더 정확했다. 난감한 것은 대통령이었다. 대화는 좀처럼 수렴되지 않았고, 국정운영의 책임자로서 대통령이 제시하는 의제는 각자의 정파적 입장에서 재단되었다. 접점은 없었고 합리적 중도는 이야기도 꺼내기 힘들었다. 그 과정에서 대통령은 많은 지지자들을 잃었다. 보수는 보수라서 거리를 두었고, 진보는 진보대로 대통령의 변심을 탓하며 더욱더 멀어졌다.

대통령과 정부에겐 기댈 언덕이 없었다. 그 와중에 진행된 대선자금 수사에서 여당과 대통령의 측근들은 유례없을 정도의 강도 높은 수사를 감수해야 했다. 정권이 예전의 권력 같지 않다는 것을 역설적으로 보여준 사건이었다. 도덕성 문제로 상처를 입은 대통령은 재신임을 제안했다. 그러나 외롭고 취약한 정권을 향한 야당의 공세는 결코 수그러들지 않았다. 그리고 마침내 탄핵. 이어서 치러진 총선에서 여당은 과반수를 확보했다. 출범한 지 1년이 지나서야 비로소 숨을 돌린 대통령은 총리에게 일상적인 국정을 넘기고 정부혁신과 장기과제에 몰두하기 시작했다. 그러나 그것도 잠시, 정국은 10개월 만에 여소야대로 반전되었다. 대통령은 긴장했다.

대연정으로 불리는 정치적 제안이 준비된 것은 이때의 일이다. 그러나 그것은 대통령이 후보 시절부터 공개적으로 주장해왔던 프랑스식 동거정부의 변형일 뿐이었다. 즉, 국회 과반수를 점하는 정당 또는 정치연합에 총리 지명권을 주겠다는 것. 우리 정치가 지금과 같은 지역구도 위에서의 여소야대 다당제가 지속되어 상생과 갈등의 정치가 청산될 수 없는 한, 국가적 과제의 해결은 요원하다는 판단하에 하나의 정치적 제안으로 준비해놓은 것이었다. 대통령은 그러나 그것을 곧바로 발표하지는 않았다. 대통령은 신중했다. 일련의 글을 완성해놓은 대통령은 한미정상회담을 위해 미국행 특별기에 올랐다.

6월 19일 전방부대 총기 난사 사건이 이 제안을 표면화하는 최초의 계기가 되었다. 야3당이 야당연대의 명분으로 국방장관 해임건의안을 제출할 움직임을 보인 것이다. 대통령은 제안을 구체화해야겠다는 생각으로 여권 수뇌부의 모임을 찾아가 이러한 생각을 설명하고 이해를 구했다. 예상과는 달리 국방장관 해임안은 부결되었고 대통령은 구상을 접었다. 그러나 수뇌부 회의에서 언급한 대통령의 구상이 일부 언론에 보도되면서, 대통령은 이를 공론화했다. 대연정 국면은 이렇게 시작되었다.

시간을 2004년 여름으로 되돌려 거슬러올라가면, 이즈음 대통령은 이해찬 총리에게 일상적 국정운영을 맡긴 후 주로 미래과제에 몰두하기 시작한다. 이때부터 대통령의 시야는 다가올 지방선거나 열린우리당의 재집권에 머물지 않고 국가의 먼 장래를 향해 넓어지고 있었다. 심각해지는 양극화 현상, 저출산·고령화 사회에 대한 대책 등이 바로 대통령이 맞닥뜨린 과제의 핵심이었다. 미래과제에 대한 고민은 사실상 이때부터 시작되었다. 그리고 그 고민의 끝에서 이러한 문제들의 해결을 위해서는 무엇보다 사회적 합의를 이루는 정치구조가 절실하다고 절감하게 된다. 마침내 대통령은 정치적 상처를 무릅쓰면서 대연정 제안의 결단을 내렸다. 그러나 대통령의 진정성은 일말의 진지한 검토도 없이 거부되고 말았다.

그것이 경제를 외면하겠다는 제안이 아님에도 불구하고 대연정 제안은 야당의 민생경제 올인론에 파묻히고 말았다. 진정성은 정략으로 매도되었고, 권력을 내놓을 수도 있다는 결단은 가벼움으로 일축되었다. 무엇보다 당과 지지층에서의 반대가 대통령을 무력하게 만들었다.

정치는 상상력이다. 그것은 국가와 국민을 행복하게 하기 위한 상상력이다. 대통령은 지금도 가끔 "야당이 당시 그 제안을 왜 한 번이라도 진지하게 생각하지 않았을까?"라고 반문한다. 대연정 제안은 이미 참여정부하에서는 불가능해졌다. 그러나 지금과 같은 지역구도 다당제 정치가 계속되는 한, 동거정부는 다음 정부 또는 그후 언젠가에 다시 화두로 떠오를 수밖에 없는 사안이라고 생각하고 있다.

대연정이 거부되면서 대통령은 탄핵 이후 최대의 정치적 위기에 처하고 말았다. 그리고 여당의 보궐선거 참패가 이어졌다. 예상대로 대연정 제안은 패배의 주요 원인으로 지목되었다. 그러나 대통령은 의연했다. 대연정 제안을 접은 이후에도 미래과제와 그것의 해결을 위한 정치구조에 대한 대통령의 모색은 계속되었다. 선학태 교수 등 관련 정치학자들을 관저로 초청해 이야기를 들었고, 독일 등 외국의 사례를 풍부하게 검토했다. 멕시코, 코스타리카 등 중미를 순방할 때도 특별히 그러한 점에 유념하면서 각 나라의 정치구조에 관심을 보였다.

다가올 미래과제와 그것을 해결할 대안을 모색하는 대통령의 행보는 점점 더 가속화되었다. 당장의 현실에서 해답이 찾아지지 않는다 해서 그것을 외면할 수 없는 것이 바로 대통령직이었기 때문이다. 2005년 가을 이후 대통령의 주말 나들이 일정이 잦아졌다. 그것은 갇힌 생활의 답답함을 풀려는 노력이었다기보다 이 엄중한 과제의 해답을 찾기 위한 성찰의 성격이 짙었다.

그리고 10월 말 즈음, 관저의 접견실에 한 대의 컴퓨터와 대형 모니터가 설치되었다. 본체의 내용이 모니터 화면에 공유되는 시스템이었다. 대통령은 그 앞에 앉아 미래과제에 대한 자신의 생각을 참모들과 구체적으로 정리하기 시작했다. 그 핵심을 담은 신년연설의 구술도 이 자리에서 이루어졌다. 그리고 마침내 2006년 신년연설을 통해 우리 사회가 앞으로 맞닥뜨리게 될 도전들과 과제들에 대해 진지한 검토를 시작해야 한다는 점을 언급했다. 다음날부터 또하나의 역풍이 몰아쳤다. 미래과제는 증세 논쟁으로 둔갑되어 대통령과 청와대를 난타했다.

3. 상생과 타협의 정치

"그 사람이 살아온 날들을 보면 그 사람이 살아갈 날들이 보인다."

대통령이 후보 시절부터 참모들에게 자주 하던 말 가운데 하나다. 어쩌면 이 말은 오히려 대통령 스스로에게 가장 잘 어울리는 말이라는 생각이 들 때가 있다. 그렇듯 대통령은 원칙과 상식의 일관된 길을 걸어왔다. 1988년 청문회 당시 노무현 의원의 인기는 증인으로 나온 재벌 총수들의 눈치를 보지 않고 당당하게 질문했던 데 기인한 바가 크다. 1990년 3당합당에 반기를 들고 어려운 야당의 길을 걸었던 것이나, 야당의 불모지인 부산에서 낙선을 거듭하면서 도전했던 것만 봐도 그렇다. 대통령은 개인의 이익이나 인기보다는 항상 원칙을 지켜왔고, 그 연장선상에서 해야 할 말은 반드시 해왔던 사람이다.

황우석 박사의 배아줄기세포 진위 여부를 취재하던 MBC 〈PD수첩〉에 네티즌의 공격이 가해지면서 광고 중단 사태가 발생하자 대통령은 편지를 썼다. 우리 사회의 균형잡힌 시각을 주문하는 내용이었다. 이 글은 양분된 논객 그 어느 쪽으로부터 지지를 받지 못했다. 시위 도중 농민이 사망한 사건의 책임과 관련해 경찰청장 사임 문제가 불거졌을 때도 대통령은 법과 원칙에 따라 경찰청장을 문책할 권한이 없음을 분명히 밝혔다.

참여정부의 경제 운용은 그렇게 고집스런 원칙을 가진 대통령이 가장 고집스럽게 원칙을 지킨 대목이다. 대통령은 경제가 어렵다고 해서 부양책을 쓰지는 않았다. 경기를 부양해야 한다는 숱한 압박에도 불구하고, 대통령은 우리 경제의 체질을 강화하는 원칙을 고집했다. 2004년 탄핵 사태가 끝난 직후, '경제위기론'이 모든 의제를 삼켜버릴 때도 대통령은 꼼짝하지 않았다. 그 결과 이제 우리 경제의 체질이 튼튼해지고 투명성이 높아졌다는 점만큼은 누구도 부인하기 어려울 것이다.

다만 어렵고 힘든 사람들은 크게 나아지지 않은 것이 사실이다. 그러나 대통령과 참여정부가 중산층과 서민의 문제에서 눈길을 돌린 적은 한 차례도 없었다. 약자와 어려운 사람에 대한 배려는 대통령의 항심恒心이었다. 양극화 문제를 사회적 의제로 제기해온 것이나, 강력한 부동산 투기 억제정책을 수립해온 것 역시 그러한 철학의 소산이다.

대통령을 옆에서 지켜보고 있노라면, 불현듯 말을 잇지 못하는 장면을 접할 때가 적지 않다. 대부분 어렵게 살아가는 사람들의 모습을 접했을 때의 일이다. 우즈베키스탄 영빈관에서 이주 고려인 1세를 만났을 때는 공개적인 자리에서 눈시울을 붉혔다. 조선족 동포들의 방문취업 제도가 입법 단계에 접어든 것 역시, 그러한 동포들의 아픔을 이해하는 대통령의 특별 지시에 의한 것이다.

그 대통령이 바로 양극화의 실상을 정면으로 말하면서 대책 마련에 나서야 한다는 점을 천명하고 나섰다. 그러나 이는 그다지 인기가 없다. 언론이 공격하고 야당이 반대하며, 심지어 여당까지도 선뜻 나서지 않는다. 일부에서는 이 또한 하나의 정략이 아니냐고 몰아붙인다. 남은 2년 굳이 새로운 의제를 만들지 않아도 대통령은 무탈하게 임기를 마칠 수 있을 것이다. 그러나 대통령이 살아온 날을 보면 남은 임기를 그렇게 보낼 것이라는 예단이 무색해진다. 눈앞에 빤히 보이는 도전과제를 모른다면 모르되, 알면서 어떻게 이것을 솔직하게 이야기하지 않겠는가?

APEC이 열리던 11월의 부산. CEO 서미트 행사가 끝나고 이동하던 차 안에서 대통령이 수행비서에게 불쑥 말을 꺼냈다.

"APEC은 화려한 행사이고, 또 생색이 나는 일이다. 씨 뿌리는 대통령이 따로 있고, 열매 거두는 대통령이 따로 있는 것 같다. 일하는 사람도, 또 평가를 하는 사람도 깊이 있게 생각해야 할 대목이다. 인기는 표피적인 이야기다. 당면한 경제 상황과 민심도 중요하지만, 지도자가 그때그때의 지지도에 일희일비하면, 일하는 사람도 그런 자세로 일하게 되고 평가하는 사람도 그런 식으로 평가하게 된다. 그렇게 해서는 제대로 되는 일이 없다. 어렵고 골치 아픈 문제들을 그냥 어물어물하며 넘어갈 수도 있지만, 문제를 해결할 의지가 있느냐가 중요하다."

노태우 대통령 시절 어렵게 시작된 북방 외교는 오늘날 균형 외교의 초석을 놓았다. 김영삼 대통령 시절의 금융실명제 개혁은 오늘 우리 사회의 투명성 제고로 이어지고 있다. 그리고 김대중 대통령 시절의 6·15정상회담과 복지정책도 오늘의 성과로 이어지고 있다. 먼 과거에 시작된 정책이 오늘날 세계적으로 주목받는 대한민국 경쟁력의 원천이 되고 있는 것이다.

이제 우리도 먼 미래를 이야기해야 한다. 그리고 상생과 화합의 정신으로 역지사지를 생각해야 한다. 책임 있게 말하고 책임 있게 행동하는 성숙한 사회로 가야 한다. 지금은 욕을 먹더라도, 비판을 받더라도, 인기가 없어진다 하더라도 용기 있게 말하고 책임 있게 행동하는 지도자가 필요하다. 당장의 어려움을 피하기 위해 미루어온 과제들이 얼마나 더 큰 사회적 갈등을 양산해왔는지는 방폐장과 쌀 개방 문제가 명약관화하게 증명하고 있다.

김우식 전 비서실장이 입버릇처럼 하던 말이 있다. '성공한 대통령'이다. 그리고 청와대를 찾는 지인들과 손님들의 단골 건배사 역시 '성공한 대통령'이다. 대통령이라고 해서 왜 성공한 대통령으로 평가받고 싶지 않겠는가? 성공보다 중요한 것이 바로 대한민국의 장래이기 때문에 대통령은 지금 마지막 남은 용기를 모으며 버티고 또 희망 한국을 이야기하고 있는 것이다.

영화 〈왕의 남자〉를 관람한 후 수석보좌관들과의 오찬이 있었다. 대통령이 담담한 어조로 이야기를 꺼냈다.

"우리뿐만이 아니고, 우리 국민들도 나라 살림에 대해 심각하게 이야기하지 않으려고 한다. 바람직한 일이 아니다. 이것은 삶을 대하는 자기 자세의 문제이다. 역풍을 맞을까 고심을 하는데, 결국은 자신의 삶을 대하는 자신의 태도이다. 참모들은 내 인생을 사는 게 아니니까 좋은 정치만을 이야기한다. 한 인간의 삶의 선택에 치열하게 맞다뜨리고 있는 것이 아니기 때문이다. ……남들이 보면 그렇게 한다고 달라질 게 없다고 생각할 수 있지만, 그 사람한테는 그것만큼 진지한 것이 없을 것이다."

　오늘도 대통령은 아침 일찍 꼬깃꼬깃 접힌 몇 장의 메모지를 들고 참모들을 만나러 나온다. 한두 장에서 때로는 서너 장, 그 하나하나의 메모지마다 대한민국의 오늘에 대한 고민과 미래에 대한 희망이 빼곡히 적혀 있다. 이제 2년 임기를 남긴 참여정부, 청와대의 아침은 그렇게 시작되고 있다.

바보, 산을 옮기다

ⓒ 윤태영 2015

1판 1쇄 2015년 5월 15일
1판 5쇄 2015년 7월 14일

지은이 윤태영
펴낸이 강병선

기획 노무현재단 | 책임편집 강훈 박영신 | 편집 황은주 장영선 | 모니터링 이희연
디자인 윤종윤 이주영 | 마케팅 정민호 이연실 정현민 지문희
홍보 김희숙 김상만 한수진 이천희 | 제작 강신은 김동욱 임현식 | 제작처 영신사

펴낸곳 (주)문학동네
출판등록 1993년 10월 22일 제406-2003-000045호
주소 413-120 경기도 파주시 회동길 210
전자우편 editor@munhak.com | 대표전화 031) 955-8888 | 팩스 031) 955-8855
문의전화 031) 955-1933(마케팅) 031) 955-2697(편집)
문학동네카페 http://cafe.naver.com/mhdn | 트위터 @munhakdongne

ISBN 978-89-546-3639-1 03810

* 이 도서의 국립중앙도서관 출판예정도서목록(CIP)은 서지정보유통지원시스템 홈페이지
  (http://seoji.nl.go.kr)와 국가자료공동목록시스템(http://www.nl.go.kr/kolisnet)에서 이용하실 수 있습니다.
  (CIP제어번호: CIP2015013182)

www.munhak.com